Vor Jahren schon musste Salma ihre geliebte Heimat Jaffa verlassen. In Nablus hat sie mit ihrem Mann und ihren Kindern einen neuen Platz gefunden. Doch das Haus bleibt ihr stets fremd. Allein den Garten kann sie zu ihrem eigenen Reich machen, und unter ihren Händen wird er zu einem farbenfrohen Paradies. Ihre Tochter Alia dagegen fühlt sich mit dem Haus und Nablus so verbunden, wie Salma es mit Jaffa war. Doch der Kaffeesatz sagt auch Alia ein unruhiges und schwieriges Leben voraus. Salma verschweigt diesen Teil der Vorahnung und muss erleben, wie ihr Sohn ihr im Sechstagekrieg genommen wird und ihre Tochter nach Kuwait flieht. Alia hasst ihr neues, beengtes Leben und durchlebt, so wie ihre Mutter, nicht nur dieselbe Sehnsucht nach der Heimat, sondern auch den Widerstand ihrer Kinder gegen ihr Festhalten an den alten Regeln. Zwanzig Jahre später verlieren Alia und ihre Familie erneut ihr Zuhause und retten sich in alle Himmelsrichtungen: nach Boston, Paris, Beirut. Wieder einmal wird ihre Geschichte von anderen bestimmt und geschrieben. Erst als Alias Kinder in der Fremde auf einen Ort hoffen, der ihnen für immer bleibt, begreifen sie, dass die Überzeugungen ihrer Mutter deren einziger Halt in einer sich ständig ändernden Welt sind.

›Häuser aus Sand‹ ist ein Roman über die Gemeinschaft, die uns alle prägt, die Familie, und über den Ort, der für uns alle lebensnotwendig ist, das Zuhause.

Hala Alyan ist eine palästinensisch-amerikanische Autorin und Lyrikerin. Zudem arbeitet sie als Psychologin. Die Autorin lebt mit ihrem Mann in Brooklyn, New York.
www.halaalyan.com

Hala Alyan

Häuser aus Sand

Roman

Aus dem Englischen
von Michaela Grabinger

DUMONT

Juli 2019
DuMont Buchverlag, Köln
Alle Rechte vorbehalten
© 2017 by Hala Alyan
Die amerikanische Originalausgabe erschien 2017 unter dem Titel ›Salt Houses‹ bei HMH, Boston.
© 2017 für die deutsche Ausgabe: DuMont Buchverlag, Köln
Übersetzung: Michaela Grabinger
Umschlaggestaltung: Lübbeke Naumann Thoben, Köln
Umschlagabbildung: © AKG, Berlin
Satz: Angelika Kudella, Köln
Gesetzt aus der Sabon
Druck und Verarbeitung: CPI books GmbH, Leck
Gedruckt auf säurefreiem und chlorfrei gebleichtem Papier
Printed in Germany
ISBN 978-3-8321-6511-6

www.dumont-buchverlag.de

Für meine Familie,
die mir Geschichten zum Erzählen schenkte

Salma —— Hussam

Widad —— Ghazi   Mustafa

Riham —— Latif   Karam —— Budur

Abdullah   Linah

Die Familie Yacoub

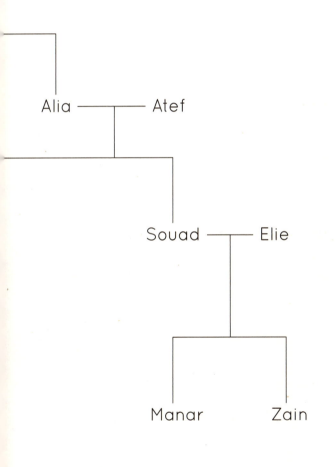

Salma

Nablus
März 1963

Schon beim ersten Blick in die Kaffeetasse ihrer Tochter weiß Salma, dass sie lügen muss. Am Rand haftet ein verwischter Abdruck von Alias rotem Lippenstift. Die Tasse ist elfenbeinweiß und außen mit verschlungenen blauen Schnörkeln bemalt. Entlang der Innenseite schlängelt sich ein dünner Riss. Die Tasse gehört zu einem neueren Service, erstanden gleich nach der Ankunft von Salma und ihrem Mann Hussam hier in Nablus vor knapp fünfzehn Jahren. Das Erste, was Salma damals auf dem Markt der fremden Stadt gekauft hat.

Sie entdeckte das Service an einem Stand, der Mäntel und Teppiche aus Kamelhaar feilbot. Neben einem *ibrik* mit dünnem Ausguss stapelten sich zwölf Tassen auf einem Silbertablett, dessen Anblick Salma stutzen ließ, weil es mit seinem Dreiecksmuster so sehr dem glich, das sie von ihrer Mutter zur Hochzeit bekommen hatte. Doch das alte Tablett mitsamt dem Kaffeeservice gab es nicht mehr; es war ebenso verloren wie die übrige in der pfirsichfarbenen Villa zurückgebliebene Habe – die Kleider, die Möbel aus Walnussholz, Hussams Bücher.

Salma stieß einen kleinen Schrei aus und deutete auf das Tablett, und weil der Standbesitzer es nicht ohne das Service verkaufen wollte, nahm sie alles und ging mit dem großen, in Zeitungspapier gewickelten Packen nach Hause. Sie fühlte sich damals zum ersten Mal seit ihrer Ankunft in Nablus zufrieden.

All die Jahre über hat sie das Tablett mit immer demselben Arrangement präsentiert – den *ibrik* in der Mitte, die Tassen wie Blütenblätter kreisförmig darum herum angeordnet. Zweimal im Monat trägt das Dienstmädchen das Tablett und anderes Silber auf die Veranda und putzt es behutsam mit Essig. Der Glanz ist bis heute geblieben.

Die Tassen dagegen sind ziemlich stark abgenutzt. Hunderte Male hat Salma einen Unterteller daraufgelegt, das Ganze rasch umgedreht und gewartet, bis der Kaffeesatz trocken war. Meist wartet sie zehn Minuten, aber oft wird sie von ihren Gästen abgelenkt und erinnert sich erst sehr viel später mit einem hastigen »Oh!«. Wird die Tasse wieder richtig hingestellt, bleiben harte, bröselige Streifen Satz zurück, die das Porzellan braun verfärbt haben.

Diesmal schafft sie es kaum, die gewohnten zehn Minuten abzuwarten. Sie lauscht den Frauen, die über das Wetter reden und sich fragen, ob es noch bis zur Hochzeit morgen halten wird. Gefeiert wird im Festsaal eines nahe gelegenen Hotels, das schon hohe Würdenträger und Bürgermeister und einmal, in den Fünfzigerjahren, sogar einen Filmstar zu seinen Gästen zählte. An den Rückenlehnen der Stühle sind bereits die Seidenschleifen angebracht, und die halbkreisförmig um die Teller gruppierten Teelichte warten darauf, angezündet zu werden. Wenn sie brennen, wird es aussehen wie ein Sternbild. Salma hat es bereits getestet; der Hausmeister und sie sind um alle Tische herumgegangen und haben Streichholzflämmchen an die Dochte gehalten. Dann dimmte der Mann die Lampen, und der schöne Glanz der Lichte wärmte Salmas Herz.

»Die Kerzen müssen weg, ich lasse neue kommen«, teilte sie dem Hausmeister mit, aus dessen Blick widerwillig gezollter Respekt sprach. Welche Verschwendung! Aber es ist Alias Hochzeit, da wird an nichts gespart. Da gibt es keine Kerzen mit mickrigen schwarzen Dochtstümpfen als Tischschmuck.

Bei Widad war es anders. Schweigend saß Salma vor zehn Jahren das Trauzeremoniell ihrer Ältesten ab, eine dürftige Zusammenkunft in der Moschee, umwabert von intensivem Räucherduft. Als der Imam die *Fatiha* vortrug, begann Widad zu weinen. Der Tod ihres Vaters lag drei Monate zurück. Sein Sterben hatte Jahre gedauert. Nachdem sie *fadschr*, das Morgengebet, gesprochen hatte, hatte Salma bei ihm gesessen und seinen rasselnden Atemzügen gelauscht. Allmählich war das erste Tageslicht in das gemeinsame Schlafzimmer gedrungen. Salma hatte direkt zu Gott gesprochen und war sich dabei schamlos vorgekommen. Sie hatte darum gebeten, ihr Mann möge am Leben bleiben, obwohl es egoistisch gewesen war, denn dieses Leben mit Morphin und blutigen Taschentüchern hatte er gar nicht behalten wollen.

Mehrmals hatte er in die Nacht hineingeschrien: »Die Heimat und die Lunge hat man mir genommen – bring mich um!« Hussams tiefer Überzeugung nach hatte seine Krankheit mit der Besetzung von Jaffa zusammengehangen, der Stadt mit dem pfirsichfarbenen Haus, das sie zurückgelassen hatten.

»Ist es trocken, *khalto* Salma?« Die Frauen am Tisch sehen sie erwartungsvoll an. Besonders gespannt sind die jüngeren – ihre zur Hochzeit aus Amman eingeflogenen Nichten und Cousinen und Alias Schulfreundinnen, die in Salmas Augen noch immer Kinder sind. Und gespannt ist auch Alia selbst, die mit aufgestützten Ellbogen dasitzt – Salma würde ihr am liebsten sagen, sie solle sich aufrichten, weil Männer raue Ellbogen hassen, doch dann denkt sie an Atef, den Mann, der ihre Tochter nimmt, wie sie ist.

Die älteren Frauen – Salmas Schwestern, ihre Nachbarinnen und Freundinnen – sehen schweigend zu, während sie im Kaffeesatz liest. Sie kennen es von ihren Müttern und von deren Müttern. Für sie ist es so selbstverständlich wie das Beten.

»Ist etwas haften geblieben?«, fragt eine Nichte.

»Was wird sie wohl daraus lesen?«

Salma blinzelt ihre Gedanken fort und bemüht sich um eine neutrale Miene. Sie senkt den Blick zur Tasse, neigt sie, runzelt die Stirn. Nein, sie hat schon richtig gesehen.

»Es braucht noch ein bisschen. Ich drehe sie noch einmal um. Nur ein paar Minuten, damit der Satz richtig trocknen kann.«

Arme Widad. Beim Gedanken an ihre älteste Tochter durchzuckt Salma ein vertrauter Schmerz. Sechzehn war Widad, schon eine Frau, als sie aus Jaffa fortgingen. In den drei grauenvollen Tagen vor dem Entschluss, die Stadt zu verlassen, in der Zeit, als sie alle vor dem Radio auf Nachrichten warteten, kümmerte sich Widad um Alia, trug sie durch die Zimmer und fütterte sie löffelweise mit selbst gekochtem süßem Milchreis.

Sie machte ein Spiel aus den Schüssen und dem Artilleriefeuer. Immer wenn draußen etwas dumpf explodierte, zog sie scheinbar erstaunt die Augenbrauen hoch und tat erfreut. Dann klatschte Alia glucksend in ihre Patschhändchen. *Findig* – dieses Wort fällt Salma ein, wenn sie an ihre Älteste denkt, denn Widads Licht erstrahlt erst in der Krise. Ansonsten strich sie bleich durch das neue Haus in Nablus und saß beim Essen schweigend am Tisch. Von Jaffa sprach sie nie, und als ihr bereits kränkelnder Vater sagte, sie müsse nun bald heiraten, erhob sie keinen Einwand. Nur vor Salma weinte sie. Beugte sich im Garten über den dampfenden Tee und ließ die Tränen strömen.

»Er geht mit mir nach Kuwait«, erzählte sie schluchzend, und Salma strich ihrer Tochter übers Haar und zog sie an sich. Ghazi war ein sympathischer Mensch, treu und zuverlässig, wie ein guter Ehemann sein sollte, aber ihre Tochter sah in ihm nur einen korpulenten Fremden mit Brille und fliehendem Kinn, der sie in eine triste Villenanlage mitten in der Wüste verfrachten wollte. Die Vorstellung von ihrer Tochter als einer jungen, unglücklichen Ehefrau in einem fremden Land tat Salma in der Seele weh, aber es war zu Widads Bestem.

Die Wahrheit erzählte sie ihrer Tochter nie. Als Hussams Auswahl an Ehekandidaten nur mehr zwei Männer umfasste, hatte er Salma um ihre Meinung gebeten. Der andere war Akademiker, Philosophieprofessor an der örtlichen Universität. Salma kannte seine Schwester aus der Moschee. Er kam aus einer kultivierten, gebildeten Familie, war aber an Nablus, an Palästina gebunden und wollte sein ganzes Leben dort verbringen. Als Hussam den jungen Mann fragte, wo er sich niederzulassen gedenke, bekam er zur Antwort: »In meiner Heimat natürlich. Von hier bringt mich nichts und niemand fort.«

Zu Hussams Erstaunen fiel Salmas Wahl auf Ghazi. Die Logik ihrer Entscheidung war ihr damals selbst nicht ganz klar, ihr Urteil nicht wirklich durchdacht. Erst als sie in der Moschee saß und die Erleichterung kam, begann sie zu verstehen. In Kuwait, weit weg von diesem lodernden zweigeteilten Land, würde Widad in Sicherheit sein. Ihr Unglück – falls sie dort unglücklich würde – wäre ein fairer Preis für ihr Leben.

Natürlich nahm auch Alia an der Feier teil. Sie trug ein Taftkleid, das beim Hinsetzen leise knisterte. Als Widad und Ghazi die Moschee nach der Trauung verließen, drehte sie sich draußen im Kreis und schwang die Hüften wie eine Glocke. Nach Hussams Tod war Salma darauf gefasst, dass Alia schreien und Erklärungen fordern würde, doch das kleine Mädchen blieb von allen drei Kindern am ruhigsten.

»Tut es Baba jetzt nicht mehr weh?«, fragte sie ernst, und alle – Widad, Salma und ihr Sohn Mustafa – brachen in Tränen aus und umarmten sie.

Alia war ein eigenwilliges Kind, ganz anders als die still vor sich hin leidende Widad und auch anders als Mustafa, der sich vom kolikgeplagten Baby zu einem widerborstigen Jungen entwickelte, der mit Wutanfällen reagierte, wenn er etwas nicht bekam.

Zwischen den Kindern lagen Jahre, in denen Salma schwanger war und insgesamt sechs Fehlgeburten erlitt. Der Verrat ihres Körpers hing ihr schwer nach; sie schämte sich ihres Bauchs, der, kaum angeschwollen, wieder flach wurde. Es war ein Versagen, und obwohl Hussam freundlich blieb und ihr Tee brachte, wenn sie wieder einmal niedergestreckt im Ehebett lag, wusste sie doch um seine Enttäuschung. Sie hatte ihm als Erstgeborenes ein Mädchen geschenkt, was seit fünf Generationen nicht vorgekommen war, und es nur zu einem einzigen Sohn gebracht.

Es ist nicht so, als wäre Alia ihr Lieblingskind. Sie liebt ihre drei Kinder gleich, sie sind ihr Ein und Alles. Aber zu Alia fühlte sie sich von Anfang an hingezogen; es ist eine Art magnetische Kraft, zart und stark wie Spinnenseide. Alia ist ein Kind des Kriegs. Sie war noch keine drei, als sich die israelische Armee durch die Straßen Jaffas wälzte, als die Panzer den Marktplatz zerstörten und die Soldaten noch halb schlafende Männer aus den Häusern zerrten. Die Geburt einer neuen Nation, wie es hieß. Salmas und Hussams Villa stand auf einer Anhöhe über dem Meer. Darunter erstreckten sich die Reihen der Orangenbäume.

Nach wenigen Tagen war die Plantage verwüstet, der Boden mit Holzstümpfen gespickt. Überall lagen Orangen, deren Fruchtfleisch aus den zerrissenen Schalen quoll. Nicht der Lärm der Gewehrschüsse hatte Alia zum Weinen gebracht, sondern der Geruch der aufgeplatzten Orangen, von denen sie unbedingt essen wollte. Die Plantagenarbeiter waren fort – die meisten geflohen, manche mit einer Kugel im Kopf. Hussam weigerte sich zunächst, sein Haus zu verlassen, schüttelte die Faust gegen das Meer und das Land draußen vor den Fenstern, gegen die Aussicht, die so einladend wie ein Zimmer war.

»Du gehst«, sagte er zu Salma. »Du gehst zu deinen Onkeln nach Nablus und nimmst die Kinder mit.« Sie flehte ihn an, doch er war nicht umzustimmen. Erst als man brennende Lumpen in die Plantage warf, resignierte er und sagte seiner Frau, sie solle für alle packen. Während die Kinder schliefen, standen Salma und Hussam auf der Terrasse und sahen zu, wie das Feuer über ihr Land hinwegfegte. Gedämpfte Schreie waren zu hören, und der rußigsüße Geruch verbrannter Orangen stieg zu ihnen auf.

Nur Alia sprach nach der Ankunft in Nablus noch von Jaffa – die Taktlosigkeit sehr junger Menschen. Sie fragte nach den Lakritzstangen, die ihr der Lebensmittelhändler dort oft geschenkt hatte, und nach den Puppen in ihrem alten Zimmer. Der dröhnende Lärm der Autos, die sich über den Marktplatz von Nablus schlängelten, brachte sie zum Weinen. Immer wenn Alia von Jaffa sprach, spähten Widad und Mustafa ängstlich zu Hussam hinüber, um herauszufinden, ob er es gehört hatte. In Nablus war aus dem Vater ein freudloses, reizbares Wesen geworden. Wenn er hungrig war, knurrte er nicht mehr laut wie ein Löwe oder Bär, bis alle loskicherten. Früher hatte er die Kinder manchmal aufgefordert, sich gerade vor ihn hinzustellen, um Gedichte von Hafez Ibrahim aufzusagen, und Strenge gemimt, wenn sie ins Stocken gerieten. Auch das war vorbei. Im Gespräch mit Widad und Mustafa wirkte er unkonzentriert. Jeden Abend saß er versunken vor seinem Radio.

Salma dagegen freute sich, wenn ihre Tochter Jaffa erwähnte. Sie war dankbar dafür. Sie vermisste ihre Heimat mit kaum je abflauender Beharrlichkeit. Die ersten Jahre in Nablus verlebte sie mit dem Traum von der Rückkehr. Die Frühsommertage, das Haus, das mit jeder Kurve der Küstenstraße zu wachsen schien. Und im Haus selbst ein Wunder: alles wie zurückgelassen, mitsamt der feuchten Wäsche, die sie nicht mehr hatte aufhängen können. Sie wusste, wie falsch diese Vorstellung war. Die Villa gab es nicht mehr, sie war dem Erdboden gleichgemacht worden. Die Plantage hatte man wieder bepflanzt, und neue Arbeiter zupften die braun gewordenen Blätter ab, neue Besitzer backten Brot mit den Orangenschalen. Trotzdem rührte es an ihr Herz, wenn Alia, gerade einmal sechs, sieben Jahre alt, mit der Ehrfurcht eines Mythendichters von den riesigen Granatäpfeln in Jaffa sprach, deren Samen sie löffelweise herausgekratzt und je nach Reifegrad mit Salz oder Zucker bestreut gegessen hatten.

»Die waren so groß wie der Mond«, sagte die kleine Alia im Brustton der Überzeugung und spreizte ihre Finger in die Luft.

Die Liebe zu längst verschwundenen Dingen sollte später Alias liebenswerteste und zugleich anstrengendste Eigenschaft werden.

Während Salma auf den Kaffeesatz wartet, denkt sie an Widad und deren Wunsch, vor ihrer Hochzeit eine Prophezeiung aus der Tasse zu erhalten. Sie weinte, als Salma sich weigerte. Salma ist froh, dass Widad ihren Verrat nicht miterlebt. Ghazis neuerlichen Gichtanfall empfindet sie schändlicherweise als ein Glück, weil Widad – ganz die pflichtbewusste Ehefrau – darauf bestanden hat, bei ihm zu bleiben.

Es war keine bewusste Lieblosigkeit. Widads Tränen hatten Salma tief berührt, aber nicht erweichen können. Salmas Mutter hatte stets davor gewarnt, Blutsverwandten wahrzusagen. Das Schicksal, das man dem Menschen wünschte, färbte auf das gesehene Schicksal ab oder, noch schlimmer, man hatte Ehrlichkeit versprochen und musste dann auch wirklich sagen, was man sah. Beim Wahrsagen etwas für sich zu behalten, galt als Verrat. Man durfte nichts verschweigen. Salma hatte ihren Nachbarinnen, Freundinnen und sogar Hussams Schwestern schon oft gebrochene Herzen und andere Tragödien herausgelesen.

Einmal hatte sie hier in Nablus in der Tasse ihrer Nachbarin den Tod eines männlichen Verwandten gesehen und keinen Monat später in deren Wohnzimmer gesessen und die wehklagende, sich die Haare raufende Frau gehalten, deren ältester Sohn einen Soldaten bespuckt und daraufhin eine Kugel in den Hals bekommen hatte. Als die Nachbarin, mit einem Medikament ruhiggestellt, im

Bett lag, sammelte Salma die ausgerissenen Haarsträhnen vom Sofa und vom Teppich auf. Von da an mied die Frau sie und schlurfte bei jeder Begegnung mit vorwurfsvoll abgewandtem Blick vorbei. Die anderen aber kamen weiterhin zu ihr.

»Das zweite Gesicht ist ein Geschenk Allahs, das wir nicht missbrauchen dürfen«, hatte ihre Mutter oft gesagt. Salma war sich dieser Pflicht zutiefst bewusst und spürte, wie sehr die Gabe sie über die Generationen hinweg mit ihrer Mutter, ihrer Großtante und selbst mit Menschen verband, die bei ihrer Geburt bereits nicht mehr gelebt hatten. Wann immer man ihr eine leere, noch warme Tasse reichte, überkam sie das Gefühl, mit einer schwerwiegenden, ja kosmischen Aufgabe betraut zu werden.

Und nie hat sie gegen diese Pflicht verstoßen – bis jetzt. Widad hatte erfahren wollen, ob sie den Richtigen heiraten würde. Alia dagegen will das gar nicht wissen. Sie ist nicht viel jünger als Widad bei ihrer Hochzeit und sogar drei Jahre älter als Salma bei ihrer. Aber Salma sorgt sich um Alia, weil sich das Mädchen so gar nicht um sich selbst sorgt. Alias Liebe zu Atef, von der sie Salma und ihren Freundinnen unbekümmert berichtet hat, haftet etwas Voreiliges ein.

»Ich liebe ihn über alles«, hat Salma ihre Tochter einmal zu einer Cousine sagen hören, als wäre grenzenlose Liebe eine Nebensache. Die Offenheit, mit der Alia ihre Gefühle gesteht, empfindet Salma als ungehörig.

Und doch wirkt Alia nervös und ungewohnt schwermütig, während sie auf den Kaffeesatz wartet. Salma hat mit einer spöttischen Bemerkung über abergläubische Menschen gerechnet, denn so ist Alia in ihren Äußerungen – frech und ohne Zartgefühl. Sie hat sich gegen die Zeremonie der Brautgabe ausgesprochen und darauf bestanden, dass Atef ihr nur eine symbolische Liramünze gibt, sonst nichts. Selbst um das Zuckerritual gab es einen Kampf. Das Rasieren wäre ihr lieber, verkündete Alia und beauftragte eine Cousine, einen von den rosa Plastikrasierern zu kaufen, die es erst seit wenigen Monaten in den Apotheken gibt. Doch als die Tanten darauf bestanden, dass sie ganz langsam einen eigens für sie gekochten Kaffee trinken müsse, damit Salma ihr Schicksal vorhersagen könne, gehorchte sie und trank schweigend, mit gesenkten Lidern und hin und wieder pustend.

»*Ya* Salma«, ruft eine der Nachbarinnen, »jetzt sind acht Minuten vorbei. Willst du nicht anfangen?«

Salma atmet durch und fasst sich kurz ans Haar. Da nur Frauen versammelt sind, liegen alle Kopftücher auf dem Fensterbrett.

»Ja, ja.« Mit zittrigen Fingern dreht sie die Tasse um.

Sie birgt sie in der Hand und dreht sie zwischen den Fingern im Kreis. Ihre Muskeln und Sehnen kennen diese Tassen, diese gewölbten Oberflächen, in- und auswendig, halten sogar instinktiv an dem gezackten Riss inne. Gewaltige kleine Dinge, schwer und hohl zugleich, mit dem widersprüchlichen Gewicht von Eiern. Noch einmal beugt sie sich vor und hebt die Tasse dicht ans Gesicht. Der Kaffeegeruch in der Luft ist schal geworden.

Da! Sie hat sich nicht geirrt. Das Porzellan ist weiß wie Salz, die Kaffeesatzlandschaft stürmisch.

An den Seiten sieht man wilde Krümmungen und kleine Häufchen. Zwei Bögen, eine Hochzeit und eine Reise. Zwei an den Griffen verhängnisvoll gekreuzte Messer. Aufkommender Streit. An einer Seite scheint das weiße Porzellan durch den Kaffeesatz durch und bildet ein Rechteck mit einem durchhängenden Dach, ein halb verfallenes Gebäude. Häuser, die man verlieren wird. Und in der Mitte ein Zebra mit einer verwischten Krone auf dem Kopf. Undeutlich, aber unverkennbar, ein Zebrakörper mit gestreifter Flanke. Selma ringt sich eine ausdruckslose Miene ab, obwohl sie heiße, beißende Angst verspürt. Das Zebra steht für ein Leben im Außen, für ein unstetes Leben.

»Was siehst du, *umm* Mustafa?«, fragt eines der Mädchen. Salma hebt den Kopf zu den Frauen, die sie mit großen Augen ansehen.

»Mama?«, sagt Alia ganz leise. Plötzlich wird Salma bewusst, wie jung sie noch ist.

Salma hört ihre eigene, plötzlich rau klingende Stimme. »Sie wird bald schwanger sein. Ein Mann wird sie durch eine Tür führen, ein Mann, der sie sehr liebt.« All das stimmt – das embryoähnliche Gebilde dicht am Rand, der winzige Delfin unterhalb des Risses.

»Wie schön!«

»Allah sei Dank!«

»Wenigstens wissen wir jetzt, dass er sie liebt.« Lachend necken die Mädchen ihre Cousine Alia, die grinst und der die Erleichterung verblüffend deutlich ins gerötete Gesicht geschrieben ist.

»Öffne das Herz«, befiehlt Salma ihrer Tochter und hält ihr die Tasse hin. Alia gehorcht. Sie drückt die Daumenspitze auf den Tassenboden und dreht sie mehrmals im Halbkreis. Dann gibt sie Salma die Tasse zurück und leckt sich den Kaffeesatz ab.

Alias Abdruck ist verwischt, an den Rändern mit Satz besprenkelt, den sie beim Anheben des Daumens zu einer Form verschmiert hat, die einem Flügel ähnelt. Salma sieht die Angst ihrer Tochter, das Unbehagen, das Alia nicht ausdrücken kann. In der Mitte des Abdrucks ist ein Wirbel zu erkennen. Flucht. Sie betrachtet Alias kantiges Gesicht.

»Dein Wunsch wird dir erfüllt«, sagt Salma, diesmal nur zu ihr. Alia blinzelt, nickt bedächtig. Die Frauen jubeln los, lachen, umringen Alia, küssen sie und geben neckende Laute von sich. Salma lehnt sich erschöpft zurück. Sie hat die Wahrheit gesagt, aber es ist nicht die ganze.

Die Männer werden erst in einigen Stunden zum Abendessen erscheinen. Im Garten hinter Salmas Haus leuchten Laternen und hüllen alles in bleiches, schwammiges Licht. Die Älteren, Tanten und Onkel, sitzen; die jungen Leute stehen um das Radio herum und wiegen sich zur Musik. Atef und Alia plaudern mit ihren Freunden, mit den Cousins und Cousinen, schielen dabei aber immer wieder zueinander hinüber. Mustafa ist ständig bei Atef; die beiden rauchen Zigaretten und brechen hin und wieder in Gelächter aus. Spielende Kinder laufen herum. Wie ein Monolith steht das Haus in der untergehenden Sonne.

Für Salma wird es immer das *neue* Haus sein, das Haus in Nablus, das ihr wohl oder übel ans Herz gewachsen ist. Größer als das in Jaffa, mit höhlenartigen Zimmern und hohen Decken. Die Vorbesitzer – sie sind nach Jordanien geflohen – hatten ihre Möbel zurückgelassen, und in den Küchenschränken standen noch Kekspackungen und Zuckerdosen. In dem Zimmer, das sie sich mit Hussam teilen sollte, entdeckte sie Nachthemden und einen ganzen Stapel dicke Wegwerftücher, wie man sie während der Menstruation benutzt. Widad stieß auf Schulhefte, die mit mathematischen Gleichungen vollgeschrieben waren. Wochenlang zog sich das perverse Spiel hin, bei dem es galt, dem Haus seine Habe zu entreißen. Salma hat alles weggeworfen, aber die Geister des früheren Lebens blieben, die großen Essen, die Feste und Streitereien, die es gesehen hatte. Deshalb hat sie auch die Farbe der Wände belassen und aus dem Wohnzimmer mit der Veranda nie eine Bibliothek gemacht.

Schäm dich, tadelt sie sich selbst und schickt ein Stoßgebet zum Himmel. Glück. Sie haben Glück, in diesen Wänden leben zu können, und Glück – es fühlt sich schäbig an, mit Allah darüber zu reden, ist aber unvermeidlich –, weil sie Geld besitzen. Das Geld hat sie alle nach Nablus und über die Schwelle dieses Hauses getragen. Das Geld hat sie genährt und gewärmt, hat ihre Fenster mit Vorhängen versehen und ihre Körper bekleidet. Salma stammt aus einer armen Familie, lebte von Brot und Linsen, bis Hussams Mutter sie zu ihrer Schwiegertochter erwählte. Auch Salmas sanfte Schönheit, die der älteren Frau ins Auge fiel, war ein Glück. Mögen Widad, Alia und Mustafa Schüsse mit angehört und den Krieg erlebt haben, so sind sie doch durch die Rüstung des Reichtums davor geschützt geblieben. Das unterscheidet die Familie von den Flüchtlingen in den Lagern rings um den Stadtrand von Nablus. Als Kind hielt Salma immer die Luft an, um das Unglück abzuwehren, und sie tut es noch heute, wenn sie dort vorbeifahren muss.

Viele Flüchtlinge aus Jaffa landeten im Lager Balata, in dem die Zelte kaum zwei, drei Schritte voneinander entfernt standen und unglaubliche Menschenmengen zusammengepfercht waren. Salma ist noch nie in einem Lager gewesen, sie hat die weißen Zelte nur als undeutliche Masse durch ihr Autofenster gesehen. Aber Raja, eine alte Haushälterin, hat ihr von den ausgefransten Stricken erzählt, die die Zeltbahnen mit dem Boden verbanden, vom Gestank nach Urin und Kamelkot. Raja hatte sieben Kinder und lebte mit ihnen, ihrem Mann und der Schwiegermutter in einem Zelt. Sie schliefen abwechselnd, und oft blieben mehrere Kinder nachts wach, damit die Erwachsenen Ruhe fanden, bis sie sich im Morgengrauen auf den Weg zur Arbeit machten.

Salma schämt sich, weil sie so empfindlich auf die Lager reagiert und die absurde Furcht hegt, sie könnten irgendwie ansteckend sein. Als Raja wegen ihrer wieder aufgeflammten Arthritis kündigte, war sie erleichtert. Sie hatte den ständigen Drang verspürt, sich bei ihr zu entschuldigen, was ihr bei den anderen Haushälterinnen und Kinderfrauen, zumeist aus Nablus stammende Mädchen, nie in den Sinn kam. Nur Raja brummte die ergreifenden, klagenden Lieder, die auch Salmas Mutter gesungen hatte, und ließ damit ganz absichtslos eine Verwandtschaft anklingen, die Salma ein schlechtes Gewissen bereitete, denn tagsüber fegte diese Frau Böden und kehrte abends in ein Zuhause zurück, das aus einem Zelt bestand. Parallelexistenzen, denkt Salma manchmal. Die eine isst zum Abendessen Lamm, die andere Gurken, und wer die eine, wer die andere ist, entscheidet das Schicksal aufs Geratewohl.

»Ich liebe dieses Lied.«

»Perfektes Wetter.«

»Was meinst du, wird es halten?«

»Es muss.«

Einige Freundinnen von Alia plaudern in dem wehmütigen, leicht neidischen Ton miteinander, in den unverheiratete junge Frauen bei der Hochzeit einer Freundin verfallen. Sie tragen bunte Kleider, und ihre Beine sind nackt.

Im Vorbeigehen berührt Salma das junge Dienstmädchen am Arm. »Bring noch etwas Rosenwasser, Lulwa.«

Lulwa nickt. »Ja, Madame.«

Der Garten ist wunderschön. Mag es im Haus spuken, mag eine frühere Eigentümerschaft wie ein Schatten darüber hängen – der Garten gehört ganz und gar ihr. Die ehemaligen Bewohner hatten das Grundstück bepflastern und in einen Marmorhof verwandeln lassen.

»Das muss alles weg. Ich muss die Erde sehen«, hatte Salma beim Einzug zu Hussam gesagt. Noch nie hatte sie so mit ihrem Mann gesprochen. Hussam war verblüfft gewesen, doch er hatte gehorcht und Männer angestellt, die sämtliche Platten entfernten.

Die Erde darunter war grau und dürftig wegen der fehlenden Sonne. Überall lagen Marmorbröckchen. Jetzt, mit den vielen Leuten, die darauf herumgehen und der Musik lauschen, mutet der Gedanke seltsam an, dass damals unter ihren Füßen nur bleiche Würmer und kein einziger Grashalm waren.

Monatelang bearbeitete Salma die Erde, doch nichts geschah. Sie düngte, harkte, entfernte Steine, bis sie schließlich verzweifelt beschloss, aufzugeben und zu akzeptieren, dass sie nie einen blühenden Garten haben würde.

Umso größer war ihr Erstaunen, als sie eines Morgens mit der Teetasse in der Hand hinausging, um einen Blick auf das Brachland zu werfen, und einen winzigen Spross entdeckte. Es war nur ein Unkraut, doch sie fiel auf die Knie und streichelte es. Am liebsten wäre sie ins Haus gelaufen und hätte Hussam und die Kinder gerufen, um ihnen endlich etwas Erfreuliches zu zeigen.

Stattdessen blieb sie, wo sie war, berührte immer wieder den Sprössling und erkannte, dass es Dinge gibt, die man für sich behalten sollte, weil sie zu kostbar sind, um sie mit anderen zu teilen. Sie schloss die Augen und sprach die *Fatiha*, die erste Sure des Koran.

Der Garten macht ihr alle Ehre. Dem ersten kleinen Trieb folgte üppiges Grün. Blumen, Sträucher und Bäume schossen aus der Erde hervor, alle Samen, die Salma auf dem Markt gekauft oder von anderen bekommen hatte – irgendwann kannten sämtliche Nachbarn ihre Liebe zu dem Garten –, erblühten.

Salma weiß, dass es Gier war, die sie so viele Pflanzen setzen ließ, die nicht zueinander passten und noch viel weniger zum Sommer in Nablus. Rosen und Gardenien, Tomaten, Kammminze – selbst der Duft war überwältigend gewesen, eine Dissonanz einander übertrumpfender Gerüche.

Im Lauf der Jahre ist sie umsichtiger geworden. Die Kunst besteht in der Verwendung möglichst anspruchsloser Pflanzen. Der Garten ist jetzt schlichter. Vom Haus her ziehen sich Staudenreihen über den Boden, und über dem Gartentisch schwebt ein mit wildem Wein bewachsenes Sonnendach. Es duftet nach Jasmin. Den ganzen Abend hört sie die Leute darüber murmeln und kann ihren Stolz nicht verhehlen.

»Wie schön!«

»Schau nur, diese Gardenien!«

»So große Tomaten habe ich noch nie gesehen.«

Alia und Mustafa hatten im Garten gern mitgeholfen und ihn von bestimmten Insekten und anderen Tieren frei gehalten. Nach Widads Heirat und Hussams Tod waren sie nur noch zu dritt gewesen, wenn an langen Nachmittagen Käfer abgeklaubt wurden. Salma erinnert sich, mit welcher Schadenfreude sie die langen Würmer aus der Erde zogen.

Sie steht unter dem Sonnendach und betrachtet ihre Kinder. Auf dem langen Tisch liegt ein Damasttuch. Die Männer haben *kanafeh* mitgebracht und schlitzen die Zellophanverpackung mit dem Messer auf. Von dem orangeroten, mit grünen Pistazienstückchen bestreuten Süßgebäck steigt Dampf auf. Mustafa reicht Alia, die neben Atef sitzt, einen Teller. Alle drei lachen über eine Bemerkung von Mustafa.

Durch den Garten dringen Gesprächsfetzen an Salmas Ohr. »Diebe ... durchs Wasser ... niemals!« Noch mehr Gelächter. Ein Witz.

Mustafa und Alia sind groß und dunkelhaarig und haben einen ähnlichen Teint wie ihr Vater. Trotz ihres Geredes von Revolution und Unterdrückung werden ihre beiden Jüngsten nicht von den Gedanken an die Lager und die Leute darin gequält. Im Grunde sind sie sorglose, verwöhnte, zur Launenhaftigkeit neigende Kinder. Die Verbündeten, die sie in ihren ersten Lebensjahren waren, sind sie bis heute geblieben.

Alia zieht den Kopf ein und flüstert den beiden Männern etwas zu. In der einen Hand hält sie den Teller, mit der anderen gestikuliert sie. Alle im Garten beobachten sie, Männer wie Frauen. Alia war nie strahlend schön. Mit ihrem schmalen Unterkiefer und den zu stark ausgeprägten Wangenknochen erinnert sie an eine lauernde Katze. Sie hat die schiefe Nase ihres Vaters, und auch in der großen Stirn und den breiten Schultern steckt etwas von Hussam. Aber ihr Gesicht fasziniert; ihre Brauen sind genauso geschwungen, die langen Wimpern genauso lang wie die von Salmas Mutter, einer wahren Schönheit. Im Gegensatz zu vielen großen Frauen hat sie eine gute Körperhaltung, steht aufrecht da, die knochigen, gebieterisch wirkenden Schultern gestrafft. Als ihre Tochter mit vierzehn in die Höhe schoss, hatte Salma entsetzliche Albträume, in denen Alia schauerlich lange Gliedmaße wuchsen und sie vor Hässlichkeit kaum wiederzuerkennen war.

»Du musst ihr die Knochen binden«, sagten die Tanten. »Und Kardamom auf ihr Kopfkissen streuen, das hemmt das Wachstum.«

Salma tat nichts dergleichen. Widad war damals schon seit Jahren fort und Hussam tot, und sie begriff, dass sich die Welt für bestimmte Frauentypen nicht mehr eignete. Jetzt waren Rückgrat und sogar aggressives Verhalten gefragt. Widad hatte Salmas Figur, zierlich, mit breiten Hüften – alle Cousinen waren so gebaut. Nur Alia überragte die Frauen und war auf Augenhöhe mit den meisten Männern.

»*Maschalla, ya Salma*«, sagt *umm* Baschar, eine Nachbarin. Ihr Kopftuch ist an den Schläfen nass vom Schweiß. Auf ihrem Teller liegt eine mit Rosenwasser getränkte Scheibe *kanafeh*. »Sie ist wie der Mond.«

Salma verzieht den Mund zu dem von allen Frauen so perfekt beherrschten leisen, bescheidenen Lächeln und neigt den Kopf. »Danke, *umm* Baschar. Ja, wir sind gesegnet. Allah ist groß.« Ihre Stimme klingt ein wenig angespannt, weil sie die Macht des bösen Blicks kennt, der dafür sorgt, dass man den Neid der anderen auf sich zieht, selbst wenn man es nicht will.

»Obwohl es andererseits ein bisschen ungewöhnlich ist …«, fährt *umm* Baschar fort und schielt zu Mustafa hinüber. Salma weiß, was jetzt kommt. Die Gäste sprechen schon die ganze Zeit darüber. »… das jüngere Kind zuerst zu verheiraten.« *Umm* Baschar seufzt. »Aber bei Männern ist es wohl nicht dasselbe.«

»Es war Alias Schicksal, zuerst zu heiraten. Mustafa muss noch sein Studium beenden und sucht sich dann vielleicht in Ramallah Arbeit.« Salma hört ihre eigene Lüge, spürt, wie schwer sie auf ihr lastet.

»Ja, ja.« Die Nachbarin macht eine kleine Pause. »Wie viele Jahre ist Mustafa gleich noch älter als Alia?«

»Fünf.« Fünf, fünf. Noch im Schlaf murmelt es Salma vor sich hin, denn diese Zahl bekümmert sie schon lange, auch wenn sie es vor dieser Frau nie eingestehen würde.

»Fünf, aha. Nun, das muss jeder selbst wissen. Aber meine werden in der richtigen Reihenfolge verheiratet. Baschars Hochzeit findet diesen Herbst statt. Dabei ist er zwei, nein, drei Jahre jünger als Mustafa.«

Salma hält nicht viel von Baschar mit der großen Nase und dem fliehenden Kinn. Sie hatte schon immer das Gefühl, *umm* Baschar konkurriere mit ihr in Bezug auf die Söhne, weil Mustafa ein so hübscher Junge ist.

»Ihr Vater hätte es so gewollt«, erwidert sie mit Nachdruck, um das Gespräch zu beenden. *Umm* Baschar nickt mit süßlichem Lächeln.

»Sie sieht ja auch wirklich entzückend aus«, sagt sie noch, den Blick auf Alia gerichtet. »Die hennaroten Strähnen passen sehr gut zu ihrem Hautton.« Dann geht sie, und Salma ist erleichtert, dass der Blick der Nachbarin nicht mehr auf ihrer Tochter ruht.

Am Vortag haben die Tanten und Cousinen Alias Henna-Zeremonie abgehalten. Im Licht der Laternen sind noch rotgoldene Strähnen im Haar ihrer Tochter zu sehen. Laut und chaotisch ging es zu, als die jüngeren Frauen ununterbrochen plappernd das Henna in einer Blechschale anrührten. Jedes Mädchen nahm sich eine Handvoll von der schmierigen Paste, knetete sie und entfernte dabei kleine Zweige und Blätter. Als alles gut durchgearbeitet war, gaben sie den Inhalt der Schale in Stoffsäckchen und verknoteten sie. Salma und die älteren Tanten bereiteten Alias Haut vor, indem sie den Koran rezitierend das Haar des Mädchens bürsteten und Arme und Füße mit Zitronensaft einrieben. Salma sprach flüsternd die *Fatiha*, während sie Hennapaste in die Hände ihrer Tochter massierte, bis beide Innenseiten rot waren. Eine der Tanten stach eine Nadel in die Stoffsäckchen und begann mit ruhiger Hand, Spiralen, Blümchen und Netzmuster auf Alias Hände und Füße zu malen.

Der starke Geruch der Paste erinnerte vage an Viehstall. Während die älteren Frauen wehmütig von ihren eigenen Hennafesten erzählten, ertappte Salma einige jüngere Cousinen dabei, wie sie die Augen rollten. Sie gehören einer ungeduldigen Generation an. Ein Thema, über das die Nachbarinnen und Tanten ausführlich sprechen, wenn sie sich gegenseitig zum Tee besuchen. Leichtsinnig seien sie, die Jungen. Als sich Salma bei den Mädchen ein Stoffsäckchen holte, brach das Geplapper ab und alle sahen sie mit Unschuldsblick an. Sie hatten sich über die Jungs in der Gegend unterhalten, das war Salma klar, über die Burschen, die sie in der Schule oder in den Jugendclubs kennenlernten. Vielleicht hatte die eine oder andere sogar über die israelischen Soldaten gesprochen, obwohl Salma solche Ungeheuerlichkeiten eigentlich nur außerhalb von Nablus für möglich hielt, bei den Christinnen oder den Mädchen, die auf europäische Internate gegangen waren. Überall, aber bestimmt nicht hier.

Die Art, wie sie Alia erzogen hat, hätte Hussam von Grund auf missbilligt, und das quält sie. Hussam nahm seinen Glauben sehr ernst und führte ein von der Moschee, dem Fasten und der Entsagung geprägtes Leben. Salma liebte ihren Mann vor allem deshalb mit so großer innerer Distanz, weil er kein stärkeres Gefühl in ihr erwecken konnte. In der Ehe blieb er reserviert und selbst in den intimsten Augenblicken keusch. Erst nach dem Ausbruch seiner Krankheit begann er zu brüllen und zu fluchen, aber da war er schon nicht mehr bei Sinnen.

Für die Veränderungen bei den jungen Leuten wäre er nicht gerüstet gewesen. Der Westen sickert in die Städte ein, und die Besatzung hat einen Keil zwischen die Generationen getrieben. Die Jugend zieht es zum Glanz hin, die Alten sind verbittert.

Manchmal streitet sie im Stillen mit ihm; diese Angewohnheit ist ihr nach zwanzig Jahren Ehe geblieben.

Alle Mädchen machen das, hat sie ihm insgeheim entgegnet, als Alia mit ihren Freundinnen auszugehen begann und erklärte, sie werde niemals das Kopftuch tragen. *»Und sprich zu den gläubigen Frauen, dass sie ihre Blicke zu Boden schlagen und ihre Keuschheit wahren sollen.«* Eine Koransure, Hussams Lieblingstaktik im Streit.

So geht es jetzt nun einmal zu bei uns, Hussam. Die jungen Leute sind weit verstreut. So ist es, unter dem Gewehr zu leben.

In ihrer Vorstellung legte er die Stirn in Falten und schüttelte enttäuscht den Kopf, weil sie so schwach war. *Hättest du sie nur besser erzogen. Hättest du ihr nur mehr aus dem Koran vorgelesen und sie häufiger in die Moschee mitgenommen.* In ihrer Vorstellung folgte darauf eine kurze Pause. *Wenn ich da wäre, hätte sie sich nicht so weit von Allah entfernt.*

Du bist aber nicht da.

So leicht kann man die Toten zum Schweigen bringen.

»Probier mal, *yamma*!« Mustafa kommt mit einem Teller in der Hand zu Salma. Er hat den Sirup in die Mitte der *kanafeh*-Scheibe geträufelt, genau wie sie es mag. Der Quark saugt den Zucker auf. Salma hebt den Blick zu ihrem schlaksigen Sohn.

»Du hättest sehen sollen, wie nervös Atef war«, sagt Mustafa. »Sieben oder acht Mal hat er die Krawatte gewechselt, kein Witz.«

»Grau steht ihm.«

»Grau, blau, orange – völlig egal. Ein Anzug ist ein Anzug ist ein Anzug, habe ich ihm gesagt.«

Salma lächelt und sagt leise: »Der Bräutigam ist pingeliger als die Braut.«

Beide lachen. Nur mit Mustafa lästert sie so verschwörerisch. Die Tanten behaupten, er stehe ihr und Alia zu nahe, sei durch seine Vaterlosigkeit seelisch verkrüppelt. Egoistisch, wie sie ist, betet Salma an jedem Geburtstag von Mustafa, der Junge möge ein weiteres Jahr bei ihr bleiben, nur noch ein Jahr länger mögen seine Sportschuhe, seine Wäsche und das schmutzige Geschirr im ganzen Haus herumliegen.

Mustafa winkt Atef zu sich, und der Bräutigam geht erleichtert, wenn auch etwas steif in seiner Festkleidung, auf ihn zu.

»Eine wunderschöne Krawatte, Atef!«, sagt Salma neckisch. Mustafa lacht.

»Du jetzt auch noch, *khalto*!«, erwidert Atef gespielt beleidigt. Er sieht gut aus; ein bisschen wie die Paschas früher, düster dreinblickende Männer, die man nur noch aus Geschichtsbüchern kennt.

»Geht ihr morgen in die Moschee?«

Die beiden Männer tauschen einen zögerlichen Blick, der Salma nicht entgeht. »Ja, *yamma*«, antwortet Mustafa schließlich. »Aber nur zum Beten. Wir haben es Imam Ali versprochen.«

»Um zehn sind wir fertig und kommen rechtzeitig zum Frühstück«, fügt Atef hinzu. Schweigend stehen die drei da. Das Ungesagte zwischen ihnen scheint zu leben.

»Na gut.« Salma versucht ihre Stimme munter klingen zu lassen. »Und ihr passt aufeinander auf und macht keine Dummheiten, ja?«

Verlegen lachend wenden die beiden den Blick ab. Vor einigen Monaten sind sie bei einer Demonstration in Jerusalem verhaftet worden. Zu einer anderen Zeit wäre ihr Vergehen mit einem Bußgeld, einer gerichtlichen Verwarnung bestraft worden. Stattdessen saßen Atef und Mustafa für vier Nächte im Gefängnis.

Am Entlassungstag saß Salma zwischen Alia und Atefs Mutter, *umm* Atef, im Gerichtssaal. Kaum wurden die Namen der Jungen aufgerufen, begann *umm* Atef vor sich hin zu starren und die Lippen zu bewegen. Sie betete. Salma ließ eine Hand auf ihren Schoß gleiten, und die Finger der beiden Frauen verschränkten sich. *Umm* Atefs Hand lag zunächst schlaff da, doch als Mustafa und Atef jeweils zwischen zwei Justizbeamten hereingeführt wurden, drückte sie so fest zu, dass sich ihr Ehering in Salmas Handteller grub. In diesem Augenblick dachte Salma daran, dass sie beide Witwen waren. Atefs Vater, ein Fedajin, war gestorben, als er auf einen israelischen Soldaten zielte.

Die Jungen trugen Handschellen. Alia begann zu weinen. Atef hatte einen angeschwollenen violetten Bluterguss am Wangenknochen. Mustafa wies zu Salmas Erleichterung keine sichtbare Verletzung auf; später erfuhr sie von der Rippenprellung, hervorgerufen durch den Hieb eines Schlagstocks, der seinen Urin blutig gefärbt hatte.

Danach warteten die drei Frauen vor dem Gerichtssaal. *Umm* Atef hatte aufgehört zu beten; ihre Augen funkelten jetzt wie glühende Kohlen. Als die beiden Männer herauskamen, stürzte sie sich auf ihren Sohn und hämmerte mit ihren fleischigen Fäusten auf seine Brust.

»Was … tust … du … mir … an, du elender Hundesohn! Hältst du das für männlich?«, keuchte sie, ohne Unterlass weiterschlagend.

Atef hielt die Augen geschlossen und blieb starr stehen, ohne die Hiebe seiner Mutter abzuwehren. Erst als sie immer lauter keuchte und von einem Weinkrampf geschüttelt wurde, regte er sich, umarmte sie und sagte leise: »Mama.«

Salma sprach kein Wort, weder vor dem Gerichtssaal noch auf der Heimfahrt. Zu Hause setzte sie sich im Vorraum auf den Boden und zog ihr Kleid bis zu den Knien hoch, um die kalten Fliesen zu spüren. Stundenlang sagte sie nichts, lauschte nur den besorgt geflüsterten Bemerkungen, die Alia, Mustafa und sogar Lulwa im Hin- und Hergehen machten. Das durch die Fenster strömende Sonnenlicht sammelte sich wie Wasser in ihrem Schoß. Der Minztee in der Tasse neben ihr blieb unberührt und wurde kalt. Das Licht, das sich nach und nach rötlich färbte, wanderte der Länge nach über ihren Körper und die Beine hinunter, bis es die Füße erreichte und sie in ein helles, surreal anmutendes Purpurrot tauchte.

Es war schon dunkel, als sich Mustafa neben sie auf den Boden kniete, ihre Füße in seine Hände nahm und weinend die Sohlen küsste.

»Nie wieder«, schwor er. »Es tut mir leid. Es tut mir so leid.« Salma hatte ihren Sohn seit Jahren nicht mehr weinen sehen. Sie gab sich einen Ruck und umarmte ihn. Er roch wie ein kleiner Junge nach Schweiß und nach der Zitronengrasseife, die er beim Duschen verwendete, und in seinen langen Wimpern hingen Tränen wie früher, als er noch ein Kind gewesen war. Alia erschien in der Tür. Weil ihre Beine länger als das Nachthemd waren, hing der Saum auf halber Höhe zwischen Knöcheln und Knien. Salma streckte den Arm aus, zog Alia dicht an ihren Bruder heran, umarmte die beiden wundervollen Wesen und mit ihnen Mustafas Entschuldigung – ihre Gier, seinen Worten zu trauen – und drückte sie wie einen Talisman an die Brust.

»Lass ein bisschen Sirup für uns übrig, Alia!«, ruft einer der Männer durch den Garten. Alia sieht ihn mit hochgezogenen Brauen an und löffelt sich noch etwas mehr auf den Teller.

»Man schreibt der Braut nicht vor, was sie zu essen hat«, ruft sie in das Gelächter der Männer hinein. Dann geht sie zu den jungen Frauen hinüber, die auf den Stufen zwischen den Jasminsträuchern sitzen. Sie hält einen Bissen *kanafeh* mit der Gabel in die Höhe und pustet.

Es ist ein für die Jahreszeit sehr warmer Abend. Der leichte Märzwind lässt Salmas Kopftuch an den Säumen flattern und kitzelt sie unter dem Stoff am Hals. Reflexartig zieht sie das Tuch ein Stück hinunter und drückt es mit den Fingerspitzen an den Kopf. In dem Chaos heute Morgen hat sie die beiden Nadeln rechts und links vergessen, mit deren Hilfe es sich so in Falten legen lässt, dass nichts verrutschen kann.

Alia trägt ihr Haar lang, mit dichten Locken unterhalb der

Ohren. Salmas Töchter tragen beide kein Kopftuch, wofür sie sich ständig schämt. Sie ist von einem frommen Vater großgezogen worden, der morgens früh um vier seine schönste *dischdascha* bügelte, bevor er zum *fadschr*-Gebet in die Moschee ging. Salma erfand komplizierte Geschichten, um sich am Einschlafen zu hindern und ihrem Vater auf seinem Weg von ihrer Hütte zur Moschee kurz nachblicken zu können. Gelang es ihr, was selten genug geschah, sah sie alles verschwommen und konnte den Umriss ihres Vaters im Mondlicht kaum erkennen.

Im Ramadan stand sie tagsüber viele Stunden lang neben ihrer Mutter in der Küche, schnitt Cantaloupe-Melonen in Spalten und rührte die Linsensuppe. Wenn beim Untergang der Sonne das Fastenbrechen begann, war ihr schwindelig vor Hunger. Alle Cousinen und Cousins, alle Tanten und Onkel setzten sich im Kreis um die dampfenden Schüsseln. Der erste Bissen, meist ein Stück Brot oder eine öltriefende Olive, erschien ihr wie das Köstlichste, was ihre junge Zunge im ganzen Jahr gegessen hatte, und erfüllte sie mit einer unermesslichen Liebe zu Allah, die ihr Tränen der Rührung in die Augen trieb.

Salma weiß, dass ihre Kinder Allah weniger verehren als sie. Widad, die gläubigste der drei, betet ein- oder zweimal täglich und lässt keinen Fastentag aus, aber ihre Frömmigkeit gründet auf Furcht, nicht auf Verzückung. Mustafa verbringt zwar jeden Freitag in der Moschee, erfüllt damit jedoch, wie seine Haltung vermuten lässt, eher eine Pflicht zur Geselligkeit, die es gemeinsam mit den Männern aus dem Viertel zu leisten gilt. Und Alia zeigt sich in ihrer Beziehung zu Allah genauso sprunghaft wie sonst auch. Nach der ersten Menstruation bat sie ihre Mutter eine Zeit lang, ihr Koranverse beizubringen, band sich Salmas Kopftücher um und kündigte an, sie werde irgendwann nach Mekka pilgern. Doch schon bald verlor sie das Interesse wieder und ging zu engen Kleidern und ägyptischen Liebesliedern über.

Als vor einigen Monaten die trotzige Stimme ihrer Tochter durch die Wand drang, wurde Salma Zeugin eines Gesprächs zwischen Alia, Atef und Mustafa.

»Allah dürfte die nützlichste Erfindung sein, die es je gegeben hat!«

Zu Salmas Genugtuung tadelte Atef sie damals sofort und befahl ihr, den Mund zu halten.

Die *kanafeh* ist aufgegessen, Salmas Hände sind klebrig. Sie sitzt zwischen Mustafa und Atef. Das Gespräch über die Moschee scheint beide ernüchtert zu haben. Die letzten Flecken Licht sind vom Himmel verschwunden.

»Morgen haben wir perfektes Hochzeitswetter«, sagt Mustafa und legt den Kopf in den Nacken. Salma folgt seinem Blick. Atef auch. Der Nachthimmel ist voller Sterne.

»*Inschallah*«, murmelt sie, und die gescholtenen Männer wiederholen den Ausruf. Salma erhebt sich, nimmt die Teller der beiden und geht an der Gruppe junger Frauen und ihren Fangen spielenden Kindern vorbei. Salma hat Blasenschmerzen. Nach ihrem fünfzigsten Geburtstag vor einem Jahr hat sich ihr Körper kurz entschlossen gemeldet und Unmut geäußert. Beim Bücken tut ihr die Hüfte weh, und am Rand ihres Gesichtsfelds schwebt ständig ein Schnörkel, eine Spirale, die im Sonnenlicht intensiver wird.

Sie tritt ins Haus. In der Küche steht Lulwa und bügelt das Kopftuch aus heller Seide, das Salma morgen zur Hochzeit tragen wird. Über das zischende Eisen gebeugt sucht das Mädchen nach den letzten noch nicht geglätteten Falten.

Salma geht ins Bad und lässt sich erleichtert auf dem Porzellansitz nieder. Stundenlang hat sie gesessen oder ist herumgegangen. Ihre Unterhose ist nass geschwitzt und bräunlich rot befleckt. Das sind die letzten Reste im Körper, so nennen es die Tanten, ein Schwall aus ihrer nutzlosen Gebärmutter. Bevor sie hinausgeht, bleibt sie vor dem Spiegel über dem Waschbecken stehen.

Ein unscheinbares Gesicht, schlicht wie Wasser. Sie schiebt ein paar widerspenstige Haare unter den Kopftuchsaum und schließt leise die Tür hinter sich.

Die Männer haben sich dem Gelächter und Geschwätz der Frauen entzogen und ganz hinten auf dem Rasen um den Feigenbaum versammelt. Die Frauen setzen sich rings um den Tisch. Das Laternenlicht wirft Schatten auf ihre Gesichter.

»Angeblich schließen sie die Grenze«, sagt eine.

»Ägypten soll auf Krieg aus sein.«

»Ägypten ist auf gute Seifenopern aus.«

»Ach, übrigens – habt ihr die letzte Folge gesehen?«

Wie immer kommt die Rede auf Fernsehsendungen und Lieblingsstars. Krieg ist Krieg; er langweilt die Frauen. Die Kinder sitzen zwischen ihnen oder auf den Schößen ihrer Mütter. Der Kaffee, der am Garteneingang über offenem Feuer in einem *ibrik* köchelt, verströmt seinen Duft. Das Kaffeeservice wurde gespült und abgetrocknet, das Tablett mit dem Dreiecksmuster eingeölt. Alia sitzt mit einer kleinen Cousine auf dem Schoß an der Spitze der Tafel. Sie flicht dem Kind das Haar und lauscht dabei schmunzelnd der Geschichte einer Nachbarin.

Mustafa und Atef haben sich den Männern beim Feigenbaum angeschlossen. Weil das Laternenlicht nicht ganz bis dorthin reicht, erkennt Salma ihre weißen Hemden nur mit Mühe. Ein kleiner Junge am Tisch entwindet sich dem Griff seiner Mutter, springt zu den Männern hinüber und läuft mit offenen Armen zu seinem Vater. Der geht in die Knie und hebt sich das Kind an die Hüfte. Salma sieht zu, wie die Männer gestikulieren. Ihre Hände verschwimmen im Dunkeln, und über ihnen hängt der Rauch der Zigaretten.

Sie muss es nicht hören, um zu wissen, was sie sagen, welche Namen sie immer wieder nennen, welche Daten. Bald werden sie streiten – gestritten wird immer. Angestaute Wut, die sich entladen muss. Und die Frauen, die das alles längst kennen und des Ganzen überdrüssig sind, werden aufstehen und zu ihren Männern oder Brüdern oder Vätern gehen und sie besänftigen.

Salma sieht den Kaffee im *ibrik* am Eingang des Gartens überkochen. Lulwa eilt mit dem Service hin. Die schwarze Flüssigkeit ist über den Rand geschwappt, die Flamme spuckt Funken. Salma versucht mit einer Handbewegung Alias Aufmerksamkeit auf sich zu ziehen, denn an diesem letzten Abend als ledige Frau soll sie den Kaffee servieren in den sorgsam auf dem Tablett angeordneten Tassen, soll sich merken, wer Zucker möchte und wer es lieber bitter will. Erst werden die alten Männer bedient, dann die Hadschis, dann Atef. Artig soll sie vor dem Mann stehen, der ihr Ehemann sein wird, und ihm, wie danach noch unzählige Male, den Kaffee einschenken.

Doch Alia sieht Salmas winkende Hände nicht. Sie hat den Zopf der Kleinen fertig geflochten und drückt ihr einen Kuss auf den Kopf.

Salmas Arme und Beine fühlen sich schwer an. Unwillkürlich taucht ein Bild der morgigen Hochzeit vor ihr auf. Der Saal ist leer, die Stühle liegen umgestürzt am Boden, das Wachs der Kerzen hat die Tischdecken befleckt. Das Festmahl als Gemetzel – leer gegessene Teller, verstreute Gräten, kaltes Lammfett. Salma sieht das geschminkte Gesicht ihrer Tochter nach den vielen Stunden im heißen Licht – wächsern, die Wimperntusche in den Augenwinkeln verlaufen. Das Brautkleid mit dem perlenbesetzten Oberteil und den Puffärmeln zerknittert vom vielen Tanzen. Alia, die ihr gegenübersitzt, beginnt zu gähnen, und Salma stellt sich vor, wie ihre Tochter morgen Nacht müde und glücklich das Fest an Atefs Arm verlassen wird.

»Wie gut das Lüftchen tut«, sagt eine Frau.

»Die bemerken es gar nicht«, erwidert eine der Tanten und nickt zu den Männern hin. »Sie fangen schon an.«

Salma dreht sich um. Die Männer sprechen jetzt schneller. Einige schütteln verärgert den Kopf. Man hört ihre Stimmen. Als sie sich wieder zu ihrer Tochter wendet, blickt Alia sie grinsend an und rollt gutmütig mit den Augen. Sie strahlt.

Deshalb hat sie das Zebra gesehen, denkt Salma. Das Zebra ist Alia, ihre süße Kleine. Die Liebe zu ihrer Tochter und die Angst um sie haben denselben metallischen Geschmack. Ihr kommen Zweifel – wunderschöne Zweifel. Sie hat es bestimmt nicht richtig gesehen. Wie konnte sie so sicher sein? Sie versucht es sich ins Gedächtnis zu rufen, erinnert sich aber nur an den Schreck. Vielleicht war es gar kein Zebra, sondern ein Bär oder Wolf oder irgendein anderes vierbeiniges Wesen. Alia lacht. Ja, denkt Salma, während sie vor ihrer Jüngsten pantomimisch den *ibrik* hebt. Vor ihrem inneren Auge blitzt noch einmal die Spur in der Tasse auf. Ja, es muss ein Pferd gewesen sein. Kein Zebra, sondern ein scheckiges Pferd. Es könnte Reisen bedeuten, vielleicht eine schwierige erste Schwangerschaft, aber auch Glück; ja, Glück bedeutet es auch.

Mustafa

Nablus
Oktober 1965

»Brüder, wir sind an einem Scheideweg angelangt«, murmelt Mustafa vor sich hin. »So können wir nicht weitermachen.«

Er bleibt neben einem Fleckchen Gras am Straßenrand stehen und blinzelt in den Himmel. Es ist kühl an diesem Spätnachmittag, die Sonne versinkt hinter den Bergen. Jeden Morgen und jeden Abend legt er den Weg durch das Tal zwischen seinem Haus und der Schule zurück, lieber zu Fuß als mit dem Auto. Beim Gehen wird der Kopf wieder klar. Sein Job ist einfach; er erteilt Jugendlichen in einer nahe gelegenen Schule Unterricht in Arithmetik, und obwohl er es gern tut – die Eleganz der Mathematik, seine Befriedigung, wenn die Schüler die Gleichungen lösen –, ist es hin und wieder doch langweilig, reine Routine. Beim Gehen hat er Zeit, mit den Sandalen auf den Boden zu stampfen.

Vor ihm erhebt sich ein weiterer Hügel mit kleinen Häusern und Gemüsegärten. Dahinter sieht man schlichtere Hütten, deren Fensterscheiben zerbrochen sind und deren Heizung aus Töpfen mit kochendem Wasser besteht. In einer dieser Hütten wohnt Aya. Während Mustafa daran vorbeigeht, haftet sein Blick auf den Gipfeln, die in den blauen Himmel ragen.

»So können wir nicht weitermachen«, sagt er noch einmal. Auf der Baustelle links von ihm herrscht reges Treiben. Die Arbeiter rauchen, während sie schuften. Im Vorbeigehen öffnet Mustafa die beiden obersten Knöpfe.

»Wir verlieren einen Kampf, Brüder.« Zu sanft. »Wir verlieren einen *Kampf*, Brüder!« Er versucht es mit einer weit ausholenden Handbewegung, ist mit der Wirkung zufrieden und wiederholt das Ganze mit beiden Händen.

»Hast du jetzt endgültig den Verstand verloren?« Als Mustafa aufblickt, sieht er Omar, einen von der *schabab* aus der Moschee, auf sich zukommen. Der Kragen an Omars grüner Bauarbeiterkluft ist schweißdurchtränkt.

»Ist es schon so weit mit dir gekommen, Bruder?«, sagt Omar grinsend. »Streunst durch die Straßen und führst Selbstgespräche!«

Mustafa hebt abwehrend die Hände und erwidert Omars Grinsen. »Wir sind nun mal eine faule Generation.« Der schon etwas abgehangene, unter den Männern in der Moschee kursierende Scherz bezieht sich auf die israelischen Flugblätter, in denen die arabischen Männer als feig und arbeitsscheu bezeichnet werden. »Wie kommen die Bauarbeiten voran?«

»Wir müssen ständig unterbrechen. Die Dreckskerle knausern mit den Genehmigungen.« Omar spuckt aus, ein bräunlicher Schwall. »Und wenn es doch mal klappt, schikanieren sie uns mit der Flächennutzung. Wenn uns die eine Seite in Ruhe lässt, kriegen wir es von der anderen.«

Omar zieht eine Packung Zigaretten hervor und gibt Mustafa eine. Das Gesicht zum Tal gewendet rauchen sie eine Zeit lang schweigend, jeder mit seinen Gedanken beschäftigt. Plötzlich durchschneidet ein Pfiff die Luft. Als sie sich umdrehen, sehen sie, dass der Vorarbeiter Omar zuwinkt.

»Beweg dich, Schätzchen!«, ruft der Mann boshaft. »Du wirst nicht fürs Plaudern mit deinem Freund bezahlt!«

Omar lässt die Zigarette fallen und murmelt: »Scheißkerl.« Dann nickt er Mustafa zu und macht sich auf den Weg. »Heute Abend bei dir, ja?«

Jetzt fällt es Mustafa wieder ein. Die Männer sollen heute nach der Moschee zum Kaffeetrinken und Schischa-Rauchen zu ihm kommen. Eigentlich müssten sie sich abwechseln, aber alle anderen haben Frau und Kinder.

»Ja«, bestätigt Mustafa, und Omar geht zur Baustelle zurück.

Dass Mustafa heute Abend reden soll, ist Imam Bakris Idee. Er werde es schaffen, hat ihm der Imam versichert. Jedes Wort von ihm sei *Gold, pures gesponnenes Gold.*

»Wir erwarten Gäste aus Jerusalem«, hatte Imam Bakri ihm mitgeteilt. »Ich möchte, dass sie unsere wunderbare Bruderschaft kennenlernen. Und du sollst eine Rede halten.«

Als Mustafa nachfragte, meinte der Imam lächelnd: »Dir wird schon etwas einfallen. Du wirst ihre Herzen rühren und sie in Staunen versetzen, ich bin mir ganz sicher.«

Aus der Ferne wirkt das Haus unverändert. Rechts und links der Tür steht je ein Baum. Erst im Näherkommen erkennt man Zeichen der Verwahrlosung – die ungeschnittene Hecke, die verstaubten Fenster, der lockere Türknauf, der sich in Mustafas Hand viel zu leicht dreht. Als Salma ihren Umzug nach Amman verkündete, glaubte ihr keiner. Mustafa und Alia neckten sie mit dem Vorwurf, sie verlasse ihren Posten, und versicherten einander hinter Salmas Rücken, sie werde niemals gehen. Selbst jetzt, ein Jahr nachdem sie einen Koffer nach dem anderen mit ihren Habseligkeiten bepackte und in ein kleines Haus in der Nähe ihrer Schwester zog, hat Mustafa noch immer das vage Gefühl, dass sie wiederkommen wird.

Seit Salmas Wegzug gehört das Haus ihm. Er hat die Zimmer und den Garten seiner noch lebenden Mutter geerbt und empfindet gelegentlich einen kindischen Groll, als hätte man ihm ein schönes Schmuckstück geschenkt, das er nicht anfassen kann, ohne es zu zerstören.

Er geht durch den Vorraum. Im Wohnzimmer bleibt er stehen, knöpft sein Hemd auf und wirft es auf die Couch. »Sie wollen uns mürbe machen und zum Aufgeben zwingen«, murmelt er gedankenverloren, während er in die Küche tritt. *Mürbe* klingt merkwürdig; er denkt dabei an weiches Leder. »Sie wollen, dass wir uns ergeben.« Schon besser.

Auf den Arbeitsflächen liegen Zeitungen und Zellophantüten mit Brot und Crackern und in einer Schale seine Lieblingsbirnen. Auf einem Honigtopf steht ein Glas eingemachte Gurken. Das Fensterbrett über dem Spülbecken beherbergt eine bräunliche Pflanze, die er immer zu gießen vergisst.

»Sie ist nur gegangen, weil sie geglaubt hat, dass du dann heiraten würdest«, hat Alia einmal zu ihm gesagt und damit erneut einen heftigen Streit ausgelöst. Der Vorwurf kränkte ihn, weil er wusste, dass er berechtigt war.

Jede Woche hört er seine Mutter am Telefon seufzen. »Ich sorge mich um dich – so ganz allein in dem Haus, ohne eine liebe Frau, die dich bekocht und glücklich macht! Du bist so einsam, *habibi*.«

Bei Mustafas letztem Besuch in Amman haben ihn Salma und die Tanten auf leicht zu durchschauende Art mit mehreren Frauen bekannt gemacht. Ein Abendessen folgte dem nächsten, und jedes Mal unterhielt er sich angestrengt mit den Mädchen und ihren Müttern. Ständig wurde das Gespräch von seinen Tanten unterbrochen.

»Mustafa hat das Studium in nur drei Jahren absolviert!«

»Waren Sie schon einmal in Nablus, *habibti*?«

»Sieh dir nur diese schöne Haut an. Ist Ihre ganze Familie so hell?«

Während des gesamten Aufenthalts hatte er das Gefühl, ständig die Luft anzuhalten und höflich lächelnd zu nicken. Nach dem Essen saßen Salma und die Tanten auf dem Balkon und sprachen über die Mädchen – dass Suzanne doch eine hervorragende Köchin sei und Amad Literatur studiert habe. Und die wunderschönen Augen von Hind erst! Mustafa ertappte sich bei dem Gedanken an Aya, an ihren langen Zopf und ihre raue Stimme, die ihn an gebrannten Zucker erinnerte.

Am letzten Abend fragten sie, welche ihm am besten gefalle, und Mustafas Antwort lautete: »Keine.«

Die Enttäuschung seiner Mutter war mit Händen zu greifen. Ungewohnter Zorn lag in ihrer Stimme, als sie erwiderte: »Dann geh zurück nach Nablus. Willst du ewig allein sein? Genau darauf läuft es nämlich hinaus!«

Mustafa kratzt sich am Kopf, während er in der Küche herumgeht und seinen üblichen Tanz vollführt. Schubladen werden geöffnet, die Reste im Kühlschrank betrachtet. Er nimmt ein Glas Oliven, späht argwöhnisch hinein. Der Rand ist mit Schimmel bewachsen.

Seine Einkäufe tätigt er völlig planlos. Manchmal wacht er frühmorgens voller Energie und Tatendrang auf, geht noch vor der Arbeit auf den Markt und kehrt mit Tomaten, großen Käsestücken und noch dampfendem Pitabrot zurück. Ein andermal sucht er sich irgendetwas zusammen und bereitet sich Mahlzeiten aus Mandeln und einer Handvoll Feigen zu – der halbherzige Versuch, ein bisschen Obst zu essen.

In den letzten beiden Wochen hat er zusammengekratzt, was noch da war. Brot mit Olivenöl, hin und wieder ein Lammkotelett. Gelegentlich kommen Atef und Alia abends vorbei, und manchmal fühlt sich Alia bemüßigt, in die Rolle der Hausfrau zu schlüpfen und sich an einem aufwendigen Gericht zu versuchen, an *koussa* oder an *warak anab* nach dem Rezept ihrer Mutter, wobei sie jedes Mal kläglich scheitert, weil sie noch schlechter als Mustafa kocht. Beide sind – typisch für reiche Kinder in Nablus – mit einem Dienstmädchen groß geworden, das gekocht und geputzt und auch ihre Kleider gewaschen hat, sodass Alias erste Begegnung mit Schmutz-

wäsche kurz nach der Hochzeit in einer Katastrophe aus ausgeb-
lichenen Hemden und verfärbten Socken endete, die sich zu einem
oft erzählten Familienwitz entwickelte. *Ihretwegen hatte Atef, der
arme Mann, keine Socken mehr!*

Mustafa findet eine halb volle Packung Spaghetti in der Schublade. Rauchend wartet er, bis das Wasser kocht. Dann dreht er die
Packung um und lässt die sich auffächernden Nudeln in den Topf
gleiten.

»Und wer wird für dich kochen?«, fragte seine Mutter, bevor
sie mit Lulwa abreiste. »Und wer putzt?« Wenigstens ein Dienstmädchen solle er sich nehmen, eine stundenweise arbeitende Haushälterin.

»Ich«, antwortete Mustafa. Aber in Wahrheit stört ihn die Unordnung nicht. Die meiste Zeit nimmt er das Chaos nicht einmal
wahr. Nur nach den Telefonaten mit seiner Mutter fällt ihm der
ungepflegte Zustand des Hauses plötzlich auf. Dann sieht er die
abblätternde Wandfarbe, die Staubwolke, die bei jedem Schritt
vom Teppich aufsteigt, die Zigarettenasche im Waschbecken und
denkt an den Lavendelduft, der das Haus erfüllte, als seine Mutter darin wohnte, und dass er niemals darin rauchen durfte.

Wenn das Schuldgefühl zu stark wird, sucht er sich ein paar
Spüllappen, füllt einen Eimer mit Wasser, schrubbt jede Bodenflie-
se in der Küche, putzt die Fenster und staubt sogar die Badezim-
merschränke ab.

Die Zigarette ist fast zu Ende geraucht. Nachdem er sie ins Spülbecken geschnippt hat, widmet er sich wieder dem Kochtopf mit
den inzwischen schlaff im Wasser liegenden Spaghetti.

Er denkt an ein Gericht, das seine Mutter oft gekocht hat – Nudeln mit Béchamelsoße –, und versucht sich an die Zutaten zu erinnern. Sahne – in der Vorratskammer entdeckt er eine verstaubte
Packung –, Öl und Salz. Es war noch etwas Viertes dabei, aber er
kommt nicht darauf. Gewürznelken? Zucker? Essig? Irgendetwas
Ungewöhnliches. Er setzt auf Zucker, gibt zwei Löffel voll in die

Schüssel mit der Sahne und schlägt das Ganze mit dem Rührbesen, bis ihm langweilig wird.

Die dampfenden, vor Öl glänzenden Nudeln sehen köstlich aus. »Salz«, murmelt er und beginnt, wagemutig geworden, im Gewürzregal zu stöbern. Eine Prise Kardamom und nicht zu wenig Paprika aus dem Streuer. Er kostet und spuckt alles sofort wieder aus. Es schmeckt wie Autoabgase.

Frustriert sieht er sich in der Küche um, als könnte er damit auf wundersame Weise ein Brathuhn oder ein Schisch Kebab zum Erscheinen bringen. Seine letzte Hoffnung liegt nun auf seiner Schwester. Vielleicht bringt sie etwas vom Markt mit.

Sein salopper Lebensstil lässt sich nur durch die Hilfe von Alia und Atef aufrechterhalten, die wenige Straßen weiter wohnen, sodass die drei ständig miteinander zu tun haben. Die täglichen Zusammenkünfte finden meist in Salmas Haus statt, das Mustafa noch immer als *beit immi* bezeichnet. Weil die beiden Häuser nie abgeschlossen sind, können die drei problemlos zwischen ihnen hin- und hergehen. Mustafa liebt die Durchlässigkeit dieses Alltags, in dem er und die beiden von ihm am meisten geliebten Menschen wie Planeten umeinander kreisen können.

Als hätte er sie herbeigezaubert, ist auf dem Weg zum Haus plötzlich das Klappern von Alias Stöckelschuhen zu hören.

Mustafa geht zum Spülbecken und beginnt die Essensreste vom Teller zu kratzen. Die Nudeln sind schon angetrocknet.

»Mustafa?«

»Hier«, ruft er. Die Zigarette färbt das abfließende Wasser braun.

Alia erscheint in der Tür. »Was ist da angebrannt?«, fragt sie schnuppernd.

»Das Essen.«

»Ich habe einen Riesenhunger.« Sie stellt ihre Handtasche auf

dem Tisch ab. Sie trägt einen langen Bauernrock, dessen Saum beim
Gehen über den Boden schleift und Staub aufwirbelt.

»Ist Atef da?«

»Nein. Wir treffen uns später in der Moschee.«

»Ich glaube, es wird regnen.« Stirnrunzelnd hebt Alia den Topf-
deckel. »Wieder so ein reines Männertreffen?«

Mustafa gibt einen nichtssagenden Laut von sich und spült mit
großer Sorgfalt Asche aus dem Becken. Seine Schwester ist klug –
klug genug, um zu wissen, dass es bei den abendlichen Gesprächen der Männer in der Moschee um Geheimnisse geht. Und sie
hasst es, davon ausgeschlossen zu sein, im Dunkeln gelassen zu
werden, keinen Einblick in einen Teil des Lebens ihres Bruders und
ihres Ehemanns zu erhalten. Ganz besonders nach dem Gefängnis.

»Ihr futtert ja sowieso nur Trauben und quatscht über das Wetter«, fährt sie ihn an. »Um Nasser und Eschkol geht es dabei ga-
rantiert nicht!«

Vielleicht ist Alia eifersüchtig, denkt Mustafa. Sie war schon immer eigensinnig, hatte nie Angst vor Schlamm oder vor Würmern,
hat sich beim Schlachten des Lamms an *Eid* nie wie die anderen
Mädchen die Augen zugehalten. Doch obwohl sie in Nablus tun
kann, was sie will, und ein anderes Leben führt als andere Ehefrauen – weil ihr Mann die Dinge gelassen sieht und ihre Tage mit
Einkaufen und Einladungen zum Tee und Lesen gefüllt sind –, ist
sie doch in erster Linie eine Frau. Sie mag noch so eigensinnig
sein – zu den *schabab* in der Moschee wird sie nie gehören.

»Nein, in der Moschee wird nicht diskutiert«, fährt Alia fort,
kostet die Nudeln und verzieht das Gesicht. »Widerlich.« Sie legt
die Gabel aus der Hand. »Keine Streitgespräche über Politik und
Philosophie.«

Alia war immer der Mensch, dem sich Mustafa am nächsten gefühlt hat. Atef ist sein bester Freund, die *schabab* sind seine Brüder, aber nur Alia vertraut er sich an. Sie haben sich alles erzählt,
haben einander ihre Ladendiebstähle, ihre Jugendliebschaften und

noch viel Geheimeres gestanden, Mustafas Hass auf seinen Vater beispielsweise.

Aber von der engen Zusammengehörigkeit in der Moschee kann er ihr nicht erzählen. Von dem aufwühlenden Gefühl, dass etwas Uraltes heraufzieht – Revolution? Krieg? –, kann er nicht sprechen.

»Die Jungs können Camus nicht von Sartre unterscheiden«, sagt er beiläufig und fixiert Alia. Sie gibt als Erste nach, senkt den Blick auf die Schale mit den Birnen.

»Atef und du, ihr wollt unbedingt eure Geheimnisse, ja? Bitte – behaltet sie ruhig!«, sagt sie mit gepresster Stimme und bewegt ihre Hand, wie um eine Mücke zu töten. »Da wird sowieso nur geraucht und getratscht«, fügt sie schnippisch hinzu, nimmt sich zwei Birnen und beginnt sie zu schälen.

Er schämt sich seiner Erleichterung.

Sie werfen die Nudeln weg und essen die Birnen ausgehöhlt und mit einem Klacks Marmelade gefüllt. Sie unterhalten sich über das Wetter, über Atefs neue Stelle an der Universität. Sie erzählen sich von den jüngsten Anrufen ihrer Mutter, von den ewigen Sorgen, die sie sich um die Zukunft der beiden macht. Bevor sie geht, gibt Alia Mustafa einen Kuss auf die Wange.

»Viel Spaß beim Tratschen«, neckt sie ihn. Der Streit ist fürs Erste vergessen.

Wieder allein, spült Mustafa das Geschirr unter fließendem Wasser. »Wir haben zwei Möglichkeiten«, sagt er. »Entweder geben wir unsere Sache auf oder wir verschreiben uns ihr ganz und gar.« Er genießt, wie ihm die Wörter von der Zunge rollen, und versucht es ein bisschen lauter. »Ganz und gar.«

Wie auf ein Stichwort hin setzt draußen der Ruf des Muezzins ein. Die widerhallenden Laute erinnern ihn an die Moschee und an Atef, den er dort – ein rascher Blick auf seine schaumbedeckte Uhr – in einer Stunde treffen wird.

Obwohl er nervös ist, freut er sich auf das Treffen. Er verlässt die Zusammenkünfte immer geerdet, gefestigt, als wäre sein Glaube ein Streichholz, das endlich jemand entzündet hat.

Allerdings ist es nicht *diese* Art Glaube. Zwar verehrt er Allah, aber auf oberflächliche Weise und rein taktisch motiviert, was er in ehrlichen Momenten selbst erkennt. Sollten dereinst die Gläubigen vom Rest geschieden werden, will er nicht auf der falschen Seite landen. Aber er liebt die Moschee nicht so sehr um etwas Himmlisches willen, sondern weil sie so staubig riecht, weil der Teppich so schön in die Fußsohlen pikst und der Ruf des Muezzins so zuverlässig ertönt.

Wenn Imam Bakri, wie ein Dirigent mit den Armen rudernd, zu den Männern spricht, wenn er Reden über die Größe Allahs und den näher rückenden Krieg und die Heiligkeit des Landes hält, dann läuft es Mustafa nur bei einem einzigen Wort kalt den Rücken hinunter: *Palästina*.

Atef spricht gern von der Gemeinsamkeit zwischen Allah und dem Land. Beide seien auf je eigene Art heilig, und die Liebe zum eigenen Land sei nur möglich aufgrund der Liebe zu Gott.

Doch Mustafa fehlt die Geduld für solches Gerede, für solche Selbstanalysen. Ihm sind die Streitgespräche bei den Treffen und die Wortwechsel mit Alia lieber. Er genießt den Rausch des aufwallenden Bluts im Zorn. Seine Reizbarkeit ist berüchtigt – er zerreißt Landkarten, steht bei Abendeinladungen auf und geht. Er ergötzt sich an der Wucht seines Tuns und an den ängstlichen Blicken, mit denen ihn die anderen dabei beäugen.

»Na, wieder ein paar Teetassen zerschmissen, Mustafa?« So necken ihn die Mädchen im Viertel und spielen damit auf eine einzige Tasse an, die er mit zwölf oder dreizehn nach einem besonders grandiosen Streit mit Alia zerschlagen hat. Alia hatte losgeheult, und als er darin eine Art Täuschungsmanöver erkannte – den alten Frauentrick –, warf er eine Tasse in hohem Bogen durch den Garten, wo sie an einem Baumstamm zerschellte. Weil sich der Vorfall vor

Dutzenden Nachbarn abspielte, wurde er legendär. Die Geschichte ist so oft erzählt worden, dass manche von denen, die noch heute darüber witzeln, jünger als Alia sind und bei dem Ereignis gar nicht anwesend oder noch nicht einmal geboren waren. Mustafa selbst kann sich kaum daran erinnern.

Im Schlafzimmer zieht er sein Unterhemd aus und riecht daran. Rauch und Schweiß. Er wirft es aufs Bett und öffnet die Schranktür.

»Brüder! Wir müssen begreifen, dass uns eine Schlacht bevorsteht!«, deklamiert er, stellt sich vor den Spiegel neben dem Schrank und wiederholt den Satz. Er legt die Stirn in Falten. »Wir müssen begreifen, dass sie keiner für uns schlagen wird.« Seine dunklen Augen starren ihn an.

Er weiß, dass er gut aussieht, verbirgt dieses Wissen aber auf eine seiner Meinung nach sehr lässige Art, indem er sich mit seinen ungekämmten Locken und zerknitterten Hemden etwas zerzaust gibt, als jemand, der ganz nebenbei auch attraktiv ist. *Mein Honigjunge* hat ihn seine Mutter genannt, als er klein war, und die Tanten säuselten: *Diese Augen! Dieses Haar!* Und einmal hörte er beim Spielen zufällig eine Nachbarin sagen: *Schade, dass nicht die Mädchen, sondern der Junge die ganze Schönheit abbekommen hat.* Schon als kleines Kind hat er diese Ungleichheit zwischen sich und seinen Schwestern gespürt, denn im Vergleich mit Alias schlaksigem und Widads rundlichem Körper und mit den schiefen Nasen und hohen Stirnen der beiden hatte er etwas bekommen, was ihm nicht rechtmäßig zustand.

Sechs Uhr. Zwei Krawatten sind auf dem Bett gelandet; er hat sich für ein graues Hemd und eine Stoffhose entschieden. Draußen ist es kühl, sehr angenehm. Plötzlich verspürt er den starken Wunsch, in die andere Richtung zu gehen, in die Abenddämmerung hinein, zu Aya und ihrem warmen Bett.

Aber es ist Freitag, und freitags trifft sich Ayas Familie nach der Moschee in der Hütte, und Aya geht mit ihren Geschwistern ins Zimmer ihrer Mutter und betet ihnen vor. Er war zwar nie dabei, aber er malt es sich aus – Ayas ruhige Stimme, ihr Gesicht im Lampenschein, das leise Korangemurmel der Geschwister. Sie kann streng sein, manchmal sogar wenn sie miteinander schlafen. Aber lieber denkt er an die Momente, in denen sie sanft ist.

Er weiß, dass seine Mutter Angst hat, es könnte etwas geben, was ihn vom Heiraten abhält. Insgeheim wäre sie wohl froh oder zumindest erleichtert, wenn er ihr sagen würde, dass er die Körper von zehn, zwölf Frauen kenne und in dieser Hinsicht ein echter Mann sei.

Die Mädchen wohnen weit verstreut und sind sehr unterschiedlich. Mädchen aus Amman, die an britischen Universitäten studiert haben, mehrere Europäerinnen, die in den Flüchtlingslagern arbeiten, sogar einige hübsche, nach deren *Oud*-Duft der ganze Billardsalon riecht und die samstags rauchen. Sie flüstern ihm unglaublich schmutzige Dinge ins Ohr, die ihn gleichzeitig erschüttern und dahinschmelzen lassen. *Hast du zwanzig? Weißt du, was ich dich dafür machen lassen würde?* Er hat sich den Mädchen immer fern gefühlt, als wäre sein Körper ein Tier, das die Krallen gleichgültig in etwas schlägt, das er betrachtet.

Aya ist anders. Sie lebt am Stadtrand von Nablus, wo sich die Flüchtlingslager drängen. Ihre Hütte ist alt; an Drähten vor den Fenstern hängt die feuchte Wäsche. Die Leute in den Nachbarhütten arbeiten mit den Händen – die Männer in der Landwirtschaft und als Schreiner, die Frauen als Näherinnen und Bäckerinnen. Keiner von ihnen stammt aus Nablus. Sie sind in den letzten beiden Jahrzehnten aus Dörfern gekommen, die von Soldaten niedergebrannt oder mit Salz bestreut worden waren. Sie kamen aus Städten wie Haifa und Nazareth. Die Dörfer sind verloren, ihre Namen verschwunden und durch neue, hebräische ersetzt.

In dieses Viertel geriet Mustafa zum ersten Mal, als ein Imam ihn darum bat, beim Verteilen von Widerstandsplakaten zu helfen. Durch den Imam erfuhr er damals von der Druckerei am Fuß der Berge.

In dem nach Papiermasse und Tinte stinkenden Betrieb arbeitete Aya. Sie musste das Papier ausbreiten und Tintenflaschen verschließen. Wenn Mustafa und Atef kamen, war sie immer sehr höflich und senkte den Kopf, sobald Mustafa sie ansah. Sie sprach nur wenig, aber irgendetwas an ihr faszinierte ihn so sehr, dass er ständig an sie dachte, an ihr angedeutetes Lächeln und an ihre von der Tinte verfärbten Fingernägel.

Es war nicht schwer, um sie zu werben. Er ging mehrmals allein hin und bat sie, diverse Fotos und Flugblätter zu drucken. Einmal kam er mit einem zerknitterten Foto, das von seinem Vater stammte – man sah das Meer darauf, es war ein Abzug aus dem alten Haus in Jaffa –, und bat sie um eine Kopie davon.

»Das Meer wird man nur noch verschwommen sehen«, erklärte sie skeptisch, beugte sich über die Theke und legte ihre ausgestreckten Finger auf das Bild.

»Sie haben wunderschöne Hände«, sagte er und berührte sie am Handgelenk.

Er kannte Mädchen wie Aya, arme Mädchen, deren Lebensstandard nicht an den seiner Freundinnen und Verwandten heranreichte. Diese Mädchen waren gläubig, aber sie führten ein hartes, bitteres, vom Tod geprägtes Leben. Wenn sie mit Anfang zwanzig noch nicht verheiratet waren, wurden sie leichtfertig und gaben ihren Körper bedenkenlos hin. Sie waren nicht mit Sommeraufenthalten in Europa und mit Dinnerpartys groß geworden, sondern hatten ihren Brüdern Granatsplitter aus den Beinen entfernt und ihre Schwestern nach einer Vergewaltigung gewaschen. In ihren Körpern gab es keinen Raum für Liebe, und Mustafas Geschäker wussten sie zu schätzen.

Doch mit Aya ist er in einer anderen Welt. Mit ihr hat er zum ersten Mal keinen Halt mehr unter den Füßen, als wäre es plötzlich dunkel geworden und nur noch seine Hände und sein Atem könnten ihn leiten.

Aya ist zuverlässig. Sie treffen sich in der Abenddämmerung, wenn ringsum der Gebetsruf ertönt. Der Ruf gibt ihnen nicht das Gefühl, Verbotenes zu tun, sondern wirkt wie eine Zustimmung. Stets lächelt Aya, wenn sie Mustafa erblickt; dann dreht sie sich um und führt ihn zu der Hütte, in der sie mit sechs jüngeren Geschwistern und ihrer bettlägerigen Mutter lebt. Die Mutter hat er immer nur husten hören, gesehen hat er sie nie. Vor der Hütte angekommen bleibt er an der Hintertür stehen. Zuerst geht Aya hinein und vergewissert sich, dass die Kinder spielen; dann winkt sie ihn mit einem lautlosen *Leise, leise* zu sich und führt ihn die Treppe zu ihrer Kammer hinauf. Nie kommt jemand dorthin, und Mustafa ist klar, dass dies alles ist, was Aya auf der Welt hat: diese vier Wände, diese Bodenfliesen.

Sogar das Zimmer selbst ist treu; das immer gleiche schmale Bett, der Schrank, der gesprungene Spiegel. Immer derselbe saubere Zitronenduft, die Seife, mit der sie alles wäscht, sogar ihr Haar. Immer dieselben Matrjoschkapuppen auf dem Tisch, immer dieselbe leere Vase. Ihr Liebesspiel verläuft präzise und vorhersehbar – Mustafa wartet, auf der Bettkante sitzend, bis sich Aya wie auf ein Stichwort hin auszuziehen beginnt.

Sie tut es nie verschämt. Sorgsam streift sie ein Kleidungsstück nach dem anderen ab, faltet das Kleid, legt die Strümpfe zusammen und steckt sogar die Büstenhalterkörbchen ineinander. Dabei blickt sie ihn nie an, sondern steht im Profil, sodass er nur die Hälfte ihrer Blöße sieht – ein nacktes Bein, eine Brust, eine Schulter. Sie hat den

Körper eines ägyptischen Filmstars, ohne Wespentaille und lange Beine und den ganzen Unsinn, von dem die reicheren Mädchen besessen sind. Aya ist üppig, großbusig und hat Speckpolster an der Hüfte. Erst wenn sie fertig ist, erhebt sich Mustafa und küsst sie auf den Hals, auf die Schulter und schließlich auf den Mund. Dann zieht er sich so hastig aus, dass er hinterher in der Dunkelheit mühsam nach der Unterhose, dem Hemd und den Socken tasten muss.

Manchmal fragt er sich, was wohl geschieht, wenn er gegangen ist und nur ein paar einzelne Haare und sein Geruch auf dem Laken zurückbleiben, und immer sieht er dann nur ein einziges Bild vor sich, wie ein Foto: Aya legt sich schlafen und streicht der Länge nach über den Teil der Matratze, auf dem er gelegen hat, als wäre dort noch etwas Wärme zu finden. Es ist ein trostloses Bild, das er sofort beiseiteschiebt.

Vor einigen Wochen haben sie endlich darüber geredet. Aya wartete damit, bis sie fertig waren. Mustafa hatte bemerkt, dass sie während des Akts besorgt und abgelenkt war. Hinterher fiel jeder wieder in sein altes Körpermuster – Mustafa streckte sich und zündete sich eine Zigarette an, Aya legte den Kopf mit geschlossenen Augen auf das Kissen zurück.

Er hatte gedacht, sie sei eingeschlafen, und zuckte zusammen, als sie mit leiser Stimme zu sprechen begann.

»Jemand hat mir einen Heiratsantrag gemacht.«

Zu seinem Erstaunen traf ihn die Mitteilung wie ein Schlag in den Magen. Der Rauch in seinem Mund bekam etwas Stechendes. Er stieß ihn hastig aus, um den Geschmack loszuwerden.

»Alle sagen, ich soll ihn annehmen.«

Eine andere Frau hätte den Satz kokett und mit einem herausfordernden Unterton ausgesprochen, aber bei Aya klang er ganz schlicht. Irgendwo im Haus fiel etwas zu Boden, dann ertönte Gelächter. Die Kinder hatten etwas zerbrochen.

»Und wer?«, fragte Mustafa.

»Das ist egal.« Sie hielt die Augen geschlossen. Im Halbdunkel sah er, dass sich ihre zart geschwungenen Brauen ein wenig hoben. »Ein Junge aus dem Viertel hier. Der Sohn eines der ältesten Freunde meines Vaters. Er will eine Frau und Kinder. Er würde für meine Geschwister sorgen und für meine Mutter.«

»Ich kann dir Geld geben.«

»Und wofür?« Ihre Stimme wurde kühl. Es ist ein alter Streit zwischen ihnen. Mustafa versucht Geld dazulassen – unter dem Kissen oder in den Matrjoschkapuppen –, und Aya will es nicht nehmen. Mustafa überlegte, ob er noch einmal seine Argumente vortragen sollte – das vom Vater geerbte Geld, der Überfluss, in dem er lebt.

Stattdessen fragte er: »Und? Heiratest du ihn?« Es war zu dunkel, um Details wie das Grübchen in ihrem Kinn und jede einzelne Locke zu sehen, doch ihr Gesicht war ihm ohnehin vertraut – mehr als das jedes anderen Menschen, wie er in diesem Moment zu seiner Verblüffung erkannte.

Aya atmete tief durch.

»Nein«, antwortete sie nachdrücklich. Seine Erleichterung beruhigte Mustafa. Als sich Aya die Haare zurückstrich, kratzte sie einen Augenblick lang am Kissen. Das Geräusch erregte ihn.

»Warum nicht?«

Sie setzte sich auf und zog mit undurchschaubarer Miene die Knie an die Brust. Dann sagte sie, als spräche sie zu einem leicht zurückgebliebenen Kind: »Weil ich ihn nie lieben könnte.«

Das Ungesagte drängte in die Kammer. Zum ersten Mal hatte einer das Wort ausgesprochen. Für Aya schien es eine Art Zeichen zu sein. Alles andere – die Folgerung, dass sie den Mann nicht lieben konnte, weil ihre Liebe, die endlich war, einem anderen galt – behielt sie für sich, und es blieb bei ihnen im Dunkeln.

Aber *warum nicht?* Manchmal reißt ihn die Frage aus dem Schlaf. Einer hat sie sogar direkt gestellt: Atef, der einzige Mensch, der von Aya weiß.

»Sie ist eine gute Frau«, hat Atef einmal zu ihm gesagt. »Die anderen werden es erkennen und über den Rest hinwegsehen.«

Der Rest, das sind die Hütte, die hustende Mutter, die wuselnden Geschwister, Ayas biegsamer Körper, der sich seinem entgegenwirft. Das Entsetzen im Gesicht seiner Mutter, weil ihr Sohn unter seinem Stand heiratet, und Alias Bestürzung über seine Wahl. Noch Jahre später würden die Tanten und die Nachbarn darüber tratschen. Selbst den Männern in der Moschee, zumeist wohlhabende, gebildete Menschen, würde es den Atem verschlagen. Mögen sie noch so oft von der Solidarität mit den Armen reden, in Wahrheit empfinden sie Abscheu.

»Nein, sie werden es nicht erkennen«, erwiderte Mustafa in einem Ton, der dem Gespräch ein Ende setzte.

Mustafa nähert sich der Moschee. Die kühle Luft bringt ihn auf andere Gedanken. Er wird zu spät zu dem Treffen mit Atef kommen, und wieder meldet sich der Drang, Krankheit, notfalls sogar Feigheit vorzuschieben, kehrtzumachen und in die entgegengesetzte Richtung zu gehen.

In solchen Augenblicken denkt er an seine Mutter. Ihr Gesicht im Gerichtssaal. Das zu ihren Füßen gegebene Versprechen. *Nie wieder.* Sie würde ihnen niemals glauben, dass Atef und er tatsächlich für längere Zeit aufgehört, sich aus der Politik und der Moschee herausgehalten hatten, abends zu zweit im Garten beisammensaßen und über die Zukunft, über Palästina und ihre Ängste sprachen, aber sie hielten sich damals tatsächlich von allen anderen Diskussionen fern.

Die Mühe war so vergeblich wie der Versuch, zwei Küstenbewohnern jede Berührung des Wassers zu verbieten. Wo hätten die beiden vaterlosen Männer ein anderes Zuhause finden sollen als in der Moschee mit ihren unablässigen Männergesprächen und den vor Leben und großen Gefühlen scheinbar vibrierenden Wänden?

»Da draußen ist das Leben, und wir sitzen hier wie kleine Jungs«, sagte Atef einmal, auf den Nachthimmel und den Garten deutend. »Da draußen ist die *Welt*.«

Mustafa verstand ihn. Er wachte jeden Tag mit dem Gefühl auf, gleich zu platzen, als säße ihm die Haut zu eng am Leib. Alle Zeitungen waren voll mit den Gesichtern von Märtyrern.

Bei ihrer Rückkehr zu den Zusammenkünften wurden sie wie verloren geglaubte Kämpfer empfangen. Der wenn auch kurze Aufenthalt im Gefängnis verlieh ihnen eine Aura der Glaubwürdigkeit, und alles war sofort wieder vertraut: die Predigten, der durch die Luft wirbelnde Staub während des Mittagsgebets, das Gelächter und der Zorn der Männer bei den abendlichen Treffen. Und natürlich Imam Bakri.

Er ist Anfang vierzig und damit jünger als die anderen Imame. Während die eher auf Distanz bedacht sind und sich nach dem Gebet in ihre Büros zurückziehen, um die Zeit mit ihresgleichen zu verbringen, mischt sich Imam Bakri im Hof unter die Moscheebesucher und plaudert mit den Männern. Hin und wieder stibitzt er ihnen sogar eine Zigarette.

Dann necken sie ihn – »Allah sieht alles, Imam Bakri!« –, und er grinst.

»Allah kennt die Süße des Tabaks.« Ein stämmiger Mann mit lebhaften Augen und der Gabe, den Menschen, mit denen er spricht, das Gefühl zu vermitteln, sie stünden im Rampenlicht – eine Gabe, die Mustafa zu einem sehr viel kleineren Teil auch in sich entdeckt hat.

In der Moschee kursierten Gerüchte, der Imam sei lange eingesperrt gewesen und halte sich in Nablus auf, um einer ominösen heldenhaften Klage zu entgehen. Er sei Marxist, behaupteten andere, ein Kämpfer im Umhang eines Imams. Einige, denen aber schnell das Maul gestopft wurde, deuteten sogar an, er sei ein israelischer Spion oder Informant.

Seine Predigten gingen unter die Haut.

Er sprach über Politik, über verlorenes Land. »Wir sind Bauern in einer üblen, verkommenen Schachpartie«, sagte er oft. »Entweder spielen wir mit oder wir stoßen das Brett vom Tisch.«

Mustafa war hingerissen. Der Mann verfügte über eine immense Anziehungskraft. Es drängte Mustafa danach, von ihm gesehen zu werden. Er wünschte sich, der Imam möge den Blick nur auf sein Gesicht im Meer der Gläubigen richten und etwas in ihm erkennen.

Er hat Aya von ihm erzählt. »Er ist fantastisch. Du solltest hören, was er sagt. Ein Schauder erfasst den ganzen Raum. Ich muss unbedingt mit ihm reden.«

Aya zeigte sich nur mäßig beeindruckt.

»Von solchen Männern kommt nichts Gutes«, sagte sie. »Die locken und locken, und wenn man bei ihnen ist, steckt der Haken schon in der Lippe.«

Es war ihm egal. Er hungerte nach der Aufmerksamkeit des Imams. Monatelang sehnte er sich danach, eine Zigarette mit ihm zu rauchen. Er übte, was er dann sagen würde, studierte vom Gegenspieler bis zum Schmeichler verschiedene Rollen ein.

Ich glaube auch, dass es mit diesem Land bergab geht.

Wir sind die einzige Hoffnung.

Aber macht Vergeltung nicht alles nur noch schlimmer?

Wir brauchen ein völlig neues Konzept.

Er stellte sich vor, dass sie durch eine Katastrophe – ein Erdbeben oder ein Attentat – zusammenkämen und er im Büro des

Imams bleiben müsse. Oder, noch besser, dass Imam Bakri dringend etwas bräuchte, einen Komplizen vielleicht oder ein Versteck, und er, Mustafa, die Bitte erfüllen und jeden Dank für seine Hilfe bescheiden ablehnen würde.

Den Ausschlag gab letztlich ein Regenschauer im August. Als auf seinem Heimweg von der Schule plötzlich dichte Wolken den Himmel überzogen und es zu regnen begann, beschloss er, in der Moschee zu warten.

Sie war menschenleer, als er sie mitten in der verlorenen Zeit zwischen den Gebeten betrat. Nur das Surren eines fernen Ventilators war zu hören. Gerade als er sich zu fragen begann, warum er noch nie zu dieser einsamen Stunde in der Moschee gewesen war, ertönten Schritte, und Imam Bakri erschien mit einer Tasse Tee in der Hand.

Bei Mustafas Anblick zuckte er lächelnd mit den Schultern, als wäre es seit Monaten vorhersehbar gewesen, dass Mustafa klatschnass bei ihm auftauchen würde.

»Ich mache dir auch einen«, sagte er und schwenkte die Tasse ein wenig in Mustafas Richtung.

Sein Büro war sehr schlicht. Ein dunkelgrüner Spannteppich und nackte Wände. Sie setzten sich einander gegenüber an den Schreibtisch. Der Imam rührte mit klirrendem Löffel in seinem Tee. »Meine *teta* hat *maramiyeh* als das irdische Heilmittel für alles bezeichnet. Kopfschmerzen, Durchfall …« Er warf Mustafa einen vielsagenden Blick zu. »Sogar für Liebeskummer.«

Mustafa sah sich gezwungen, mit der Wahrheit herauszurücken. »Ich schlafe schlecht«, hörte er sich sagen. »Es ist, als würde ich immer lauter werden. Sobald ich zu denken beginne, kann ich nicht mehr aufhören.«

Der Imam nickte. »Auch dagegen hilft *maramiyeh*. Es beruhigt den Geist.«

Schweigend saßen sie da und lauschten dem Regen. Mustafa suchte nach Worten, nach einer grandiosen Erkenntnis.

»Sind Sie aus Nablus?«, fragte er.

»Meine Familie stammt aus Haifa.«

Wieder trat Schweigen ein. Draußen donnerte es. Der Imam nippte an seinem Tee. Mustafa bemerkte einen schwachen Geruch wie von Tieren. Ihm wurde leicht übel.

»Von der Küste«, sagte er gedankenverloren.

»Von der Küste!«, rief der Imam beeindruckt. »Ja, ja, von der Küste!« Mustafa fiel ein, dass der Imam, der mindestens zehn Jahre älter war als er, deutliche Erinnerungen an die Stadt haben musste, die er verlassen hatte.

»Ist es sehr schön dort?«

Endlich die richtige Frage! Imam Bakris Gesicht verzog sich zu einem Grinsen, und er beugte sich vor.

»Schön? Schön?« Er lachte freundlich auf. »So schön, dass es einem das Herz zerreißt.« Er holte tief Luft. »Mein Vater, mein Großvater, sein Großvater, dessen Großvater waren allesamt Fischer. Sie kannten das Meer so gut wie ihre Kinder oder ihren eigenen Körper. Jeden Morgen erwachten sie vor Tagesanbruch, wenn der Himmel noch dunkel war, und gingen barfuß ins Wasser.« Er klang ehrfürchtig. »Als kleiner Junge bin ich oft mitgegangen. Nichts wollte ich mehr als dieses Leben. Jedem Jungen sollte das Glück eines Vaters vergönnt sein, den er bewundern und dem er nacheifern kann.«

Mustafa drängte das bittere Gefühl zurück, das in ihm aufstieg. Er dachte an den abgemagerten toten Körper unter dem Laken. Was hatte sein Vater ihm hinterlassen? Als der Imam weitersprach, schüttelte Mustafa ein wenig den Kopf, um ihn freizubekommen.

»Sie haben den Fischen zugeflüstert«, fuhr der Imam fort. »Sie haben gebetet, bevor die Angeln ausgeworfen wurden. Nie habe ich etwas Anmutigeres gesehen. Und die Fische schwammen herbei, ich schwöre es. Als ob sie dankbar wären. Sie gaben sich hin, als wüssten sie, dass ihre Körper Nahrung waren. Und danach sank mein Vater vor dem Eimer mit den noch zuckenden Fischen auf die Knie und dankte Allah und den Fischen.«

Er verfiel abrupt in Schweigen und betrachtete Mustafa leicht skeptisch.

»Und dann?« Mustafa hatte das Gefühl, den Schritt über den Rand einer Klippe in einen herrlichen freien Fall zu tun.

Der Imam verlagerte sein Gewicht auf dem Stuhl und begann an dem Teebeutel in der Tasse herumzuspielen.

»Ich erzähle dir eine Geschichte.«

Es war einmal ein Junge, der hatte eine Mutter, einen Vater und eine Schwester. Sie lebten am Meer. Das Meer war wie ein Familienmitglied, manchmal wie ein aufsässiges Kind, manchmal wie eine sanftmütige Tante. Es sang sie wach, und es sang sie in den Schlaf. Ständig roch es nach Salz.

Die Schwester des Jungen war sehr schön. Das sagten alle. Sie hatte goldblondes Haar und helle Haut, und ihre Augen waren braun wie Zimtrinde. Und sie war herzensgut. Jeden Freitag backte sie Mandelküchlein, dann duftete das kleine Haus nach Zucker. Der Vater liebte dieses Gebäck und schob es sich immer ganz in den Mund, ohne abzubeißen. Jeden Morgen brachte er Fische nach Hause, und die Mutter filetierte sie. Der Junge sah ihr sehr gern zu, wenn sie die Fische in der Küche aufschnitt und die Gräten wie Perlen an einer langen Kette herauszog.

Es war April. Rings um das Haus dröhnten Schüsse, und die Familie verriegelte alle Türen. Viele Nachbarn packten die Koffer. Der Vater des Jungen schwor, sie würden nicht gehen, sondern dort am Meer bleiben. Er gehörte nicht zu den wütenden Männern, die Fahnen schwenkten und Scheiben einwarfen. Er beschloss, trotz der Armee, trotz des neuen Landes zu bleiben. Ja, sie würden bleiben.

Eine Zeit lang funktionierte es. Dann fiel der Strom aus. Die Nachbarn gingen. In den Nachrichten hieß es, alles sei verloren. Der Junge und seine Familie aßen Fisch, tranken abgestandenes

Wasser und warteten darauf, dass sich die Lage beruhige, wie der Vater sagte.

Es wurde Mai. Die Soldaten kamen. Sie klopften an die Türen der Häuser, in denen Araber lebten. Sie klopften an die Tür des Hauses, in dem der Junge lebte, und als der Vater öffnete, traten vier Soldaten ein. Nur einer sprach, der dickste. Er sagte, das Haus sei widerrechtlich erbaut. Er sprach von *Urkunde* und *Zwangsräumung*. Der Vater blieb höflich und entgegnete, er wisse nicht, wo die Urkunde sei, denn das Haus gehöre ihnen seit Generationen. Da brüllte der Soldat den Vater an. Sein Gesicht wurde rot, und an seinen Lippen hing Speichel. Der Junge und seine Mutter begannen zu weinen. Plötzlich trat die Schwester vor, bat die Soldaten, Platz zu nehmen, und bot ihnen Tee an. Dem dicken Soldaten sagte sie, es sei nicht nötig zu brüllen, sie würden ihm die Urkunde zeigen.

Der dicke Soldat betrachtete die Tochter lange. Dann sagte er etwas zu seinen Männern. Der Junge verstand die Sprache nicht, aber die Soldaten gingen. Alle lachten vor Erleichterung. *Da seht ihr es*, sagte die Schwester vorwurfsvoll, *man muss die Menschen nur freundlich behandeln*. Die anderen neckten sie, nannten sie *das Mädchen mit den goldenen Haaren*, das den Soldaten gebändigt habe, und abends schliefen alle lächelnd ein.

Mitten in der Nacht ertönte ein gewaltiger Lärm. Die vier Soldaten waren zurückgekommen. Sie zerbrachen die Wohnzimmerfenster und zwangen die Familie, sich im Nachtgewand aufzustellen. Der dicke Soldat leuchtete ihnen mit einer Taschenlampe ins Gesicht, und alle begannen zu blinzeln. Der Junge konnte plötzlich nicht mehr schlucken, denn seine Zunge fühlte sich wie Schleifpapier an. Ein Soldat hielt ihm den Gewehrlauf an die Kehle. Ein zweiter tat dasselbe bei dem Vater des Jungen. Der dritte zerrte die Mutter zur Couch und sagte, wenn sie nicht sitzen bleibe, geschehe ihr das Gleiche.

Natürlich schrien sie alle, baten den dicken Soldaten schluchzend, er solle aufhören. Der Junge versuchte ihn zu stoßen und wurde geschlagen. Der Vater schrie. Schließlich konnten sie sich nur noch abwenden und den nackten Körper der Schwester beweinen, über den der Soldat hergefallen war. Die Mutter rief kreischend Allah um Hilfe. Das Mädchen begann zu wimmern. Aus den Augenwinkeln sah der Junge ihre Beine zucken, sah die schrecklich bleichen Schenkel. Er betete, sie möge tot sein, doch als der Soldat von ihr abließ, blickte sie mit starren Augen schweigend an die Decke. Sie zog nicht einmal ihr Nachthemd hinunter. An ihren Beinen klebte Blut.

Zwei Tage später ging die Familie fort, in die Berge, wie die anderen Araber. Ihre Kleider und das Silber trugen sie in Taschen mit sich. Als sie das kleine Haus verließen, tosten die Wellen nicht, sie brandeten nicht an den Strand, sondern kamen nur lautlos heran und zogen sich wieder zurück.

Im Büro des Imams herrschte tiefe Stille. Mustafa fühlte sich schläfrig von der Hitze und vom Regen. Er sehnte sich nach Alia und Atef, nach seinem Zuhause, wo er im Garten Zigaretten rauchen und Späße machen konnte. Er hätte die Geschichte lieber nicht gehört.

Der Imam auf der anderen Seite des Schreibtisches blieb in Gedanken versunken. Endlich begann er wieder zu sprechen. »Danach hat der Vater alles gesalzen, sogar das Wasser. Und im Schlaf schrie er nach dem Meer.« Er holte tief Luft. »Er vermisste die Fische«, sagte er schlicht. »Nach seinem Tod begrub man ihn am Fuß der Berge, die er so hasste, weit weg vom Meer.«

»Und was geschah mit seiner Familie?«

Der Imam sah Mustafa in die Augen. »Die Tochter –« Er schluckte. »Manche sagen, sie sei verrückt geworden. Sie sprach nie wieder und hat auch nie geheiratet.«

»Und der Sohn?«, fragte Mustafa, obwohl er die Antwort kannte.

Der Imam hob die Tasse an den Mund. »Der Sohn fand Allah.«
Diesmal schien das Schweigen nicht enden zu wollen.

»Ich versuche, ihn nicht so in Erinnerung zu behalten«, sagte
der Imam schließlich mit zusammengekniffenen Augen. »Meinen
Vater. Nicht als diesen gebrochenen Mann, der nur noch eine von
der Besatzung durchgekaute und ausgespuckte Hülle war und mit
dem Rest sein kümmerliches Leben fristete. Der seine Tochter nicht
hatte beschützen können, sondern zusah, wie die Soldaten ... wie
sie taten, was sie taten.«

Mustafa wurde plötzlich klar, dass der Imam den Schlüssel zu
etwas besaß und für ihn alles verändern konnte. In diesem Moment begriff er, wie unglücklich er eigentlich war. Immer hatte er
sich wie ein armer Mensch gefühlt, der durch ein Fenster späht
und sieht, wie das Leben gelebt wird, während er selbst davon ausgeschlossen und durch die Scheibe getrennt ist. Getrennt von Alia
und Atef, auch von Aya. Plötzlich wurde ihm seine Langeweile bewusst, die sich unerträglich dehnende Zeit und dass alles – das Gerede, die Zigaretten, der Kaffee – nur Mist war. Was *machten* sie
denn eigentlich? Die Erkenntnis traf ihn mit voller Wucht. Er saß
nur herum, verbrauchte das Geld seines Vaters und wartete, während ein Jahr auf das nächste folgte. Das Land wurde verschlun-
gen, aber er wartete nur.

»Ich stelle mir oft vor, mein Vater wäre gestorben, bevor wir
nach Jerusalem gingen. Ich stelle mir vor, er wäre in einer riesigen
Welle umgekommen, die ihn mit sich riss, als er vor einem Fisch
kniete.« Die Augen des Imams leuchteten auf. »Selbst unseren Tod
haben sie uns genommen. Selbst die Würde des Todes haben sie
uns geraubt.« Er nickte zum Fenster hin. »Und unsere Männer?
Die tanzen zu amerikanischer Musik und küssen die Mädchen in
den Billardsalons. Und reden sich ein, Palästina sei nur das da« –
er machte eine wegwerfende Handbewegung –, »nur das da, diese
Brocken, die man uns hingeworfen hat.«

Mustafa durchfuhr ein sonderbares Gefühl. In seinen Armen

und Beinen begann es zu kribbeln. Nur aus Büchern hatte er diesen Augenblick bisher gekannt, in dem sich die Welt zu klären scheint, in dem Gegenstände und Farben wie scharf gestellt sind und zu pulsieren scheinen. Er roch die brennenden Straßen, sah die junge, nackte Frau in ihrem Blut und funkelnde Fischschuppen im ersten Morgenlicht.

Er räusperte sich und senkte den Blick auf seine Tasse. Der Tee darin war kalt geworden und hatte eine hässliche Farbe angenommen.

»Ich möchte mithelfen«, sagte er.

Mustafa geht auf die Lichter des Marktplatzes zu. Die Temperaturen sind weiter gesunken; er fröstelt in der kühlen Luft. Alia hatte recht. Der Himmel zieht sich zu, es wird regnen.

Am Rand des Platzes, vor den Cafés und Restaurants, stehen drei Eschen. Atef ist schon da; er lehnt, eine Zigarette zwischen den Fingern, am Stamm des größten Baums. Gerade nimmt er einen Zug, da sieht er Mustafa, und über sein bärtiges Gesicht huscht ein Lächeln.

»Abu Tafi!« Beim Rufen quillt ihm Rauch aus dem Mund. Das ist Mustafas Spitzname, den er sich durch einen Torwartfehler beim Fußballspielen eingehandelt hat. Obwohl Atef lächelt, sieht Mustafa, dass sein Freund angespannt ist. Atef ist genauso nervös wie er selbst.

»Wie geht es dir?«, fragt Atef besorgt. Ihre Zusammenkünfte unmittelbar vor Mustafas Reden in der Moschee sind im Lauf der Zeit zu einer Art Training geworden, bei dem Atef seinen Freund wie ein launisches Wunderkind behandelt. Mustafa ist hin- und hergerissen. Einerseits möchte er Atef beeindrucken und, wie zwischen engen Freunden nicht unüblich, ein bisschen neidisch machen, andererseits platzt er fast vor Ungeduld und würde am liebsten auf der Stelle losmarschieren.

»Gut.« Die Nervosität der letzten Stunden ist seiner Stimme anzuhören. Der stets vorsichtige Atef erwidert nichts. Hinter dem Eingangsbereich schlendern die ersten Männer in die Moschee, und Mustafa blinzelt, um einzelne der im Lampenlicht nur verschwommen auszumachenden Gesichter zu erkennen. Die meisten sind ihm vertraut: Samir, der Professor, Imad, der Ingenieur, Ahmad, Baschir. Die *schabab*, die Männer, die sich in seinem Garten treffen. Auf der Straße preist ein Verkäufer lautstark sein Obst an.

»*Bateekh, bateekh!*«

Imam Bakri erscheint, gefolgt von sechs, sieben Männern, die sich miteinander unterhalten, während sie die Treppe zur Moschee hinaufgehen.

»Das müssen die aus Jerusalem sein«, sagt Mustafa in sanfterem Ton, wie um sich zu entschuldigen, weil er so kurz angebunden war.

Atef nickt und erwidert: »Die sehen mehr *ajanib* aus als die *ajanib* selbst.« Die Entschuldigung ist angenommen.

Er hat recht. Mustafa hatte ältere Männer in *dischdaschas* und *kufiyas* erwartet. Die Männer aber sind in seinem Alter und mit ihren Button-down-Hemden und Jeans westlich gekleidet. Einige tragen ihr Haar so lang, dass die Löckchen über die Ohren fallen. Imam Bakri bleibt vor dem überkuppelten Eingang stehen und sagt etwas. Lachend gehen die Jerusalemer hinein.

Mustafa gerät in Panik.

»Ich kann nicht«, stößt er mit brechender Stimme hervor.

Atef runzelt besorgt die Stirn. »Sollen wir eine Runde gehen?« Schon seit Jahren haben sie die Angewohnheit, den Marktplatz auf dem kleinen Fußweg zu umrunden.

Mustafa schüttelt den Kopf. Er geht in die Hocke, lehnt sich an den Baumstamm.

»Brauchst du Wasser? Willst du etwas trinken?«

»Ich weiß nicht, was ich sagen soll.« Mustafa blickt zu Atef auf, dessen Umriss sich vor dem schwachen Licht abhebt. »Das Ganze –« Er bekommt keine Luft mehr, beginnt zu keuchen. »Es ist einfach zu viel. Ich will ja mitmachen, aber ich glaube, ich kann nicht. Imam Bakri möchte, dass ich über den Kampf rede und darüber, wie das alles für uns ist, aber ich weiß überhaupt nicht, wie es ist. Ich weiß einfach nicht, was ich sagen soll.«

»Sag, was du sagen musst.«

»Ich habe Angst.« Das Wort erschreckt ihn, und er wiederholt es. »Ja, Angst.«

»Sag, was du sagen musst!«

Es klingt untypisch heftig für Atef. Er setzt sich so abrupt hin, dass Mustafa zusammenzuckt.

»Sie müssen uns hören. Die Jerusalemer müssen wissen, dass wir an ihrer Seite stehen und nicht immer nur reden. Sie müssen wissen, dass wir ihre Brüder sind, ihre Familie.«

Wie von einem Feuerstein entzündet, glimmt ein Gedanke in Mustafa auf. Er erinnert sich an den Heiratsantrag, von dem Aya erzählt hat. Ihm wird klar, dass auch ein Mensch, den man in- und auswendig zu kennen glaubt, Geheimnisse in sich trägt, Gedanken, Ängste und Liebesgefühle, die nur ihm allein gehören. Er erinnert sich, dass das in seiner Kindheit auch für Alia und seine Mutter galt und dass er sich damals allein gefühlt hat. Jetzt aber lässt ihn Atefs zorniges Gesicht mit den flehenden und zugleich vorwurfsvollen Augen erkennen, dass es auf seinen Freund noch weit mehr zutrifft.

Atef, der Sohn eines Märtyrers. Atef, der gute Mensch. Der Gefährte. Atef, der dieselben Reden, dieselben Predigten gehört hat. Atef, der nichts von Mustafas Charisma und Ingrimm besitzt.

Ich belle, aber ich beiße nicht, schießt es Mustafa durch den Kopf. *Ich bin ein zahnloser Löwe.*

»Hör zu!« Atef spricht jetzt so leise, als würde er Mustafas Gedanken erahnen. »Ich weiß, dass es schwer ist. Wir könnten auch sofort umkehren und gehen. Man kann es sich auch leichtmachen.« Den Satz hat er aus einer von Imam Bakris besten Predigten geklaut.

Man kann es sich auch leichtmachen, Freunde.

Mustafa richtet sich auf und wischt die Hände an der Hose ab. Er hat das vage Gefühl, dass dieser Augenblick wichtig ist. »Komm!«, sagt er zu seinem besten Freund, der noch auf dem Boden hockt, und geht los.

Die Moschee ist überheizt. Etwa dreißig Männer sitzen in Reihen auf dem Teppich; von ihren bloßen Füßen steigt ein säuerlicher Geruch auf. Aus den Leuchtstoffröhren kommt hartes Licht, und die beiden Deckenventilatoren wälzen surrend immer dieselbe abgestandene Luft um. Mustafa und Atef sitzen in der vierten Reihe. Die Predigt des Imams dauert schon über eine Stunde, und die müden Männer ringsum sehen aus, als versuchten sie sich mit Gedankenkraft in ihre kühlen Häuser zu zaubern.

Imam Bakri beendet seine Rede und räuspert sich. Er lässt den Blick über die Gemeinde wandern. Mustafa setzt sich aufrechter hin. Als der Imam ihn sieht, nickt er ihm zu. Atef drückt Mustafas Arm, und Mustafa erhebt sich und geht nach vorn.

Er denkt an den Vorhang in Ayas Zimmer, dessen Blaugrün nicht recht dorthinpasst. Irgendetwas an diesem Vorhang hat ihn immer bedrückt, vielleicht die für einen solchen Ort viel zu fröhliche Farbe. Er stellt sich Aya schlafend in ihrem Bett vor. Nein – er korrigiert das Bild –, sie steht gerade auf, weil ihre Mutter hustet, und befeuchtet einen Lappen, um ihr Gesicht abzutupfen.

Die Männer aus Jerusalem sitzen ganz vorn. Mustafa nickt ihnen zu, und einer, der mit den längsten Haaren, erwidert die Geste.

Aya trägt das weiche Nachthemd, das er einmal in ihrem Schrank, aber niemals an ihr gesehen hat. Sie haben nie eine Nacht lang nebeneinander geschlafen. Das erscheint ihm plötzlich so traurig, dass er den Blick zur Decke hebt.

Etwas in ihm – schon jetzt erkennt er darin ein verlorenes früheres Selbst – sehnt sich nach dem Garten seiner Mutter, nach den im Wind rauschenden Blättern. Er atmet durch, stemmt die Füße gegen den Teppich. Der große Zeh an seinem rechten Fuß juckt.

»Brüder«, sagt er.

Am Rand seines Gesichtsfelds flackert etwas auf, doch als er den Kopf zum Fenster dreht, ist es verschwunden. Ein Gewitter. Er spürt es in den Knochen, an den Nackenhaaren. *Gott bewahre*, hört er seine Mutter sagen, das Gebet seiner Kindheit, und wiederholt die Worte im Stillen. Wieder zuckt Licht auf; diesmal sieht er es am Himmel erblühen. Sekunden später ertönt ein tiefes Grollen. Die Luft steht. Etwas zieht herauf, er spürt es in den Zähnen.

Mitten in der Menge macht Atef eine Handbewegung, eine kleine Geste, die zum Handeln aufruft.

Mustafa schluckt, und ohne den Blick von Atef zu wenden – Glaube, Kraft, diese *Ruhe* –, beginnt er zu sprechen.

»Brüder«, sagt er noch einmal. »Wir müssen kämpfen.«

Alia

Kuwait-Stadt
Dezember 1967

Dampf steigt auf, während das Wasser aus dem Hahn strömt. Alia lässt ihr Nachthemd auf den Badezimmerboden fallen. Sie streicht mit der Fingerspitze durch den Strahl, zuckt zusammen. Es ist immer zu heiß. Obwohl Atef und sie das Haus erst seit vier Monaten bewohnen, haben sich bereits Schimmelflecken an dem gelben Duschvorhang gebildet, den Widad ihren eigenen Worten zufolge wegen der fröhlichen Farbe ausgesucht hat.

Unter der Dusche blickt Alia auf das kleine Fenster direkt gegenüber. Dahinter sind ein paar Zentimeter Kuwait-Stadt zu sehen – der hauseigene Parkplatz, die anderen Villen und ein Stück Gehsteig. Der unerbittlich blaue Himmel. Sie wäscht sich die Haare, schließt die Augen, macht einen Schritt zurück und tritt wieder unter den Strahl. Das Wasser verstopft ihre Ohren.

Einige Sekunden lang ist sie völlig umflutet, kann nicht atmen. Sie bleibt unter dem Wasser, bis ihre Lunge zu schmerzen beginnt. Dann seift sie sich ein; die kuwaitische *saboun* ist fest und grob und trocknet ihre Haut aus. Während sie sie kreisförmig über den Oberkörper führt, denkt sie wie immer an die weiße, seidige Jasminseife, die sie in Nablus benutzt hat.

Beim Aussteigen aus der Wanne folgt ihr eine Dampfwolke. Über der Toilette hängt ein Schränkchen mit säuberlich gefalteten und gestapelten Badetüchern. Sie nimmt sich ein minzfarbenes – es gefällt ihr am besten – und wickelt es straff um sich.

»O Gott.« Sie hält sich am Waschbecken fest und kämpft gegen die aufkommende Übelkeit an.

Auf dem Weg ins Schlafzimmer hinterlässt sie nasse Fußabdrücke. Die Frisierkommode ist mit einem Arsenal von Flakons und Tiegelchen, Parfums, Crèmes und Schminkutensilien bestückt, zu dem Atef nur mit einem Fläschchen Eau de Cologne beiträgt. Alia nimmt mehrere Haarklammern aus einer Porzellandose, steckt sie zwischen die Zähne und wendet sich dem Spiegel zu. Das feuchte Haar ringelt sich auf ihren Brüsten. Nun beginnt die komplizierte Routine des Hochsteckens.

Als sie fertig ist, reckt sie das Kinn, dreht den Kopf hin und her und wirft sich einen ironischen Blick zu. Dann löst sie das Badetuch und zwingt sich, ihren nackten Körper zu betrachten. Die bloßen Schultern, die Brüste mit den dunklen Warzen. Und weiter hinunter, zu dem sich unübersehbar rundenden Bauch.

Wieder durchzuckt sie die schon vertraute scharfe Angst. Sie schließt die Augen, holt tief Luft, befiehlt sich, bis zehn zu zählen, und hält den Atem an. Mit einem leisen »Uff« stößt sie ihn wieder aus.

Sie wollte es Atef schon so oft sagen.

Das Baby sollte nie ein Geheimnis sein. Als ihr im Oktober zum ersten Mal schlecht wurde, dachte sie, ihr Körper leide noch immer unter den Wüstentemperaturen. Sie war wie benebelt und unendlich schlapp von der in Kuwait bis weit in den Herbst hinein herrschenden brüllenden Hitze.

Jedes Mal wieder verlässt sie der Mut. Die Vorstellung eines Gesprächs darüber ist ihr peinlich, weil sie dabei auf die Nacht im August anspielen müsste, als sie zu ihm in die Badewanne stieg. Es war das einzige Mal seit seiner Rückkehr und weniger ein Geschlechtsakt als eine verzweifelte, hektische Paarung, bei der sie sich aufbäumten, aneinanderklammerten, gegenseitig bissen. Eine ganze

Woche lang waren ihre Lippen geschwollen, und über beide Oberschenkel zog sich, fast schön anzusehen, eine Spur blauer Flecken. Selbst sie verstand, wie krank dieser aus dem Ruder gelaufene Abend gewesen war, und sie verstand Atefs Trauer. Damals, in den ersten Wochen, weinte Atef jedes Mal, wenn Mustafas Name fiel.

Mehrere Monate sind seitdem vergangen, aber ihr Körper tut ihr den Gefallen und bleibt schlank. Nur unterhalb des Nabels sieht man eine leichte Wölbung. Weil Atef jetzt nicht mehr schlaff vor dem Fernseher sitzt, nicht mehr wie ein Schlafwandler durch die Zimmer des neuen Hauses streift, hat Alia Angst, ihm etwas zu sagen, was ihn nervös machen könnte. Alles, was sie über ihren Mann weiß, über ihn zu wissen glaubte, ist seit seiner Rückkehr aus dem Krieg verflogen wie die Samen einer Löwenzahnblüte, auf die ein Kind gepustet hat.

Alia reiste auf Bitten ihrer Mutter nach Kuwait. Widad gehe es nicht gut, hieß es; ständig habe sie etwas, und neuerdings sei obendrein ihre Arthritis wiederaufgetreten.

»Sie fragt die ganze Zeit nach dir und will wissen, warum du sie nie besuchst«, berichtete Salma am Telefon.

»Mir war nicht klar, dass die Straßen nach Kuwait nur in einer Richtung befahrbar sind.«

»Sei nicht so lieblos, Alia! Sie hat es wirklich schwer.«

Alia stimmte dem Besuch schließlich widerwillig zu. Nablus schwelgte noch in den ersten Maitagen, und der Morgen war kühl, als Mustafa sie nach Jordanien zum Flughafen fuhr. Atef saß auf dem Beifahrersitz, Alia missmutig auf der Rückbank.

»Hoffentlich hast du keine Röcke eingepackt. Widad sagt, sie zeigt dort nicht einmal ihre Handgelenke«, bemerkte Mustafa.

»Oh, wie brav sie ist!«, knurrte Alia. Wegen der frühen Abflugzeit waren alle drei schon vor dem Morgengrauen aufgestanden. Alias Augen fühlten sich trocken an, als wären sie voller Sand.

»Alia«, sagte Atef leise. Die ganze Woche über hatte es wegen der Reise immer wieder Streit gegeben.

Ihre Schwester war im Grunde eine Fremde, die sie in den letzten zehn Jahren vier oder fünf Mal gesehen hatte; eine Frau in Gewändern ohne jeden Schick, eine Frau, die Koranverse zitierte, wenn sie sich sorgte. Die Aussicht, einen Monat – einen *Monat* – bei Widad in Kuwait zu verbringen, einer in ihrer Vorstellung tristen, beigebraunen Stadt, setzte ihr gewaltig zu.

Im Flughafen schmollte sie. Als Atef sie küsste, schob sie ihm zur Strafe die Zunge in den Mund. Erschrocken und peinlich berührt von der öffentlichen Zurschaustellung blickte er sich hastig um.

»*Habibti*.« Er tätschelte ihre Schulter. Überall sah man Leute, hörte ihre Abschiedsworte. Alia schüttelte seine Hand von sich. Sie fühlte sich abgeschoben, fortgeschickt wie ein Kind, und neidete es den beiden Männern, dass sie ihren Lieblingsmonat in Nablus ohne sie verbringen würden. Zwei Hochzeiten und die Geburt des Kindes einer engen Freundin würde sie verpassen. »Es sind doch nur ein paar Wochen, mein Schatz. Ich liebe dich.«

»Ich dich auch.« Es klang teilnahmslos.

Mustafa stieß einen Pfiff aus. »Entspann dich!«

»Und du halt den Mund!«, fauchte sie ihn an, nahm ihren Koffer und ging Richtung Flugsteig.

»*Ya* Alia, sind das die letzten Worte, die du deinem lieben, hübschen Bruder sagen willst, der dich zum Flughafen gefahren hat? Ist das dein Abschiedsgruß?«, rief Mustafa ihr lachend nach, während Alia weiterging und so tat, als hätte sie nichts gehört.

Die Reise war von Anfang an ein Desaster. In Gesprächen mit ihrer Mutter, mit Atef und ihren Freundinnen verwendete Alia dieses Wort immer wieder; später sollte sie sich schämen, es so unbedacht benutzt zu haben.

»Der Frühling war bisher ziemlich brutal«, hatte Widad im Flughafen Kuwait gesagt, aber auf die stickige Luft, die ihr beim Hinausgehen entgegenschlug, war sie nicht vorbereitet. Es war wie ein Überfall aus dem Hinterhalt.

Der Schock kam, noch ehe sie die Hitze spürte. Es war wie ein Schlag. Alia hatte nicht gewusst, dass die Sonne mit solcher Gewalt brennen, die Luft so glühen konnte, dass selbst das Atmen zur übermenschlichen Anstrengung wurde. Die Hitze war so absolut, dass sie sich schon nach wenigen Sekunden nicht mehr an eine Zeit ohne sie erinnern konnte.

Nirgendwo fand sie Erleichterung. Fast jede Nacht träumte sie von eiskalten Seen und von der Zuflucht in einem gigantischen lila Kühlschrank.

Sie vertrieb sich die Zeit damit, ihre Schwester aufzuheitern und in Widads und Ghazis großer, aber düsterer Villa heimisch zu werden. Auch in den anderen Häusern auf dem Gelände lebten ausländische arabische Familien, die Männer zumeist Professoren, Ingenieure und Ärzte. Ghazi war selbst Ingenieur und arbeitete viele Stunden täglich in einem Unternehmen in der Innenstadt. Alia hatte ihn erst zwei Mal gesehen, das erste Mal als Kind bei der Hochzeit ihrer Schwester und dann noch einmal vor fünf Jahren bei einem Besuch von Widad und Ghazi in Nablus. Sie mochte ihn ganz gern; er war um ihre Schwester besorgt und kümmerte sich gut um sie. Manchmal redete er zu viel, und er roch ein bisschen nach Kohl oder abgestandenem Wasser, aber alles in allem hielt sie ihn für einen gutmütigen und zuverlässigen Menschen.

Sie war fast immer mit Widad zusammen, meist beschattet von Bambi, dem indischen Dienstmädchen. Alia übernahm die Rolle der lebhaften jüngeren Schwester, obwohl ihr das gar nicht lag, und ermunterte Widad dazu, mehr zu essen oder Ausflüge zu unternehmen. Nach einer Woche taten ihr vom vielen Lächeln die Wangen weh.

»Gehen wir auf den Markt!«, sagte sie oft betont fröhlich, oder: »Wir könnten doch deine Freundinnen besuchen!«

Diese Fahrten erschienen ihr endlos. Widad hatte einen Chauffeur, einen rüstigen älteren Inder namens Ajit, der sie getreulich zu den Kleiderläden und den Villen anderer Leute brachte. Sie besuchten Widads Freundinnen und tranken faden Tee in den Wohnzimmern von Frauen, die zehn Jahre älter als Alia waren. Aus Nablus war sie es gewohnt, dass die Frauen bei solchen Zusammenkünften lachten und die Männer rauchten, schmutzige Witze rissen und sich gegenseitig mit Vertraulichkeiten schockierten. In Kuwait aber ging es spießig zu; die Frauen sprachen über die Preise von Silberbesteck und über die letzte Hitzewelle. Alia zog sich dann immer ins Bad zurück und verdrehte die Augen vor dem Spiegel. Nachmittags gab es Gebäck aus einer Konditorei in der Nähe, und weil Widad es so gern aß, bediente sich auch Alia, bis ihr von dem vielen Zucker und dem in der Hitze viel zu schweren Sirup übel wurde. Bei der Rückkehr war Widad fröhlich, redete und lachte ein bisschen mehr als sonst, während sich Alia ausgelaugt fühlte und so gelangweilt war, dass sie Ghazi am liebsten geküsst hätte, wenn sie seinen Schlüssel im Schloss hörte.

Da, nimm sie!, hätte sie am liebsten gerufen. Widad war weder unfreundlich noch gar gehässig, aber ohne jeden Schwung. Träge, melancholisch und ihrem Schicksal ergeben, das darin bestand, Bettbezüge zusammenzulegen, zu überprüfen, ob Bambi gründlich abgestaubt hatte, und stundenlang zu kochen, wobei ihr beim Würzen die Entscheidung jedes Mal zur Qual wurde.

»Sollen wir lieber Kardamom oder Nelken dazugeben?«, fragte sie Alia in der glühend heißen Küche. Und am Tisch hieß es: »Ich habe diesmal Joghurt statt Milch genommen – ist es zu sämig?«

Eines Nachmittags sah Alia ihrer Schwester fast zwei Stunden lang entnervt beim Umräumen der Speisekammer zu. Diese Lust auf Haushalt war ihr völlig unverständlich. Widad erschien ihr wie der Spiegel eines alternativen Schicksals, das darin bestand, die Socken des Ehemanns zusammenzulegen, Bambi zu tadeln, weil das Fleisch versalzen war, und durch die Zimmer der mausoleumartigen Villa zu wandern.

Abends telefonierte Alia manchmal mit Atef. »Es ist grauenhaft hier«, flüsterte sie ihm wie eine Geisel zu. »Überall riecht es nach gekochtem Fleisch. Und diese Hitze, Atef. Wie in einem Glutofen.«

»Es dauert nicht mehr lang«, sagte er dann. »Du fehlst mir. Bald bist du wieder hier.« Die Wut auf Mustafa, auf alle beide, auf ihre enge Freundschaft war verflogen. Sie vermisste ihr Schlafzimmer, die sanften Hügel von Nablus, das Gelächter der Männer, wenn das Essen verbrannt war. Sie konnte es kaum erwarten, wieder zu Hause zu sein.

Alias Rückkehr nach Nablus war für den ersten Dienstag im Juni geplant. In der letzten Woche war sie so aufgeregt, dass sie Widads Gerede über Kumin und gestärkte Baumwollwäsche einfach hinnahm. Sie half ihr sogar bei der Zubereitung von *maqlouba* und legte die Auberginenscheiben ins zischende Öl. Vier Tage vor der Abreise packte sie ihre Koffer und steckte Geschenke für ihre Freundinnen, ihren Bruder und Atef zwischen die Kleider.

»Du kommst wieder, ja? An *Eid* vielleicht?«, sagte Widad zwei Tage vor Alias Heimflug beim Abendessen. Sie hatte *schisch taouk* zubereitet, und das Hähnchenfleisch schmeckte köstlich.

»Ja, warum nicht. Dann bleibe ich vielleicht sogar zwei Monate«, erwiderte Alia und stellte überrascht fest, dass es ehrlich gemeint war. Jetzt, kurz vor der Abreise, sah sie ihre Schwester, Ghazi und die höhlenartige Villa in einem freundlicheren Licht. Sie aß zwei Portionen und schlief glücklich ein.

Am nächsten Morgen beschloss sie zu ihrer Lieblingsschneiderin *umm* Omar zu fahren, in deren Laden sie während ihres Aufenthalts mehrmals gewesen war. Ajit hatte sie in den Teil der Salamiyah-Straße chauffiert, in dem sich Schneider, Schuhmacher und

Textilgeschäfte aus Bangladesch, Paris und sogar Fernost drängten.

Umm Omars Geschäft war ein Eckladen, dessen unauffälliges Äußeres nichts von der Ausstattung im Inneren ahnen ließ. Ihr Ehemann, ein Soldat, hatte sein Leben Jahre zuvor in Algerien bei einer Explosion verloren, und in ihrem Laden fanden sich zahlreiche Anklänge an Afrika – mit Satinbändern zusammengebundene Salbei- und Rosmarinsträuße, Schädel irgendwelcher unglückseliger kleiner Wesen, marokkanische Wandteppiche. Im ganzen Laden waren farbenprächtige Polsterhocker verteilt, und der Umkleideraum wurde von bräunlichen Palmwedeln abgeschirmt. Aus einem Kassettenrekorder neben der Kasse drang süßliche algerische Musik. Jede Woche behängte *umm* Omar die Ständer mit neuen Sachen und schob die anderen nach hinten, sodass unter smaragdgrüner Seide überraschend etwas aus Taft hervorspähen konnte. Die Kleider dufteten nach Beduinen-Räucherwerk. Es war der schönste, exotischste Ort, den Alia kannte, ein Farbtupfer in Kuwaits Eintönigkeit.

Umm Omar selbst hatte ein runzeliges Gesicht und trug stets ein Kopftuch, obwohl nur Frauen ihren Laden betreten durften. Sie sprach ein derbes Arabisch und war sehr schroff.

»Dafür sind Sie zu groß«, blaffte sie, wenn Alias Finger über ein ganz besonders verspieltes Kleid glitten. »Sie haben lange Knochen, richtige Straußenbeine. Sie müssen tragen, was Ihnen steht!« Zu Alias Enttäuschung wählte *umm* Omar für sie ausnahmslos schlichte Modelle mit unauffälligem Halsausschnitt, während Alia selbst immer die Kleider ins Auge sprangen, die mit Pailletten bestickt oder mit grünen und rosaroten Fransen versehen waren.

An diesem Vormittag stürzte sich Alia auf ein magentafarbenes, wundervoll glänzendes Kleid. *Umm* Omar schnalzte kurz mit der Zunge, schob ihre Kundin zur Seite und präsentierte ihr ein langes graues aus Seide, das abgesehen von einer Schleife in der Mitte des Ausschnitts keinerlei Verzierung aufwies. Trotzig nahm Alia auch das magentarote mit in den Umkleideraum, stellte dort jedoch fest, dass es an den Hüften zu eng war und die Farbe nicht zu ihrem Hautton passte, während sie in dem grauen wie ein Filmstar aussah.

Als Alia hinausging, sagte *umm* Omar wie immer: »Sie haben schöne Schlüsselbeine.« Dann schaltete sie den kleinen Fernseher hinter der Kasse ein, der es alle paar Minuten zu einer Bildstörung brachte, woraufhin *umm* Omar jedes Mal fluchend darauf herumschlug, bis die Antenne wackelte.

Alia bewunderte sich in dem alten, vergilbten Spiegel, der ihre Haut fast überirdisch schön aussehen ließ. Das Kleid war an den Knöcheln leicht ausgestellt, und nach einem Blick in *umm* Omars Richtung drehte sie sich einmal rasch um sich selbst. Sie fühlte sich kokett wie eine Schauspielerin in einem ausländischen Film. Lächelnd betrachtete sie ihr Spiegelbild.

In diesem Moment begann *umm* Omar leise vor sich hin zu fauchen. »Diese Dreckskerle! Diese Hundesöhne, sie haben es wirklich getan!« Sie fuchtelte wild mit den Armen, sprang auf und stieß dabei ihren Hocker um.

»Was ist?« Sehr darauf bedacht, nicht mit dem Kleid am Verkaufstisch hängen zu bleiben, lief Alia zu ihr. Grelle Lichter waren zu sehen, dann die verwackelte Aufnahme eines Flugzeugs im Sturzflug, aus dessen Rumpf etwas herausfiel und in der Luft zu brennen begann. Schweigend betrachtete Alia die Bilder.

Umm Omar hopste auf der Stelle und brüllte, dass die Speicheltröpfchen flogen. »Die Israelis! Sie haben es getan. *Sie haben es wirklich getan!* Wie Feiglinge sind sie im Morgengrauen auf Zehenspitzen dahergeschlichen und haben sich an unsere Jungen herangemacht. Jetzt sind sie auf dem Sinai!«

»Nicht in Palästina!«, erwiderte Alia mit vor Erleichterung zitternder Stimme.

»Noch nicht! Aber wir sind vorbereitet, das ist schon mal sicher! Palästina, Jordanien, Irak – darauf haben wir nur gewartet.

Diese mutterlosen Lumpen wissen gar nicht, was sie damit losge-
treten haben!«, rief *umm* Omar mit funkelnden Augen und fügte
in sanfterem Ton hinzu: »Ziehen Sie es aus, ich packe es Ihnen ein.
Grau steht Ihnen ausgezeichnet.«

Alia wollte widersprechen. Plötzlich fühlte sich die Seide unangenehm an. Trotzdem ging sie in den Umkleideraum und stieg wie
benommen aus dem Kleid. Ihr Bauch war schweißnass. Sie sehnte
sich nach ihrem Schlafzimmer in Nablus, nach dem leichten Wind,
der die Vorhänge bauschte.

Umm Omar bestand darauf, ihr das Kleid zu schenken, und bezeichnete es als eine frühe Siegesgabe. Verwirrt sah Alia zu, wie sie
es in braunes Papier verpackte und mit einem Band umschlang, das
sie am Ende triumphierend zu einer Schleife knüpfte.

Als Alia auf den Gehsteig trat, sah sie weder die dunkle Limousine noch Ajits vertraute Gestalt hinter dem Lenkrad. Sekundenlang war sie wie betäubt von der Hitze, vom grellen Licht und ihrer eigenen Fassungslosigkeit. Über ihr brannte die Sonne. Es war
noch früh am Tag.

Alia geht nackt zum Kleiderschrank. Schwer liegt ihr Haar auf
dem Kopf, während sie die Kleider und Röcke auf den Zedern-
holzbügeln mustert. Fast alles ist neu, erst in den letzten Monaten
gekauft.

Die Party war ihre Idee. Das neue Jahr zu feiern würde ihnen
allen guttun.

»Wir laden die Schafiks, die Murads und die Qiblawis ein«, erklärte sie Atef. Die drei Familien hatte sie in der Zeit vor Atefs Ankunft kennengelernt. »Sie waren damals sehr nett zu mir.«

»Wie du meinst«, erwiderte Atef, und gerade diese ton- und teilnahmslos dahingesagte Bemerkung spornte sie bei der Planung an.

In Wirklichkeit ging es gar nicht darum, sich bei diesen Lang-
weilern für ihre Freundlichkeit zu revanchieren. Die Männer wa-

ren fast ausnahmslos Kollegen von Ghazi, die Frauen Freundinnen von Widad. Aber Silvester wie die meisten Abende vor dem Bildschirm zu verbringen und sich das Gebrüll irgendwelcher Politiker anzuhören erschien ihr unerträglich. Noch schlimmer war für sie die Aussicht, sich ein weiteres Mal bei Widad durch eine geheuchelte Festtagsstimmung mit erzwungenen Vierergesprächen und Lobeshymnen auf die Ananastorte der Hausherrin zu quälen, wie erst kurz zuvor an ihrem Geburtstag. Nachdem das Geburtstagslied heruntergesungen und die Tortenstücke verteilt worden waren, hatte sich Alia ins Bad geflüchtet und ein Handtuch an den Mund gepresst, damit man ihr Schluchzen nicht hörte. Die vier trübselig dahockenden Menschen, das schreckliche Land, die gespielte Freude über eine viel zu süße Torte – es reichte aus, um tieftraurig zu werden.

Nein, viel besser ist es, Leute um sich zu haben, ganz, ganz viele Leute, die alle Zimmer des Hauses füllen und sich im Hof drängen. Stimmen und Gelächter, bunte Kleider und funkelnder Schmuck, Getrappel und Geklirr, um die Leere zu übertönen.

Als Alia die Küche betritt, sitzt Widad am Tisch, vor sich einen Haufen Minzzweige.

Daneben steht eine mit Wasser gefüllte Schüssel. Widad nimmt einen Minzstängel, zupft die Blätter ab und wirft sie hinein. Sobald sie im Wasser schwimmen, verfärben sie sich smaragdgrün.

»Guten Morgen«, sagt Alia. Widad hat ihr Kopftuch abgelegt. Das durch die Fenster hereinfallende Sonnenlicht verleiht ihrem Haar einen Bernsteinton.

»Hoffentlich macht es dir nichts aus, dass ich so früh gekommen bin, aber es gibt Unmengen zu tun.«

»Nein, nein, schon gut«, erwidert Alia und setzt sich zu ihr. In den letzten Monaten ist ihr Verhältnis besser geworden; sie sind jetzt einander vertraut.

»Möchtest du eine Tasse?« Widad bewegt den Kopf in Richtung Herd, wo auf einem Brenner der neue *ibrik* steht. Es riecht intensiv nach Kaffee. Den alten *ibrik* hat Alia in ihrer ersten Woche zu lange auf dem Feuer stehen lassen, und auch nach heftigem Schrubben und Einweichen in Salzwasser war der Boden schwarz geblieben.

Der Kaffeegeruch dreht ihr den Magen um. Sie wendet den Blick ab. »Vielleicht später.«

In der Nische sitzen Bambi und Priya, das Dienstmädchen, das Widad schon vor Monaten für Alia besorgt hat, und unterhalten sich in ihrer trällernden Sprache, während sie mit gesenktem Kopf die Kartoffeln, Karotten, Petersilienblätter und Bohnen zerkleinern, die in einem Haufen zwischen ihnen auf dem Tisch liegen.

»Hallo«, begrüßt Alia die beiden, und sie grüßen zurück.

»Madame, Herr vorhin anrufen«, sagt Priya in ihrem langsamen Englisch. »Ich sagen, Sie in Dusche. Er telefonieren später.«

»Aha.« Alia schaltet das Radio auf der Küchentheke ein. »Danke.« Innerlich kocht sie – wie in letzter Zeit immer, wenn es um ihren Mann geht. Die Radioknöpfe zwischen den Fingern sind klobig, kompakt.

»Welches Kleid ziehst du heute Abend an?«, fragt Widad.

»Äh …« Die Kennmelodie eines Nachrichtensenders ertönt. »… das schwarze.« Sie dreht am Lautstärkeregler. Plötzlich bricht der Jingle ab, und der Gesang einer düster klingenden Frauenstimme setzt ein.

»Oum Kalthoum.« Es ist eines der in den letzten Monaten aufgekommenen Naksa-Lieder, die mit traurigen, von Streicherklängen untermalten Melodien die im Krieg erlittenen Verluste und die Niederlage beklagen. Diese Lieder werden täglich von allen Sendern gespielt. In ganz Kuwait und, wie Alia weiß, auch in anderen arabischen Städten geistern sie durch die Wohnzimmer und über die Marktplätze, sogar durch die Schulen. Der Tod der Männer wird in ihnen beweint und das verlorene Land, am meisten aber die

Niederlage selbst, diese brennende, immer noch wachsende Schande. Inzwischen sind die überall lauernden Melodien Alia vertrauter als jedes Wiegenlied aus der Kindheit.

Beide Schwestern ächzen gleichzeitig frustriert auf. Als Alia sich umdreht, entdeckt sie in Widads Augen einen ungewohnten Anflug von Renitenz.

»Schalt es aus, um Allahs willen!«, fleht Widad.

Alia lacht erstaunt auf und deklamiert, den in letzter Zeit von Nachrichtensprechern und Politikern gepflegten leiernden Ton imitierend: »Brüder und Schwestern, dies ist eine Zeit der Trauer. Kleidet euch in Schwarz und fordert auch eure Kinder zum Trauern auf.« Dann äfft sie mit ziemlich falschen Tönen den feierlichen Chor nach. »Ahhh-uhhh …«

»Alia!« Widad kann sich vor Lachen kaum mehr halten. Schockiert und amüsiert zugleich schüttelt sie den Kopf, während Alia das Lied mit gespreizten Fingern und zurückgelegtem Kopf mitsingt. Priya und Bambi kichern vor sich hin. Schließlich schlägt Widad die Hände vors Gesicht. »Ausschalten!«, bettelt sie, nach Luft ringend. »Ausschalten!«

Zufrieden dreht Alia die Lautstärke herunter, setzt sich an den Tisch, nimmt sich ein paar Minzzweige, späht durch die gesenkten Wimpern zu ihrer Schwester hinüber und freut sich über das Lächeln, über den unerwarteten Ausdruck der Freude in Widads Gesicht.

»Das Fleisch braucht noch etwa eine Stunde.« Widad wirft einen Blick auf die Uhr. Die Minze ist gewaschen, das Gemüse in gleich große Würfel geschnitten. »Mehr als genug Garzeit für das Gemüse.« Sie dreht sich zu Priya und Bambi um. »Ist das Essen für eure Party fertig?«

»Ja, Madame«, antwortet Bambi.

Die zweite Party war Widads Idee. Das Fest für die Dienstmädchen und Chauffeure der Gäste soll in der als »Häuschen« bezeichneten, unweit der Villa gelegenen Hütte stattfinden, in der Priya schläft. Priya und Bambi sind schon sehr aufgeregt; die ganze Woche hindurch haben sie Glitzerdekoration gebastelt und besprochen, welche Musik gespielt werden soll. Immer wenn Alia die beiden sah, schämte sie sich ihrer eigenen Freudlosigkeit.

»Habt ihr alles, was ihr braucht?«, fragt sie nun auf Englisch. Sie genießt es, diese Sprache wieder einmal zu sprechen, was sie seit der Schulzeit nicht mehr getan hat. Damals war Englisch mit seinen melodischen offenen Vokalen ihr Lieblingsfach. »Braucht ihr noch mehr Saft oder Süßigkeiten?«

»Nein, Madame«, erwidert Bambi.

»Nein, Madame«, plappert die zierliche Priya nach. Sie ist nur ein knappes Jahr älter als Alia, für die es befremdlich ist, dass ein Mensch in ihrem Alter so fröhlich sein kann.

»Die Awadahs kommen auch, oder nicht?«, fragt Widad ihre Schwester.

»Ja, und Herr Khalil, der Dekan, mit seiner Familie.«

»Wunderbar«, sagt Widad versonnen. »Das sind gute Leute. Ich freue mich so, dass Atef in der Uni Leute kennenlernt. Ghazi meint, er mache seine Sache sehr ordentlich.«

»Ja.« Mehr sagt Alia nicht. Sie will nicht unloyal sein.

»Ihr braucht eben noch ein bisschen Zeit«, erklärt Widad.

In den Minzzweigen hat sich eine Blattlaus versteckt. Alia hält das zappelnde Ding zwischen den Fingern und zerdrückt es schließlich in einem Stück Küchenpapier. Als Atef die Professur an der Universität annahm, reagierte sie fassungslos. Sie hatte Kuwait für eine kurze Zwischenstation gehalten.

»Aber jetzt ladet ihr ja Freunde zu euch ein und baut euch ein neues Leben auf«, fährt Widad fort. Sie greift über den Tisch und drückt Alias Hand. Ihr Blick ist ernst. »Ein Leben nach Nablus, nach –« Sie stockt. »Nach Mustafa.«

Alia zieht den Kopf ein. »Ja, vielleicht.« Die geheuchelten Worte dröhnen ihr in den Ohren. Sie hat Widad nichts von ihrer Schwangerschaft erzählt und, noch schlimmer, nichts von der Idee, in die sie sich verrannt hat und die sich in ihr festsetzt wie ein Gift.

Nach Amman. Zu ihrer Mutter, ihren Tanten, den Cousinen und Jugendfreunden, die nach dem Krieg dorthin gezogen sind. Schlicht und klar wie ein Regenschauer ist ihr die Idee erschienen. Sie müssen nach Amman gehen, anstatt in diesem Ödland Kuwait zu bleiben mit seinen endlosen heißen Nachmittagen vor dem Fernseher.

Nach Amman, zu den Cafés und den Obstverkäufern und den Vierteln voller alter Freunde, die verzweifelt sind und um die verlassenen Häuser und Städte und um die Männer unter der Erde weinen. Sollten sie nicht gemeinsam trauern? Für sie alle gibt es kein Palästina mehr – die Erkenntnis kam Alia nur langsam; sie war wie ein neuer Tod jeden Morgen. Mustafa verschwunden, Nablus verschwunden – aber in Amman würden sie die Asche finden und auf ihr ein neues Leben errichten.

Ein weiteres Motiv ist ihre Schwangerschaft. Wie eine Schlingpflanze wuchert der Gedanke an Amman in ihr, und sie ist überzeugt, dass es die Rettung wäre, dorthin zu gehen. Dann könnten Atef und sie die Schlangenhaut dieses Jahres abstreifen und mit ihren Freunden in Amman wieder lachen, weinen und gesunden. Dort könnten sie eine Familie gründen und in der Nähe von Alias Mutter wohnen, *dann würde alles gut werden*. Sie ist zutiefst durchdrungen von der Überzeugung, dass Atef es verstehen und nach Amman ziehen würde, wenn sie es ihm erklären, ihm das Bild in ihrem Kopf zeigen könnte – das gerettete Leben.

Alia sah sich auf dem Fernseher in Widads und Ghazis Wohnzimmer den Krieg an. Im Gegensatz zu dem Gerät von *umm* Omar war dieses nagelneu, mit einem glänzenden, abgerundeten Bildschirm. Rechts prangten vier Knöpfe; mit dem größten regelte man den Ton. Ghazi drehte immer auf volle Lautstärke, und wenn das Bild zu flackern begann, erhob er sich schwerfällig von seinem Sessel und brachte es wieder in Ordnung. Während er die Antenne drehte, kam Alia der Gedanke, dass diese dicken Finger über den nackten Körper ihrer Schwester gewandert waren.

Wenn die Nachrichten liefen, lenkte sich Widad immer irgendwie ab, ließ die Stricknadeln klirren oder stand abrupt auf, um Tee zu holen. Es ärgerte Alia, wenn ihre Schwester mehrmals hintereinander fragte, ob das Abendessen oder etwas Obst gewünscht werde. Und auch wenn Widad dann endlich wieder saß, berührte ihr Rücken nie die Sofakissen, und ihre Füße ruhten auf den Zehenspitzen, als wollte sie jede Sekunde wieder aufspringen. Alia dagegen saß reglos wie ein Stein da, und alle Kekse und Orangen, die ihr Widad brachte, blieben unberührt. Sie biss die Zähne zusammen, spannte die Muskeln an. Alle paar Stunden zwang sie sich, Atefs Nummer, Mustafas Nummer zu wählen, und lauschte dem grässlichen endlosen Freiton.

Ghazi war der Einzige, der sprach. Für ihn schien der Krieg ein erregender, ja fast befriedigender Nervenkitzel zu sein. Aus seinen Kommentaren schloss Alia, dass er den Ausgang vorhergesehen hatte und längst abgestumpft war.

»Immer wieder habe ich es gesagt! Das war doch längst absehbar. Da gehen Nasser und seine Leute mit geschwellter Brust herum wie die Pfauen. Zerstreute Truppen! Welcher Führer verspricht einen Sieg mit zerstreuten Truppen? Eine arabische Republik – ha! Seht es euch an – ein bisschen Geld aus Amerika, und schon hat Israel jede Menge schönes neues Spielzeug. Und wir? Wir haben Fahnen, Lieder und Träume. Auslöschen werden sie uns!« Er stieß die Wörter mit solcher Heftigkeit aus, dass sein massiger Körper erbebte.

Es machte Alia wütend, wenn Ghazi so sprach, aber sie schaffte es, die Wut hinunterzuschlucken, denn sie war mit zornigen Männern aufgewachsen. Mustafa, seine Schulfreunde, ihre Onkel – alle hatten sie bei Protestaufmärschen die palästinensische Fahne geschwenkt und bei ihren Treffen bis spät in die Nacht herumgebrüllt.

Nun war der Krieg da, und in Widads und Ghazis Wohnzimmer erlebte man Bruchstücke davon mit. Aber das alles war falsch, ganz, ganz falsch. Die Nachrichten sprachen von einem arabischen Sieg, obwohl die Welle heranrückender arabischer Truppen ausblieb und keine Fahnen in den Farben Grün, Rot, Schwarz und Weiß zu sehen waren. Alias gepackter Koffer blieb in Widads Gästezimmer stehen, hochkant, wie ein dienstbeflissenes Kind. Sie würde nicht nach Hause fliegen. Am dritten Kriegstag rollten Panzer in die Altstadt ein. Dass Mustafa und Atef kurz darauf verhaftet wurden, als die Israelis in Nablus einmarschierten und bei jungen, mit der Moschee in Verbindung stehenden Männern Razzien durchführten, bekamen die drei in Kuwait nicht mit. Am Ende des vierten Tages war die Halbinsel Sinai an die Falschen gefallen. Die Panzer, die jetzt durch Gaza, Jerusalem, über die Golanhöhen und sogar durch Nablus – sogar durch Nablus – fuhren, und die Düsenjäger, die über dem Mittelmeer dröhnten, trugen keine arabischen Buchstaben an den Seiten, sondern sechszackige Sterne. *Die Israelis würden siegen.* Für Alia, die an den Triumph der Araber geglaubt hatte und sich nichts sehnlicher wünschte, als die Männer, die sie liebte, vom Krieg unberührt zu wissen, war dieser durchschlagende Sieg unfassbar.

»Es ist weg. Palästina ist weg. Diese Idioten! Nichts ist ihnen geblieben«, sagte Ghazi am sechsten Tag, als die Morgensonne in Gräben geworfene Leichen zutage brachte. Alia hörte nur noch mit halbem Ohr hin. Wenn sie Atefs Nummer wählte, kam immer nur der Freiton. Am frühen Abend dieses Tages schreckte sie nicht mehr zusammen, wenn im Fernsehen Bomben fielen und sich die Schuttwolken blähten wie Schaum, wie etwas Essbares.

Jede Nachrichtensendung rief in ihr dieselbe Erinnerung wach.

Als sie fünf oder sechs gewesen war, hatte Mustafa auf dem Schulhof ein vom Regen durchnässtes, zitterndes Küken gefunden. Während es sich neben dem Heizkörper in Mustafas Schuh aufwärmte, bastelte er dem Vögelchen aus Salmas alter Hutschachtel ein Zuhause und riss für die Unterlage geduldig Papier in kleine Fetzen. Alia setzte sich zu ihrem Bruder und sah ihm schweigend bei der Arbeit zu. Alle paar Minuten beugte sie sich über den Schuh und betrachtete das schlotternde Küken. Es juckte sie, über das strubbelige Gefieder zu streichen, aber sie nahm sich zusammen. Stundenlang, so kam es ihr vor, saß sie bei ihrem mutigen, schönen Bruder, während der Wind den Regen gegen das Fenster warf.

Mit ihrem schneeweißen Papierteppich und den Salatblättchen, die Mustafa in der Küche geklaut hatte, erschien Alia die Hutschachtel wie eine wundervolle, gemütliche Unterkunft. Mustafa hob das Küken aus dem Schuh und kniete sich neben Alia auf den Boden.

»Willst du es mal halten?«

Alia nickte. Sie hatte plötzlich einen Kloß im Hals und konnte kaum sprechen. Behutsam ließ Mustafa das Vögelchen in ihre hohlen Hände gleiten.

»Vorsicht!«, flüsterte er.

Das Küken zitterte stark. Alia spürte sein Herz pochen. Winzige Knopfaugen und ein durchsichtiger Schnabel. Die Krallen bohrten sich angenehm in ihre Handflächen. Die blassgelben flaumigen Federn standen in Büscheln ab und kräuselten sich, während sie trockneten. Alia hielt die Luft an und regte sich nicht vor lauter Angst, bei der kleinsten Bewegung etwas zu zerbrechen.

»Du kannst es ruhig streicheln«, versicherte ihr Mustafa. Mit klopfendem Herzen blickte sie zu ihrem Bruder auf, und er nickte.

»Schon gut, Vögelchen«, sagte sie und strich mit dem Zeigefinger behutsam über den harten Schädel. Mustafa grinste, entblößte seine geraden, schönen weißen Zähne. Das Herz des Kükens in ihrer Hand wurde ruhiger, und Alia fühlte sich groß, größer als je zuvor.

Das Küken, Mustafa, Bomben, Atef, Nablus.

Die knappe Woche, in der Alia Stunde um Stunde vor dem Fernseher saß, warf sie völlig aus der Bahn. Die Bilder brannten sich in ihre Seele ein, und ihre Gedanken rasten. Sie hatte ständig Durst, doch alles, was sie trank, schmeckte bitter. Wenn Widad zum Essen rief, musste sie sich zwingen, das Fleisch, den Spinat zu essen. Bei der Rückkehr ins Wohnzimmer wirkten die Szenen auf dem Bildschirm wie aus einer anderen Zeit. Die braunen, schmutzigen Gesichter der Männer glichen sich wie Fotokopien.

Reglos saß sie da. Nie zuvor war ihr aufgefallen, wie sehr die beiden Männer einander, aber auch den Soldaten ähnelten. Hatte man sie gedanklich in ihre Einzelteile zerlegt, konnte man die Teile ignorieren oder hassen – verdreckte Gesichter, dunkle Augen, Bärte.

Am fünften Kriegstag erklärte Präsident Nasser Alia und dem Rest der Welt mit düsterem, verhärmtem Gesicht, dass es vorbei sei. Die Araber hatten verloren. Wieder und wieder sah man israelische Soldaten Gewehre auf gefangene arabische Soldaten richten, die lastwagenweise weggebracht wurden. Die Kriegsgefangenen hatten die Arme erhoben und sahen ohne ihre Waffen kindlich und irgendwie absurd aus. Männer, die als Kinder auch in Alias Viertel Krieg gespielt hatten, waren jetzt nur noch verschwitzte Männer. Damals ebenso wie jetzt hielten die Gefangenen den Kopf gesenkt und sprachen kein Wort; die Sieger dagegen liefen herum und feuerten mit ihren imaginären oder realen Gewehren Freudenschüsse in den Himmel.

85

Während das Fernsehen Nasser bei seiner Rücktrittsrede und immer wieder Kriegsgefangene zeigte, schälte Widad Kartoffeln. Als die Aufnahmen der grinsenden Israelis zum vierten Mal zu sehen waren, stand Ghazi auf und schaltete den Apparat aus.

»Tja«, sagte er trostlos zu dem langsam schwarz werdenden Bildschirm. »Tja.«

Keiner erwähnte Mustafa oder Atef. Selbstverständlich hatte man noch viel mehr Soldaten gefangen genommen, viel, viel mehr. Und über die Gefallenen, über die Leichenberge in der Wüste, an denen sich die Fliegen labten, war die Kamera viel zu schnell hinweggeschwenkt, als dass Alias Augen darin einzelne Gesichter hätte suchen können oder auch nur wollen.

In dieser Juninacht saß Alia stundenlang im Hof. Sie blieb, obwohl es schwül und heiß war. Die Sterne am klaren Himmel über ihr erinnerten an verschüttete Salzkörner auf einem Tischtuch. Sie versuchte sie zu zählen, gab es aber schließlich auf.

Atef hat sie gewarnt: Kein Mensch habe jetzt Lust auf eine Party. *Jeder, in dessen Adern arabisches Blut fließt, trauert.* Aber die Gäste kommen und bringen Blumen und ganze Platten voller Süßigkeiten mit. Viele Frauen tragen Kleider aus schillernden Stoffen, und die Männer haben sich in gut geschnittene Anzüge geworfen. Sie küssen Alia auf die Wange und fragen, wann Atef komme.

»Bald, bald«, antwortet sie lachend und betet, dass es so sein wird. Sie führt die Gäste in das durch einen Bogendurchgang vom Speisezimmer getrennte Wohnzimmer. Im Haus haben sich schon mehrere Leute eingefunden; sie sitzen auf den Couchgarnituren oder stehen mit Tellern in der Hand um den Tisch herum. Das Essen – Huhn und Lamm auf Jasminreis – wird auf kleinen Gasbrennern warm gehalten. In einer Ecke plaudert Ghazi lachend mit einem seiner Ingenieursfreunde. Einen Moment lang neidet Alia ihrer Schwester diesen lauten Mann, der so ganz er selbst geblieben ist.

Bambi und Priya haben Vasen mit Rosen und Gardenien verteilt, die einen schweren Duft verströmen. Auf den Tischen stehen Schälchen mit Nüssen und Kirschen. Sogar der Hof hinter dem Speisezimmer, normalerweise einsam und verlassen, ist gefegt worden. Durch die großen Fenster sieht man eigens aufgestellte Stühle, zwischen denen Kerzenflammen flackern.

Nach und nach füllt sich das Haus. Widad legt eine Schallplatte auf, und im Wohnzimmer beginnen sich einige Frauen zur Musik zu bewegen. Man könnte es für ein Zuhause halten, denkt Alia. Sie bietet Granatapfelsaft an, lacht über die Geschichten, die man ihr erzählt. Zwar stehen draußen ein paar Männer und diskutieren über den Krieg, aber davon abgesehen hat sie das Gefühl, in ein fremdes Wohnzimmer geraten zu sein, in dem sich alle prächtig amüsieren.

Um halb zehn klingelt es an der Tür. Alia lächelt den Gästen zu, mit denen sie gerade gesprochen hat.

»Endlich!«

Vor dem Spiegel im Eingangsbereich bleibt sie kurz stehen und nimmt das Bild der Frau mit der wilden Frisur zufrieden zur Kenntnis. Dann setzt sie ein angedeutetes Lächeln auf und öffnet die Tür. Auf der Eingangsstufe stehen Atefs Universitätskollege Samer und seine amerikanische Frau Maryanne und strahlen Alia aus der Dunkelheit entgegen. Alia bemerkt etwas Verschwommenes in der Ecke und versucht es blinzelnd zu erkennen.

»Hallo«, sagt sie auf Englisch.

»Schau mal, was wir dir mitgebracht haben.« Samer hält ihr grinsend eine Vase hin und zieht mit der anderen die verschwommene Gestalt zu sich heran.

»Oh wie schön, vielen Dank.« Alia nimmt ihm die Vase ab, über deren Rand, gesäumt von einem feinen Netz aus Schleierkraut, die Blumen ragen. Und als die Gestalt ins Licht tritt, fügt sie erleichtert hinzu: »Du!«

»Dein Mann ist wirklich ein engagierter Professor«, sagt Samer.

»Er saß noch in seinem Wagen und hat Bücher durchgesehen.«
Schweigend und mit unergründlichem Blick betrachtet Atef seine Frau.

»Mein kleiner Bibliophiler«, erwidert sie tonlos.

»Du bist schön wie immer«, sagt Samer, und Alia ringt sich ein Lächeln ab.

»Und dieses Kleid!«, wirft Maryanne auf Englisch ein und versucht es gleich darauf mit Arabisch. »Wie der Mond!«

»Bitte sehr.« Atef streckt den Arm aus, und das Paar geht hinein. Er folgt den beiden und küsst Alia auf die Stirn.

»Es tut mir leid, aber die Vorstellung, heimzukommen und all diese Leute sind da …«

Alia schüttelt den Kopf und legt ihm die Hand an die Wange. Die Geste fühlt sich verboten an; in letzter Zeit haben sie sich kaum noch berührt. »Ich weiß.«

Sie stehen unter dem Bogendurchgang und betrachten die redenden, lachenden Gäste.

»Sie haben Spaß. Das Lamm ist fast aufgegessen – kaum zu glauben.«

»Majed ist auch da.« Atef nickt zu einem jungen, stark behaarten Mann hin, der die tanzenden Frauen anlacht und ihnen mit den Fingern zuschnippt. Er ist Student an der Universität, Bachelor, kommt aus Jordanien.

Alia grinst. »Er hat schon mit jedem Mädchen über dreizehn geflirtet.« Atef bricht in schallendes Gelächter aus, fast wie früher.

»Eine wirklich tolle Party.« Er zieht sie an sich. Instinktiv legt sie eine Hand auf ihren Bauch. Bald.

»Wirklich toll«, sagt er noch einmal.

»Atef!«, ruft ein Mann.

»Endlich ist der Gastgeber da!«

»Kommen Sie, Herr Professor, das Fleisch ist schon kalt!«

Atef wirft Alia einen fragenden Blick zu, und sie lacht.

»Na los.« Froh über seine Freude sieht sie ihm nach, während er zu den Männern geht.

Alia und Widad tanzen barfuß miteinander auf den weichen, blauen Perserteppichen. Die anderen Frauen tanzen um sie herum. Dutzende Parfümnoten wabern durch die Luft. Das Licht ist gedämpft; die Kerzen in den silbernen Kandelabern werfen Schatten an die Wand. Die Dienstmädchen haben das Geschirr und die Platten abgeräumt und Obst und kleine Kuchen auf den Tisch im Speisezimmer gestellt.

»Das ist auf jeden Fall genug«, hat Alia danach zu ihnen gesagt. »Ihr könnt jetzt eure eigene Party feiern.«

Die fröhliche, schnelle Musik macht Alia schwindelig. Sie dreht sich ein Mal, zwei Mal um sich selbst, hebt die Arme und gibt Widad zu verstehen, dass sie es nachmachen soll. Die Uhr über dem Bogendurchgang zeigt fast elf Uhr. In einer Stunde beginnt das neue Jahr. Der ernüchternde Gedanke an Mustafa schnürt ihr jäh die Kehle zu. Sie wird älter werden als er. Sie wird die Welt in ein weiteres Jahr taumeln sehen, in ein Jahr ohne ihn.

»*Ya habibi*«, singt Widad mit, das Gesicht so nah an Alias, dass Alia die mit Tusche überzogenen Wimpern sieht und die Hautstellen, die der Faden beim morgendlichen Augenbrauenzupfen gerötet hat. Das erhitzte Gesicht und die nackten Füße machen Widad jünger, mädchenhafter. Alia beugt sich spontan zu ihr vor und drückt ihr einen Kuss auf die Wange.

Widad grinst verblüfft und singt noch lauter. »*Habibi inta!*« Die Frauen ringsum lachen und klatschen.

Es gibt auch noch deine Schwester und deinen Mann, Alia, sagt ihre Mutter, wenn sie miteinander telefonieren. *Du darfst sie nicht vergessen in deiner Trauer.*

»*Aywa*, Widad!« Majed bahnt sich einen Weg durch die Frauenschar, schnalzt mit den Fingern und lässt die Augenbrauen tanzen.

Widad wird rot, singt aber weiter und bewegt die Arme vor und zurück.

Alia hört langsam auf und lässt die Arme sinken. Sie löst sich aus dem Tanzkreis, geht aus dem Wohnzimmer. Ihre Brust schmerzt vor Sehnsucht; die Sehnsucht schnürt ihr den Hals zu, macht sie ganz klein.

Sie vermisst Mustafa. Wie eine Stadt nach einem Tsunami ist die Welt ohne ihn verändert, zerstört. Sie haben nie erfahren, wie, nur dass er starb, in irgendeinem israelischen Gefängnis. Und dennoch isst sie weiterhin Eclairs und fischt die Haare aus dem Abfluss in der Dusche. In ihrem Kopf ist wieder diese grässliche, heimtückische, verhasste Stimme, die sich ihrer bemächtigt hat, als sie die Bilder vom Krieg auf dem Bildschirm sah: *Wenn einer von ihnen sterben muss, wenn ich einen aussuchen könnte.* Sie presst ihren Handballen gegen den Brustkorb, als könnte sie die Stimme so zum Schweigen bringen.

Du bist von Lebenden umgeben, sagt ihre Mutter. *Und ich beherberge einen*, denkt Alia. Ihre Hand streicht hastig über ihren Bauch, sie will Bewegung spüren, irgendetwas. Aber es ist nur eine Hand auf Seide. Letzte Woche hat sie beim Arzt – dem netten Mann, den sie immer heimlich aufsucht – durch ein Stethoskop den Herzschlag gehört. Im vierten Monat, sagte der Arzt, seien die Augenlider noch fest verschlossen und das Kind könne noch nichts hören. Das blinde, in Flüssigkeit schwimmende Ding – spürt es den Kummer seiner Mutter? Trinkt es ihn wie Suppe? –, es schläft und wird sich noch wochenlang nicht drehen.

»O Gott!« Wie gut sie diese Momente kennt! Die Verzweiflung ist wie ein See, den sie mit Wasser in der Lunge durchqueren muss. Sie denkt an Priya, Bambi und die anderen Dienstmädchen und Chauffeure, die jetzt im Häuschen tanzen und im scharfen Eintopf rühren. Der Gedanke an das Glück dieser Menschen verleiht ihr Kraft. Sie holt ihre Schuhe und läuft zum Hof.

Der Schiebemechanismus der Fliegengittertür klemmt beim Öffnen. Durch das Drahtgeflecht sieht sie Atef bei den anderen Männern sitzen. Der Rauch aus ihren Zigaretten steigt in die Nacht hinauf. Sie unterhalten sich angeregt, brechen das Gespräch aber schlagartig ab, als die Tür endlich aufgeht.

»Alia!«

»Die Burgherrin!«

»Macht sich Majed da drin noch immer zum Affen?«

Alia lehnt sich grinsend an den Türrahmen. Seit ihrer Mädchenzeit hat sie dieses Verlangen nach Männern, das Bedürfnis, mit ihnen zusammenzusitzen und ihren Gesprächen zu lauschen. Die Musik hinter ihr ist laut und klingt blechern.

»Na klar. Und ihr verkriecht euch immer noch hier draußen?«

Beifälliges Gelächter.

»Sie kennt uns einfach viel zu gut.«

»Wir haben Pech, Alia, wir können nicht tanzen.«

»Musik ist ein rotes Tuch für uns!«

Alia lacht. »Und du?«, sagt sie zu ihrem Mann, dessen Züge im Kerzenlicht entspannt wirken. »Hast du auch Angst davor?«

»Ich bin der größte Feigling überhaupt«, erwidert Atef grinsend.

Sein Lächeln weckt ihre Sehnsucht nach der Vergangenheit. Er kommt ihr vor wie ein Geist. Sie streckt ihm die offene Hand entgegen. »Nur einen einzigen Tanz!«

»Du Glückspilz«, ruft einer der Männer. »Meine Frau verlangt, dass ich hier draußen bleibe.«

Atef steht auf. »Ja, ich bin wirklich ein Glückspilz«, sagt er leise, während er mit ebenfalls ausgestreckter Hand auf Alia zugeht, bis sich ihre Fingerspitzen berühren.

»Komm tanzen!«, sagt Alia. »Ach, diese Schultern.« Sie streicht leicht darüber. Es ist eine alte Frotzelei, eine Erinnerung an ihren Hochzeitstag, an dem er seine Schultern im Rhythmus der Musik bewegte.

Atef haucht ihr kichernd einen Kuss auf die Stirn. »Ich bin ein so grauenhafter Tänzer.« Er zieht an der Zigarette, Rauch quillt aus seinem Mund. »Mach ohne mich weiter.« Mit einem geheimnisvoll wirkenden Lächeln lässt er Alias Finger los und streift mit der sinkenden Hand ihr Kleid auf der Höhe der Hüfte.

»Wie romantisch!«

»Das sind die Tücken der jungen Liebe«, sagt einer der Männer.

»Ach, du warst auch mal jung?«, fragt ihn ein anderer.

Nachdem Atef kurz zu den Männern hinübergesehen hat, wendet er sich noch einmal zu Alia um. »Mach ohne mich weiter, *habibti*.«

Alia ringt sich ein Lächeln ab. Kaum ist sie wieder im Haus, verwandelt sich die Enttäuschung in Wut. Sie läuft durch die Räume und bleibt vor dem Wohnzimmer stehen. Majed und die Frauen haben einen *dirbakeh*-Kreis gebildet. Vor den Couchen liegen violette, blaue und silbrig glänzende Schuhe. Die Gesichter sind gerötet.

Dem wundervollen Chaos in der Küche sieht man an, dass etwas los war. Geschirrstapel, Platten mit restlichem Reis, eine große Schüssel Tabuleh.

»Nun legt schon Fairuz auf!«, ruft Majed und erntet Gelächter von den Frauen.

Plötzlich überkommt Alia ein Heißhunger. Sie nimmt einen benutzten Löffel, bohrt ihn in den Reis und beginnt, über das Spülbecken gebeugt hastig und mit einer inzwischen vertrauten Gier zu essen, als wäre ihr Körper eine Höhle, die gefüllt werden müsste.

»Ich sehe dir immer so gern dabei zu.«

Alia zuckt zusammen. Der Löffel fällt auf die Küchentheke, die Reiskörner spritzen in alle Richtungen. Als sie sich umdreht, steht Atef verlegen grinsend in der Tür.

»Schon beim allerersten Essen im Garten deiner Mutter«, fährt er fort, während er langsam näherkommt. »Damals gab es Suppe mit *fassoulya*. Du hast gegessen, als müsstest du gleich in die Schlacht ziehen.«

Alia lächelt. Sie erinnert sich. »Ich war den ganzen Tag mit Nour durch die Geschäfte gezogen.« Atef trug an jenem Abend ein weißes Hemd, das seine Haut dunkler wirken ließ. Als sie ihren Mangosaft ausgetrunken hatte, stand er auf, um an ihr Glas heranzureichen, und schenkte nach. In seiner Nähe war sie plötzlich völlig unbekümmert.

Jetzt kommt er zu ihr und küsst sie einmal, zweimal auf den Mund. »Ich bin ein Idiot«, sagt er. »Willst du noch tanzen?«

Liebe durchfährt sie. Und Dankbarkeit für dieses Wunder von einem Mann, der zu ihr zurückgekehrt ist. Sie schämt sich ihres Tonfalls von vorhin. Inbrünstig erwidert sie seinen Kuss, dann wendet sie ihr Gesicht zur Spüle. Atef umschlingt sie mit den Armen und zieht sie an sich. Die Arbeitsflächen und die Wände sind beige. Das Fenster über dem Becken rahmt die Auffahrt und den Himmel ein. Die Scheiben sind staubig.

»Liebling.«

In ihren Augen kribbelt es. Das Fenster verschwimmt.

»Du siehst so wunderschön aus heute.«

Schweigend lauschen sie der Musik und dem Gelächter nebenan. *Als wären wir nach einem Schiffsunglück gestrandet*, denkt Alia. An einem Glas im Becken haftet roter Lippenstift.

»Da drin geht es zu wie im Zirkus.« Atefs Lippen bewegen sich dicht an ihrem Haar. »Sogar Widad! Hast du es bemerkt?«

Alia sieht ihn lächelnd an. »Sie sieht so glücklich aus.«

»Ich habe meinen Augen nicht getraut. Ich bin sogar rausgegangen und habe Ghazi gesagt, er soll sich mal seine Frau ansehen. Unglaublich, was Musik mit einem Menschen machen kann.«

»Er fehlt mir.«

Alia hört ihre Stimme, als wäre sie ganz fern. Wie winzige Detonationen hängen die Wörter in der Luft.

Atefs Brust hebt und senkt sich unter ihrem Kopf. Lange schweigen sie. Er hält sie jetzt so fest, dass ihre Rippen zu schmerzen beginnen. Ihre Gedanken wandern zu dem zwischen ihren Körpern eingezwängten Kind.

»Atef, in Amman –«, beginnt sie zögerlich.

»Wir werden hier glücklich sein.« Atefs Stimme wird brüchig. Er klingt verzweifelt. »Die Leute hier sind nett, ich habe gute Arbeit. Wir leben in der Nähe deiner Schwester und in Sicherheit. Hier behelligt uns niemand. Es ist ein bisschen öde, ich weiß, und die Hitze setzt einem zu, aber nach ein paar Jahren haben wir uns eingewöhnt und können ein neues Leben beginnen. In Amman wären wir von denselben Leuten umgeben, von den alten Nachbarn, den Menschen, mit denen wir aufgewachsen sind. Wie sollen wir zu ihnen zurückkehren, ohne uns bei ihrem Anblick an das zu erinnern« – er prustet, halb lachend, halb schluchzend, in ihr Haar –, »was wir verloren haben?«

Alia wendet den Kopf. Der Blick in sein verzerrtes Gesicht, in seine bittenden Augen zeigt ihr die Wahrheit: Alles ist verloren. Es wird kein Amman geben. *Er hält Kuwait für seine Rettung*, denkt sie. *Für unsere Rettung.*

»Du kannst ja im Sommer hinfliegen«, fleht er. »Du kannst jeden Sommer dort verbringen.«

Die Endgültigkeit raubt ihr den Atem. Seit Atefs Rückkehr hat sie gefühlt Jahrhunderte durchlebt und ständig über ihr gemeinsames Leben nachgedacht. Eine Fantasie nach der anderen, wie sie sich vom Krieg lösen, ihn sich wie Sand aus dem Haar schütteln könnten. Zum ersten Mal kommt ihr jetzt der Gedanke, es könnte hier in Kuwait eine Zukunft für sie geben, viele vor ihr liegende Jahre mit Sommern und Morgenstunden und Geburtstagen. Der Blick in das Gesicht ihres Mannes weckt das starke, instinktive Gefühl, dass dies hier ihr Leben sein wird.

»Ja«, stößt sie hervor. »Jeden Sommer.«

Sie entschuldigt sich, geht ins Badezimmer, stützt sich mit beiden Händen auf das Waschbecken. Das Porzellan ist kühl und glatt. Sie sieht Atefs verzweifelten Blick vor sich.

Im Wohnzimmer rufen die Frauen die letzten Sekunden bis zum Beginn des neuen Jahres aus. Alia ergreift die Flucht.

Sie geht auf dem kleinen Weg über das Grundstück und unter dem Geflecht der Palmwedel dahin, vorbei an den draußen parkenden Autos, zu der Hütte, aus der beschwingte, fremdartig klingende, von Gelächter durchbrochene Musik ertönt. Erst klopft sie leise an, dann hämmert sie gegen die Tür, bis der Riegel endlich zurückgeschoben und die Tür aufgerissen wird.

Vor ihr steht Priya mit ihrem Mondgesicht. Dahinter bunte Kerzen und tanzende dunkelhäutige Männer und Frauen. Auf einem Tisch Teller mit Reis und dem übrig gebliebenen Rindfleisch, Hähnchen und Fisch aus der Villa. Das Dienstmädchen sieht anders aus als sonst, und Alia versteht erst nach Sekunden, warum: Statt der Uniform trägt Priya einen pfauenblauen Sari, und ihr Haar fällt in Wellen über ihre Schultern. Schlagartig empfindet Alia Scham darüber, wie eine Verrückte hier aufzukreuzen und die Party zu stören.

»Ajit«, sagt sie hastig. »Ich brauche Ajit.«

»Madame?«, fragt Priya noch einmal. »Ist etwas passiert? Sollen wir etwas sauber machen? Wir kommen sofort –«

»Ajit«, wiederholt Alia und beginnt zu weinen. »Bitte hol Ajit her!« Erschrocken dreht sich Priya um und ruft etwas in ihrer Sprache.

Kurz darauf erscheint Ajit an der Tür, eine Teetasse in der Hand. Er trägt ein mit Silberfäden durchwirktes Gewand und einen weißen Hut auf dem kahlen braunen Schädel.

Nachdem er Alia für einen Moment schweigend gemustert hat, scheint er zu verstehen. Er murmelt Priya etwas zu und gibt ihr die Tasse. Priya nickt und wirft einen letzten Blick auf Alia. Dann schließt sich die Tür hinter Ajit, der Alia keine Sekunde lang aus den Augen lässt. Alia weint jetzt nicht mehr. Sie fühlt sich sonderbar beruhigt.

»Bitte sehr.« Ajit senkt den Kopf, und Alia folgt ihm den Pfad hinunter und an den geparkten Autos vorbei. Sie vermeidet den Blick auf die Villa. Zum ersten Mal hört sie bewusst das Rascheln der Palmwedel; es klingt wie Spitze, die an Spitze reibt. Ajits Gewand scheint im Mondlicht zu leuchten.

An der Limousine angekommen, zieht Ajit den Schlüssel aus einer unsichtbaren Tasche in seinem Gewand hervor – trägt er ihn immer bei sich? – und hält Alia die hintere Tür auf. Sie steigt ein. Ihr Herz klopft, ihr Hals ist trocken. *Wie ein Flüchtling*, denkt sie.

Schweigend sitzen sie bei laufendem Motor eine Weile da. Dann räuspert sich Ajit und sagt: »Wohin darf ich Sie bringen, Madame?«

Die Frage hängt vor Alia in der Luft. Zuerst kann sie keinen Gedanken fassen, doch dann beginnen die Erinnerungen zu rasen. Zitronengelbe Schlafzimmer, ein Schrank voller Sommerkleider. Ein versteckter Weg hinter einem Schulhaus, Jungen, die sie anschreien, ihre eigenen nackten Füße auf kühler, feuchter Erde. Ein Garten – vor seiner Verwüstung – im Licht der untergehenden Sonne, Minztee. Feuchte Lappen wischen über Bodenfliesen, Marmor, glänzend wie Edelstein.

»Ans Wasser.« Ihre Stimme klingt erstaunlich klar. »Bitte bringen Sie mich zum Wasser.«

»Sehr wohl, Madame.«

Ajit fährt durch die Siedlung mit den immer gleichen Villen. Nach der Abzweigung auf die Hauptstraße verschwindet der Boulevard im Dunkel. Weil die Straßenlampen weit auseinanderstehen, sieht Alia dazwischen minutenlang die düsteren Umrisse von Palmen, Telefonmasten und gelegentlich einer Villa.

Kurz entschlossen kurbelt sie das Fenster hinunter. Der Wind strömt ihr kühl ins Gesicht und weht ihr die Locken an die Wangen, an den Mund.

In der siebten Nacht nach Atefs Rückkehr wachte Alia auf und fand das Bett neben ihr leer. Sie suchte ihn in den dunklen, stillen Zimmern von Widads Haus und entdeckte schließlich unter der Tür des Gästebads einen Streifen Licht.

Zögernd blieb sie davor stehen. Vielleicht war sie ihm lästig. Seit seiner Rückkehr saß er oft stundenlang schweigend da.

»Sag es mir«, bat sie ihn dann, »bitte sag es mir.« Was, wusste sie selbst nicht genau, aber sie wollte es hören.

Doch Atef schwieg. Seine Wangen waren eingefallen, weil er kaum aß. Er schlief bis nachmittags und bewegte sich wie unter Wasser. Wenn er von Mustafa sprach, klang seine Stimme tonlos und apathisch.

»Ich weiß nicht, wann sie ihn getötet haben und wo. Sie haben mir nur gesagt, dass er tot sei.«

Daran dachte Alia, als sie vor der Tür stand: *Mustafa, tot.* Jedes Bild von ihm, als Kind, als erwachsener Mensch, hatte entfernt werden müssen. Was sie jetzt noch besaß, was ihr jetzt noch blieb, war dort hinter dieser Tür. Atef gehörte ihr, er lebte. Als sie Wasser rauschen hörte, öffnete sie die Tür.

Überall war Blut.

Ihr erster Gedanke galt ihrem eigenen Staunen über das Blut, das an seiner nackten Brust herablief und ihn in der Wanne leuchtend rot umgab. Es stammte nicht aus einer einzigen Wunde, sondern aus Dutzenden Schnitten an Rücken, Schultern und Brust.

Glas war ihr nächster Gedanke. Doch als Atef ihr das Gesicht zuwandte, war sein Blick nicht verzweifelt, sondern ganz weich, und er sah wie ein hilfloses Kind zu ihr hoch. Dann senkte er die Augen, hob den Arm aus dem rötlichen Wasser, suchte nach einer verheilenden Wunde an seiner Brust – zwischen den blutigen Stellen sah man lange, dicke Streifen Schorf –, fuhr mit dem Fingernagel hinein, seufzte auf und riss die Kruste langsam von der Haut.

Sofort quoll Blut hervor. Atef ließ den Schorfstreifen ins Badewasser fallen, wo er auf der Oberfläche trieb. Die Routiniertheit, mit der er vorging, zeigte Alia, dass es nicht zum ersten Mal geschah. Die Streifen auf seinem Oberkörper waren rohes, rosiges Fleisch. Ihr wurde klar, dass sie die neue Haut nicht kannte, weil sie den Körper ihres Mannes seit seiner Rückkehr niemals nackt gesehen hatte.

Sie stieß einen erstickten Entsetzensschrei aus. Ihr wurde schlecht. Der Drang, sich abzuwenden, überkam sie; ins Bett zurückzugehen oder wegzulaufen. Der Wunsch, hinauszugehen in die leere Wüstennacht und immer weiter, bis ihre Füße voller Blasen wären, bis sie die Dünen erreichte.

Die Scham brachte sie in die Realität zurück, beruhigte ihre Stimme, zwang die Beine, zu ihrem Mann zu gehen. Hinter ihr fiel die Tür ins Schloss.

Während Ajit fährt, betrachtet Alia die vorbeiziehende Stadt durch das geöffnete Fenster. Die von der Dunkelheit verwandelte Landschaft hat etwas Gespenstisches. Noch nie hat sie die Gegend so spät nachts gesehen. Normalerweise besteht Kuwait für sie aus hässlichen Gebäuden, vom metallisch grellen Sonnenlicht entblößtem Beton. Um die Mittagszeit ist die Stadt geradezu absurd männlich – voller einheimischer Männer in Gewändern, Straßenverkäufer, Taxifahrer, Bauarbeiter, die ihre wachen, hungrigen Blicke auf Alia richten.

Doch jetzt, in der ersten Stunde des neuen Jahres, ist Kuwait geisterhaft, fast zart. Die Banken und das Universitätsgebäude wirken geradezu einladend. Die Lichter der Moschee, die surreale Anmutung der Straßen besänftigen Alia. Die leere Stadt strahlt etwas Weibliches aus.

Ajit fährt durch das Zentrum, durch die Straßen, in denen die Mitglieder der Herrscherfamilie wohnen. Grotesk schön ragen die von innen beleuchteten Kuppeln der Palasttürme in den Nachthimmel. In ihnen, stellt sich Alia vor, räumen die Bediensteten gerade die riesigen Tische ab, tragen die Silberschüsseln mit Reis, Kamelfleisch und Obst hinaus, während sich die Prinzen und Prinzessinnen in luftigen goldenen Räumen vom Essen ausruhen.

Als Alia in Kuwait eintraf, erzählte Widad ihr von den Bedui-
nen. Noch vor dreißig, vierzig Jahren hat das alles nicht existiert,
hat es die Villenviertel, die Höfe und die perlweißen Moscheen
nicht gegeben. Männer, Frauen und Kinder wanderten, zum Schutz
vor der Sonne in Leinen gehüllt, tagelang von Düne zu Düne über
den glühenden Sand. Manche Beduinenfürsten ließen ihre Behau-
sungen – schimmernde Stoffe, die sich unter den Bäumen, den wunderbaren Bäumen, zu Zelten blähten – auf den schmerzenden Rücken von Dienern zur nächsten Oase tragen. Gebetet wurde nach
dem Stand der Sonne, erzählte Widad, weil meilenweit kein Muezzin zu hören war. Wurde das Wasser knapp, verwendeten sie Sand
für ihre Waschungen und rieben Hände und Füße mit den klaren,
rauen Körnchen ab.

Während sich der Wagen dem Stadtrand nähert, denkt Alia
über die Paläste nach. Die jüngere Generation hat nichts verloren,
aber die Älteren – sie empfindet plötzlich tiefes Mitleid mit den
älteren Männern und Frauen, die die Wüste noch ohne alle diese
Bauten kannten. Es erinnert sie an ihre Tanten und Onkel in Nablus, die von Palästina vor dem großen Krieg erzählten, vor den Soldaten und dem Exodus. Es ist leichter, denkt sie, sich an nichts zu
erinnern und eine bereits veränderte Welt zu betreten, als die Verwandlung mit eigenen Augen zu sehen. Bestimmt sitzen die Großeltern jetzt in den verschwenderisch ausstaffierten Räumen ihrer
Paläste und denken zurück an den Sand.

Die Sehnsucht nach dem Vergangenen ist eine Qual. Das hat
einmal jemand zu Alia gesagt, und erst jetzt, Jahre später, wird ihr
bewusst, was es bedeutet. Das Verlangen nach dem, was verschwunden ist, kann einen Menschen hinwegraffen wie Fieber oder Krebs.
Nicht nur die unerträglichen Verluste, auch die kleinen Dinge. Ihr
Zimmer in Nablus. Die Muscheln, in denen sie ihre Haarnadeln
aufbewahrte, das orangerote Kleid, das sie kurz vor dem Abflug
nach Kuwait gekauft und nie getragen hat. Fotos, Halsketten, die
Gläser und der silberne *ibrik*, ein Geschenk ihrer Mutter.

Du darfst sie nicht vergessen in deiner Trauer.

Der Parkplatz vor dem Strand ist dunkel und leer; nur zwei Straßenlampen sorgen für ein unheimliches Licht. Durch das offene Fenster dringt ein Schwall Meeresgeruch in den Wagen. Ajit hält bei einer mit Brettern vernagelten Bude, die ein Schild in Form einer Eiswaffel ziert. Quer über das Verkaufsfenster ist eine Eisenkette gespannt. Große Felsbrocken am hinteren Rand des Parkplatzes versperren die Sicht auf das Wasser.

Ajit dreht den Schlüssel, der Motor verstummt. Meeresrauschen umweht sie, und Alia ist einen Moment lang verlegen, so allein mit diesem freundlichen Mann. Atef und die anderen haben ihre Abwesenheit inzwischen wohl bemerkt. Sie stellt sich Atefs verzweifeltes Gesicht vor und schiebt es rasch beiseite. Eine Zeit lang ist außer dem tosenden Meer nichts zu hören. Schließlich beginnt Ajit zu sprechen.

»Möchten Sie ans Wasser gehen?«

Alia ist dankbar für die Frage. »Ja.«

»Ich komme mit.«

»Sie müssen nicht«, sagt sie, aber Ajit öffnet schon seine Tür. Sie ist froh. Hinter dem Licht der Straßenlampen verschwindet der Parkplatz in der Dunkelheit. Die kalte Luft macht sie frösteln.

Wortlos gehen sie zu den Felsbrocken, Ajit hinter ihr. Alias Absätze klackern bei jedem Schritt. Vorsichtig steigt sie die Felsen hinunter. Die Schuhe verhaken sich in den Spalten, und einmal stolpert sie fast. Ajits Arm schießt auf sie zu, er packt sie am Handgelenk.

»Vielleicht wäre es ohne Schuhe leichter«, sagt er. Als sie den Blick zu ihm hebt, sieht er sie verschmitzt an. Die Stimmung wird besser, das Ganze hat etwas Waghalsiges. Ein Abenteuer, denkt Alia.

»Völlig richtig«, sagt sie fröhlich, zieht die Schuhe aus und lässt sie an den Fingern baumeln. Ihre Füße sind klamm, aber unten an den Felsen ist der Sand erstaunlich weich. Sie wirft die Schuhe neben ein Büschel getrockneten Tang. Ein paar Sekunden lang stehen beide da und betrachten das Meer, das plötzlich überall ist, ein fauchend sich dahinwälzendes Lebewesen. Wellen schäumen an den Strand.

»Das wird ziemlich kalt«, ruft Ajit in das Rauschen hinein.

»O Gott, bitte lass es kalt sein!«, erwidert Alia und lacht bitter auf. Sie würde gern reden und Ajit von ihrem Hass auf die Hitze und den Sommer erzählen, in dem sich das Atmen anfühlt, als tränke man Dampf. Sie würde gern erzählen, dass ihre Haut ständig feucht ist und es überall nach Lehm riecht.

Aber es wäre Verrat, das zu erzählen, obwohl sie nicht genau weiß, an wem. Um nichts sagen zu müssen, geht sie auf die Wellen zu. Am Meeressaum bleibt sie kurz stehen, dann macht sie den Schritt ins Wasser.

Eis. Das eisige Wasser sticht wie mit Nadeln. Alia stöhnt auf und dreht sich zu Ajit um, der sie von hinten im Blick hat. »Wie kalt das ist!«, staunt sie.

Ajit nickt lächelnd. Dann kommt er, sein Gewand schürzend, zu ihr. Gemeinsam gehen sie weiter, bis ihnen das Wasser bis an die Waden reicht. Ringsum wiegt sich der Ozean, und unter Alias Füßen verschiebt sich der Sand – ein schwindelerregendes Gefühl. Plötzlich bricht unerwartet eine Welle, und beide taumeln nach hinten. Aufspritzende Gischt durchnässt Alias Kleid, ihren Hals, ihr Haar. Ajit beginnt zu lachen, und sie stimmt ein. Sie wirft den Kopf in den Nacken. Der Mond über ihnen ein Leuchtfeuer mitten am Himmel. Zum ersten Mal, seit sie in der Küche stand, denkt sie wieder an ihren Körper, an das leise Rascheln darin, und lacht noch lauter.

Sie sieht Ajit an. Sein Gewand ist klatschnass, sein kahler Schädel mit Tröpfchen bedeckt. Sie legt beide Hände auf ihren Bauch, und allmählich verklingt ihr Lachen. Den Blick zum Mond gerichtet, sagt sie es nicht zu Ajit, sondern zum Himmel.

»Das ist also der Anfang!«

Atef

Kuwait-Stadt
Mai 1977

Die Soldaten rufen sich etwas auf Hebräisch zu. In einem lockeren Kreis haben sieben oder acht den knienden Abu Zahi umstellt, aus dessen Nasenlöchern Blut fließt.

»Lass mich los!« Mustafa versucht sich Abu Zahi zu nähern, aber Atef packt noch fester zu. »Bist du blind? Das ist Abu Zahi!«, sagt Mustafa.

»Das ist eine Falle«, flüstert Atef mit zitternder Stimme.

»Bist du verrückt geworden?«, erwidert Mustafa wütend. »Die nehmen ihn fest!«

»Mustafa.« Atef schluckt, versucht ruhig zu sprechen. »Mustafa, die nehmen ihn in der Dämmerung fest, kurz vor dem Gebet. Das ergibt keinen Sinn. Warum sollten sie es ganz offen tun, vor aller Augen?«

Stirnrunzelnd sieht Mustafa zu den Soldaten hinüber, und langsam scheint es ihm zu dämmern.

»Sie wollen sehen, wer sich dazustellt.«

Plötzlich sitzt Atef mit Handschellen gefesselt in einem düsteren Raum. Der Soldat auf der anderen Tischseite hat eine Narbe über der Lippe.

»Er ist tot, du elender, dreckiger Kamelficker!«, fährt ihn der Soldat an.

»Das glaube ich nicht«, entgegnet Atef und spannt die Schultern an, um rasch zurückweichen zu können, doch die Hände des Soldaten bleiben flach auf dem Tisch. Im Gesicht des Mannes flackert etwas auf – Bosheit oder Belustigung. Er lehnt sich zurück und verschränkt gemächlich die Arme vor der Brust.

»Glaub, was du willst«, sagt er achselzuckend.

Der Raum verändert sich. Atef liegt jetzt auf dem Boden. Er hört Männer husten und spucken, Wolldecken reiben an Zement. Mehrere Männer masturbieren ächzend. Einer weint.

»Wenn du nicht redest, reiß ich ihn aus.« Ruppiges, gebrochenes Arabisch. Sein Fingernagel steckt zwischen den Backen einer Metallzange, mit der ein gesichtsloser Mann daran zieht.

Die Schlange kommt.

»Du willst nicht reden?« Irgendwo hat irgendwer Ethanol verschüttet; beißender Gestank dringt Atef in die Nase. Sein Kopf und seine Handgelenke werden mit Metall umwickelt. Er will schreien, aber er kann nicht. »*Ya Rab*«, murmelt er, da schießen schon Flammenspeere durch seinen Arm. »*La ilaha illa Allah.*« Der Strom schlängelt sich in den Kiefer und presst ihm die Zähne zusammen.

»Trink«, sagt ein Mann auf Arabisch, und vor Atef taucht ein Gegenstand aus Metall auf, eine Feldflasche mit kalligrafischer Gravur. Während Atef danach greift, überkommt ihn plötzlich die größte Angst, die er je gespürt hat – eine Angst, die weder etwas mit dem Soldaten zu tun hat noch mit dem Tod, sondern mit einem abstrakten Verlust, mit der plötzlichen Erkenntnis, dass er träumt. Die Flasche beginnt zu verblassen. Er bekommt keine Luft mehr. Als er wieder Atem schöpft, erwacht er.

Eine Zeit lang bleibt er mit klopfendem Herzen liegen. Er sieht noch immer die glänzende Feldflasche vor sich. Schließlich legt er eine Hand an die Brust und atmet tief durch, so wie es ihm Dr. Salawiya, sein Arzt, gesagt hat.

»Die Seele ist ein rätselhaftes Ding. Sie braucht Zeit, um mit allem fertigzuwerden.« Seit Atef ihn vor zehn Jahren zum ersten Mal aufgesucht hat, sagt der Arzt immer dasselbe. Der Sechstagekrieg war vorbei und Atef aus dem Gefängnis entlassen. Auf wackligen Beinen schlug er sich nach Amman durch, wo er ein paar Tage bei *khalto* Salma blieb und dann nach Kuwait weiterreiste. Vom Flugzeug aus erschien ihm die gelbbraune Wüste wie ein Gesicht voller Hoffnung. Mustafa und er waren am fünften Kriegstag, kurz nach der israelischen Invasion von Nablus, verhaftet und mit vielen Nachbarn, Männern aus der Moschee und Cousins zusammengetrieben worden. Die Anklagen waren willkürlich und fadenscheinig: Organisation von Protesten, Verteilung von Flugblättern, Anstiftung zur Gewalt. Mustafa und ihm hatte man *geplante Infiltration* vorgeworfen. *Das ist nicht wahr*, hatte er den Wachen weinend versichert, nachdem sie getrennt worden waren. Ja, sie gingen in die Moschee, und Mustafa hielt einmal in der Woche eine Rede. Ja, sie waren wütend. *Aber sie hatten nichts getan.* In den endlosen Tagen im Gefängnis führte er, ständig zitternd, Gespräche mit Mustafa, den sie an einen anderen Ort gebracht hatten.

»Es ist wie ein Schattenleben.« So hatte es Atef dem Arzt einmal zu erklären versucht. »Als gäbe es mich noch einmal, und dieses Ich steckt fest. Es hängt wie eine Schallplattennadel.«

»Das gibt sich. Die Träume werden immer seltener kommen.«

Das stimmt. Jahrelang hatte Atef Angst, sich hinzulegen und kurz vor dem Einschlafen in der Überzeugung aufzuschrecken, sein Herzklopfen sei ein Infarkt oder sein trockener Mund die Folge eines Schlaganfalls. Diese Angst ist verschwunden, und die Anzahl der Träume ist im Lauf der Zeit von mehreren auf einen pro Woche und schließlich auf einen alle paar Monate gesunken.

Dafür sind die Bilder jetzt schärfer. Während sein Atem das Surren der Klimaanlage übertönt, denkt er an den Elektroschock, der ihm die Zähne zusammenpresste. Sein Kieferknochen schmerzt.

Er hat einmal etwas über eine junge Frau gelesen, die oft träumte, sie würde ertrinken, das Wasser würde steigen und ihren Mund füllen. Eines Nachts erwachten ihre Eltern von einem gedämpften Schrei, einer Art Gurgeln, schliefen aber wieder ein. Am nächsten Morgen lag das Mädchen mit blau angelaufenen Lippen tot im Bett. Die Lunge war voller Wasser, voll mit einer großen Menge Flüssigkeit aus den eigenen Organen, an der es erstickt war.

So sehr glaubt der Körper, was wir ihm sagen.

Noch flackern Traumfetzen auf – Strom, Decken, der Rauch aus der Zigarette eines Soldaten –, aber nach und nach verblassen die im stillen Zimmer gebändigten Bilder. Die unter dem Damastvorhang hereinströmende Morgensonne verleiht dem Raum etwas Aquariumartiges.

Atef betrachtet Alia, die neben ihm schläft. Der Anblick ihrer ausgestreckten Arme beruhigt ihn. Sie liegt immer auf dem Bauch, das Gesicht im Kissen vergraben, das Haar wirr um den Kopf gebreitet.

Während ihrer Schwangerschaft mit Souad hat sie sich die Haare abgeschnitten. Diese Schwangerschaft, die dritte, war die schlimmste. Ständige Übelkeit wegen der Hitze. Sogar im kalten Badewasser, in das Atef Eiswürfel schüttete, behauptete sie, dass ihr heiß sei.

»Es fühlt sich an wie Wolle«, klagte sie und griff sich ins Haar.

Atef war traurig, als sie es schneiden ließ und die Schultern seiner Frau plötzlich nackt waren. Er hatte ihr schweres Haar geliebt, den Zitronenduft, in dem er sein Gesicht vergraben konnte. Aber Alia freute sich und sagte, mit kurzen Haaren fühle sich alles viel luftiger an. Jetzt lässt sie sie alle paar Monate schneiden.

Atef schwingt die Beine über die Bettkante. Er fühlt sich so steif wie nach einem stundenlangen Fußmarsch. Er blickt zum Wecker auf dem Nachttisch hinüber. Mit fast vierzig werden die Zipperlein schlimmer – die stechenden Schmerzen, das unscharfe Sehen am Morgen, die gelegentlichen Kopfschmerzen. Erst als er die Augen zusammenkneift, erkennt er die Uhrzeit: 7:20. Ihm fällt wieder ein, dass er gestern kurz vor dem Einschlafen geplant hat, auf den Markt zu gehen, noch bevor Alia und die Kinder wach sind, und Erdbeeren für Riham zu kaufen.

Barfuß tappt er durch den gefliesten Flur. Links sind die Kinderzimmer, jedes Kind hat ein eigenes. In dem ganz in Pastelltönen gehaltenen von Souad liegt rings um das Himmelbett Spielzeug verstreut, während Karams Holzfiguren ordentlich im Regal seines weiß und dunkelblau gestrichenen Zimmers verstaut sind. Die größte Ordnung herrscht bei Riham mit ihrem Regal voller Romane und Lexika.

Wenn er nach seinen Kindern gefragt wird, nennt Atef die Namen mit lauter Stimme, dankbar für jedes einzelne und so feierlich, als wären sie alle gemeinsam sein Talisman. »Souad ist fünf, Karam sieben und Riham acht.« Aber heute ändert sich etwas an dem Talisman, denn heute wird Riham neun.

Neun, schrieb er in seinem letzten Brief. *Dieses Alter macht mich traurig, weil die Zahl so kompakt ist und Rihams Übergang ins Erwachsensein symbolisiert, in ein Leben aus zweistelligen Zahlen. Aber solche Gedanken behalte ich für mich, weil Alia damit nicht einverstanden wäre. Sie würde nur die Stirn runzeln und mich kopfschüttelnd ansehen.*

Noch ehe Atef die Küche betritt, hört er Priyas eintöniges Summen, den wiegenliedartigen Gesang, den sie bei der Arbeit immer von sich gibt. Sie steht mit dem Rücken zu ihm am Fenster, vor sich das Bügelbrett, hebt das leicht dampfende Eisen und drückt es wieder auf den Stoff eines rosaroten Mädchenkleids.

»Guten Morgen«, sagt er.

Sie blickt lächelnd über die Schulter. »Guten Morgen.«

Priya wirkt noch immer mädchenhaft mit ihren im Lauf der Zeit fülliger gewordenen Wangen und Armen. Für Atef ist sie eine Säule, das Zentrum des Hauses, das alle ansteuern, wenn sie einen Verband brauchen oder Tee oder frische Wäsche. Alle zwei Jahre verbringt sie einen Monat in ihrer Heimat Indien. Sie fliegt mit Koffern voller Kleider und Mitbringseln für ihren Mann und die beiden Kinder hin. Die Kinder stellt sich Atef wie kleine Priyas vor. In den Wochen ihrer Abwesenheit fühlt sich die Villa leer an. Alle sind dann unruhig und streifen ziellos durch die Räume. Irgendwann wird sie für immer gehen, das ist Atef klar. Ein trostloser Gedanke.

Jetzt dreht sie das Kleid um und streicht den Stoff auf dem Bügelbrett glatt. Sie spricht laut, um das Zischen zu übertönen. »Ich habe Kaffee gemacht. Möchten Sie eine Tasse?«

»Ich nehme mir selbst.« Er entscheidet sich für die braune mit den Herzchen, die ihm die Kinder letztes Jahr zum Geburtstag geschenkt haben. »Ich gehe gleich auf den Markt und kaufe Erdbeeren.«

Priya nickt ihm beifällig zu. »Riham.«

Lächelnd schenkt sich Atef Kaffee aus dem *ibrik* ein. »Ja, und ein paar Feigen, wenn es welche gibt.«

»Gut. Dann backe ich einen Früchtekuchen.«

»Für die Party bei Widad? Da wird sich Riham freuen!« Atef liebt diese kurzen Gespräche mit Priya, während der Rest der Familie noch schläft.

Priya hebt das Kleid hoch, schüttelt es kräftig aus und seufzt zufrieden. »Wenn Sie Rohrzucker mitbringen, könnte ich einen Pudding machen.«

»Dann kaufe ich zehn Kilo Zucker!«, erklärt er theatralisch, und Priya lacht kopfschüttelnd ihr leises Lachen.

Er trägt die Tasse in sein Arbeitszimmer, das erst letztes Jahr mit einem Schreibtisch aus Holz und einem inzwischen dicht bepackten Bücherregal möbliert wurde. Vor dem Eingang bleibt er kurz stehen und wirft einen Blick zurück in den Flur. Dann schließt er die Tür hinter sich, geht zum Regal und zieht das Buch mit dem braunen Rücken heraus. Wie immer schlägt sein Herz schneller, sobald er den glatten Einband berührt. Wie ein Mund öffnet sich das Buch in der Mitte und bringt den kleinen Packen Papier zum Vorschein. Unter dem Gummiband, das die Blätter zusammenhält, steckt ein blauer Bic-Kugelschreiber.

Atef dreht das letzte Blatt um – *29. April 1977* –, durch das die Schrift wie Spinngewebe durchscheint, setzt sich an den Tisch und wirft einen Blick auf die Tür, bevor er zu schreiben beginnt.

Ich wache auf mit dem Gefühl, meine Lunge läge in Eis, und ich muss zählen, eins zwei drei vier, und mir selbst beim Atmen zuhören. Manchmal bin ich mir nicht sicher, ob das wirklich die Wachwelt ist: Kaffee in einer braunen Tasse, drei Zimmer mit drei schlafenden Kindern, und im Hintergrund plärrt der Fernseher.

Als die Tabletten, die immer wieder geänderten Essgewohnheiten und die Vitamine nichts halfen, empfahl ihm Dr. Salawiya vor einigen Jahren, Briefe zu schreiben.

»Angeblich hilft es. Sie können Ihre Gedanken dabei ordnen und erklären, was Sie durchgemacht haben. Schreiben Sie die Briefe an Ihre Familie in Palästina.«

Doch als Atef sich hinsetzte, fiel ihm nur Mustafa ein, und er sah nur seine Augen vor sich. Zuerst beschränkte er sich auf die Träume, auf die holzschnittartigen Gesichter der Soldaten, aber dann begann er Mustafa auch von anderen Dingen zu erzählen, von Alltagsdingen. Er begann jeden Brief mit dem Namen seines Freundes und berichtete ihm, dass Riham den Rechtschreibwettbewerb gewonnen und Souad während eines Wutanfalls ein Glas Milch umgedreht und verkehrtherum auf den Tisch gestellt hatte. Und in zarten Worten schrieb er von Alia und dass sie beide nie über Palästina sprächen.

Ich bin ja verrückt, dachte er manchmal. *Sollte irgendjemand diese Briefe finden, würde man mich für verrückt halten.*

Aber nur das Schreiben half, die Vorstellung, Mustafa wäre noch irgendwo auf der Welt, sei es in Nablus, sei es, noch besser, in Peru oder Thailand, und würde eines seiner vielen Leben leben; die Vorstellung, eine Rikscha brächte Atefs Briefe an eine Haustür und sein Freund würde sie lachend lesen und dabei mit der Zunge schnalzen. In seltenen übermütigen Augenblicken sagte er sich: *Wir haben nie seine Leiche bekommen, also ist es nicht völlig ausgeschlossen. Damals haben viele Männer Palästina verlassen. Wer weiß, wer weiß?*

Er hält kurz inne, bevor er die letzten Sätze hinzufügt. *Die Briefe bringen mich immer dazu, deinen Namen auszusprechen. Ich hatte schon Angst, ich würde ihn im Schlaf rufen und Alia würde es hören, aber als ich aufwachte, hatte sie sich nicht bewegt.* Obwohl es völlig unnötig ist, setzt er auf jede Seite ganz unten in Schnörkelschrift seinen Namen.

Er hat ein ganz bestimmtes Buch als Aufbewahrungsort gewählt: *Der Lebenszyklus der Pflanzen.* Dorthinein steckt er die Blätter und stellt das Buch ganz links ins Regal zurück. Der braune Rücken ist so nichtssagend, dass niemand jemals danach greifen wird.

Weil er den restlichen Kaffee zu heiß getrunken hat, fühlt sich seine Zunge wund an, als er das Haus verlässt. Er fährt damit über die Vorderzähne, zuckt zusammen, tut es noch einmal. Der Wagen, eine silberfarbene Limousine, ist neu; er hat ihn sich nach seiner Beförderung im vergangenen Jahr selbst geschenkt. Mit welchem Stolz ihn die Urkunde erfüllte, auf der in akkurater Handschrift und in Gold geprägt sein Titel stand – *Ordentlicher Universitätsprofessor.* Welch weiter Weg von seiner Kindheit in Nablus, von dem Reis, den seine müde Mutter austeilte, von dem Geschrei seiner sechs Brüder im Haus. Seine Brüder leben inzwischen weit entfernt voneinander, in Amman, Istanbul und die beiden jüngsten verschollen in den Tiefen israelischer Gefängnisse.

Manchmal vergleicht Atef das kleine Wunder seines Glücks mit einem Sittich, der auf seiner Schulter sitzt – mit einem lebenden Wesen, das immer wieder eine neue Melodie tiriliert. Auch jetzt spürt er ihn; er flattert in seiner Brust, während Atef aus der Ausfahrt biegt. Wenn man es ignoriert, wird das Schwirren übermächtig und droht sich in Tränen zu entladen, so wie in den ersten Jahren nach dem Krieg. Deshalb sagt sich Atef leise, während er an den weißen Villen und den Palmen vorbeifährt, dass Frühling ist, dass er ein schönes Zuhause, drei gesunde Kinder und eine Frau hat. Dass seine Älteste heute Geburtstag feiert und er gleich Erdbeeren für sie kaufen wird.

Diese Ermahnung, diese sanfte Litanei, beruhigt ihn und gibt ihm etwas, worauf er sich konzentrieren kann. Wenn er diese Fakten, diese Säulen seines Lebens zusammenträgt, leuchten sie für ihn – stark, wahr und ganz sein Eigen.

Die Siedlung ist im Lauf der Jahre ebenso gewachsen wie viele andere in der Gegend. Während in ihrer noch immer vorwiegend Araber, andere Palästinenser und Syrer, leben, locken die anderen – die zugegebenermaßen schöneren, da mit Swimmingpools und manisch bewässerten Rasenflächen ausgestattet – eher Westler an. Atef sieht sie im Lebensmittelladen und in den anderen Geschäften. Ihr goldenes Haar wirkt hypnotisierend.

Wie alle seine Freunde beklagt auch Atef den Einfluss der Briten und Amerikaner, bedauert, dass die »internationalen«, mehrheitlich westlich ausgerichteten Schulen inzwischen zu Gemeinschaftsschulen für Jungen und Mädchen geworden sind und ebenso viel Unterricht in Englisch und Französisch wie in Arabisch bieten. Die zunehmende Bedeutung des Englischen zeigt sich im Fernsehen. Trotzdem hat er sich gegen Alia durchgesetzt und die Kinder, als die Einschulung anstand, auf eine internationale Schule geschickt.

»Damit sie gemeinsam mit *ajanib* zu Mittag essen?«, sagte Alia. Sie mochte die Ausländer nicht, fand sie gierig. »Und damit sie deren ABC lernen? Wozu denn?«

Atef dachte kurz nach, bevor er antwortete, und sagte schließlich: »Weil es nicht nur eine Seite gibt.« Besser wusste er es nicht auszudrücken. »Und weil ich möchte, dass sie auf der richtigen sind.«

Manchmal stellt er sich Zeitraffer-Fotos vor, wie die von einem Baum, dessen Laub sich verändert, oder vom Meer bei Sonnenaufgang. Nur dass dieses Foto Kuwait-Stadt zeigt. Obwohl es in Wirklichkeit ganz allmählich geschah, hat er es nach den vielen Jahren, in denen er durch immer dieselben Straßen fuhr, deutlich vor Augen. Wieder und wieder ersteht die Stadt neu.

Die Verwandlung auf Atefs imaginären Fotos ist enorm. Anfangs, als hier alles noch Wüste war, gab es nur da und dort eine Fabrik und eine Siedlung. Doch dann, ein paar Jahre später – *wuschsch* –, schossen plötzlich indische, pakistanische, libanesische Restaurants mit bunten Schildern aus dem Boden, neue Moscheen, Tafeln mit zaghafter Werbung für Zahnpasta oder Banken, schließlich nach und nach auch Kräne und Planierraupen, und aus den Sanddünen wurden Baustellen.

Wuschsch. Ein leichtes Zittern, schon hat sich das Foto wieder verändert. Weitere Jahre vergehen. Die Kräne und Planierraupen sind verschwunden, dafür sieht man jetzt Gebäude, ein Telekommunikationszentrum. Am Rand der Wüste, dort, wo alles rot vom Sand ist, entstehen Siedlungen mit Swimmingpools und wunderschönen Villen. Im Stadtzentrum eröffnen immer mehr Restaurants, dass man dort nachts im Auto ein Lichtergewirr zu passieren glaubt, Neonkometen. *Wuschsch.* Wieder sind Jahre verstrichen. Wir sind in den späten Siebzigern angelangt, sogar in Kuwait ist das zu spüren. Die Reklametafeln sind jetzt gewagter; lächelnde Frauen werben für Kopftücher, Reisebüros mit dem Eiffelturm. Die Fahrt durch die Stadt fühlt sich nicht mehr so widersprüchlich wie früher an – manche Viertel nur Sand und Luft, andere durch und durch urban. Die Stadt ist zu einer echten Stadt geworden, auch wenn, wie in jeder Stadt, ein Hauch Melancholie bleibt.

Atef parkt vor dem Mubarakiya-Suk. Die meisten seiner Freunde und auch Alia empfinden den Markt inzwischen als altmodisch, als ein Relikt aus der alten Zeit. Er ist groß und laut, und in dem Labyrinth aus Ständen und Läden riecht es nach Safran und Zimt. Die Verkäufer preisen ihre Ware so energisch an, dass man sie im Mund zu spüren glaubt.

Atef liebt den Markt.

Gleich nach seiner Ankunft in Kuwait streifte er wie ein Schlafwandler zwischen den Ständen umher. Außer Geld wollte hier niemand etwas von ihm. Er bot Alia an, Gewürze, Brot und Reis einzukaufen, und schlenderte stundenlang an den Buden vorbei. Überwältigt und zugleich beruhigt vom Geschrei der Verkäufer, berührte er im Vorbeigehen Teppiche aus Kamelleder, kostete Oliven und Ziegenkäse. Nur hier fühlte er sich damals frei. Der Markt wurde zum Zufluchtsort, zum Ersatz für die Moschee.

Während er an den Buden vorbeigeht und dem einen oder anderen Verkäufer zunickt, empfindet er auch die Wärme, die ihre vertrauten Rufe spenden.

»Guten Morgen, mein Herr! Wollen Sie eine Olive probieren?«

»Drei für gemahlenen Kaffee! So gut wie geschenkt!«

»Parfüm für die Gattin? Jasmin, Gardenie, *irfi, irfi*!«

Ohne auf die Angebote einzugehen, eilt Atef zu einem Eckstand, an dem ein alter Mann inmitten von frischem Obst und Körben mit taufrischen Beeren und Äpfeln über ein Radio gebeugt sitzt. Ein Khat-Blatt zwischen den Zähnen, murmelt er vor sich hin.

»Einen glücklichen Morgen, Abu Mohsin!«, ruft Atef ihm zu.

»Haben wir schon wieder Freitag?«, brummt der Alte, ohne den Blick zu heben.

»Heute hat meine Tochter Geburtstag. Ich hole Erdbeeren.«

»Sie wissen ja, wo alles ist.« Abu Mohsin richtet die Antenne hierhin und dorthin und beginnt zu fluchen. »Gottverdammter amerikanischer Scheißdreck. Da erobern sie die Welt, aber Radios bauen können sie nicht!«

»Ist vielleicht ganz gut, dass es nicht funktioniert«, erwidert Atef boshaft. »Dann ruinieren Ihnen die vielen ägyptischen Seifenopern wenigstens nicht das Hirn.«

Abu Mohsin sieht ihn düster an. »Pah!« Er spuckt den Khat auf den Boden und erhebt sich, als wäre Atef ein unerwünschter Hausgast, den man bewirten muss. »Erdbeeren, ja?«

Während er die Körbe durchwühlt, fragt er: »Welche Tochter ist es denn? Die hellere oder die mit den Locken?« Atef muss grinsen, setzt aber sofort eine ernste Miene auf, als sich Abu Mohsin mit einem Körbchen in der Hand zu ihm umdreht. Hin und wieder verrät sich der alte Mann, indem er unabsichtlich zeigt, dass er den Anekdoten, die Atef ihm bei seinen Besuchen erzählt, durchaus Gehör schenkt.

»Die hellere. Riham.«

Abu Mohsin reicht ihm das Körbchen. Atef betastet die Erdbeeren und nimmt sich eine große. Die tiefrote Frucht ist in der Sonne warm geworden, und an den feinen Härchen hängt Erde. Er ist zufrieden mit der Farbe; Riham, die ständig an seinem Ärmel zupft, um ihm eine besonders gelbe Blume oder die Pastelltöne des Abendhimmels zu zeigen, wird sie gefallen. Manchmal bringt sie selbst gemalte Bilder aus der Schule mit nach Hause, Unterwasserszenen mit violetten Quallen, am Strand tanzende Mädchen. Die Blätter klebt er an die Wand seines Büros in der Universität, neben seine gerahmten Diplome und akademischen Auszeichnungen.

»Geht es Ihnen darum zu kosten oder wollen Sie Zwiesprache mit ihnen halten?«, fragt Abu Mohsin und steckt sich die nächste Portion Khat in den Mund.

Atef beißt hinein. Die Erdbeere schmeckt reif und süß, mit einer leicht säuerlichen Note.

»Ich nehme vier Körbchen.«

Der Alte scheint sich zu freuen, kneift dann jedoch listig die Augen zusammen, als würde ihm erst jetzt wieder bewusst, dass er der Verkäufer all dieser unglaublichen Früchte ist. »Wie wäre es mit Kirschen? Heute Morgen frisch eingetroffen und süß wie die Schenkel einer Jungfrau.« Atef lacht verlegen auf. Bei dieser Art von Gespräch fühlt er sich unwohl. »Meinetwegen, ein Körbchen.« Abu Mohsins Stirn furcht sich. »Schon gut, schon gut, ich nehme zwei.«

»Zucker aus Marokko!«, ruft Atef, während er die Küche betritt und die Tüten auf den Boden stellt. »Sind sie jetzt wach?«

»Die Mädchen machen sich gerade fertig«, antwortet Priya und hebt den Stoffsack mit dem Zucker heraus. »Karam ist im Wintergarten. Möchten Sie noch Kaffee?«

»Ja, bitte. Und die Kirschen, die ich mitgebracht habe.«

Der Wintergarten ist eigentlich ein Lagerraum mit drei Fenstern an einer Seite, durch die viel Sonne hereinkommt, und Karams inoffizielles Spielzimmer, in dem er stundenlang Holzfiguren schnitzt.

Der Junge sitzt an dem Tisch, den Atef ihm gekauft hat. Rings um einen kleinen Vogelkäfig liegen Holzleisten. Das Sonnenlicht lässt Karams Locken fast golden leuchten; er hat die hellsten Haare von allen drei Kindern. Er kam im Februar zur Welt, knapp zwei Jahre nach Riham. An Alias Schwangerschaft – ihr abgezehrtes, übermüdetes Gesicht – und an den Stress in der Universität erinnert sich Atef nur noch verschwommen, aber der Kleine schien zu spüren, in welches Chaos er hineingeboren worden war. Ein ruhiger Säugling, ein braves Kleinkind. Immer wenn Atef Karams Zimmer betrat, begann sein Sohn vor Freude zu brabbeln. Er weinte nicht einmal, wenn er hingefallen oder beim Spielen von Riham geschubst worden war. Seine Augen wurden feucht, aber er gab keinen Laut von sich.

Die Faszination für Holz entstand vor zwei Jahren, als Atef an *Eid* mit dem Jungen zum Markt fuhr. Die Stände quollen über vor Spielzeug und beduinischem Kunsthandwerk – Schmuck, Seife in Säckchen und kleine Holzfiguren mit perfekt geschnitzten Gliedmaßen und ernsten Gesichtern. Ein Beduine saß auf dem Boden und bearbeitete in unglaublichem Tempo ein Stück Holz. Die Späne warf er achtlos zur Seite. Karam sah völlig gebannt mit offenem Mund zu und weigerte sich weiterzugehen, ehe der Mann die Figur, einen Schwan mit anmutig geschwungenem Hals, vollendet hatte. Schließlich schenkte der Beduine ihm die kleine Skulptur mit den barsch dahingesagten Worten: »Der bringt Glück.«

Der Schwan steht bis heute auf dem Bord über Karams Bett, umringt von unzähligen anderen Gegenständen und Figürchen, die Karam seither mehr oder weniger kunstfertig geschnitzt hat. Ein Entchen, ein Elefant mit hängendem Rüssel. Alles eher grob ausgeführt, aber stabil.

Manchmal versetzt es Atef einen Stich, wenn er die Jungen aus der Gegend beim Fußballspielen auf der Wiese der Villensiedlung in ihren schmutzigen Trikots um den Ball kämpfen sieht. Zu seinen eigenen Kindheitserinnerungen gehört die Kameradschaft. Aufgeschürfte Knie, das erhebende Gefühl, ein Tor geschossen zu haben, Fangen spielen.

Alia verteidigt das stille Wesen ihres Sohns und seine einsamen Spiele. Dann verdüstert sich ihre Miene, und Atef weiß, dass sie an die Jungs von Nablus denkt.

»Er stiehlt nicht, er prügelt sich nicht. Er gerät nie in Schwierigkeiten, ganz im Gegensatz zu den anderen.«

Karam ist Alias Lieblingskind. Das bleibt unausgesprochen, aber Atef hört es in ihrer Stimme und sieht es daran, dass sie Karams Schnitzereien stundenlang bewundert. Wenn er hin und wieder nicht ganz so nachsichtig gestimmt ist, nennt er insgeheim den Grund dafür: Der Junge fordert weniger als seine Schwestern. Er ist zurückhaltend, sein Betragen strengt weniger an als Souads Wutanfälle und Rihams ständiges Bemühen, es allen recht zu machen.

»Ah, du hast dich an den Vogelkäfig gewagt.«

Lächelnd sieht der Junge zu ihm auf. Die Hosenbeine des Pyjamas mit den Comic-Wölfen sind zu kurz und lassen ein Stück der dünnen Fußknöchel frei. »Und an das hier auch. Er muss noch trocknen.«

Karam ergreift einen neben dem Käfig liegenden Gegenstand und hebt ihn hoch. Atef beugt sich vor. Es ist ein kleiner Holzvogel, so groß wie die Hand seines Sohns, mit einem spitzen Schnabel.

»Der ist aber schön!«

»Blau ist ihre Lieblingsfarbe«, berichtet Karam strahlend. »Das weiß ich, weil sie immer blaue Schulhefte hat.«

»Stimmt. Er wird ihr sehr gefallen.« Atef empfindet plötzlich große Zärtlichkeit für seinen Sohn, der so zufrieden ist in seinem sonnenhellen Kämmerchen. *Karam hat ein gutes Herz*, sagt Alia immer.

»Aber ich muss den Käfig noch lackieren.« Die Stimme des Jungen zittert vor Aufregung. »Sie darf ihn erst bei *khalto* Widads Party heute Abend sehen.«

Atef verkneift sich ein Grinsen. »Keine Angst, ich lenke sie bis zum Frühstück ab.«

Priya hat ein Silbertablett mit einer Schale Kirschen und dem Herzchenbecher auf den Tisch im Wohnzimmer gestellt. Atef nippt an seinem Kaffee. Vor einigen Jahren fand Alia, das Wohnzimmer sei zu beige, und tauschte fast das gesamte Mobiliar aus. Jetzt prangt der Raum in Gelb, Grün und Blau. Auf den rosaroten Couchen liegen prall gefüllte bananengelbe Kissen, und die Wände sind in einem leicht gespenstisch anmutenden Perlmuttweiß gestrichen. Für Atef ist das Ganze zu knallig; die Beigetöne fand er beruhigend. Die Farben bringen die Wände und die Lackmöbel zum Glänzen, als wäre alles noch nicht ganz getrocknet.

Die Kirschen sind groß und mit Wassertröpfchen bedeckt, weil Priya sie gewaschen hat. Atef beschließt auf Riham zu warten und schaltet den Fernseher ein. Als er feststellt, dass gerade die Nachrichten laufen, wechselt er sofort den Sender. Nicht an Rihams Geburtstag, sagt er sich. Mit den Nachrichten muss er aufpassen; es kommt vor, dass er noch Stunden nach dem Anblick brennender Fahnen oder auf dem Boden aufgereihter Leichen zittert. Er schaltet auf ein Fußballmatch um.

Während die Spieler in ihren Trikots aufs Feld laufen und sich den Ball gegenseitig zukicken, lauscht Atef dem vertrauten leisen, vorsichtigen Tappen nackter Füße. Jedes Kind hat seinen eigenen Gang, für Atef so unverwechselbar wie die jeweilige Stimme. Die Schritte werden lauter, verstummen schließlich, und Rihams Stimme ertönt. »Guten Morgen, Priya!« Priyas genuschelte Antwort ist nicht zu verstehen.

Dann steht sie in der Tür. Ihr Haar ist nass, aber man sieht schon die ersten Löckchen. Sie trägt das Kleid mit dem Taillenband aus lila Seide, das er ihr geschenkt hat, und Atef freut sich.

»Prinzessin!«, ruft er und erhebt sich theatralisch, denn schändlicherweise hat nicht nur Alia ein Lieblingskind, sondern auch Atef. Er liebt Riham über alles, und diese Liebe ist mit Dankbarkeit gefärbt. Als man ihm das winzige rotgesichtige, zappelnde Wesen nach der Geburt in den Arm legte, überkam ihn das Gefühl, zurückzukehren, von ihrem Wimmern wieder ins Leben geholt zu werden. Rihams Geburt heilte etwas, fegte das Verderben hinweg, das zuvor in ihm geherrscht hatte.

»Wie eine Königin siehst du aus! Ich wünsche dir tausend glückliche Jahre!« Riham senkt verlegen den Kopf, aber über ihren Mund huscht ein Lächeln. Atef verbeugt sich und hält ihr die Hand hin. »Meine Dame, darf ich darum bitten, dass Sie sich einmal um sich selbst drehen?«

»Baba!«, erwidert sie kichernd, und das Taftkleid raschelt.

Atef runzelt die Stirn in gespielter Strenge. »Ich bestehe darauf, meine Dame. Eine solche Schönheit *muss* sich einfach herumdrehen!« Riham schüttelt, noch immer kichernd, den Kopf. Schließlich greift sie doch nach seiner Hand, und er wirbelt sie einmal, zweimal um sich selbst.

»Kirschen!«

»Und Erdbeeren für jemanden, der heute Geburtstag hat.« Sie setzen sich auf die Couch und beginnen zu essen. »Also«, sagt Atef und spuckt einen Kern aus, »um fünf kommt Tante Widad, aber davor haben wir Zeit für uns und können alles machen, was du dir wünschst.«

Er sieht ihr beim Kauen zu. Mit ihrer hohen Stirn und der leicht knolligen Nase ist sie das am wenigsten attraktive Kind. Aber sie hat außergewöhnliche Augen mit honiggelben und grünen Sprenkeln und dichten Wimpern. *Fast eine Verschwendung, so schöne Augen in diesem Gesicht*, hat Atef Alia einmal wehmütig zu Widad sagen hören und hätte sie am liebsten geschüttelt.

»Alles? Hat Mama das auch gesagt?«

Als die Kinder gestern Abend schon im Bett lagen, hatte es einen Streit gegeben, einen jener Kräche, die in ihrer Ehe immer wieder aufflammen. *Du verwöhnst die Kinder, Atef!* Und er hatte entgegnet: *Du beachtest sie ja kaum.* Jetzt sieht er Alias wütendes, verletztes Gesicht wieder vor sich.

»Ja, *habibti*«, antwortet er Riham. »Alles, was du möchtest.«

Rihams Unterlippe rötet sich, so fest beißt sie darauf. »Auch wenn es weit weg ist?«

Er weiß sofort, dass sie die Dünen im Sinn hat. Letzten Monat ist er mit einigen Männern von der Universität weit aus der Stadt hinausgefahren, in eine Gegend, in der sich der sonnengoldene Sand kilometerlang hinzieht. Am Abend kamen noch ein paar Kuwaiter hinzu, machten ein Feuer und brieten Kamelfleisch. Atef hat Riham vom Sternenhimmel erzählt und von den Skorpionen, die die Einheimischen aus dem Sand zogen und ins Feuer warfen, dass die Funken stoben. Wie immer sah sie ihn fasziniert an und hörte aufmerksam zu. Hinterher ging sie in ihr Zimmer, vertiefte sie sich lange in ihre Lexika und schlug *Skorpion* und *Beduine* nach.

»Selbst wenn es auf dem Mond wäre.«

Riham blickt ihn ernst an. »Da würden wir sterben. Da gibt es keinen Sauerstoff.« Atef nimmt sich noch eine Kirsche und verbirgt sein Grinsen hinter den gespreizten Fingern.

»Das stimmt. Also nicht auf den Mond.«

»Können wir zu den Dünen fahren?«, fragt sie, den Blick auf die Hände gesenkt. »Oder ist das zu weit?«

»Nur zu den Dünen?«, erwidert Atef mit gespielter Erleichterung. »Ich dachte schon, du würdest ›Istanbul‹ sagen oder ›Hongkong‹ oder ›Paris‹!« Riham kichert. Atef steckt ihr eine Haarsträhne hinters Ohr. »Ja, natürlich können wir zu den Dünen fahren.«

»Und vor den Skorpionen brauchen wir uns nicht zu fürchten, weil ich gelesen habe, dass sie Lavendel hassen. Wir nehmen einfach das Spray mit, das Priya immer für die Wäsche benutzt.« Ihre Miene hellt sich auf. »Das muss ich Karam erzählen. Er freut sich bestimmt ganz doll.«

»Riham!« Sie dreht sich um. Verlegen fragt er: »Kannst du meine Schulter behandeln?«

Er setzt sich an die Kante der Couch und streckt den linken Arm wie eine Vogelscheuche von sich. Riham kniet sich ein bisschen wackelig auf die Kissen hinter ihm, hält seinen Ellbogen und schwingt ihn wie eine Wippe vor und zurück.

»*Akh*, das ist zu stark!« Schon seit Jahren zerren und ziehen die Kinder wie kleine Bauarbeiter an seinen Armen und Beinen. Manchmal stellt er sich vor, wie er mit seinen Rückenschmerzen und den knackenden Gelenken auf sie wirken muss. Besonders aber mit seiner Schulter, die er sich vor vielen Jahren ausgekugelt hat, als ihn ein Soldat auf die Füße zog, und die bis heute nicht richtig verheilt ist. Die Kinder haben nie gefragt, warum oder wie es dazu kam. Sie akzeptieren ihren Vater mit seinen Leiden, so wie sie die Luft akzeptieren und das Brot, das sie essen.

Plötzlich packt Riham besonders kraftvoll zu, und in Atefs Schulter ertönt ein lautes Knacken.

Riham reißt die Augen auf. »Hast du das gehört, Baba?«

Er lässt die Schulter vorsichtig kreisen. »Hat gar nicht weh getan«, versichert er erstaunt. »Ich weiß jetzt, was du später werden solltest: Masseu–«

Ein Schrei unterbricht ihn.

»Nein!«, sagt jemand mit dünner Stimme, aber sehr nachdrücklich. Im anderen Teil des Hauses knallt eine Tür. Dann sind stampfende, zielstrebige Schritte zu hören. Souad. Sie hat den lautesten Gang von allen drei Kindern.

»Deine Schwester ist wach«, sagt Atef zu Riham, und beide lauschen und warten. Aggressive Laute sind zu hören – das trotzige Gemurmel von Souad, auf das Alia mit erhobener Stimme reagiert.

»Nein!« Atef wappnet sich innerlich. Souad stürmt mit ihrem grotesk staksigen Gang ins Zimmer. Ihre strubbeligen Haare stehen fast senkrecht vom Kopf ab. Sie trägt nichts außer ihrer Unterwäsche und einer einzigen gelben Socke.

Schreiend läuft sie zu Atef, wie um bei ihm Schutz zu suchen. »Baba!«, brüllt sie mit ausgestreckten Fingern und schlingt die Arme schraubstockartig um seinen Hals. Atef hebt sie sich auf den Schoß und unterdrückt angesichts ihres tränenüberströmten Gesichts ein Grinsen.

»Was ist denn los, du kleine Heulboje?«

»Kein Kleid!«, ruft Souad und schmiegt den Kopf an Atefs Hals, als plötzlich Alia auftaucht und mit verkniffenem Mund das luftige Kleidchen in ihrer Hand so energisch in Richtung Souad schüttelt, dass das helle Band daran hämisch schlenkert.

»Atef, sag deiner ungezogenen Tochter, dass sie den ganzen Tag in ihrem Zimmer bleibt, wenn sie dieses Kleid nicht anzieht!«

Alia fixiert ihn wütend, doch dann fällt ihr Blick auf Riham, und ihre Züge entspannen sich. Sie wirft Atef mit einer etwas zu brüsken Bewegung das Kleid zu – sofort kommt ihm wieder der gestrige Streit in den Sinn – und breitet die Arme aus.

»Alles Gute zum Geburtstag, mein Schatz!«

Riham umarmt ihre Mutter und lächelt, als Alia ihr über die Schultern streicht. Während sie miteinander sprechen, kümmert sich Atef um Souad.

»Warum willst du das Kleid nicht anziehen, meine kleine Schildkröte?«, flüstert er. »Sieh nur, wie hübsch Riham aussieht!« Damit hat er Souads Aufmerksamkeit geweckt. Sie betrachtet ihre Schwester, schüttelt dann aber den Kopf.

»Zu kratzig«, erklärt sie. Ihre Stimme klingt viel älter, als sie sollte. Es ist eine sinnliche Stimme, wie man sie bei einer Barsängerin erwarten würde, und so heiser, als hätte sie ihre ganzen bisherigen fünf Lebensjahre hindurch Whiskey getrunken und Zigaretten geraucht.

In Souads Gesicht blitzen die Bilder der Toten auf. Atefs Vater in den mandelförmigen Augen, deren Farbe an nasse Baumrinde erinnert – ein Vater, dessen Aussehen sich Atef nur noch mithilfe der alten, von seiner Mutter in Nablus aufbewahrten Fotos eines direkt in die Kamera blickenden Mannes ins Gedächtnis zurückrufen kann. Und in ihrem Mund, im Zucken ihrer Lippen, wenn sie lächelt, sieht man Mustafa.

Sie ist das ungeplante Kind, das alle überrascht und die abgezirkelte Symmetrie der Familie – Karam und Alia, Riham und Atef – durcheinandergebracht hat, das schon vom ersten Lebenstag an mit seinen Zügen, in denen Tote weiterzuleben schienen, für Aufruhr sorgte. Atef runzelt gespielt nachdenklich die Stirn. »Wo kratzt es denn?«

»Da«, sagt Souad, deutet auf ihren Hals und verzieht das Gesicht. »Ich will die Meerjungfrau!« Ein Polyesternachthemd mit lauter kleinen Meerjungfrauen, Souads Lieblingskleidungsstück.

»Aber heute hat Riham Geburtstag, meine kleine Schildkröte. Das ist ein ganz besonderer Tag.«

Souad zieht die Augenbrauen hoch und behauptet kategorisch: »Das Nachthemd mit den Meerjungfrauen ist ein ganz besonderes Nachthemd!«

»Schon gut«, wirft Alia fast singend ein. »Dann kann Souad ja in ihrem Zimmer bleiben, während *wir* ausgehen!«

In seiner Verzweiflung greift Atef auf das altbewährte Mittel der Bestechung zurück.

»Du kriegst zwei Dinar, wenn du das Kleid anziehst«, flüstert er Souad zu. Das Kind lässt sich das Angebot mit fast verschlagener Miene durch den Kopf gehen und nickt schließlich. »Sie zieht es an!«, jubelt Atef.

Riham klatscht Beifall. Alia reißt das Kleid von Atefs Schoß. »Na endlich.« Sie hält es Souad hin. »Arme hoch!«

»Baba soll es machen!«, brüllt Souad. Atef sieht die Kränkung in den Augen seiner Frau, aber sie nickt.

»Mama, kannst du mir die Haare flechten?«, fragt die kluge Riham.

»Ja, gut«, erwidert Alia. »Gehen wir ins Bad.«

Kaum sind die beiden weg, gleitet Souad vom Schoß ihres Vaters, streckt die Arme in die Höhe wie eine Turnerin und verkündet: »Mit den zwei Dinar kaufe ich mir ein Kamel.«

In Atef kommt Stolz auf, obwohl er weiß, dass die Freude darüber, von den Kindern vorgezogen zu werden, falsch ist.

Im Gegensatz zu den meisten Müttern ist Alia ungestüm und impulsiv und kann tagelang eingeschnappt sein, wenn es nicht nach ihrem Willen geht. Verglichen mit Widad und den anderen Ehefrauen, die Atef und sie kennen, ist sie fast kindlich. Morgens schläft sie lange aus, um dann im Wintergarten gemütlich mit Karam zusammenzusitzen und ihm beim Lackieren der Holzfiguren zu helfen. Ihre Zärtlichkeit ist achtlos, wenn sie Atef wie zufällig über den Bart streicht oder hastig in die Knie geht, um die Kinder auf die Stirn zu küssen. Ihre Liebe wirkt so unaufmerksam, als würde ihr immer gerade erst wieder einfallen, dass dies ihr Zuhause ist und dies ihr Ehemann und ihre drei Kinder sind. Manchmal streift sie rastlos durchs Haus. Anfangs dachte Atef, es läge am Wegzug aus Nablus oder an der Überforderung während der ersten Schwangerschaft und würde sich geben, aber Alias Geistesabwesenheit hat nie wirklich nachgelassen.

Atef ist davon überzeugt, dass die Kinder es mitbekommen. Schon als Babys schienen sie die Unrast ihrer Mutter intuitiv zu spüren.

Als er einmal wenige Wochen nach Rihams Geburt von der Arbeit nach Hause kam, waren die Schreie des Babys im ganzen Haus zu hören. Er geriet in Panik, dachte, Alia wäre gestürzt und könnte nicht zu dem Kind, doch als er ins Schlafzimmer trat, stand seine Frau über den Stubenwagen gebeugt, vertieft in den Anblick des brüllenden Babys.

Alia drehte sich zu ihm um und sagte, die Fäuste in die Seiten gestemmt, ratlos: »Ich komme einfach nicht dahinter, was sie will.«

Priya hat Erdbeeren in Scheiben geschnitten und Pita-Brot, *labneh* und Marmelade auf den Frühstückstisch gestellt. In der Mitte steht eine Schüssel mit Tomaten- und Gurkenstückchen.

»Seht euch das an!«

»Mein Freund Omar aus der Schule will, dass ich ihm einen Dinosaurier schnitze.«

»Dann soll aber dein Vater das Holz zuschneiden!«

»Ich weiß, Mama. Er soll grün und gelb sein, hat Omar gesagt.«

»Nimm dir von den Erdbeeren, Souad!«

»In den Erdbeeren sind Würmer.«

»Ganz wie du meinst.« Alia schiebt sich ein Stück Brot in den Mund. Auf ihrer Oberlippe bleibt ein bisschen Mehl haften. »Und? Was habt ihr heute vor?«, fragt sie ihren Mann.

Lächelnd wirft Atef einen Blick auf Riham.

»Wir fahren zu den Dünen!«

»Was?« Alias gerunzelte Stirn macht Atef sofort klar, dass er einen Fehler begangen hat. Er hätte vorher mit ihr darüber sprechen müssen. »Bei dieser Hitze so lange im Auto? Und was ist mit den Skorpionen?«

»Skorpione schlafen tagsüber«, sagt Riham leise, und Atef zerreißt es beinahe das Herz.

»Ich fahre mit ihr hin!«, erklärt er schroffer als beabsichtigt. »Es ist noch früh am Tag.«

Alia wirft ihm aus funkelnden Augen einen Blick von der Seite zu. *Willst du das vor den Kindern ausfechten?* Nach all den Jahren beherrschen sie diese wortlose Sprache perfekt.

»Möchtest du nicht lieber anderswohin fahren, Riham?«, fragt Alia ihre Tochter mit zuckersüßem Lächeln. »Zu einem Spielwarenladen vielleicht? Oder wir kaufen dir ein neues Kleid ...« Sie greift hinüber und steckt Riham eine Strähne in den Zopf zurück.

»Wir gehen in den Zoo!« Souad stößt ein Glas Orangensaft um.

»Souad!« Alia gibt ihr einen Klaps auf die Hand und beginnt den Saft wegzuwischen. Souads Miene verfinstert sich. Karam beugt sich auf die Ellbogen gestützt über den Tisch und fragt: »Willst du dir lieber die Pfauen oder das Kamel ansehen?«

Einen Moment lang scheint Souad nicht recht zu wissen, ob sie weinen oder ihrer Neugier nachgeben soll. Schließlich siegt die Neugier. »Das Kamel. Das mit dem großen Kopf.«

»Im Zoo ist es genauso heiß«, sagt Alia. »Es darf nichts im Freien sein.«

Du bist einfach unglaublich, weißt du das? »Keine Sorge, heute ist *dein* Tag, mein Entchen«, sagte Atef zu Riham.

»In den Zoo!«, ruft Souad, aber Atefs Blick bleibt auf Riham gerichtet, die an ihrem Pita-Brot herumzupft – eine nervöse Angewohnheit. Schließlich sieht sie zu Atef auf.

»Schon gut, Baba. Ich gehe gerne in den Zoo.«

»Wir fahren zu den Dünen«, sagt Atef hilflos vor sich hin. »Heute hat Riham Geburtstag.«

»*Ich* habe heute Geburtstag!«, kräht Souad.

»Ruhe jetzt!«, befiehlt Atef. »Heute wird gemacht, was Riham will. Das weiß auch Mama.«

Er sieht Alia mit großen Augen an. *Vorübergehender Waffenstillstand. Es ist ihr Geburtstag.* Einen Moment lang spricht die Wut aus Alias Gesicht, dann ist sie wieder verschwunden. Alia schiebt die Papierservietten von sich weg; auf dem Tisch bleibt eine feuchte Spur zurück.

»Ja, natürlich«, sagt sie geziert. »Was immer du willst, *habibti.*«

»Ich will in den Zoo«, erwidert Riham auf die abgerissenen Brotstückchen starrend. Dann fügt sie in munter-fröhlichem Ton, der Atef das Herz bricht, hinzu: »Die Dünen sind ja wirklich weit weg. Und außerdem sehen wir dann wieder mal die Hirsche.«

»Aber es wird schrecklich heiß sein im Zoo –«, wendet Alia noch einmal ein, bis Atef sie zornig anblickt. *Es reicht jetzt!* Alia verstummt.

»Kamel! Kamel!«, ruft Souad. »Brüll wie der Löwe, Karam!«, befiehlt sie, und der Junge knurrt brav vor sich hin.

Atef beugt sich zu Riham hin und klopft auf den Tisch. Sie hebt den Blick. »Dann fahre ich am Wochenende mit dir zu den Dünen«, flüstert er ihr zu. »Nur wir beide. Und vorher kaufen wir uns als Proviant zwei Schawarma.« Die Augen des Mädchens beginnen zu leuchten.

»Möchtest du lieber den Elefanten oder den Tiger sehen, Souad?«, ruft Riham.

Souad überlegt. Dann sagt sie ganz langsam: »Ich will sehen, wie der Tiger den großen Elefanten frisst.« Alle müssen lachen, sogar Alia, die sofort den Arm ausstreckt und Souad kurz durchs Haar fährt.

»Du kleine Barbarin«, sagt sie zu ihrer Tochter, und alle müssen noch mehr lachen.

Der Zoo liegt am Stadtrand, hinter dem Marktplatz. Die Kinder zwängen sich auf die Rückbank des Wagens. Souad belegt den begehrten Mittelplatz und baumelt mit den Beinen. Alia dreht das Autoradio viel zu laut auf und summt mit. Atef blickt, während er fährt, immer wieder verstohlen in den Rückspiegel und beobachtet die miteinander plaudernden Kinder.

»Ich wäre gern ein Adler«, sagt Souad. »Nein, ein Bär!«

»Bären leben im Wald«, erklärt ihr Riham geduldig. »Es muss ein Wüstentier sein.«

»Bär!«

»Wie wäre es mit einer Schlange?«

»Gut, dann eine Schlange.« Souad beginnt zu zischen, und die beiden anderen tun so, als würden sie sich wegducken.

Wie immer heben die vielen streitenden, redenden, lachenden Menschen in seinem Auto Atefs Stimmung. Die Familie, *seine* Familie. Sein eigener Vater war für ihn immer eher Mysterium denn reale Person, und seine Mutter beschäftigte sich nach dessen Tod nur mit ihrer Trauer. Seine einzigen Erinnerungen an die versammelte Familie betreffen Begräbnisse und das gemeinsame Essen am Abend des Opferfests.

»*Nimm mich mit*«, singt Alia zur Radiomusik. Obwohl sie eine Sonnenbrille trägt und den Kopf rhythmisch wiegt, weiß Atef, dass sie sauer auf ihn ist, und bekommt Gewissensbisse wegen des Frühstücks und des Streits am Vorabend. Ihre Auseinandersetzungen verlaufen wie ein Monsun: Mit stetig wachsender Heftigkeit schlagen sie verbal so lange aufeinander ein, bis nur noch abgerissene Äste übrig sind.

»Wir bleiben nicht lange.« Ein Friedensangebot.

»Wir müssen um fünf zurück sein, hat Widad gesagt.« Sie dreht das Radio noch lauter.

Atef versucht es mit einer anderen Taktik. »Priya backt heute einen Früchtekuchen«, sagt er halb zu sich selbst. Alia sieht ihn an. In ihren großen, glänzenden Gläsern erkennt er sein eigenes Bild.

»Das wird sie freuen.« In Alias Stimme schleicht sich ein boshafter Unterton. »Widad wird sich allerdings ärgern.«

Atef grinst. »Erinnerst du dich an die Party für Ghazi?«

»»*Aber ihr solltet doch nichts mitbringen!*«« Alia ahmt die hohe, besorgte Stimme ihrer Schwester perfekt nach.

»Und an das mit dem Huhn?«, fügt Atef lachend hinzu.

»Was sollen wir denn mit *zwei* Hühnern?«

Sie lachen beide. Alia lehnt sich in ihren Sitz zurück. Ungebürstete Locken umrahmen ihr Gesicht, das im Profil noch immer jung und mit den hohen Wangenknochen, dem kantigen Kinn und der kräftigen Nase noch immer etwas hart wirkt. In der Frau, die jetzt den Kopf in den Nacken wirft und wieder drauflossingt, erkennt Atef die Alia von früher, das Mädchen, das sich damals über seine gebügelten Krawatten lustig machte. Die Ähnlichkeit ist verblüffend. Er merkt sich solche Momente, sammelt sie, als wären sie Beweise – aber was sie beweisen sollen, weiß er nicht recht. Liebe? Beständigkeit?

Damals, vor vielen Jahren in *umm* Mustafas Garten, war Atef wie geblendet von dem Mädchen mit der wilden Mähne, das die Füße auf einen Stuhl gelegt hatte und mit den Zähnen Kürbiskerne knackte. Bei Alias Anblick fiel ihm ein, wie er als Junge einmal in der Moschee gesessen und beim Beten heimlich die Augen geöffnet hatte, um die Staubkörnchen im Sonnenlicht funkeln zu sehen. Beides, Alia und die Erinnerung an die Moschee, verschmolzen damals in ihm miteinander und machten die Begegnung heilig, schicksalhaft.

Deshalb schreibt er die Briefe. Schon tausendmal hat er mit dem Gedanken gespielt, sie ihr zu bringen, sie ihr in den Schoß zu legen und sie anzuflehen: *Hier ist, was vor all den Jahren wirklich geschah. Es steht alles hier in diesen Briefen. Hier ist der Grund, weshalb wir nie über deinen Bruder reden. Du hast immer gesagt, du wüsstest es gern, und jetzt weißt du es.*

Die Erinnerung an jenen Nachmittag lässt ihn alles verzeihen – ihre Verbitterung, ihre Distanziertheit, die Grausamkeit, mit der sie ihn manchmal behandelt, wenn sie nach einem langen Sommer in Amman gebräunt und glücklich heimkommt und seufzend durchs Haus geht, als wäre sie nach einem Hafturlaub in ihr Gefängnis zurückgekehrt. Aber er kennt Alia nun schon sein halbes Leben und weiß: Wenn sie die Wahrheit über Mustafa wüsste, käme sie nie wieder zu ihm zurück.

Vor dem Kartenschalter am Zooeingang stehen die Familien Schlange, und die Kinder hüpfen kreischend und lachend vor ihren Eltern herum. Am Tor blättert der Lack ab. Wie Satin liegt über allem der blaue, wolkenlose Himmel.

»Fünf«, sagt Atef zu dem jungen Inder am Schalter. Die Kinder gehen vor und besprechen, wohin sie als Erstes wollen. »Riham darf es sich aussuchen!«, ruft Atef ihnen nach.

»Zu den Affen!« Rihams Lieblingstiere. Als sie klein war, durfte sie auf seiner Schulter sitzen und Trauben in die Käfige werfen. Einmal schlug ein größerer Affe auf mehrere Jungen ein, weil sie welche gegessen hatten, und Riham begann zu weinen.

Nach den Affen geht es zu den Hirschen, dann zu den Schakalen. Die Käfige sind etwas lieblos mit farbigen Rückwänden und künstlichen Pflanzen ausgestattet. Die Tiere begegnen den Besuchern mit gelangweiltem, unergründlichem Blick. Sie tun Atef leid; die atemberaubende Hitze macht sie teilnahmslos. An einer Eisbude kauft er den Kindern Shaved Ice.

»Ich hätte ihr das Nachthemd erlauben sollen«, sagt Alia, als Souad rotes Eis auf ihren Kragen tröpfeln lässt.

»Wir waschen es einfach«, erwidert Atef und betrachtet lächelnd Souads klebriges Gesicht.

»Was ist los mit dir?«

»Warum?«

»Du bist so« – Alia rümpft die Nase – »aufgekratzt.«

Er empfindet eine kindliche Gekränktheit. »Das ist nun mal ein wunderschöner Tag«, erwidert er trotzig und fügt mit erhobener Stimme hinzu: »Oder nicht, Kinder? Ist doch ein wunderschöner Tag!« Die Kinder drehen sich zu ihm um und nicken. Dann fordern sie lautstark, als Nächstes zu den Elefanten zu gehen. Atef wendet den Kopf zu Alia. »Siehst du, allen gefällt es.« *Nur dir nicht.* Alias sichtliche Verärgerung bewirkt in ihm unwillkürlich ein Gefühl der Befriedigung, dessen er sich aber sofort schämt. *Es ist Rihams Geburtstag,* sagt er sich.

»Ist doch wunderbar, wenn sie es hier so toll finden«, sagt er reumütig. »Es macht mich einfach glücklich.«

Alias Züge entspannen sich, und sofort drängt es Atef, sie zu küssen. *Du liebst diese Frau viel zu sehr,* hat ihm seine Mutter vor der Hochzeit gesagt.

»Das ist schön.« Alia streicht mit den Fingerspitzen über sein Handgelenk. Sie spricht so laut, dass die Kinder es hören. »Aber Karam hat schon einen Sonnenbrand. Hast du seine Wangen gesehen? Ich habe ja von Anfang an gesagt, dass es zu heiß wird.«

Er zieht seine Hand weg und murmelt: »Deine Tochter amüsiert sich. Das sollte dir wichtiger sein, als recht zu behalten.« In Alias Miene spiegeln sich trotz der Sonnenbrille Verletztheit, Wut und schließlich Resignation.

Rot steht dir so gut. Du fehlst mir. Erinnerst du dich an den Nachmittag im Garten deiner Mutter? Ich habe dich vorhin betrachtet. Du siehst noch genauso aus wie damals.

Nach dem zweiten Rundgang durch den Zoo setzen sie sich wieder ins Auto. Auf dem Weg zu Widad ahmt Souad diverse Tierlaute nach. Alia schaltet das Radio ein und starrt aus dem Fenster. Nach der Einfahrt zu Widads Siedlung biegt Atef links ab und fährt an den Villen vorbei. In der Auffahrt stehen bereits mehrere Wagen.

»Das ist das Auto von Sahars Papa!«, ruft Riham. »Und da das von Miriam. So viele Leute!«

Sie klingt so glücklich, dass sich Atef und Alia einen Blick zuwerfen, und Alia schaltet, als wäre sie plötzlich wachgerüttelt, das Radio aus. Atef stellt den Motor ab. Beide drehen sich lächelnd zu ihren drei Kindern um.

»Ja, wirklich viele, mein Schatz«, sagt Alia.

»Na, freut ihr euch alle?«

Die Kinder versichern es lachend. Türen werden aufgestoßen, Sicherheitsgurte gelöst. Der Streit ist offiziell beendet.

Zum Tortenessen darf sich Riham an die Spitze der Tafel setzen; je rechts und links von ihr werden Karam und Souad platziert. Widad hat den Tisch mit Blumengirlanden geschmückt und silberne Luftballons an die Stühle gebunden. Die Gäste haben bunt verpackte und mit Bändern versehene Geschenke aufgehäuft. Kinder aus Rihams Schule sind da und Kollegen von Ghazi und Atef, der Freundeskreis, den sie sich im Lauf der Jahre geschaffen haben.

Riham wirkt wie benommen vor Freude. Schüchtern genießt sie die Aufmerksamkeit der Erwachsenen, die ihr Komplimente für ihr Kleid machen und sie *aroos* nennen.

Alia zündet die neun dünnen Kerzen auf der Torte an und nickt Ghazi zu, der neben der Tür steht.

»Für das Geburtstagskind!«, ruft Ghazi, während er das Licht ausschaltet. Alle stehen jetzt im Kerzenschein und beginnen zu jubeln. Souad stellt sich auf ihren Stuhl, klatscht in die Hände und schreit: »Schokolade!«

»Psst!«, zischt ihr Alia zu, stimmt *Happy Birthday to you* an, und alle singen. Atef beobachtet Karam, der seine Schwester dabei umarmt, Souad, die vor sich hin grinst, und Riham, die sich, bezaubernd in ihrer Freude, zur Torte vorbeugt. Die Rührung übermannt ihn, seine Augen werden feucht; die Kerzenflammen und die Menschen verschwimmen miteinander. *Mustafa, du hättest sehen sollen, wie sie für sie gesungen haben, wie Alias Stimme alle anderen übertönt hat.* Er atmet tief durch und sagt es sich einmal mehr: Er hat eine Tochter. Drei gesunde Kinder. Ein sicheres Zuhause. Er ist hier, umgeben von wunderschönen singenden Stimmen.

Als das Lied zu Ende ist, klatschen alle. Unter Pfiffen und Johlen senkt Riham den Kopf und pustet mit geschürzten Lippen. Die Kerzenflammen flackern auf und verlöschen.

»Noch mehr Feuer!«, ruft Souad. Die Erwachsenen lachen. Ghazi schaltet das Licht ein, und die Frauen schneiden die Torte an. Den Kindern wird gesagt, sie sollen sich hinsetzen und essen. Kurz darauf kommt Alia mit zwei Tellern zu Atef.

»Wie die Wilden!«, sagt sie. »Es ist fast nichts mehr übrig. Ich konnte gerade noch die beiden Stücke hier retten.« Sie hat ihre Augen mit Kajal geschminkt.

»Danke.« Er nimmt den Teller.

»Ich habe dich gesehen«, sagt Alia leise. Atef schluckt und wendet den Blick ab. Aber tief unter der Scham glimmt Hoffnung auf – sie beobachtet ihn. Er ist gerührt.

Unversehens legt sie den Kopf an seine Schulter. Wie selten sie sich berühren, wirklich berühren, nicht nur mit den Fingerspitzen, sondern mit dem ganzen Körper, nackt und erregt. In jüngeren Jahren, nach der Hochzeit, war jede allein miteinander verbrachte Sekunde fantastisch. Die Küsse, die an der Haut entlanggleitenden Lippen fühlten sich überirdisch an.

Seufzend beginnt er seine Torte zu essen. Alia ist entspannt, ihr Körper bewegt sich mit jedem Atemzug. Er weiß, man soll sich nicht nach dem Vergangenen verzehren. Gier ist niemals etwas Gutes.

Während sich die Gäste nach und nach auf den Heimweg machen und Widad und Alia Reste einpacken, gehen die verbliebenen Männer nach draußen.

»Zigarette?«, fragt Ghazi, aber Atef schüttelt den Kopf. Er streift durchs Haus und sucht sich ein leeres Zimmer. Der turbulente Abend hat ihn müde gemacht. Die leichten Kopfschmerzen, die er jetzt hat, sind Vorboten einer Migräne. Im Gästezimmer spielen mehrere Kinder im Halbkreis. Karam baut gemeinsam mit Souad einen Turm aus den Legosteinen, die Riham bekommen hat. Als Souad zu Atef hochblickt, wirft er ihr eine Kusshand zu.

Am Ende des Flurs befindet sich Ghazis Arbeitszimmer. Beim Öffnen der Tür schlägt ihm der Geruch von Rauch und Leder entgegen. In der Dunkelheit dauert es ein paar Sekunden, bevor er die Gestalt sieht, die auf dem Fensterbrett hinter dem Schreibtisch sitzt und deren Umriss sich vor dem offenen Fenster abhebt.

»Riham?« Das Mädchen dreht sich erschrocken um. »Was machst du denn hier?«

»Ich wünsche mir etwas«, antwortet sie leise.

»Hast du das vorhin vergessen?« Lächelnd geht er auf sie zu. »Haben wir die Kerzen ganz umsonst in die Torte gesteckt?«

»Das haben die Menschen früher so gemacht.« Sie wendet sich

wieder zum Fenster. Die Mondsichel am Himmel ist dünn wie ein abgeschnittener Fingernagel. »Das habe ich gelesen. Sie haben sich immer bei Mondlicht etwas gewünscht und geglaubt, der Rauch würde ihren Wunsch hinauftragen.«

Sie klopft neben sich auf das Fensterbrett, wo neben einer weißen Kerze eine Streichholzschachtel liegt. Atef geht näher heran, um den Mond genauer zu betrachten.

»Wie haben sie das gemacht?«

Riham lehnt den Kopf an den Fensterrahmen. »Sie haben eine Kerze angezündet und zum Mond hinaufgehalten.«

»Und dann?« Er ist schläfrig vom Essen, von der Dunkelheit und von Rihams Stimme.

Sie lächelt selig und wirkt plötzlich viel älter. »Dann bläst man die Kerze aus.«

Sie blicken zur Mondsichel hinauf. Seine wissbegierige Tochter hat sich also über frühere Zeiten und über Geburtstage kundig gemacht und ihr Wissen wie einen Schatz für den heutigen Tag gehortet. Dass sie heimlich weggeht, um sich etwas zu wünschen, macht Atef traurig.

»Darf ich kurz bleiben?«, fragt er.

Sie nickt, nimmt ein Streichholz aus der Schachtel, zündet es an und hält die Flamme an den Docht. Als das Licht auf ihr Gesicht fällt, denkt Atef plötzlich an Mustafa. Vor dem Krieg, vor dem Gefängnis. Da war ein Mädchen, fällt ihm wieder ein. Er hatte es völlig vergessen; ein Mädchen, von dem Mustafa hin und wieder sprach. Er versucht auf den Namen zu kommen, der heiter und irgendwie zart klang. Er denkt an die vielen Briefe ohne Adresse.

Riham hebt die Kerze vor dem Fenster in die Höhe und starrt durch die Flamme auf den Mond. Er ist erfüllt von der Liebe zu ihr, zu ihren schmalen Lippen, ihrer dicken Nase, zu der jugendlichen Derbheit, die ihr Gesicht allmählich prägt. Er stellt sie sich wie im Zeitraffer vor – als junges Mädchen und als Frau mit von den Jahren gefurchter Stirn.

Er wird Mustafa diesen Augenblick beschreiben. Rihams Silhouette am Fenster, die Lebensjahre seiner Tochter, die er vor sich sah. Er wird ihm schildern, wie sich die Welt verändert hat. Er sieht das leere Blatt Papier vor sich und seine sich unwillkürlich biegenden Finger. *Ich bin süchtig danach. Mein Beichtstuhl*, hat er vor einiger Zeit geschrieben.

Riham holt tief Luft und atmet aus. Die Flamme verschwindet in Rauch.

»Was hast du dir gewünscht?«, fragt Atef seine Tochter.

»Das darf man nicht sagen, Baba.« Sie zögert. »Dass sich nichts ändert.« Sie richtet ihre leuchtenden Augen auf ihn.

»Das ist ein guter Wunsch.« Atef stellt sich Mustafa in einem kleinen Bungalow in Südamerika vor, braun gebrannt, mit Ledersandalen, das so lange vergessene Mädchen bei sich. »Ein sehr guter Wunsch, mein Liebling.«

Wie winzig unser Leben ist, denkt er. *Die Liebe bläht es zu unfassbarer Größe auf, aber dann schrumpft es wieder.* Er legt den Arm um seine Tochter und zieht das Mädchen, das er irgendwann an irgendetwas verlieren wird, dicht zu sich heran. Riham schmiegt sich an ihn. Eine Zeit lang sitzen sie zusammen im Dunkeln, blicken in den Himmel und riechen den Schwefel, der noch in der Luft hängt.

Riham

Amman
Juli 1982

Das Schlimmste an den Sommern in Amman ist für Riham der Lärm. Schon den ganzen Morgen über sitzt sie in der Küche ihrer Großmutter, dem ruhigsten Ort, den sie finden kann, und schreibt eine Liste in den Innendeckel ihrer zerlesenen *Vom-Winde-verweht*-Ausgabe.

Nicht die Mücken sind das Schlimmste, von denen juckende Quaddeln an den empfindlichsten Stellen – Augenlider, Zehenzwischenräume – zurückbleiben, auch nicht die Seifenopern, die sich ihre Tanten geradezu zwanghaft ansehen. Weder der leichte Geruch nach verfaultem Fleisch in *khalto* Mimis Wohnung ist es, den Riham auf die beiden Katzen zurückführt, vor denen sie sich zu ihrer eigenen Schande fürchtet – als die Tiere einmal auf den Esszimmertisch sprangen, schnellte sie von ihrem Sitz hoch, und *khalto* Mimis Töchter Lara und Mira starrten sie an –, noch die Abwesenheit ihres Vaters und nicht einmal die Tatsache, dass Karam diesmal wegen eines Ferientrainings an seiner Schule in Kuwait geblieben ist.

Es ist der Lärm, das unablässige Geschrei, vor dem es kein Entrinnen gibt. Zu Hause in Kuwait hat Riham ein Eckzimmer voller Bücher, in dem sie Priyas Hantieren in der Küche oder die Gespräche ihrer Eltern und alle anderen Geräusche schon aufgrund der Distanz nur gedämpft hört.

Hier dagegen ist der Lärm wie ein zusätzlicher Mitbewohner.

»Das sind nicht *meine*!«, kreischt Souad.

»*So,* ich sage es jetzt zum letzten Mal!«, brüllt ihre Mutter, eine offene Pita-Tasche in der Hand, aus der Küche zurück.

Etwas poltert, und Souad erscheint in der Tür. Durch das Fenster über der Spüle strömt frühes Morgenlicht herein. Alia deutet auf einen Haufen Bauklötze und Puppen neben dem Eingang. »Das sind nicht meine«, wiederholt Souad, wenn auch zögerlich.

Ihre Mutter schließt die Augen, atmet tief durch und spricht in künstlich heiterem Ton weiter.

»Riham, bist du so weit?«, säuselt sie, um sofort darauf »Mama, wir gehen, aber Souad bleibt hier!« zu rufen.

Souad klettert auf die Küchentheke und lässt die nackten Beine baumeln. »Nein, ich bleib nicht hier!«

Schon ist es dahin mit Alias Abgeklärtheit. »Verdammt noch mal, Souad, jeden Tag dieser Stress mit dir! Ich bitte dich doch nur, deine Spielsachen wegzuräumen, damit niemand darüberstolpert und sich den Hals bricht. Oder willst du das?«

»Aber das sind nicht meine!«

»Hör auf zu lügen! Wem sollen sie denn sonst gehören? *Teta* vielleicht?«

»Weiß nicht –«

»Na schön.«

Riham blickt von ihrem Buch auf und sieht interessiert zu, wie ihre Mutter die Spielsachen einsammelt und damit zur Tür geht. »Da das Zeug offenbar weder von dir noch von Riham stammt, ist es Müll und wird jetzt weggeworfen.«

»Das darfst du nicht!« Souad springt von der Theke herunter.

»Wieso nicht? Die Sachen gehören nicht dir. Warum interessieren sie dich überhaupt, wenn –«

»Doch, sie gehören mir«, gesteht Souad mürrisch. Ihre Mutter geht weiter. Souad beginnt zu schreien. »Die gehören mir! Die gehören mir! Gib sie her!«

»*Dann räum sie auf!*«

»Also gut.«

»Kann mir jemand sagen, was dieses infernalische Gebrüll soll?«

Beim Klang der Stimme lässt die Anspannung in Rihams Schultern nach. Ihre Großmutter betritt die Küche in einem wallenden dunkelvioletten Gewand. Sie trägt das Kopftuch mit dem Paisleymuster, das Riham so gut gefällt. Ihre Großmutter ist der einzige Lichtblick in diesen Sommern.

»Bei Souad artet alles zum Kampf aus«, murmelt Alia kleinlaut. »Wir haben eine lange Fahrt vor uns, und sie macht schon jetzt Probleme.«

Salma hebt eine Puppe auf, die noch herumliegt, und gibt sie Souad. »Aber Sousu meint es nicht böse, stimmt's, mein Schatz? Es tut ihr sehr leid.«

Alia streicht Souad übers Haar und sagt mit weicherer Stimme: »Soll ich Honig- oder Käsebrote für den Strand machen?«

Riham schreibt in ihrer kleinen, akkuraten Handschrift *Der Strand* auf die Liste.

Im Sommer wohnen sie bei *teta*. Das Haus hoch über der Stadt gehört der Familie, und auf den anderen Etagen leben Rihams Großtanten. Die Wohnung ihrer Großmutter, in der überall gerahmte Fotos von Karam, Souad und ihr selbst in jüngeren Jahren hängen, bleibt von Besuch zu Besuch immer gleich. Vom Balkon aus wirkt die Stadt nachts wie ein fernes, glühendes Ding.

»Dein zweites Zuhause«, sagt ihre Großmutter, wenn sie dort ankommen. Sie ist jedes Jahr dicker, und ihr Gesicht wird faltig. Dass ihre Großmutter fast das ganze Jahr hindurch allein in der großen Wohnung lebt, macht Riham traurig.

Aber Salma ist nie verzweifelt oder einsam. Sie kocht mit ihren Schwestern oder ist im Garten, einem umzäunten Areal hinter dem Haus mit Blumen und Nutzpflanzen und einem großen, knorrigen Olivenbaum. Das Jäten und Wässern erledigt sie selbst und erntet die Tomaten und Gurken erst, wenn sie groß sind. Manchmal bittet sie Riham, ihr beim Gemüseputzen zu helfen; danach hat Riham Erde unter den Nägeln.

»*Das* nenne ich ein Essen!«, sagt ihre Großmutter oft, während sie strahlend die farbenprächtigen Salate auf dem Tisch betrachtet. »Von der Erde in den Mund!«

Riham hat gehört, dass es früher noch einen Garten gab. Die Einzelheiten sind ihr nur vage bekannt, sie erscheinen ihr fast erfunden. Sie weiß nur, dass er in Palästina lag und niederbrannte. Er hat etwas mit dem Krieg zu tun, der in der Schule behandelt wurde, und mit der langen Abwesenheit ihres Vaters. Die Erwachsenen sprechen kaum je davon; alle Fragen werden ausweichend beantwortet. Offensichtlich ist es schmerzlich, darüber zu reden, und Riham ist nicht der Mensch, der nachhakt.

In diesem Sommer ist *khalto* Mimi da, die Cousine von Rihams Mutter. *Khalto* Mimis Mann ist letztes Jahr gestorben, und jetzt verbringen sie viel Zeit in ihrem kleinen Haus. Riham hatte es sich still und düster vorgestellt, mit schwarz gekleideten Leuten, aber Mimi und ihre Töchter tragen bunte Sachen und lachen viel.

Überall hängen Fotos des Vaters, eines gut aussehenden Mannes mit buschigem Schnurrbart, die ihn dabei zeigen, wie er Lara, damals noch ein pummeliges Kleinkind, küsst, *khalto* Mimi im Arm hält und grinsend vor einer mit Kerzen bestückten Torte steht. Hin und wieder erwähnen die Mädchen ihn beiläufig im Gespräch.

»Das war, als Baba krank wurde«, hat Lara einmal ihre Schwester Mira korrigiert, als es um einen weit zurückliegenden Familienurlaub ging. Beide sind fröhlich und sehr hübsch mit ihrem glatten, schwarzen Haar. Riham neidet ihnen ihre schmalen Körper und die Unbefangenheit, mit der sie ihre Mutter necken.

»Wie schön, dass ihr drei fast gleich alt seid«, sagt Alia oft. Weil Karam nicht da ist, fehlt Riham der Vorwand, um nicht ständig mit den beiden zusammen sein zu müssen. Sie würde ihrer Mutter gern erklären, dass Mimis Töchter nicht so sind wie sie, sondern wie manche Klassenkameradinnen in ihrer Privatschule in Kuwait – hübsche, draufgängerische Mädchen, die sich mit Henna und Zitronensaft Strähnchen ins Haar färben.

Lara und Mira wissen das ganz genau, aber weil sie die Großzügigkeit der von Natur aus schönen Menschen besitzen, behandeln sie Riham nett und höflich und nehmen sie überallhin mit.

»Soll ich deine Haare glätten?«, fragt Lara manchmal. Den Optimismus, mit dem die beiden sie betrachten – als wäre sie ein klappriges Auto mit einem immerhin annehmbaren Motor –, empfindet Riham als beängstigend. In den Geschäften drängen sie sie zum Anprobieren.

»Hmm, etwas weitere Kleider passen wirklich gut zu deiner Figur«, heißt es dann, wobei Riham klar ist, dass sie das Wort *dick* vermeiden.

Danach holen sie sich Eis in der Waffel, setzen sich auf den Balkon und strecken die braunen Beine auf den Stühlen der jeweils anderen aus. Lara und Mira sprechen geradezu begierig über ihre Zukunft.

»Paris«, sagt Lara, als wäre sie schon über zwanzig. »Auf jeden Fall Paris. Nirgendwo sonst kann man eine richtige Tänzerin werden.«

»Bäh, Paris! Viel zu kalt. Ich gehe nach Spanien oder Kalifornien«, entgegnet die fünfzehnjährige Mira, deren Taille so schmal ist, dass Riham sie mit beiden Händen umfassen könnte.

»Was willst du denn da?«

»Singen«, lautet Miras Antwort. Manchmal singt sie nachmittags beim Tee für die Erwachsenen. Sie dreht ihre Haare zu einem Dutt, reckt den langen Hals und öffnet den Mund. Dann ist es, als würde der Himmel noch ein bisschen blauer.

»Und du, Riham? Was willst du später machen?«, fragen die Mädchen.

Schwer zu sagen. Riham ist unscheinbar, schüchtern und hat ziemlich ausladende Hüften und breite Schenkel. Ihre linke Brust ist sichtbar größer als die rechte. Aknenarben verunzieren die Stirn, und im Gegensatz zu den lockigen Haaren ihrer Schwester hängen ihre immer schlaff herab.

Trotzdem hat sie den Traum, nach Europa zu ziehen, wenn sie erwachsen ist. Obwohl sie noch nie dort war, stellt sie sich ein Leben in einer Atelierwohnung vor, in der sie Baguette mit Marmelade isst, grünen Tee trinkt und den ganzen Tag zeichnet und Romane liest.

Sie sieht sich als ein in der Zukunft verwandelter Mensch, der nur noch ein Schatten des früheren ist. In ihren Tagträumen wird die alte Riham durch die neue ausgelöscht und gerät in völlige Vergessenheit. Der Anflug von Trauer, Widerspruch oder Bedauern, den die Vorstellung in ihr auslöst – weil sie dann nicht mehr ihr geliebtes durchweichtes Müsli essen, sich beim Lesen eine Haarsträhne wie einen Schnurrbart über die Oberlippe breiten oder begeistert den Geruch alter Bücher einatmen kann –, ist äußerst schwach und wird eisern ignoriert.

Aber weil sie das alles natürlich nicht zugeben kann, sagt sie leise: »Ich möchte später allein in einer Wohnung leben«, und die beiden anderen werfen sich einen fragenden Blick voller Mitleid zu.

Seit einigen Monaten geht es in Rihams Fantasien auch um Jungs und Küsse auf den Mund. Es kam ganz unerwartet. Plötzlich begann sie von gesichtslosen Jungen zu träumen, die sie berührten, mit ihr tanzten. Sie wacht dann immer atemlos auf und schämt sich, weil es zwischen ihren Beinen feucht ist. Tagsüber schießen ihr immer dieselben Gedanken durch den Kopf, jagen im Kreis und landen unweigerlich bei Jungen.

Genauer gesagt: bei einem bestimmten Jungen.

Lara und Mira sprechen so offen über Jungs, wie Riham es ganz und gar nicht gewohnt ist von ihren Freundinnen in Kuwait, Mädchen, die sie noch aus dem Kindergarten kennt, schüchterne Mädchen, die gern Bücher tauschen, sich über Filme unterhalten und deren einziges Vergehen darin besteht, einmal Zigaretten gekauft und geraucht zu haben, bis ihnen schwindelig wurde.

»Der ist so süß!«, sagt Mira schmachtend über einen Rockstar. »Er hat Augen wie Karamellbonbons.«

Nachmittags treffen sich Lara und Mira mit ihren Freundinnen in einer Konditorei in der Nähe, essen *kanafeh* und süße Brötchen, lachen und tratschen miteinander. Manchmal kommen vom Fußballspielen verschwitzte Jungs aus ihrer Schule herein. Sie gehen ruppig miteinander um und machen sich über die Mädchen lustig, die ihnen zurufen, sie sollten doch ein bisschen aufpassen.

Riham beobachtet das Hin und Her so fasziniert wie ein Ethnologe einen eben erst entdeckten Stamm. Die Mädchen werfen die Haare zurück und lächeln den Jungen zu.

»Ihr seid widerlich«, sagen sie, wenn die Jungen auf den Boden spucken, und die Jungen grinsen.

Manchmal fängt einer der mutigeren, meistens Rafic, ein Insekt und verfolgt die Mädchen, aber langsam, damit sie fliehen können. Dann laufen die Mädchen kreischend davon, und die Aufmerksamkeit der Jungs treibt ihnen die Röte ins Gesicht.

»Aufhören!«, rufen sie und schlagen die Jungs neckisch auf die Schulter.

Von allen Jungen aus der Gegend gefällt ihr Bassam am besten. Obwohl er in Laras Alter, also ein Jahr jünger als Riham ist, strahlt er eine merkwürdige Selbstsicherheit aus. Im Gegensatz zu Rafic ist er kein Schlägertyp und spuckt auch nie aus, und Riham hat ihn nur einmal eine Zigarette rauchen sehen. Allerdings ist er nicht so hübsch wie Rafic, sondern ein bisschen dicklich, und trägt immer dieselben abgenutzten Turnschuhe. Sein Gesicht ist oval wie ein Ei. Er hat leicht schräge Augen und wilde Locken. Die anderen Jungen nennen ihn Romeo. Riham spürt, dass er beliebt ist.

»Warum nennen sie ihn so?«, hat Riham Lara einmal gefragt.

Lara verdrehte die Augen. »Ach, Bassam …« Dann erzählte sie, dass er einmal als Mutprobe mitten auf dem Schulhof ein Mädchen geküsst hat.

»Das hätte jeder sehen können. Die Lehrer hätten ihn rausgeworfen.«

»Hat er Schwierigkeiten bekommen?«, fragte Riham voller Eifersucht auf das Mädchen.

»Nein, aber seitdem nennen wir ihn Romeo. Ziemlich witzig, weil er ja so rundlich ist und diese komische Frisur hat. Außerdem macht er nur selten den Mund auf, verstehst du?«

»Ja, natürlich«, erwiderte Riham und hatte sich durch ihr deutlich angeschlagenes Desinteresse bereits verraten.

»Wir kommen zu spät«, sagt ihre Mutter. »Mimi, Lara und Mira sind schon vor einer Stunde losgefahren. Seid ihr fertig? Hilf mir beim Einpacken, Souad!« Auf der Küchentheke stapeln sich die Sandwiches, die Salma gemacht hat. Souad wickelt sie in Küchentücher ein. Als sie sich umdreht, sieht Riham ihre Hüftknochen, die sich unter dem Baumwollkleid abzeichnen. Riham graut es vor der Autofahrt und dem langen Tag am Strand.

»Wenn du wieder Muscheln sammeln willst, musst du sie waschen, bevor du ins Auto steigst. *Tetas* Auto ist schon voller Sand«, sagt ihre Mutter zu Souad.

»Die Muscheln sind für Karam –«

»Ich wasche sie mit ihr«, beschwichtigt ihre Großmutter. »Wir sammeln eine große Tüte voll für deinen Bruder, einverstanden, Sous?«

Plötzlich sehnt sich Riham nach ihrem rehäugigen Bruder – obwohl seine Züge in den letzten Wochen länger und kantiger geworden sind und am Kinn einzelne zottelige Härchen sprießen –, ihrem Verbündeten in jedem vergangenen Sommer.

Ihre Mutter gibt ihr einen Kuss auf die Stirn. »Jetzt ist Schluss mit dem Trübsinn.« Sie zwinkert ihr zu. »Es wird lustig am Strand!«

Amman verändert ihre Mutter. In Kuwait klagt sie immer über Müdigkeit und schnauzt die Kinder an, wenn der Fernseher zu laut ist. Trägt Hosen und T-Shirts und umrandet die Augen mit Kajal. Hier dagegen bleibt sie ungeschminkt und zieht kurze Kleider an, die an den Schenkeln kleben. Souad und sie werden braun, während sich Rihams Haut rötet und schält und schrecklich juckt.

Abends plaudern sie auf *khalto* Mimis Balkon mit den Frauen aus dem Viertel, Frauen, mit denen Alia vor Jahren zur Schule ging. Sie essen Feigen, schenken sich ständig Tee nach und schneiden große Stücke vom Orangenkuchen ab. Nie ist ein Ehemann, ein Vater oder Bruder dabei. Nur die Kinder, die spielen und lachen, während das Licht in der Abenddämmerung rot, dann orange, dann violett wird. Abends hat ihre Mutter etwas Strahlendes. Die anderen Frauen nennen sie Aloush und machen Witze über ihre Schulzeit. Riham sitzt auf dem Balkongeländer und beobachtet alles. Die lachenden, redenden Frauen erscheinen ihr wie sonderbare, mythische Gestalten. Es geht um Soldaten und Ehemänner und um die Liebe.

»Komm her, *habibti*«, sagt Alia manchmal mit ausgebreiteten Armen, und Riham geht dankbar zu ihr.

Die Frauen nennen sie *aroos*, »kleine Braut«.

»Wir werden dich schon verheiraten«, frotzeln sie.

»Solange es nur kein Kuwaiter ist«, sagt Alia mit gerümpfter Nase, und alle lachen.

»Sind die so schlimm?«

»Grauenhaft. Kein einziges anständiges Lokal gibt es in diesem fürchterlichen Land!« Rihams Mutter ahmt die Einheimischen gern nach, ihr barsches Arabisch, ihre Eigenheiten. Dann werden Rihams Ohren rot vor Zorn auf ihre Mutter, weil sie so über ihr Leben in Kuwait spricht und damit ihren Vater verrät.

Ihren Vater mit den Tintenflecken an den Fingerspitzen und dem gemächlich glucksenden Lachen. Das Klackern der Pfefferminzbonbons in seinem Mund, wenn er Tee trinkt. Seine Angewohnheit, manchmal nach dem Abendessen in sein Arbeitszimmer zu gehen und die Tür einen Spalt offen zu lassen, sodass sich Riham an die Wand drücken und seinen vertrauten, beim Schreiben über den Tisch gebeugten Umriss betrachten kann. Sie liebt das Kratzen des Füllers auf dem Papier und die Ernsthaftigkeit, die ihr Vater ausstrahlt, wenn er sich unbeobachtet glaubt.

Sie vermisst ihn ganz schrecklich, sogar noch mehr als Karam; sie vermisst die Gespräche über Bücher, seine Fragen zu den Figuren und zur Handlung.

»Und Anna Karenina?«, fragt er beispielsweise, während er mit den Zähnen einen Kürbiskern aufknackt. Die Kürbiskerne mag Riham am liebsten, auch wenn sie sie nur lutscht, bis das Salz weg ist. »Was meinst du: War ihre Entscheidung richtig?«

Ihr Vater, wäre er hier, würde verstehen, warum sie lieber allein zu Hause bleibt, als ihren Babysittern Mira und Lara wie eine Aussätzige hinterherzutrotten, und warum sie ihren Badeanzug mit dem Pünktchenmuster so hasst, den ihre Mutter ihr gleich nach der Ankunft gekauft hat. Es ist genau der gleiche, den auch Lara trägt, und der Kontrast ist deprimierend. Während sich der Stoff Laras schmalem Körper perfekt anschmiegt, beult und dehnt er sich an Riham. Sie trägt immer ein Hemd darüber.

Im Wasser war sie bisher noch nie. Selbst an den heißesten Tagen bleibt sie mit ihrem Buch im Schatten. Wenn jemand fragt, schützt sie Bauchschmerzen vor.

In ihrer Fantasie wird Bassam plötzlich auf sie aufmerksam. Der Lärm in der Konditorei ebbt ab, und ihre Blicke treffen sich, wie wenn der Zeiger einer Uhr mit einem kleinen Klickgeräusch vorrückt. Er sieht sie und nickt.

»Sollen wir ans Meer gehen?«, fragt er, während er ihre Hand ergreift. Alle sehen ihnen beim Hinausgehen zu und wundern sich über das unscheinbare Mädchen aus Kuwait. Während sie die Konditorei mit Bassam verlässt, drehte sie sich um und lächelt Mira und Lara zu.

Sie schlendern gemeinsam dahin, bis die Sonne sinkt und es rings um sie Nacht wird. Er sagt ihr, dass sie schön wie der Mond sei – sie bearbeitet sich selbst sehr großzügig in ihren Tagträumen; sie hat darin eine schmale Taille und nerzbraune Locken –, und sie erzählt ihm von Scarlett O'Hara, die jedes Männerherz im Sturm erobert habe.

»Ich hätte nie gedacht, dass ich dir jemals begegne«, sagt er und wendet ihr sein Gesicht zu. In der Ferne funkeln die Lichter der Fischerboote. Riham neigt den Kopf und blickt, ohne ein Wort zu sagen, mit halb geschlossenen Augen lächelnd zu ihm auf – ein Trick, den sie ihrer Mutter abgeschaut hat. Bassam legt einen Finger an ihr Kinn und hebt es an. Dann küssen sie sich.

An dieser Stelle bricht der Wunschtraum regelmäßig ab. Was Körper miteinander tun, weiß Riham nur aus bestimmten Romanpassagen und eher verwirrenden Biologiestunden. Ihr ist klar, dass man dabei nackt ist und ein kompliziertes Eindringverfahren absolvieren muss, eine Aufwärtsbewegung, wobei die Frau unten liegt und sich üblicherweise an den Nacken des Mannes klammert – etwas Ungeheuerliches, Endgültiges.

Manchmal durchfährt sie ein Zittern, ein winziges Beben und ein Gefühl, als würden kleine Knallfrösche in ihrem Unterleib zünden. Dann schüttelt sie sich, weil es Sünde ist.

»Lara und Mira gehen morgen auf eine Party«, sagt Alia zu Riham und sieht sie im Rückspiegel an.

»Hmm.« Es klingt gleichgültig. Souad, die neben ihr sitzt, summt vor sich hin und rollt ein Papiertaschentuch zusammen.

»Ich glaube, es ist eine Geburtstagsparty. Mimi hat gesagt, du sollst mitgehen.«

Mehrere Stunden lang im Haus irgendeines Mädchens. Schwitzen und immer wieder verstohlen unter den Achseln schnuppern, verzweifelt nach Gesprächsthemen suchen, während sich die anderen kichernd unterhalten.

»Ich muss in den Ferien einige Bücher für die Schule lesen.« Es ist nicht ganz gelogen, die Bücher gibt es, aber Riham hat jedes schon zweimal gelesen.

»Sehr gut, dass du an deine Schularbeiten denkst, *habibti*«, sagt ihre Großmutter lächelnd.

»Lesen kann sie auch hinterher«, entgegnet ihre Mutter. Von der Rückbank aus sieht Riham Alias knallrot lackierte Fingernägel auf das Lenkrad trommeln. In Kuwait fährt ihre Mutter nie Auto und lackiert sich nie die Nägel.

»Ich muss aber morgen anfangen«, wendet Riham verzweifelt ein.

Ihre Mutter seufzt, winkt zum Fenster hinaus und lässt ein anderes Auto überholen. »Wir sind nur noch zwei Wochen hier, Riham. Immer wenn du mit den Mädchen zusammen bist, könnte man meinen, dir werden die Zähne gezogen. In deinem Alter macht man das nun mal, gemeinsam ausgehen, Spaß haben, miteinander reden –«

»Lass sie in Ruhe, Aloush«, sagt ihre Großmutter und schaltet das Autoradio ein. Im Spiegel sieht Riham die gerunzelte Stirn ihrer Mutter.

»Ich bestrafe sie doch nicht, Mama – ich will nur, dass sie ein bisschen Spaß hat.«

»Aber sie hat doch Spaß – oder nicht, Liebes?«

»Doch«, antwortet Riham mit der größtmöglichen Begeisterung.

»Ich nicht!«, ruft Souad.

»Hört mal zu!« Salma hebt die Hand, und alle schweigen. Nur die ernste Stimme des Nachrichtensprechers ist zu hören.

»Im Südlibanon ... Mehrere Tote durch Schüsse ... Panzer überrollten ...«

Rihams Großmutter schnalzt mit der Zunge und stellt das Radio leiser. »Das arme Land. Dieses Gemetzel – und jetzt mischt auch noch Israel mit.«

»Ein ganzes Dorf soll niedergebrannt worden sein. Die Leichen wurden aufeinandergestapelt.«

»Mimis Cousine sagt, sie können von Glück reden, wenn sie pro Tag eine Stunde lang Strom haben. Die restliche Zeit müssen sie sich mit Kerzen behelfen. Und das Wasser ist völlig verschmutzt.«

»Riham«, flüstert Souad, und Riham sieht zu ihr hinüber. Ihre Schwester kaut verschmitzt grinsend an einer Haarsträhne. Zwischen den Fingern hält sie das eingerollte Papiertaschentuch, das sie so in die Länge gezwirbelt hat, dass es einer Zigarette ähnelt. Immer noch an der Strähne kauend steckt sie sich die Spitze zwischen die Zähne und zieht einen Schmollmund. Die Zehnjährige hat einen Lockenkopf und volle Lippen. Riham ist schon seit Längerem neidisch auf sie. Souad tut so, als würde sie Rauch ausatmen.

»Lass das mit den Haaren!«, sagt Riham unwillkürlich. Souad hat schon immer auf Stiften, Spielsachen und ihren Nägeln herumgekaut. Eine Zeit lang hat ihre Mutter die Nägel der Kleinen in scharfe Sauce getaucht, aber Souad blieb stur und mochte den Geschmack nach einer Weile.

Souad lässt die Locke aus dem Mund fallen, schließt die Lippen um die selbst gemachte Zigarette und gibt vor zu inhalieren. »*Huuu!*« Sie wirft den Kopf zurück wie eine Schauspielerin und atmet aus.

Da muss Riham lachen. Ihre Schwester ist ein fremdartiges, betörendes Wesen. Letztes Jahr waren sie alle in einem Aquarium, und in einem Raum schwammen in einem gigantischen, von innen beleuchteten Wassertank Quallen und Fische herum. Einer war lila, mit prachtvoll schillernd gestreiften Schuppen. Bei seinem Anblick dachte Riham sofort: *Souad*.

»Ich mache Ringe!«, sagt Souad. Sie kümmert kein Wassertank, kein niedergebranntes Dorf und ebenso wenig das Gespräch über den Krieg, in das Mutter und Großmutter vertieft sind, sondern nur ihr Mund und die unsichtbaren Rauchkringel.

Als sie nach stundenlanger Fahrt Akaba erreichen, ist Riham bereits erschöpft und kämpft mit einer leichten Übelkeit. Die Familien am Strand liegen auf ausgebreiteten Laken, zwischen sich Obst und belegte Brote. Durchdringende Jubel- und Entsetzensschreie der fußballspielenden Jungen gellen durch die Luft. Eine Gruppe verschleierter Frauen hat sich mit geschürzten Röcken bis zu den Waden ins Wasser gewagt. Der Anblick der vielen schlanken Körper schlägt Riham auf den Magen.

»Da.« Alia deutet in die Ferne. Sie folgen ihr zu einem Trio bunter Badetücher, auf denen *khalto* Mimi und die Mädchen liegen.

»Das Wasser ist unglaublich«, ruft Lara, während sie näher kommen. Laras Haut glänzt vom Sonnenöl. Zwischen den Badetüchern steht ein ganzes Arsenal an Ölen und Lotionen sowie eine Flasche Wasser.

»Brote mit Honig und *labneh*«, sagt Salma, während sie den Korb abstellt.

»Gesegnet seien deine Hände, Tantchen, ich bin schon am Verhungern«, erwidert *khalto* Mimi. Ihre Wimperntusche ist verklumpt, und die Speckfalte, die sich unter dem Lycra-Badeanzug hervorwölbt, erinnert Riham unbehaglich an die eigene.

Sie breiten die mitgebrachten Tücher aus. *Khalto* Mimi kramt in ihrer Tasche nach Zigaretten. »Habt ihr das von Beirut gehört?«

»Genau das, was die Israelis wollen, habe ich gerade zu Mama gesagt«, berichtet Alia.

Souad kniet sich hin und ergreift eine Flasche Lotion, auf deren Etikett eine grinsende Kokospalme zu sehen ist.

»Willst du ein bisschen davon, *ma belle?*«, fragt Lara, ihr Gesicht mit einer Hand beschattend. Das ist Miras und Laras Spitzname für Souad – »meine Schöne«.

»Ja«, antwortet Souad. »Ich will ganz viel.«

»Raus aus dem Kleid!«, befiehlt Mira grinsend. Souad zieht es über den Kopf und wirft es in den Sand. Ihr grüner Badeanzug ist verblichen.

Beklommen sieht Riham zu, wie sich die braun gebrannte Souad auf Laras Badetuch plumpsen lässt und die Haare mit beiden Händen hochschiebt, damit Lara ihre Schultern einölen kann. Ihre kleine Schwester hat sich den älteren Mädchen schnell angepasst, sie sind ganz hingerissen von ihr. Riham legt sich auf ihr eigenes Badetuch, wobei sie sorgfältig darauf achtet, dass ihr Kleid nicht hochrutscht.

»Her damit!«, sagt Alia und streckt den Arm zu *khalto* Mimi aus. Riham bemerkt, wie straff die Schenkel ihrer Mutter sind – nur wenn sie sich herumdreht, bilden sich winzige Runzeln –, wie fest ihr Oberkörper unter dem Badeanzug wirkt.

»Ihr bekommt noch ganz schwarze Lungen«, sagt Rihams Großmutter tadelnd, während sich Alia die Zigarette ansteckt.

»Ich weiß, ich weiß, wir sind ganz schrecklich, Tante«, erwidert *khalto* Mimi mit geheuchelter Scham.

»Nur in Amman, Mama«, beteuert Alia und stößt den Rauch gemächlich aus.

»Jetzt gehen sie«, sagt *khalto* Mimi, während ihre Töchter aufstehen. »Länger als eine halbe Stunde halten sie es nämlich bei ihrer armen überhitzten Mutter nicht aus.«

Mira rollt mit den Augen und dreht sich zu Riham um. In der wunderschönen kleinen Kuhle unten am Hals hat sich ein bisschen

Öl gesammelt. »Wir holen etwas zum Mittagessen. Kommst du mit?«

Es klingt ein bisschen gekünstelt. Riham ist sich sicher, dass *khalto* Mimi ihre Tochter angewiesen hat, die Frage zu stellen.

»Ich muss noch etwas lesen«, sagt sie mit einer unsinnigen Handbewegung zu ihrer Tasche hin.

»Schade.« Die Erleichterung in Laras Stimme ist nicht zu überhören.

»Riham!«, bricht es aus Alia heraus, doch Salma gebietet ihr Einhalt.

»Es ist heiß«, sagt Salma, während sie sich erhebt. »Ich muss zum Laden, Wasser kaufen. Hilfst du mir, Riham?«

»Mama, sie soll doch mit –«

»Begleitest du mich?«, fragt Salma Riham über Alia hinweg. Ihre Großmutter versteht sie so, wie ihr Vater sie verstünde, wenn er da wäre. Riham nickt.

Der Laden ist an der Ecke des Parkplatzes, eine Hütte mit Blechdach, in der ein Mann Getränke und Falafel-Sandwiches verkauft.

»Dieses Wetter!«, klagt Rihams Großmutter auf dem Weg über den Sand. Die Hitze brennt wie Feuer zwischen den Zehen.

»Danke.« Obwohl Riham den Blick auf ihre Füße richtet, bemerkt sie, dass ihre Großmutter zu ihr hinüberschielt. Salma räuspert sich und sagt mit sanfter Stimme:

»Sind sie gemein zu dir?«

Riham schüttelt den Kopf und sucht nach den richtigen Worten, um es zu beschreiben. »Es ist, als würden wir verschiedene Sprachen sprechen.«

Salma lacht. »Als ich in deinem Alter war, kannte ich auch solche Mädchen. Sie haben mich beschimpft, und ich habe immer nur geweint. Manchmal haben sie mir die Bänder aus dem Haar gerissen und in den Müll geworfen.«

»Wirklich?« Riham liebt es, mit ihrer Großmutter zusammen zu sein und etwas über ihr Leben zu erfahren. Sie malt sich gern aus, wie Salma als Bauernkind am Meer gelebt hat, bevor alles anders wurde.

»Das haben sie gemacht, weil ich nicht so war wie sie. Sie wussten es, aber ich habe es erst später erkannt.«

»Warum warst du nicht wie sie?«

Sie sind im Laden angelangt. »Eine große Flasche Wasser, bitte«, sagt ihre Großmutter zum Verkäufer.

»Sehr wohl.«

»Aber eiskalt!«

Sie warten. Ihre Großmutter erinnert sich, und ihr Blick wird abwesend. »Mir waren andere Dinge wichtig. Ich habe viel gebetet und war viel allein.«

»Genau wie ich.«

»Liest du die Suren, über die der Imam mit dir gesprochen hat?«, fragt Salma lächelnd.

»Ja.« Riham zögert. Sie würde ihre Großmutter gern fragen, ob sie auch nach der Tötung ihres Sohns gebetet hat. Die Erwachsenen reden nur selten von ihm, aber was immer Riham aus den Gesprächen heraushört, schnappt sie sich wie eine Elster. Er hieß Mustafa und war fünf Jahre älter als ihre Mutter. Er starb in Palästina, und niemand, weder ihre Mutter noch *teta*, konnten von ihm Abschied nehmen. »Die vielen Toten, dieses Blutvergießen. Und dann denke ich an das, was jetzt gerade auf der Welt passiert. Manchmal kommt mir Allah –« Riham stockt.

»… grausam vor.«

Riham nickt. Ihre Großmutter beugt sich spontan zu ihr hinunter und küsst sie auf die Stirn. Dann sagt sie leichthin:

»Allah Fragen zu stellen ist nichts Unrechtes. Es bedeutet nämlich, dass du ihn ernst nimmst.«

Seit Riham zurückdenken kann, ist ihr die Großmutter das Liebste an den Aufenthalten in Amman. Sie ist warmherzig und einfühlsam wie *khalto* Mimi und kocht ihr immer ihre Lieblingsspeisen. Als Riham klein war, badete ihre Großmutter sie in Badewasser mit Duftöl und flocht ihr danach das Haar. Am Ende des Schuljahrs steckt Riham ihr Zeugnis in das Außenfach des Koffers, um es ihrer Großmutter zu zeigen.

»Großartig, mein Mädchen«, sagt Salma jedes Mal und hängt das Zeugnis an den Kühlschrank. Wenn Besuch kommt, wird Riham als »meine Gescheite« vorgestellt.

Salmas Glaube verleiht ihr etwas Würdevolles, Wahrhaftiges, Vornehmes, das andere kopftuchtragende Frauen nicht besitzen. Im Ramadan bricht sie das Fasten nicht, indem sie sich Fleisch in den Mund stopft, sondern mit einer einzigen Olive und einem Schluck Wasser. Riham bewundert diese Zurückhaltung.

Manchmal nimmt Salma sie mit in die Moschee in der Nähe ihrer Wohnung, ein Kuppelbau mit einem Innenhof aus Marmor. In einem prachtvollen, dicht mit Weinlaub bewachsenen Bogengang ist die Inschrift *Es gibt keinen Gott außer Allah* zu lesen. Riham kennt den Satz aus der Schule und freut sich über alles Vertraute.

Ihre Großmutter gibt ihr ein Kopftuch und ein langes, weißes Gewand mit roten Stickereien. Obwohl es ihr viel zu groß ist, die Ärmel ihr über die Hände fallen und der Saum sie manchmal zum Stolpern bringt, fühlt sie sich seltsam schön, wenn sie ihrer Großmutter die Treppe zu dem plötzlich kühlen, dunklen Eingang hinauffolgt. Bevor sie die Moschee betreten, ziehen sie ihre Sandalen aus und stellen sie neben die anderen. Der Spannteppich kratzt an den nackten Füßen.

In der Moschee wird Salma von vielen Frauen angesprochen, und Riham sieht, wie beliebt ihre Großmutter ist.

»Hübsches Tuch, *khalto*.«

»Wie machen sich dieses Jahr deine Tomaten, *khalto*?«

»Ganz ausgezeichnet, schön rot und prall sind sie. Schau doch vorbei und hol dir ein paar für deine Kinder!«

»*Inschallah.*« Letzte Woche kam ein älterer Mann auf sie zu.

»Ist das deine Enkeltochter, liebe Salma?«

»Ja.« Das Gesicht ihrer Großmutter erstrahlte. »Das ist die wundervolle Riham. Riham – das ist Imam Zuhair.«

»Riham, welche Ehre«, sagte der Imam lächelnd, und tausend Fältchen überzogen sein Gesicht, als er ihr den Kopf zuneigte. Riham mochte ihn sofort.

»Ihre Moschee ist sehr schön«, stammelte sie und errötete. Sie fand, dass es dumm und kindisch klang.

Der Imam ließ den Blick über die an der Wand aufgereihten Koranbücher, den grünen Teppich und die in den Ecken betenden Menschen wandern. Durch die großen Fenster strömte Licht herein.

»Ja, sie ist wirklich schön«, erwiderte er beinahe verblüfft. Dann sagte er zu Salma: »Deine Enkelin sieht selbst im Abgenutzten noch das Schöne. Eine wundervolle Gabe!«

Später, während sie im Gebet die Stirn auf den Teppich senkte, mit den anderen niederkniete und sich wieder erhob, hielt sie die Augen geschlossen und überließ sich den Geräuschen der Moschee, dem leisen Scharren der Füße auf dem Boden, dem Duft der Räucherstäbchen, ließ sich davontragen und sanft auf die Erde zurückbringen.

Während sie sich unterhalten, paffen Alia und *khalto* Mimi eine stinkende Zigarette nach der anderen. Riham blickt alle paar Minuten von ihrem Buch auf und betrachtet ihre Münder.

»Ich kann kaum glauben, dass der Sommer fast schon wieder vorbei ist.«

»Ja, ich weiß, zurück nach Kuwait.«

»Meinst du, ihr könnt zum Opferfest wiederkommen?«

»Wahrscheinlich nicht. Die Kinder müssen in die Schule.«

»Ich hasse die Schule«, sagt Souad.

»Sous, du bist am Zug!«

Souad wendet sich wieder dem Schachspiel zu, das sie mit ihrer Großmutter austrägt. Die Figuren sind abgegriffen, von den vielen Wochen am Salzwasser und von der Sonne zerfressen.

»Ich kriege einen Sonnenbrand«, sagt *khalto* Mimi und mustert seufzend ihre Schultern. »Weißt du noch, wie schrecklich der Schulanfang jedes Jahr war? Allein der Gedanke deprimiert die Mädchen.«

»Riham nicht«, erwidert Alia mit nachdenklichem Blick auf ihre Tochter. »Freust du dich auf die Schule?«

Riham denkt an die klimatisierten Klassenzimmer, die Lehrerinnen, die ihr so zugetan sind, vor allem aber die Bibliothekarin Madame Haddad, die ihr immer die neuesten Bücher zurücklegt. Sie denkt an ihre stillen, unbeholfenen Freundinnen, die ihr nie sagen, sie solle sich die Haare glätten.

»Ja, ich kann es kaum erwarten«, antwortet sie leise.

»Bravo!« *Khalto* Mimi stößt einen Schwall Rauch aus. »Von dir können sich meine faulen Töchter eine Scheibe abschneiden!«

»Genau«, sagt Salma. »Bildung und Fleiß überdauern alles.«

»Ja, ja«, erwidert Alia unsicher lächelnd, und Riham spürt, dass ihre Mutter an Mira und Lara denkt, die sich in ihren Strandkleidchen gerade etwas zu essen holen und dabei kichernd über Jungs unterhalten.

Alia und *khalto* Mimi packen die belegten Brote aus. Souad bricht die Schachpartie gelangweilt ab, geht ans Wasser und kommt mit einer Handvoll Muscheln zurück.

»Seht mal, ich habe ganz große gefunden!«, ruft sie, über die Badetücher gebeugt, sodass alle mit Sand berieselt werden.

»Verdammt noch mal, Souad!« Alia schüttelt den Sand von den Broten ab, während sich Souad hinsetzt.

»Ich soll mich doch beschäftigen, hast du gesagt.« Souad ahmt die Stimme ihrer Mutter perfekt nach: »Mimi und ich unterhalten uns gerade, Souad. Nein, du kannst jetzt nicht mit Mira und Lara spielen. Beschäftige dich gefälligst selbst!«

Khalto Mimis großer, glänzender Busen beginnt zu wogen. »Das ist ziemlich gut, Aloush. Sie sollte Schauspielerin werden.«

Alia setzt die Sonnenbrille ab und beäugt Souad mit zusammengekniffenen Augen, aber Riham hört den belustigten Unterton. »Du hast einfach keine Manieren! Ich muss mit deiner Erziehung noch mal ganz von vorn beginnen!«

»Du kannst sie gern erziehen, aber zuvor kriege ich etwas zu essen«, wirft *khalto* Mimi ein. Alia wickelt ein belegtes Brot aus der Folie.

»Honig oder Quark?«

»Quark.«

»Mama?«

»Von jedem ein halbes, bitte.«

»Die Burschen werden immer lauter.« Alle drehen sich zu den Jungen um, die nahe am Wasser Fußball spielen. Einer kickt den Ball in die Luft und will ihn mit dem Kopf annehmen, befördert ihn dabei aber in weitem Bogen in Richtung ihrer Badetücher.

»Das kann ich besser!«, sagt Souad und rappelt sich hektisch auf.

»Wehe dir!«, warnt Alia. Souad setzt sich wieder hin.

Zwei der Jungen laufen lachend hinter dem Ball her und nähern sich ihnen. Der eine ist groß und schlank, der andere klein und stämmig. Nach und nach werden ihre Gesichter erkennbar.

Bassam und Rafic.

Während die beiden vorbeilaufen, richtet sich Riham auf und zieht beschämt den Kopf ein. Ihre Gedanken rasen. Warum ist Bassam hier, so weit weg von Amman? Sie ist sich ihres Körpers, der feuchten Achselhöhlen, ihres Geruchs auf unerträgliche Weise bewusst.

»*Ya* Riham.« Ihre Mutter hält etwas Silbernes, in der Sonne Glitzerndes in der Hand und winkt ihr damit zu. »Dein Brot.«

Riham schießt das Blut ins Gesicht. Die Vorstellung, Bassam könnte sie essen sehen, obendrein ein so großes Brot, ist grauenhaft. »Ich habe keinen Hunger.«

»Was?«

Leiser!, würde Riham ihr am liebsten zuzischen. Aus den Augenwinkeln sieht sie, dass Rafic den Ball mittlerweile erreicht hat und beide Jungen zu den anderen zurücklaufen. »Ich habe keinen Hunger«, wiederholt sie etwas lauter.

Ihre Mutter runzelt die Stirn und winkt noch einmal mit dem Brot. »Du hast seit dem Frühstück nichts gegessen.«

»Ich will erst ins Wasser.« Kaum hat sie es gesagt, bereut sie es – was hat sie sich dabei gedacht? Alia aber wirkt erstaunt und erleichtert, und plötzlich weiß Riham, was hinter den verstohlenen, prüfenden Blicken steckt, mit denen ihre Mutter sie den ganzen Sommer über beobachtet hat – *Sorge*.

»Na gut.« Alia lässt das Brot sinken. »Dann geh jetzt schwimmen und iss später.« Riham sieht den fragenden Blick ihrer Großmutter. Alia deutet aufs Meer. »Nun geh schon!«

Riham erhebt sich widerwillig und richtet den Blick aufs Wasser. Die Angst nimmt ihr fast den Atem. Am Rande ihres Sichtfelds kicken sich Rafic, Bassam und die anderen Jungen gegenseitig den Ball zu. Riham wird schlagartig klar, dass sie nicht ins Wasser kommt, ohne an ihnen vorbeizugehen.

»Ich will auch schwimmen!« Souad steht auf und streckt die langen, sandbedeckten Beine. Sie sieht wie ein schmutziges, aber wunderschönes Gassenkind in einem viktorianischen Roman aus. »Ich komm gleich wieder«, versichert sie ihrer Mutter.

Ohne aufzublicken, schnalzt Alia mit der Zunge und zeigt dorthin, wo Souad eben noch gesessen hat.

Souad beginnt sofort zu quengeln. »Das ist ungerecht! Riham darf gehen! Ich will auch schwimmen!«

»Du«, sagt Alia zu Souad, »setzt dich jetzt auf deinen kleinen Hintern und isst dein Sandwich. Danach kannst du ins Wasser gehen.«

»Dann bleibe ich auch erst mal hier und gehe später mit ihr ins Meer«, bietet Riham ihrer Mutter verzweifelt an.

»Nein, du sollst deinen Spaß haben, *habibti*. Das wird Souad schon aushalten.«

Souad stemmt die Hände in die Hüften und starrt ihre Mutter an. Alia starrt zurück, bis Souad schließlich wütend gegen den Saum des Badetuchs tritt und sich schmollend hinsetzt.

Riham geht langsam zum Wasser. Ihr Herz pocht. Es ist fast unerträglich, so zur Schau gestellt zu sein. Sie fühlt sich tausend Blicken ausgesetzt. Ihr ist, als würde es plötzlich ganz still am Strand, als würden alle – jede Familie, alle Jungen und auch Bassam – innehalten und sie ansehen.

Sie setzt einen Fuß vor den anderen auf den heißen Sand, bemerkt plötzlich, dass ihre Arme unnatürlich an die Hüften schlenkern und ihre Knie beim Gehen aneinanderreiben. Alle, denkt sie, halten jetzt die Luft an und beobachten diesen quälend langsamen Gang zum Meer, der ewig dauert, Jahre geradezu, weil das Wasser, das vom Badetuch aus so nah erschien, in Wirklichkeit sehr weit weg ist. Zwischen ihren Brüsten rinnt der Schweiß, und ihr Körpergeruch wird intensiver.

Dann ist sie endlich am Meeressaum angelangt. Mit einem Blick zurück stellt sie erstaunt fest, dass kein Mensch sie beobachtet. Alle essen und reden. Die Jungs kicken noch immer miteinander, rufen sich im Laufen etwas zu, und Bassam gelingt ein schöner Pass.

Sie betrachtet ihn. Wie schön es aussieht, wenn er mit dem Bein ausholt … Und wie von ihrem Blick berührt, dreht er sich um und sieht sie an. Ihr stockt der Atem. Er hebt die Hand zum Gruß und lächelt ihr verlegen zu.

Eilig zieht sie ihr Strandkleid aus, wirft es auf den Sand und hastet, entsetzt über den Anblick ihrer eigenen nackten Arme und Beine, ins Wasser – schnell, schnell, bevor er bei ihr ist, bevor sie irgendwer in dieser schrecklichen Blöße sieht.

Dem Gelächter der Jungen kann sie nur im Meer entrinnen, und sie stürmt hinein. In den ersten Sekunden bringt die Aufregung über den Anblick von Bassams Augen, von seinem Lächeln ihr Herz so zum Rasen, dass sie das Wasser, das sie durchwatet, kaum spürt. Doch dann trifft es unerwartet kalt, ja eisig auf ihre sonnenverbrannte Haut und nimmt ihr den Atem. Mit dem Rücken zur Küste – sieht er ihr immer noch zu? – geht sie weiter, stößt mit den Füßen an Muscheln, Steinchen und an etwas Schleimiges, das sie erschaudern lässt.

Als kleines Kind hat sie das Wasser geliebt. Im Sommer ist sie stundenlang geschwommen und mit Karam um die Wette zu den kleinen roten Bojen gekrault. Sie fand es wunderbar, dass ihre Haare auch dann noch nach Salzwasser schmeckten, nachdem ihre Großmutter sie mit Shampoo gewaschen hatte. Allein im Wasser fühlte sie sich wie eine Märchenfigur; plötzlich grazil, drehte sie Pirouetten und bewegte sich wie eine im Meer treibende Seejungfrau.

Jetzt aber hasst sie das blaugrüne, boshaft glitzernde Wasser, das ihr wie eine riesige Zunge entgegenwogt. Doch obwohl es ihr Angst macht, blickt sie starr geradeaus. Sich umzudrehen wäre fatal, denn dann sähe sie *ihn*. In ihrer Vorstellung hebt er den glühenden Blick über den Strand hinweg und sucht das Meer nach ihr ab. Stampfend watet sie tiefer hinein, unablässig daran denkend, dass vom Strand aus jeder ihre Haut sieht, bis das Wasser sie endlich umhüllt.

Es reicht ihr jetzt bis an die Oberarme, bedeckt ihre Brüste. Das Meer ist wie ein Badetuch. Sie beginnt zu schwimmen. Rechter Arm, linker Arm. Ihr Körper durchschneidet das Wasser. Sie holt Luft, taucht den Kopf unter und schwimmt, so weit sie kann, bis die Lunge zu brennen beginnt. Dann hebt sie den Kopf, atmet gierig ein und hält sich mit Fußbewegungen oben. Jetzt ist ihr nicht mehr kalt.

Nur die Wellen und ihr Atem sind zu hören. Der Küste immer noch den Rücken zuwendend rudert sie mit den Armen. Eine ferne Erinnerung wird in ihr wach: Als sie klein war, trug ihre Mutter sie einmal ins Meer, und unter ihren Händchen schimmerte das Wasser.

»Wie in der Badewanne«, sagte ihre Mutter, während sie Riham in ihren Armen durchs Wasser schwenkte, und als Riham den Blick zu ihr hob, umgab die Sonne den Kopf ihrer Mutter wie mit einem Strahlenkranz. Ihr fällt wieder ein, was sie damals mit ihren vier Jahren dachte: *Die schönste Frau der Welt.*

Noch während sie der Erinnerung nachhängt, bemerkt sie, dass sich das Wasser tatsächlich wie Badewasser anfühlt. Aber nicht, weil ihr vom Schwimmen warm ist – nein, das Wasser selbst ist lau geworden. Erst jetzt dreht sie sich um und blickt zum Strand.

Er ist nur noch ein ferner goldener Fleck.

Nach diesem ersten Gedanken – dass die Küste nur noch verschwommen zu sehen ist – bekommt sie Angst. Die Stimmen, das Lachen und Plantschen sind kaum mehr zu hören; das Klatschen der Wellen bedeutet, dass sie weit, sehr weit draußen ist. Selbst die anderen Badenden sind weit entfernt, ihre Köpfe nur noch kleine Punkte auf den Wellen. Riham späht zum Strand hinüber, entdeckt die gelben Badetücher ihrer Familie und atmet erleichtert durch.

»Na, dann schwimme ich jetzt mal los«, sagt sie sich in dem singenden Tonfall, in dem sie zu Kindern spricht.

Sie holt noch einmal Luft und beginnt mit dem Beinschlag, eins-zwei-drei, kraftvolle, peitschende Bewegungen. Kurz kommt ihr der Gedanke, wie bescheuert sie dabei aussehen muss, und sie ist dankbar, dass niemand sie sieht. Ihr Atem ist schwer und feucht, das Wasser schlägt ihr an den Mund, und sie versucht es zu zerteilen, wie sie es Jahre zuvor in genau diesem Meer gelernt hat – als wären ihre Arme Messer. Sie hält die Luft an, bis die Brust fast platzt, und hebt den Kopf, um wieder Atem zu schöpfen.

Erst während sie nach Luft schnappt, wird ihr etwas Zweites, weit Schlimmeres klar – *sie kommt der Küste nicht näher.* Im Gegenteil: Sie wird von ihr weggezogen. Anstatt das Wasser zu durchschneiden, wie sie glaubte, schlägt sie in Wahrheit nur sinnlos darauf ein. Etwas Unsichtbares in den Wellen zieht sie lautlos, aber kraftvoll zurück in die Arme des Meeres. Das Wasser ist wärmer geworden. Sie hat das Gefühl, in einem Wirbel gefangen zu sein. Riham gerät in Panik.

Doch die Panik bringt sie in Bewegung. Sie beginnt gegen das Wasser zu treten, es zu kratzen und mit den Fäusten zu bearbeiten. Sie vergisst die Messer, das elegante Tauchen. Ihr Körper – Arme und Beine – und ihre Seele verschmelzen zu einem einzigen brüllenden Gedanken: *Land.* Sie spürt die Zugkraft der Strömung und erinnert sich vage daran, vor Jahren, in einem anderen Leben, gehört zu haben, dass man nicht gegen den Sog des Meeres ankämpfen, sondern warten soll, bis man der Strömung entkommen ist. Doch wer immer ihr das gesagt hat, war niemals in dieser Situation, denkt Riham, hat nie diese schreckliche magnetische Kraft gespürt und das Gefühl gehabt, von einem Netz in die Tiefen des Meeres gezogen zu werden.

Aus der Ferne sind Schreie zu hören. Sie kneift die Augen zusammen, um den Strand zu sehen, aber die Sonne ist grell, sie sieht nur das Meer, das Salz in ihren Augen, das anrollende und sich wieder zurückziehende Wasser.

Plötzlich flackert es blau, und ihr Kopf ist unter der Oberfläche. Sie öffnet den Mund, gurgelt Salzwasser, spuckt. Nach oben. Sie muss nach oben. Die Gedanken kommen abgehackt, stoßweise. *Nach oben. Den Kopf heben. Strampeln.*

Ihr Kopf durchstößt die Oberfläche, sie ringt nach Luft. In ihren Ohren dröhnt ihr eigener rasselnder Atem. Sie wird scheitern, wird absacken und auf den Grund des Meeres sinken, wenn sie sich nicht bewegt. Ihre Arme sind so müde, schwer wie Stein, aber sie muss sie heben und das Wasser damit durchschneiden, obwohl ihr ganzer Körper zittert.

»Jetzt, jetzt«, ruft sie sich zu, aber sie bringt nur ein Krächzen heraus. Sie zwingt ihre Beine, das Wasser zu schlagen, und hört im Auf und Ab der Wellen noch einmal die eigenen Rufe.

Sie sieht sich selbst als einen dünnen, im Wasser treibenden Faden. Dann kommt ein anderes Bild – sie blickt von oben auf den eigenen atemlos kämpfenden Körper. Ein Streifen Licht, ein dunkler Fleck. *Den muss sie wegwischen*, denkt sie fast im Plauderton.

Wieder prallen Rufe an die Wellen. *Riham. Riham.* Verblüfft stellt sie fest, dass das sie ist – Riham, Riham –, dass hier ihr wahres Wesen weit entfernt vom Land durchs Wasser gleitet. Sie schnappt stockend nach Luft und versucht sich an Riham zu erinnern. Es ist so lange her – sie ist ja jetzt eine alte Frau! Ein sonderbarer, aber entschiedener Gedanke. Mit derselben Überzeugung würde sie behaupten, dass ihre Augen braun sind und sie ihren Vater liebt. Sie ist sich sicher, absolut sicher, dass sie schon viele Jahrzehnte lebt und nun an einem anderen Ort als alte Frau stirbt. Das hier ist nur eine Erinnerung.

Ihr bleibt keine Zeit, um länger darüber zu grübeln. Das Meer schickt die nächste erschütternde Woge. Ihre Schulter stößt an den Wellenkamm, ihre Arme wüten gegen den Schmerz, und plötzlich weiß sie, dass sie sterben wird, wenn sie nicht ruft, wenn sie nicht den Mund aufmacht und spricht und etwas sagt – irgendetwas, egal, was. Dann sterben die alte Frau und das Mädchen, dann stirbt sie und ist tot, und das Wasser nimmt sie mit sich. Diese Angst öffnet Riham den Mund, und sie schleudert dem salzigen Wasser den einzigen Namen entgegen, der ihr in den Sinn kommt.

Allah.

Er, oh, Er, oh, dieses warme Gefühl in der Moschee, diese Hoffnung, die ihr Herz schneller schlagen ließ, als die Großmutter ihr das Kopftuch umband und sie im Duft der Räucherstäbchen auf dem Teppich saßen und das Dach über ihr wie ein grüner Himmel war. Die Erinnerung erfüllt sie mit heißer, strömender Liebe.

Über die Wellen hinweg erreicht sie ein Ruf. Aber sie ist zittrig vor Erschöpfung, die Mattigkeit versteinert ihre Glieder. Wieder wird sie in den Armen gewiegt, aber es sind plötzlich andere Arme, keine Arme aus Wasser, sondern, schier unmöglich, menschliche Arme, und da ist etwas Warmes, warmer Atem an ihrem Hals, und jemand sagt: *Halt dich fest, halt dich fest*, und Riham legt den Kopf – auf die Welle? auf den Arm? –, und das Wasser breitet sich aus und glitzert und wird schwarz.

Riham legt sich in einen dunklen Raum. Es riecht nach Kuchen. Um sie herum eine tolle Party. Viele Menschen sprechen durcheinander. Sie klingen erschrocken, aber das ist ein Trick. Sie tun nur so verängstigt, weil sie sie nicht eingeladen haben. Sie heult fast los, weil sie jetzt keinen Kuchen bekommt. Plötzlich brennt es in ihrer Nase, und sie beginnt zu husten. Salz, Salz, endlos viel Wasser aus ihrer Kehle. Ein Licht bewegt sich zitternd hin und her und dehnt sich zu einem Wesen mit vielen Armen, zu einem Oktopus, der sich in einem schrillen Tanz bewegt und etwas sagt. Der Koran, denkt sie, als sie die eilig dahingehaspelten Suren erkennt, aber der Oktopus macht es falsch, er bringt alles durcheinander.

Sie öffnet den Mund, um den Oktopus zu tadeln, doch dann schießt wieder das Salz aus ihr heraus, und sie muss husten. Arme ziehen sie hoch, jemand schlägt ihr auf den Rücken. Sie muss würgen, wird aus dem Wasser gezerrt. Liegt ausgestreckt am sandigen Ufer und kotzt. Ein Schwall nach dem anderen verklumpt den Sand mit weißen Häufchen. *Quark*, denkt Riham, als sie sich an das warme Brot mit Quark erinnert, ihr Frühstück heute Morgen.

Sie hebt den schwankenden Kopf. Blinzelt in die Sonne und sieht sich von Menschen umringt. Ihre Mutter kniet schluchzend vor ihr. Riham hat ihre Mutter seit Jahren nicht weinen sehen. *Khalto* Mimi umarmt ihre Mutter. Souad steht kreidebleich und verstört daneben, aus ihren Augen rinnen Tränen. Die Badetücher sind zusammengeschoben, überall ist Essen verstreut, und einen Augenblick lang glaubt sie, dass ihre Mutter über den Sand auf dem Essen wütend sein wird, doch dann fällt ihr ein, dass ihre Mutter ja weint, und zwar um sie.

»Riham.« Ihre Mutter stößt den Namen wie einen Zauberspruch aus, wie ein Gebet, und plötzlich liegt Riham in ihren Armen und riecht den Moschusduft ihrer Haut. Sie schielt zu den Leuten ringsum hinüber, zu den anderen Familien, die beim Picknick saßen, und zu den Jungen. Bassam steht etwas seitlich inmitten der anderen und wirkt plötzlich sehr jung und sehr entsetzt. Alles schreit durcheinander.

»Sie lebt, sie lebt!«

»Ich habe noch nie jemanden so schnell schwimmen sehen, Onkel. Du hast sie gerettet!«

»Als sie so schlaff über Ihrer Schulter hing, mein Gott, da dachte ich –«

»Schsch, das haben wir alle gedacht, aber es geht ihr gut.«

»Sie ist zäh. Wurde so weit rausgezogen, aber hat nicht aufgehört zu schwimmen.«

»Sie atmet doch, oder?«

Während Riham über die letzte Frage sinniert, fällt ihr ein, dass sie sich noch nie über das Atmen Gedanken machen musste – eigentlich ganz erstaunlich, *das Atmen*, das immer so automatisch geschieht. Jetzt spürt sie ihre Lunge eng und zerlumpt in der Brust, spürt den Schmerz, wenn sie Luft holt, als säßen kleine Stachel im Hals. Sie wendet sich von ihrer Mutter ab und erbricht sich noch einmal auf den Sand.

»Weg da!«, befiehlt ihre Großmutter allen anderen. »Macht Platz, sie braucht Luft!« Knapp über dem Sand erscheint eine Hand mit einer Flasche Wasser. Riham blickt zu ihrer Großmutter auf, deren Gesicht unter dem Kopftuch aschfahl, deren Miene jedoch gefasst ist. Sie nickt Riham zu. »Trink das ganz langsam!« Riham setzt die Flasche an den Mund. Ihr Magen verkrampft sich, aber sie schluckt.

Ein Tropfen Meerwasser rinnt ihr ins Auge; es brennt. Sie blinzelt und nimmt plötzlich ihren Körper wahr, die Speckröllchen unter dem Badeanzug, ihre Blöße vor aller Augen, vor Bassams Augen. Selbst beim Kotzen haben sie zugesehen, denkt sie, peinlich berührt von den weißen Klümpchen im Sand. Die alte, vertraute Scham beginnt zu pulsieren, doch als sie ihre Großmutter atmen hört, wird ihr klar, dass *das*, dieses Erbrochene, sie gerettet, sie am Leben erhalten und ihr den Atem zurückgebracht hat.

Plötzlich ist es ihr egal, wer sie sieht, wer beobachtet, wie sie den Kopf hebt und nicht die Strandbesucher, nicht die Jungen oder die Schwimmer anschaut, sondern ihre Familie, ihre noch immer weinende Mutter. Alle drei, Souad und Alia und Salma, starren sie an wie einen Geist, und ihr dämmert, dass sie etwas getan, etwas geleistet hat, indem sie am Leben blieb, indem sie nicht aufgehört hat, die Beine im Wasser zu bewegen.

»Riham«, sagt ihre Mutter mit stockender Stimme. »Riham, dieser Herr hat dich gerettet.« Sie deutet auf einen jungen Mann, der zu einer der anderen Familien gehört. Seine Hose und sein Hemd kleben ihm nass am Körper. Erst jetzt sieht sie, dass auch das Kleid ihrer Mutter nass und mit Sand bedeckt ist. Auch sie hat versucht, zu ihr zu schwimmen. *Siehst du, wie in der Badewanne.*

»Du hast viel Kraft«, sagt der bärtige Mann. »Du hast die Beine immer weiterbewegt.« Riham versucht sich vorzustellen, dass dieser Mann sie getragen hat, dass ihr Körper in seinen Armen lag, aber es ist ihr nicht peinlich.

»Danke«, sagt sie, und alle, sogar ihre Mutter, beginnen hysterisch erleichtert zu lachen.

Riham wischt sich das Haar aus dem Gesicht. Ihre Hände sind nicht mehr so zittrig. Sie blickt mit zusammengekniffenen Augen ins Licht, ins Stimmengewirr.

»Ein wahres Wunder!«

»Warum gibt es hier keine Strandwächter?«

»Dass Wasser so gefährlich sein kann …«

Die Sonne strahlt, und zum ersten Mal, seit sie erwacht ist, sieht Riham zwischen den Beinen der Leute das Wasser, dieses erstaunliche Blau. Sie murmelt leise etwas vor sich hin. Niemand hört es, außer ihrer Großmutter, die sich hinunterbeugt und ihr mit ihrer rauen, schwieligen Hand durchs Haar fährt, während die anderen weiter durcheinanderreden.

Ihre Großmutter hält sie fest im Arm. »Ja«, sagt sie leise, damit niemand es hört, »ja, Er hat dich gerettet.«

Und während sie in den Armen der Großmutter liegt, erinnert sich Riham wie in einem Traum, dass sie im Wasser eine alte Frau war, die irgendwo starb, und dass das zu dieser Geschichte gehört. Dass sie, als die Wellen am heftigsten stießen, nach keinem anderen rief als nach Allah.

Alia

Kuwait-Stadt
April 1988

Obwohl der Zucker längst aufgelöst ist, rührt Alia weiterhin hektisch in ihrem Tee. Das leise Klirren beruhigt sie. Lenkt sie ab. Draußen vor dem Wohnzimmerfenster ist es dunkel geworden, die Straßenlampen brennen. Sie starrt in die Nacht hinaus, als ließe sich mit ihrem Blick ein Auto herbeizaubern, aus dem ein schlaksiges, ungehorsames Wesen steigt.

»Ist sie noch immer nicht da?«

Atef steht in der Tür. Er runzelt die Stirn, und die Fältchen in seinem Gesicht scheinen lebendig zu werden.

Alia schüttelt den Kopf. Sie ist müde, aber gleichzeitig fühlt sie sich belebt. Der Streit vor mehreren Stunden geht ihr noch immer durch den Kopf.

»Es ist fast elf, du solltest schlafen gehen«, sagt Atef. Der leicht vorwurfsvolle Unterton ist Alia nicht entgangen. Atef hat es gern ruhig. Wenn er abends die Klausuren seiner Studenten korrigiert, hört er Oum Khaltoum. Konflikte wie dieser werfen ihn aus der Bahn.

»Und *du* solltest dir mehr Sorgen machen«, kontert Alia. Sofort zieht Atef ein langes Gesicht, und sie bereut ihre Worte.

»Na gut«, sagt er seufzend.

Nachdem er sie mit einer Handbewegung gebeten hat, Platz zu machen, setzt er sich neben sie auf die Couch. Eine Zeit lang herrscht Schweigen. Die Wut dringt Alia aus jeder Pore. Im Fernsehen läuft eine libanesische Musikshow. Schöne Mädchen betreten die Bühne und beginnen zu singen.

»Am besten zieht sie wieder zu Widad«, sagt Atef schließlich.

»Widad macht alles nur schlimmer.« Es tut Alia gut, ihren Frust rauszulassen. »Sie verwöhnt sie, bekocht sie ständig. Dabei braucht das Mädchen Disziplin!«

»Widad kann sie nicht einfach abweisen.« Atef wirkt äußerst unglücklich darüber, schon wieder darüber sprechen zu müssen.

»Gott behüte!«, erwidert Alia sarkastisch und ergreift ihre Tasse. Der Tee hat sich verfärbt und füllt ihren Mund mit lauwarmer Süße. Wieder schweigen sie eine Weile und sehen einer jungen Frau zu, die in einem blauen Kleid auf der Bühne herumgeht. Das Publikum applaudiert.

Kurz darauf bricht es aus Alia heraus.

»Bei den anderen würde so etwas nie, *nie* passieren!«

»Alia –«

»Nie, Atef! Kein einziges Mal. Karam ist ein Junge, keiner würde sich wundern, wenn er spät heimkäme und sich in Schwierigkeiten brächte. Tut er aber nicht! Er lernt, besucht Freunde, geht in die Uni, kommt nach Hause und schläft in seinem Bett.«

»Vergleiche bringen nichts.«

»Und Riham –«, fährt Alia fort. Sie hört selbst, wie schrill ihre Stimme klingt, kann es aber nicht ändern. »Kannst du dir so etwas bei ihr vorstellen? Riham niest ja nicht mal laut!«

Atef räuspert sich; Alia tut so, als hätte sie es nicht gehört. »Nur Souad!«, ruft sie triumphierend. »Immer nur Souad!«

»Sie sind eben unterschiedliche Persönlichkeiten, das weißt du genau.« Atef bemüht sich in solchen Gesprächen, das, was er eigentlich sagen möchte, nicht auszusprechen. Alia weiß es, weil er es letztes Jahr während eines Streits zwischen Souad und ihr leise zu Widad gesagt hat:

»Ich kenne keine zwei Menschen, die sich ähnlicher sind.«

Bei dem Streit vorhin ging es um den Zucker, den sich Souad gern aufs Brot streut und dessen Reste auf der Küchentheke liegen bleiben, was die Ameisen freut. Priya ist ständig dabei, sie mit einem von Ameisenleichen übersäten Schwamm zu töten.

Alia und Atef haben Souad immer wieder aufgefordert, einen Teller zu benutzen. Atef nimmt die Sache locker und macht Witze über ungebetene Gäste. Alias Reaktion fällt mit dem Hinweis auf Priyas Arthritis und eine mögliche Ameisenplage wesentlich schärfer aus.

Souad wollte nicht hören, sondern aß weiterhin ihre Zuckerbrote und hinterließ weiterhin ihre Zuckerspuren, denen die Ameisen gierig folgten. Alia kochte innerlich wochenlang – diese Rücksichtslosigkeit! Dieser Egoismus, diese Anspruchshaltung, diese Weigerung, sich auch nur in den kleinsten Dingen ein bisschen Mühe zu geben!

Als sie ihre Tochter schließlich an diesem Nachmittag dabei ertappte, wie sie von einem halb gegessenen Brot abbiss, und *direkt vor ihren Augen* Zuckerkörnchen herunterfielen, drehte sie durch, bezeichnete Souad brüllend als ungezogenes Gör und schürte damit den uralten Streit bis zur Weißglut.

»Du hast sie nicht mehr alle!«, schleuderte Souad ihr kurz danach entgegen, während sie im Flur ihre Schuhe anzog. An ihren Lippen hingen noch Krümel von dem längst vergessenen Brot. »Komplett durchgeknallt!« Dann schlug die Haustür zu, und Souad war weg.

Die Uhr über dem Fernseher zeigt schon fast Mitternacht an. Auf dem Bildschirm wackeln die Tänzerinnen hinter der Sängerin anzüglich mit den Hüften. Sie tragen nicht mehr die kurzen Röcke und Föhnfrisuren früherer Zeiten, den Stil, mit dem Alia aufwuchs – enge Pullover, Lidstrich, Lippenstifte in Pastelltönen – und den sie noch immer bevorzugt, sondern Leder und viel zu enge Jeans wie Souad. Alia findet es unattraktiv, aufdringlich. Vielleicht ist die

Mode das Spiegelbild jeder Frauengeneration. Der Gedanke gefällt ihr. Sie möchte ihn Atef erzählen, aber zwischen ihnen ist noch immer eine Distanz, und sein gutmütiges Schweigen wertet sie als Affront. Die Fernsehtänzerinnen werfen blaue und grüne Muster auf sein vom Bildschirm beleuchtetes Gesicht.

Das Lied ist zu Ende. Die Sängerin verbeugt sich vor den applaudierenden Zuschauern. Die Tänzerinnen verlassen die Bühne, das Licht wird gedimmt. Eine andere Sängerin erscheint im langen Kleid und Hidschab. Alia kennt sie – es ist die marokkanische Sängerin, die sich vor einigen Monaten plötzlich zum Glauben bekannt und ihr Markenzeichen, die kurzen Röcke, gegen das Kopftuch eingetauscht hat.

»Ich wüsste gern, wie *ihre* Mutter dazu steht«, sagt Alia betont beiläufig mit einem Seitenblick auf Atef. Ein Versöhnungsangebot. Das ständige Auf und Ab in ihrer Ehe, als die Kinder noch klein waren, hat sich im Lauf der Jahre gelegt und ist einer Art Kameradschaft gewichen.

Atef räuspert sich nachdenklich. »Vielleicht hat sie noch eine Tochter, die sie dafür entschädigt.« Beide lachen, und Alia rutscht ein bisschen dichter an ihn heran.

Es hat ja auch etwas Komisches. *Das Kopftuch und der Minirock*, witzelt Alia manchmal im Gespräch mit Freundinnen. Treffende Spitznamen für ihre Töchter, nett gemeint, aber in den Ohren anderer klingen sie hin und wieder sehr bissig.

In Wahrheit versteht Alia es nicht – zwei Töchter, mehrere Jahre Altersunterschied, die eine gottlos und aufsässig, die andere Kopftuchträgerin, ernst und *verheiratet*. Dabei sind in Alias Augen beide stark gefühlsbetont und neigen zum Extrem. In gewisser Hinsicht ähneln sie sich in der Hast, mit der sie eigene Rollen anprobieren wie andere Leute Kleider.

Dabei hat Alia gar nichts gegen Rihams Glauben; sie stört sich nur an seiner *Sichtbarkeit*. Riham war schon immer ein stilles Kind gewesen, und mit der Pubertät kamen die ersten Anzeichen. Sie stellte Fragen über das Kopftuch und wollte im Ramadan fasten. Alia und Atef, stolz, aber verwirrt, tauschten sorgenvolle Blicke.

»Ich freue mich ja, ganz ehrlich«, sagte Atef einmal. »Aber es ist so –«

»Ich weiß«, erwiderte Alia.

Wenn ihre Tochter im Ramadan das Essen keines Blickes würdigte, wenn vor dem Beten das Wasser im Bad plätscherte, wenn sie vor Tagesanbruch Rihams Schritte hörten, weil sie mit dem Ruf des Muezzins aufgestanden war, hatten Alia und Atef das Gefühl, als würden ihnen wie von einem Spiegel die eigenen Fehler vorgehalten.

Alia ist mit einer Mutter aufgewachsen, die Allah pries und deren sanftmütiger Glaube die Religion für ihre Tochter in ein weiches Licht tauchte. Deshalb liebte sie den Muezzin, das Opferfest, die Suren des Koran. Nach dem Krieg, nach Mustafas Tod, ist all das weniger verloren gegangen als vielmehr stillschweigend, aber durchaus mit Absicht verlegt worden.

Bis sich Riham Jahre später den Glauben mühelos wie ein Kopftuch umband, ohne auch nur ein einziges Mal zu beklagen, wie früh sie zum Gebet aufstehen muss, ohne – anders als Alia – jemals im Ramadan heimlich Brot zu essen. Was blieb Alia und Atef übrig, als Riham zu ermutigen, obwohl sie mit den Jahren fast im Glauben zu versinken drohte? Alles andere erschien undenkbar.

So gesehen hat Riham ihre Eltern nicht weniger zermürbt als Souad. Beide Töchter haben zuerst im Kleinen, dann im Großen so lange gekämpft, bis Alia und Atef aufgaben.

»Wir müssen sie unterstützen«, sagte Atef immer, aber es klang unsicher. Mit dieser Standardbemerkung reagierte er, als sich Riham für das Kopftuch entschied, als sie sich an der Uni für Islamwissenschaft einschrieb und als sie ehrenamtlich im Krankenhaus zu arbeiten begann.

Und als Riham ihre Eltern Anfang Mai letzten Jahres um ein Gespräch bat und ihnen in ihrer langsamen, schwermütigen Art mitteilte, sie werde einen jordanischen Arzt aus dem Krankenhaus heiraten, einen schon älteren, religiösen Witwer mit einem kleinen Jungen, wussten Alia und Atef, die ihre Sprachlosigkeit zum Schweigegelübde erhoben hatten, nichts zu sagen.

Der Arzt – so nennt ihn Alia insgeheim noch immer, obwohl die Hochzeit im Januar stattfand und er für sie Latif oder *Rihams Mann* sein sollte – ist ein Langweiler mit gutherzigen Augen. Bei seinem ersten Besuch zum Essen war Alia beeindruckt von seiner leisen Stimme, von der Ruhe und Kultiviertheit, die er ausstrahlte. Er trug sogar geputzte Schuhe.

»Ich hege nur die allerbesten Absichten in Bezug auf Ihre Tochter«, erklärte er ihnen in dem jahrelang geübten Ton, in dem man Kranke und Sterbende beruhigt. Atef und Alia warfen sich einen Blick zu.

»*Er könnte dein Vater sein!*«, fauchte Alia hinterher, aber Riham sah sie nur ungerührt an und sagte schulterzuckend:

»Du weißt, dass er ein guter Mensch ist, Mama. Man sieht es ihm an.« Dann huschte ein rätselhaftes Lächeln über ihr Gesicht.

»Außerdem hätte *teta* ihn gemocht«, fügte sie abschließend hinzu.« Salma, die seit fast einem Jahr tot war. Alias Kampfgeist schwand dahin.

Die stärksten Einwände kamen erstaunlicherweise von Souad.

»Ein Kind!« Die Fäuste in die Hüften gestemmt, stand sie im Zimmer ihrer Schwester, die gerade ihre Kleider in einen großen Koffer packte. Der Arzt wollte nach der Hochzeit in seine Heimatstadt Amman zurückkehren und Riham mitnehmen. »Er hat ein Kind, Riham, und du wirst die *Mutter* dieses Kindes sein. Kapierst du das? Und dabei schläfst du immer noch mit deinen Plüschtieren!«

Alia feuerte ihre Jüngste insgeheim an, aber Riham begegnete jeder Bemerkung mit demselben geduldigen Lächeln.

»Er ist ein guter Mensch«, wiederholte sie in den folgenden Monaten immer wieder, auch am Hochzeitsabend, als Alia ihr das Kleid zurechtzupfte und dabei, wie auch anders, zu weinen begann. Aber sie weinte nicht vor Glück oder weil Riham fortging, sondern weil alles so trostlos war – weil das weiße Kleid an der breiten Taille ihrer Tochter spannte, weil Riham so gewöhnlich wirkte, als sie die Gäste während der Hochzeit anstrahlte. Weil ihr Mann so alt und uninteressant wirkte, weil die Fliege des schmollenden Jungen schief saß, weil ihre Tochter dieses Leben erbte. Am liebsten hätte sie ihre Älteste geschüttelt und ihr brüllend klargemacht, dass sie nicht den Erstbesten zu heiraten brauche, nur weil er sie gern habe und mit ihr weggehen wolle.

Sogar die Hochzeit selbst war langweilig und schleppte sich quälend dahin. Die Gäste machten Riham Komplimente wegen ihres Kleids und küssten Alia auf die Wange. Die Tanzfläche blieb leer, bis Souad in ihrem knallroten Kleid aufstand, die Hand ihres Bruders packte und so mit den Hüften zu kreisen begann, dass die Gäste noch Tage danach davon sprachen.

Atef ist eingeschlafen. Sein Kopf liegt schief auf den Couchkissen. Alia betrachtet ihn. Tausendmal hat sie das schon getan, aber erst jetzt fällt es ihr auf: Er wirkt älter, wenn er schläft, die Falten zwischen Nase und Mund sind dann tiefer. Es frustriert sie, dass er schlafen kann, während sie sich so aufregt, aber sie weiß auch, dass sie unfair ist. Manchmal neidet sie ihm seine Gelassenheit, seine Fähigkeit, die Kinder mit seiner stillen Art an sich zu ziehen. *Was denkst du in Wirklichkeit?*, würde sie ihm manchmal gern entgegenschleudern, wenn er nur ein sanftes Lächeln für den Straßenverkehr übrig hat oder stundenlang in seinem Arbeitszimmer sitzt. Ein, zwei Mal hat sie die Tür einfach geöffnet und ist hineingestürmt in der Hoffnung, ihn bei irgendetwas Verwerflichem zu ertappen – beim Masturbieren oder beim Telefonieren mit einer Geliebten –, aber er saß immer nur da und schrieb. Manchmal überkam sie eine irrationale Wut über die vielen Stunden, die er rauchend im Arbeitszimmer verbrachte. Was schrieb er da nur? Seine Mutter war seit Jahren tot, und mit seinen Brüdern sprach er kaum noch.

Im Haus fällt eine Tür ins Schloss, und Karam erscheint. Sein zerzaustes Haar verrät, dass er bereits geschlafen hat.

»Ist sie noch immer nicht zurück?« Er unterdrückt ein Gähnen.

Alia schüttelt den Kopf und wirft einen Blick auf Atef. »Sie steckt weiß Gott wo«, flüstert sie, und wieder kommt die Empörung in ihr hoch.

»Es geht ihr bestimmt gut, Mama«, erwidert Karam lächelnd und deutet auf seinen Vater. »Soll ich ihn wecken und ins Bett bringen?«

»Er wacht schon von allein auf. Wie läuft es mit dem Lernen? Pass auf, dass du dich nicht überanstrengst.«

Karam reibt sich die Augen. In Jogginghose und Baumwollhemd und mit den dunkel behaarten Armen sieht er wie ein erwachsener Mann aus. »Geht so. Ich muss noch einige Kapitel durchnehmen.«

»Und die Prüfung findet morgen statt?«

Er nickt. Alia seufzt mitleidig auf; sein müdes Gesicht erweckt ihre Anteilnahme. Die Architekturseminare im College, die Gebäudeskizzen, die sie hin und wieder auf seinem Schreibtisch liegen sieht – sein Leben ist ihr ein Rätsel. Einmal hat er ihr erzählt, er wolle später in Kuwait-Stadt Wolkenkratzer bauen, damit dort ein zweites Paris oder Manhattan entstehe. Plötzlich wird ihr ganz warm ums Herz. Ihr pflegeleichtes Kind.

»Viel Glück, *habibi*.«

Sie lauscht seinen leiser werdenden Schritten. Als Karam vor Jahren in die Pubertät kam, war es schlimm, mit anzusehen, wie aus dem Jungen mit dem sanften Blick plötzlich ein schlaksiger Teenager wurde. Adamsapfel, unregelmäßig wucherndes Barthaar, der saftige, fruchtbare Geruch eines jungen Körpers. Eine Zeit lang wagte sie es nicht, ihn zu berühren, wusste nicht, was noch als angemessen galt. Dass seine nun zu voller Größe gewachsenen Arme und Beine einmal in ihr gewesen waren, erschien ihr unfassbar.

Vielleicht bestand der Unterschied zwischen den Mädchen und Karam von Anfang an in der Berechenbarkeit der Töchter, die ja als Ebenbild der Mutter geschaffen waren – winzige Brüste, die wuchsen, Blut, das ihre Unterwäsche befleckte, zwischen den Beinen sprießende Haare. Karam aber war mit seiner Männlichkeit, seiner Fremdheit, seiner *Andersartigkeit* das eigentliche Wunder, das sie geboren hatte.

Auf die Musikshow folgt eine Sitcom, eine amerikanische Familienserie, in der sich ein Ehepaar lachend streitet. Das Ganze ist arabisch untertitelt, aber Alia hört gern Leute englisch reden. Nachdem sie den Kindern jahrelang gelauscht hat, ist ihr Englisch recht ordentlich, auch wenn sie vorwiegend abseitige Vokabeln kennt – *umwerfend, irre, Bungalow*.

Atef regt sich, und sein Kopf sackt auf die Brust. Blinzelnd erwacht er, zunächst völlig desorientiert.

»Wer?« Er ist immer in Panik, wenn er aus dem Schlaf schreckt.

Alia legt ihm die Hand auf die Schulter. »Du gehst jetzt besser ins Bett.«

Er gähnt, schließt die Augen. »Kommst du mit?«

»Nein«, sagt sie so leichthin wie möglich. »Ich sehe mir das da noch ein bisschen an.« Atef kneift die Augen zusammen und wirft einen Blick auf den Fernseher.

»Eine amerikanische Sitcom? Sind wir so tief gesunken?« Er lacht zärtlich. »*Ya ajnabiyeh.*« So hat Alias Mutter die Kinder genannt, wenn sie ihr im Sommer englische und französische Vokabeln beibrachten. *Du Ausländerin.*

Die Erwähnung von Salma wirkt noch immer ernüchternd, obwohl einige Zeit vergangen ist – Zeit, die Alia zu Paaren zusammenfasst: Zwei Sommer, zwei Geburtstage, zwei Opferfeste. Atef legt ihr wie einem Kind die Hand auf die Stirn.

»Möge Allah ihr Ruhe schenken«, sagt er mit ernstem Blick.

»Möge Allah ihr Ruhe schenken.« Wieder überkommt sie der vertraute Schmerz.

Bevor er geht, gibt er ihr einen Kuss. Er hat Mundgeruch. Er ist im Lauf der Jahre immer keuscher geworden, berührt sie weniger, was ihrer Vermutung nach mit einem unsinnigen Anstandsgefühl zu tun hat. Als wäre Alia, die jetzt fast fünfundvierzig ist und ihre grauen Schläfenhaare sorgsam färben muss, eine würdige alte Frau, die man behutsam zu behandeln hat.

Es wäre ein Schock für ihn, wenn sie beispielsweise sagen würde: *Ich fand es wunderbar, wenn ich blaue Flecken von dir hatte. Diese Blutergüsse waren heiß wie Feuer.*

Er würde sie auf seine gutmütige Art erstaunt ansehen. Er wäre gekränkt. Für die Liebesnächte nach seiner Rückkehr geniert er sich wahrscheinlich, und wenn sie ihm sagen würde, dass sie in den seither vergangenen zwanzig Jahren oft davon geträumt hat, wieder so berührt zu werden wie damals, würde er es nicht glauben.

Jetzt ist Alia allein mit der lustigen Familienserie. Sie spürt eine innere Schwere, die von der Erwähnung Salmas herrührt. Sie tastet nach dem dünnen Goldkettchen an ihrem Hals, ein Hochzeitsgeschenk ihrer Mutter. Als ihre Fingerspitzen das Metall berühren, durchfährt sie ein Schmerz und rollt wie eine Welle in stille Wehmut aus.

Salma starb im Winter, am Vorabend eines folgenschweren Gewitters, das drei Tage und drei Nächte lang über Amman tobte. Eine Woche zuvor war Alia auf Drängen ihrer Tanten allein nach Amman geflogen.

»Es geht ihr nicht gut«, hatten sie gesagt. »Es wird immer schlimmer.« Salma hatte schon seit Jahren an einer mysteriösen Krankheit gelitten, die ihre Lunge, ihre Muskeln und ihren Schlaf beeinträchtigte.

In dieser Woche kochte Alia ihrer Mutter Tee und brachte ihr geschnittene Zuckermelone. Nachts lag sie eingerollt wie ein Kind in Salmas Bett und träumte von Tigern, Überschwemmungen und Höhlen mit brennenden Laternen.

Wenn ihre Mutter stöhnte, rieb sie ihr mit kreisenden Bewegungen den Rücken. Auch wenn Salma wieder ruhiger atmete, rieb Alia, tief in Gedanken über Salmas Sterben, so lange weiter, bis es in den Händen wehtat. Sie konnte sich nichts Schrecklicheres vorstellen als dieses Schicksal, das sie mit stechender, beißender Angst erfüllte. In ihrer Vorstellung kam nach dem Tod der Mutter nichts mehr – kein Reiskochen, kein Haareschneiden. Er war ihr schlicht unbegreiflich.

Ein Unwetter biblischen Ausmaßes, hieß es später. Man sprach über die widerwärtige Farbe der Regenwolken, über die Blitze, die den Himmel durchzuckten. Als es nachmittags begann, saßen Alia und ihre Mutter in Salmas Garten. Es ging Salma ein wenig besser; sie tadelte ihre Tochter, weil sie nach Amman gekommen war.

»Du musst dich doch um deine Kinder kümmern!«, schimpfte sie. »Deine Tanten sind Angsthasen.«

Sie zupfte an ihrem Quarkbrot herum, schob die Tomatenscheiben an den Tellerrand und aß nur winzige Bissen. »Der Jasmin blüht schön dieses Jahr«, sagte sie. Über ihnen hingen tiefe graue Wolken.

»Weil der Winter so spät gekommen ist«, sagte Alia. »Soll ich ein paar Zweige für die Vase abschneiden?« Noch im Sprechen stand sie auf und wischte sich die Krümel von der Dschellaba, einem alten Kleidungsstück, das noch aus ihrer Jugend stammte und das sie bei ihrer Mutter gern trug, weil sie der muffige Geruch leicht wehmütig machte. Sie stellte sich vor dem Jasminstrauch auf die Zehenspitzen und riss einen Zweig mit mehreren Blüten ab, die sich blendend weiß vom grünen Blattwerk abhoben.

Sie drehte den Zweig zwischen zwei Fingern und schnupperte daran. Ein schwerer, süßer Duft, den man fast schmecken konnte. In diesem Moment klatschte etwas Nasses auf ihr Handgelenk.

»Ah, es regnet.« Als Alia sich umdrehte, sah sie ihre Mutter auf den Himmel deuten.

Alia ging zu ihr und zeigte ihr vorsichtig den Tropfen, der noch als perfekte Halbkugel auf ihrem Handgelenk lag. »Ich weiß.«

Salma tupfte ihn mit einer Fingerspitze ab. Dann setzte der Regen sanft, aber beharrlich ein; die Tropfen spritzten in die halb geleerten Tassen, durchweichten das Brot und fielen auf Salmas Haar. Ihre Mutter begann zu lächeln. Mit schelmisch-fröhlichem Blick sah sie zu Alia auf.

»Komm, wir gehen hinein.«

Stunden später starb sie, nachdem sich der Himmel verdunkelt hatte und aus dem leichten Regen ein Wolkenbruch geworden war. Als Alia den Vorhang im Schlafzimmer zuzog, konnte man draußen vor Regen und Wind fast nichts mehr sehen.

»Sag mir aus dem Koran auf, *habibti*«, bat Salma ein wenig kurzatmig die neben ihr liegende Tochter Alia. Die Decke dämpfte ihre Stimme. In der Ferne donnerte es.

»*Bismillah.*« Langsam, mit fester Stimme, aber etwas scheu begann sie die Lieblingssuren ihrer Mutter zu rezitieren – al-*Fatiha*, al-*Kursi*. Als sie fertig war, atmete ihre Mutter ganz ruhig.

»Es gibt keinen Gott außer Allah«, sagte Alia leise, drehte sich auf die Seite und legte die Stirn an Salmas Schulter. Umgeben vom Prasseln des Regens schliefen sie ein.

Plötzlich erwachte Alia von einem Donnerschlag und hörte schlaftrunken, dass ihre Mutter leise vor sich hin sprach.

»Du musst dich erinnern«, sagte Salma in eindringlichem Ton. Alia setzte sich auf und sah im Halbdunkel, dass ihre Mutter mit weit geöffneten Augen an ihr vorbei zum Fenster starrte.

»Mama?«, sagte sie, so ruhig sie konnte.

»Wenn es passiert, musst du dich unbedingt daran erinnern.«

»Wenn was passiert, Mama?« Eine eisige Angst überfiel sie. Noch nie hatte sie ihre Mutter so sprechen hören.

»Ich habe mich getäuscht. Ich dachte, ich könnte mich dazu bringen, etwas zu sehen, was gar nicht da war. Aber das war eine Lüge. Ich habe Häuser gesehen, und ich habe gesehen, wie sie verloren gingen. *Man darf nie vergessen.*« Salma sprach immer hektischer und begann zu husten.

Licht, dachte Alia. Sie brauchte Licht, sie musste ihre Mutter sehen. Die Dunkelheit machte ihr plötzlich Angst. Panisch verließ sie das Bett, taumelte zum Fenster und zerrte den Vorhang zurück. Die Straßenlampen waren im strömenden Regen nur noch verschwommen zu erkennen. Darüber konnte man nichts mehr sehen, der Himmel war pechschwarz.

Als sie sich umdrehte, lag Salma, das Gesicht dem Fenster zugewandt, tot im Bett. Ihre offenen Augen glänzten im matten Licht der Straßenlaternen.

Und dann war sie nicht mehr da. Der Tod in seinem üblichen Stumpfsinn hatte Salma geholt, wie er jeden Menschen holt. Fassungslos angesichts der Vorhersehbarkeit des Ganzen und todunglücklich blieb Alia zurück. Was folgte, war banal und qualvoll – die Bestattung, zu der Atef und die Kinder aus Kuwait kamen, die gewaschene und in weiße Tücher gehüllte Leiche, die Erinnerung an den Tod anderer, an Mustafas Tod und den ihres Vaters, ein Verlust nach dem anderen, als wäre alles geprobt.

Seit jener Nacht wird Alia von einem Rätsel geplagt – von der Frage, welche Erinnerung ihre Mutter meinte und welche Lüge.

Erst als sie von quietschenden Reifen geweckt wird, bemerkt sie, dass sie geschlafen hat. Während sie hochschnellt und ins Bildschirmlicht blinzelt – die Wut lässt das Adrenalin schon wieder durch ihren Körper strömen –, kommt die Erinnerung an Wasser, an Säulen, die aus dem Meer ragen. Hat sie das eben geträumt oder ist es ein Gemälde, das sie irgendwo gesehen hat?

Vom Flur her hört sie gedämpfte Schlurfschritte. Jemand murmelt etwas, dann wird leise gelacht. Alia lauscht mit geneigtem Kopf. Budur, Souads beste Freundin seit der Grundschule. Sehr langsam und sich gegenseitig zum Stillsein ermahnend passieren die beiden die Wohnzimmertür.

»Ich fasse es nicht!«

»Ja, ich weiß.« Lachend schaltet Souad das Licht an. Die plötzliche Helle blendet Alia. Ihre Tochter trägt Jeans und ein enges T-Shirt, unter dem sich der Spitzenbesatz des BHs abzeichnet.

»Mama.« Souad scheint sich ertappt zu fühlen, gibt sich aber sofort verärgert. »Warum stehst du hier im Dunkeln?« Sie sieht zum Fernseher hinüber. »Was schaust du?«

Alia wirft einen Blick auf die Standuhr. »Es ist *zwei Uhr früh*.«

Die Mädchen sehen sich schweigend an. Budur wirkt zu erschrocken, um etwas zu sagen; Souad ergreift das Wort. »Es ist ein bisschen später geworden. Wir haben nicht auf die Zeit geachtet.«

»Wo wart ihr?« Die Wut schnürt Alias Kehle zusammen. Sie verschränkt die Arme über dem Morgenmantel.

»Wir sind ausgegangen«, antwortet Souad achselzuckend.

»Ausgegangen? Wohin ausgegangen?«

»Ist ja gut, Mama«, sagt Souad augenrollend. »Wir sind ausgegangen, es ist spät geworden, aber jetzt sind wir da. Komm, Budur, wir gehen in mein –«

»Ausgegangen?«, brüllt Alia. »*Ausgegangen?* Glaubst du, das machen alle Mädchen, die ganze Nacht ausgehen?« Das Brüllen ist enorm erleichternd.

Souad fixiert ihre Mutter mit geschlossenen Augen, und obwohl ihre Tochter kleiner ist als sie, weicht Alia um ein Haar zurück. Schon als kleines Kind hatte Souad etwas Majestätisches, Respekteinflößendes an sich.

»Eigentlich geht es ja wohl um das Zuckerbrot, um die blöden Zuckerkörnchen«, sagt sie hämisch. »Bist du bis jetzt aufgeblieben, nur um mich deswegen anzuschreien?«

Budur beißt sich auf die Lippe, wahrscheinlich um nicht loszuheulen. »Ich gehe in Souads Zimmer.«

Alia bekommt Mitleid mit der armen Budur. In dieser Freundschaft ist immer Souad die Übeltäterin, die Budur zu Schandtaten verleitet. Als die beiden zwölf waren, hat Alia sie beim Rauchen im Hof erwischt. Budur begann sofort hemmungslos zu weinen und sich wortreich zu entschuldigen, während Souad noch einmal an der Zigarette zog und sie erst dann mit ihrem Turnschuh austrat.

»Geh nur, Budur, *habibti*«, sagt Alia.

»Nein, du bleibst!«, befiehlt Souad.

Sie fallen sich gegenseitig ins Wort. Dann sehen sie sich wütend an. Budur zögert noch einen Moment, bevor sie leise davonhuscht.

Alia versucht es mit einer anderen Taktik. »Ich will, dass du glücklich bist. Was du da anstellst, tut dir nicht gut.«

Als Souad daraufhin verächtlich schnaubt, würde Alia ihr am liebsten eine Ohrfeige verpassen. »*Glücklich?*« Souad lässt ihre Handtasche mit gleichmütiger Trägheit zu Boden gleiten, aber Alia sieht ihre angespannten Kiefermuskeln und empfindet eine kleinliche, engherzige Genugtuung. »So glücklich wie Riham, ja? Oder so glücklich wie du?«

»Immer dieselbe alte Leier! Ich komme mir schon vor wie im Theater. Sollen wir alle möglichst unglücklich sein, damit es bei uns zugeht wie in deinen amerikanischen Filmen?« Souads Unzufriedenheit mit der Familie ist seit Monaten Thema.

»Soll das heißen, dass ich in einer Fantasiewelt lebe? Das sagt genau die Richtige.«

»Was –«

Souad lächelt wie ein Pokerspieler, kurz bevor er abräumt.

»Du sehnst dich doch nach Amman wie eine sitzengelassene Frau.«

Alia weiß nicht mehr weiter. »Ich wecke jetzt auf der Stelle deinen Vater«, stammelt sie. »Soll er sich mit dir herumärgern. Er soll ruhig wissen, zu welcher Uhrzeit sich seine Tochter nach Hause schleicht.«

Beide wissen, dass es sich um eine leere Drohung handelt. Atef ist bestenfalls ein halbherziger Zuchtmeister und gibt den Kindern viel zu leicht nach. Souad hebt eine Augenbraue.

»Dann weck ihn doch auf!«

»Ich *bin* glücklich!«, kreischt Alia und schämt sich sofort ihres kindischen Gehabes.

»Nein, bist du nicht«, sagt Souad betont langsam, während sie ihre Handtasche aufhebt. »Du bist eine Lügnerin, du lügst die ganze Zeit. Und wütend bist du nur, weil du es nicht vor mir verbergen kannst.«

Im Hinausgehen knipst sie als letzte Demütigung das Licht aus, sodass ihre Mutter mit offenem Mund und zitternd vor Wut im dunklen Zimmer zurückbleibt.

Erst zehn, fünfzehn Minuten später hat sich Alia wieder beruhigt. Sie kämpft gegen den Drang an, in Souads Zimmer zu gehen, sie an den Schultern zu packen und wenn schon keine Entschuldigung, so doch zumindest eine Fortsetzung des Streits zu fordern. Der Wunsch, zu schreien, schreckliche Dinge zu sagen, ist fast übermächtig. Ihr ganzes Leben lang hat sie nie anständig streiten können. Widad war zu nachgiebig, Salma zu gut, Atef zu freundlich, Karam zu sanft und Riham zu reserviert.

Nur Souad hat das Zeug dazu. Und ihre Tochter ist schlau – seltsam, wie verbittert man das vom eigenen Kind denken kann – und weiß um die Macht, die darin liegt, einfach wegzugehen.

Manchmal kann Alia den Anblick ihrer Tochter nicht ertragen. Nicht nur aus Wut, sondern auch wegen des eigentümlichen Wiedererkennens. Niemand hat sie je davor gewarnt, dass ihr in ihrem Kind die eigene Unverfrorenheit begegnen könnte. Es ist erschreckend, wie Souad ihre Gesten klaut, den finsteren Blick, das zurückgeworfene Haar, das schiefe Grinsen. Alia erkennt in dem Mädchen die eigene Boshaftigkeit.

Und eine weitere Ähnlichkeit gibt es; manchmal zuckt noch jemand über Souads Gesicht. Mustafa erscheint in ihrer dunkleren Haut, in ihrem zuckend nach unten gezogenen Mund bei Ungeduld oder Angst.

Vor einigen Jahren, zu Beginn ihrer Pubertät, sah sich Souad die Nachrichten an und begann plötzlich mit wutverzerrtem Gesicht den Fernseher zu beschimpfen. Salma schüttelte damals verwundert den Kopf und sagte so leise, dass Alia sie kaum verstand: »Allah, erbarme dich! In ihr fließt das Blut deines Bruders.«

Alia zuckte zusammen und betrachtete ihre Tochter, die all die Ähnlichkeiten, all die Kränkungen in ihrem hübschen Gesicht trägt. Mustafa, von dem sie manchmal jahrelang nicht sprechen. Zwischen ihr und Atef herrschte eine stille Übereinkunft: *Wenn es wehtut, schieb es beiseite.* In ihrer Ehe gab es ein Ablagefach, einen vollgestopften Hohlraum für den emotionalen Müll – Mustafa, die ersten Monate in Kuwait, Nablus. Palästina war darin gelandet wie ein unleserlicher Kassenbon, wie Schlüssel, die keine Tür mehr öffneten. *Warum?,* flehte Atef sie in den ersten Jahren nach dem Krieg schweigend an, und sein Gesicht verzog sich vor Schmerz, wenn sie von Nablus sprach, wenn sie Meir und Rabin verfluchte und den Tag, an dem sie geboren waren. Deshalb sprach sie immer seltener über das, was sie zurückgelassen hatten, über die Träume, in denen sie ihr Kinderzimmer wieder betrat, und über das Dröhnen im Körper, wenn sie an den Ort dachte, der plötzlich nicht mehr ihrer war. Sie räumte das alles weg.

Souads Bemerkung über Amman war ein Schlag ins Gesicht. Souad wusste es also.

Wenn Alia ihren Verdruss beiseiteschaffte, kam er zurück. Ihr Wunsch gehorchte ihr nicht, sondern piesackte sie, rüttelte sie immer wieder wach. *Wenn schon nicht Palästina, dann Amman*, flüsterte er. *Überall, nur nicht in diesem heißen, ungeliebten Land.* Ihr einziges schlimmes Geheimnis, ein Geheimnis, das sie vor der restlichen Familie verborgen glaubte, bestand darin, dass sie bei jedem Sommeraufenthalt inmitten von Freunden und Verwandten derselbe Gedanke verfolgte.

Ich könnte bleiben.

Der Gedanke selbst war kein Betrug, doch die Folgen waren es sehr wohl. *Hierbleiben – und dann? Bei meiner Mutter, meinen Cousins und Cousinen leben. Und meine Kinder?* So wogte der stille Streit in ihr hin und her, bis sie sich selbst nicht mehr im Spiegel ansehen konnte. Was für eine Mutter, was für eine Ehefrau musste sie sein, um auch nur daran zu denken, nach Amman zu ziehen und ohne ihre Kinder zu leben!

»Atef will, dass du glücklich bist«, hielt ihr Mimi einmal entgegen. Sie war die Einzige, die es wusste. Einmal war Alia im Sommer zusammengebrochen und hatte ihr alles erzählt. Sie hatten bis spät in die Nacht miteinander gesprochen, während die Kinder längst schliefen. Mimi fand, Alia sollte bleiben, selbst wenn Atef die Kinder behielt. »Er muss doch spüren, wie unglücklich du dort bist.«

»Aber er würde mich hassen.«

»Nein, er würde dir verzeihen.«

Sie hatte recht. Atef hätte ihr ebenso verziehen, wenn sie geblieben wäre, wie wenn sie sich hätte scheiden lassen oder in einen anderen verliebt gewesen wäre. Seine Liebe zu ihr war von Anfang an ehrlich und unkompliziert. Sie hatte nie viel darüber nachgedacht; es war ihr so bewusst wie eine schnell verfliegende Erinnerung.

In dem Sommer damals war sie viel mit Mimi zusammen. Sie rauchten, und Alia weinte. Beinahe hätte sie es ihrer Mutter erzählt. Während sie die Kinder fütterte und ihnen nach dem Bad die Haare kämmte, wälzte sie insgeheim Pläne.

Es hätte auch anders kommen können. Sie hätte nach Kuwait zurückkehren und Atef sagen können, wie sehr sie die Hitze hasse und den Sommer fürchte, dass sie sich in ihren Albträumen in heißem Sand begraben sehe, dass sie die Stadt bedrückend finde und wie betäubt darin lebe, mit dem Gefühl, ständig durch sumpfiges Wasser zu gehen. Doch eines Nachmittags fuhren sie an den Strand, und Riham wäre beinahe ertrunken, beinahe gestorben. Und als Alia schluchzend ihre zitternde Tochter hielt, sie so fest umklammerte, dass Riham nach Luft schnappen musste, als sie weinte und noch den ganzen restlichen Tag hindurch immer wieder nach ihrer Tochter griff wie ein Ertrinkender nach einem Stück Holz, nach einem anderen Körper, nach einem Rettungsring, da erkannte sie, dass sie der Strafe nur um Haaresbreite entgangen war.

Sie stellt sich Allah nicht rachsüchtig oder grausam vor, ganz im Gegenteil. Für sie ist Allah reine Liebe – in ihrer Fantasie vergrößert und vervielfacht zu einem Raum aus blendend weißem Marmor –, die mit rasender Geschwindigkeit zur Erde niedersaust und in die Stimme ihrer Mutter beim Beten und in den Atem aller Menschen rings um sie fährt. Aber gerade diese Liebe machte Allah so gefährlich, so furchteinflößend. Denn die Sünde, die wahre Sünde, das lernte sie in jenem Sommer, bestand darin, es zu vergessen oder für selbstverständlich zu erachten. Nein, Allah hat sie nicht aus Gehässigkeit oder Häme bestraft, sondern als Warnung vor dem Vergessen.

Sie zappt sich im Dunkeln durch die Kanäle. Der Bildschirm wird zu einem Kaleidoskop aus Nachrichtensprechern, Musikvideos und Seifenopern. Schließlich bleibt sie bei einer Sendung über Elefanten, stellt den Ton leiser, macht es sich auf den weichen Kissen bequem und schiebt sich eines zwischen die Knie. Ihr Zorn verraucht zu salzigem Groll, zu einer Verbitterung, die wie ein Tintenklecks vor ihrem inneren Auge schwebt.

Plötzlich erschöpft lässt sie den Kopf auf die Armlehne sinken. Die Entfernung zu ihrem Zimmer erscheint ihr unüberwindbar. Zum Teufel mit ihnen allen. Sollen sie sie ruhig hier finden, wenn sie aufgewacht sind. Ihr letzter Akt des Widerstands in dieser Nacht.

Arschlöcher, denkt sie. Dann schläft sie ein.

Sie träumt von einer Stadt, die sie nicht kennt. Frauen gehen durch Sumpfland. Jemand spricht in einer Fremdsprache, Französisch oder Spanisch, doch irgendwie versteht sie, was gesagt wird. Sie solle sich umdrehen, es werde gleich regnen. Sie tut es, und es beginnt zu hageln. Jemand stirbt.

Noch das Sumpfland und die fremden Sprachen im Sinn, wacht sie auf. Es ist Vormittag, die Sonne strömt ins Zimmer. Alias Kopf liegt unbequem abgeknickt auf den Kissen. Der Bildschirm ist schwarz; irgendwer – Atef oder Priya – hat das Gerät ausgeschaltet. Sie setzt sich auf, macht sich bewusst, dass sie auf dieser Couch erwacht ist, wird überflutet von Déjà-vus, erinnert sich an die vergangene Nacht, an Souads Worte, an den Streit. Also ist es kein Déjà-vu, sondern Erinnerung.

Sie geht in die Küche. Atef sitzt am Tisch und trinkt Kaffee. Vom Surren der Waschmaschine begleitet summt Priya in der Waschküche vor sich hin.

»Guten Morgen«, sagt sie.

Atef trinkt einen Schluck und verkneift sich ein Lächeln. »Ich wollte dich nicht wecken.«

»Die Couch ist ein Albtraum.«

»Wir müssen uns für deine Nachtwachen bessere Möbel anschaffen«, sagt er verschmitzt, und Alia lacht. Das Eis ist gebrochen.

»Mein Rücken bringt mich um«, gibt sie zu. Auf dem Tisch liegen Atefs geöffnete Aktentasche und mehrere Papiere. »Was ist los? Lässt du dich jetzt endlich von mir scheiden?«

Atef sieht auf die Uhr über dem Herd. »Heute findet die Mitarbeiterbesprechung statt.« Er legt die Blätter zusammen. Alia erinnert sich vage, von Veränderungen im Fachbereich gehört zu haben.

»Der Professor aus England?«

»Professor *Roberts*«, sagt Atef mit einem für ihn untypisch sarkastischen Unterton. »Der Liberale. Kommt her und will alles anders machen. Die Briten halten die Araber noch immer für leicht beeindruckbar. Als würden wir uns liebend gern von ihnen retten lassen. Heute wird seine Planung besprochen und darüber abgestimmt. Er will sogar das Rauchen in den Unterrichtsräumen verbieten, weil man davon angeblich Asthma bekommt.«

»Scheint ein schrecklicher Mensch zu sein. Vielleicht geben sie ihm ja die Aufsicht über die Bauprojekte.«

Atef grinst. »Wir sollten ihn damit beauftragen, sich um Souad zu kümmern. So schnell könnte man gar nicht schauen, wie der wieder in England wäre.« Er trinkt seinen Kaffee aus und stellt die Tasse auf die Küchentheke. »*Au revoir.*« Ein kleiner Witz zwischen ihnen, seit die Kinder in der Schule Französisch lernen.

»*Au revoir.*«

Bevor er geht, legt er ihr eine Hand auf die Schulter und streift mit dem Kinn ihre Schläfe. Auch so eine alte Geste aus der ersten Zeit ihrer Ehe. Durchs Fenster über dem Spülbecken betrachtet sie die vertraute dunkle Silhouette, die im grellen Sonnenlicht die Auffahrt entlanggeht.

Priya macht ihr Tee und kocht ein Ei. Sobald das Wasser schäumt, zerbricht sie die Schale mit einem Löffel und entfernt sie behutsam. Zwei Prisen Salz und eine in Scheiben geschnittene Tomate.

»Danke.« Alia beginnt gedankenverloren zu essen. Sie ist nach wie vor mit ihrer Tochter beschäftigt.

»Hühnchen heute?«, fragt Priya, während sie die Arbeitsflächen abwischt. Ihr grau gesträhntes Haar ist zum Zopf geflochten.

»Ich dachte an Lamm. Einen schönen Lammeintopf.«

»Den letzten Rest Lamm haben wir gestern verbraucht. Soll ich in den Laden gehen?«

»Nein, nein, Hühnchen ist völlig in Ordnung. Priya?«, sagt Alia hastig. Priya dreht sich zu ihr um. Die Hand mit dem Spüllappen verharrt in der Luft.

»Souad gehorcht einfach nicht. Ich kann reden und schreien, so viel ich will, es hilft einfach nicht. Weißt du, warum sie … warum sie das alles macht?«, fragt sie matt.

Priyas Blick ist voller Mitgefühl, aber auch verärgert. Offenbar hat sie gehofft, niemals mit dieser Frage konfrontiert zu werden. »Madame, kein Kind ist leicht zu verstehen.« Nach einer kurzen Pause fährt sie fort, die Arbeitsflächen mit großen, energischen Kreisbewegungen abzuwischen. Alia schämt sich, die Frage gestellt zu haben. Es ist ein Gefühl, als hätte sie zugegeben, keine gute Mutter zu sein.

Sie tunkt das restliche Dotter mit einem Stück Brot auf, stellt den Teller in die Spüle und macht sich auf den Weg zu ihrem Schlafzimmer. Vor Souads geschlossener Tür bleibt sie kurz stehen. Der Drang, sie zu öffnen und loszubrüllen, ist stark, aber sie gibt ihm nicht nach.

Im Schlafzimmer streicht sie mit den Fingern unruhig über die Kosmetika auf dem Frisiertisch. Vieles ist alt und unbenutzt, voller Staub. Sie greift zu einem dunkelroten Tiegel, tupft sich ihre geliebte Lavendelcreme ins Gesicht und massiert sie kreisförmig in Stirn und Wangen ein.

Eigentlich ist sie noch immer ziemlich attraktiv. Bei Abendeinladungen zieht sie die Blicke auf sich – die zurückhaltenden, aber Anerkennung zollenden der Männer ebenso wie die prüfenden der Frauen, die ihren Hals und ihre Arme wie mit Adleraugen nach Mängeln absuchen.

»Was für eine schmale Taille!«, heißt es dann. »Was für eine weiche Haut!«, und sofort versucht Alia aus kokettem Aberglauben auf etwas Hölzernes zu klopfen. Ihre Mutter sprach stets eine Sure, wenn jemand ihren Kindern Komplimente machte.

Ihr Körper gefällt ihr so, wie ihr das Schlafzimmer gefällt oder ihr Auto oder der schöne grüne Wohnzimmervorhang – wie ein Gebrauchsgut, über das man streichen kann, eine Maschine. Hübsche Beine und ein Bauch, der straff geblieben ist, obwohl sie in jeder Schwangerschaft entsetzt mitverfolgt hat, wie er sich wölbte und sie am ganzen Körper dicker wurde.

Ironischerweise hat sich das, was sie vor zwanzig Jahren an sich hasste, als Pluspunkt entpuppt. Die dunkle, noch immer makellose Haut, das kantige Kinn, die breiten Schultern, die ihr jetzt eine gewisse Vornehmheit verleihen. Und ihre Größe, die plötzlich so schick wurde, dass die Frauen in Zeitschriften und Filmen auf unglaublich hohen Stöckeln balancieren.

Das, was man hat, gefällt einem nie, sagt Mimi immer.

Ihre Unruhe wächst. Sie denkt an Souads Ausbruch. *Du bist eine Lügnerin, du lügst die ganze Zeit.* Alia duscht sich und zieht Hose und T-Shirt an. Dann lässt sie sich auf ihr warmes, einladendes Bett fallen und fühlt sich wie früher als Kind an einem Regentag.

Aber die Sonne knallt ins Zimmer, und sie ist erwachsen, sagt sie sich. Die nicht ausgetragenen Diskussionen dieses Nachmittags hängen schwer über dem Haus.

»Verdammt!«

Sie hat schon wieder Hunger. Mit einem Tritt befreit sie sich von der Bettdecke und geht in die Küche, die leer ist und nach Brathuhn duftet. Auf der Arbeitsfläche liegt ein Schneidbrett mit gehacktem Gemüse. Plötzlich beneidet sie Priya um die tägliche Arbeit, um die ständige Bewegung beim Abstauben und Wäschefalten. Priya sitzt kaum je länger als ein paar Minuten still, und nach zwölf Uhr Mittag herumzuhocken und Trübsal zu blasen, käme ihr nie in den Sinn.

Sie stibitzt ein Stück Karotte und fühlt sich schon wieder wie ein Kind. Unwillkürlich denkt sie an die helle Küche ihrer Mutter in Nablus, an die sonnenbeschienenen Koriander- und Minzstöckchen auf dem Fensterbrett. Die Erinnerung schmerzt; sie schüttelt den Kopf, um auf andere Gedanken zu kommen.

Sie beginnt in den Schränken zu kramen. Sie hat Heißhunger auf etwas ganz Bestimmtes, aber schwer zu Fassendes. Sie kennt das seit der ersten Schwangerschaft. Damals kündigte ihre Mutter die sonderbarsten Gelüste an: saure Gurken mit frischen Datteln oder Joghurt mit Zimt. Stattdessen befiel sie tagelang das quälende Verlangen nach etwas Unbekanntem. Ganze Stunden versuchte sie im Supermarkt die Quelle ihrer Begierde zu finden, bis sie plötzlich auf magische Weise wie ein wiedererinnertes Wort auftauchte und Alia vor Dankbarkeit fast in Tränen ausbrach – Wassermelone und Käse! Zerdrückte Falafel mit einer scharfen Sauce!

Sie hängt einen Teebeutel in eine Tasse, lässt sie aber unbenutzt stehen. Knabbert an einem Stück Brot, schleckt Aprikosenmarmelade mit dem Finger aus dem Glas. Nein, das ist es nicht. Sie überlegt, ob sie den Rest Linsensuppe essen soll, da fällt es ihr plötzlich ein. Feigen. Sie will Feigen und Käse, den Schafskäse mit Rosmarin.

Im Kühlschrank findet sich ein in Wachspapier eingeschlagenes Stück Schafskäse, aber Feigen sind keine da. Äpfel, Trauben, Zuckermelone ... nein, das ist kein Ersatz. Es müssen Feigen sein. Manchmal ist sie eben so und kann es dem unkomplizierten Atef bis heute nicht erklären: stur wie ein Riegel, der sich, einmal vorgelegt, nicht mehr bewegen lässt.

Auf dem kurzen Weg zu ihrem Wagen dringt die feuchte Luft in ihren Mund. Schon jetzt, im April, setzt die Sonne alles schonungslos außer Gefecht. Das zweite Auto hat Atef vor einigen Jahren gekauft, ein blaues Ding mit starkem Motor. Bis heute verspürt sie einen Nervenkitzel, wenn sie ihn auf Touren bringt, die leise surrende Maschine mit einer kleinen Bewegung des Handgelenks dirigiert.

Manchmal denkt sie an Ajit, Widads alten Chauffeur, der Anfang der Siebzigerjahre in seine Heimat zurückging. Alia hatte sich eine Zeit lang für Indien begeistert und Berichte über die Kämpfe verfolgt, in denen man sah, wie Männer durch die Straßen liefen und von Schüssen getroffen umfielen, als wären sie Puppen. Oft sprach ein wild dreinblickender Mann, dessen weite Ärmel bis zu den Ellbogen hinabfielen, wenn er die Arme hob. Sie versuchte sich Ajit als Teil der Menschenmassen oder brennende Flaschen werfend vorzustellen, doch es gelang ihr nicht; für sie existierte er nur auf dem Fahrersitz von Widads Limousine.

Als Ajit ging, war sie traurig, aber auch erleichtert gewesen. Sie hatte immer den Verbündeten in ihm gesehen, den Mann, der sie im Rückspiegel beobachtete. Nur er hatte sie jemals ausbrechen sehen; er als Einziger in diesem Land wusste, dass sie zur Flucht fähig war.

Der Supermarkt befindet sich in einer Ladenzeile mit Geschäften und Restaurants. Davor stehen Bänke, direkt gegenüber ist der Jachthafen. Atef hasst es, wenn sie im Supermarkt einkauft, weil das Obst vom Markt seiner Meinung nach frischer ist. Aber Alia geht gern dorthin, weil es so praktisch ist und ihr am Eingang klimatisierte Luft entgegenschlägt. Anders als auf dem Markt gibt es hier kein Geschrei, niemand fragt sie, ob sie Mangos oder Gewürze möchte, während sie an den Regalen entlangschlendert. Die Angestellten, Pakistaner und Philippiner, arbeiten ruhig vor sich hin, ohne auch nur in ihre Richtung zu blicken, während sie Dosen stapeln oder das Obst arrangieren. Sie kann völlig unbemerkt kommen und gehen.

Schnell hat sie die Feigen gefunden, die in Plastikbehältern verpackt neben einer Orangenpyramide liegen. Aus den Lautsprechern tönt ein Lied von Fairuz, es geht um die Liebe und den Sommer. Auf dem Weg zur Kasse singt sie leise mit. Ihre Stimmung hat sich gebessert; voller Vorfreude umklammert sie die Plastikschachtel.

Ya Mama, hat ihre Mutter oft gesagt, *alles hat seinen Platz. Manchmal ist man wütend, manchmal macht man sich Sorgen. Es gilt, das eine vom anderen zu unterscheiden.* Diese Lektion hat Alia bis heute nicht gelernt. In ihr vermischen sich die Gefühle wie die vom Reis nicht zu trennenden Rosinen in der komplizierten *maqlouba*, die ihre Tanten in Nablus kochten.

Auf halber Strecke zu ihrem Wagen überlegt sie es sich anders und biegt zum Meer hin ab, anstatt nach Hause zu fahren. Der Jachthafen ist fast menschenleer. Auf den Bänken sitzen nur wenige, ein Mann spaziert am Geländer entlang. Sie entscheidet sich für eine Bank zwischen zwei Palmen. Vor ihr wogt das Meer; in der Ferne hüpfen Boote auf den Wellen. Seit einiger Zeit wird so etwas akzeptiert, sind kleine Freiheiten erlaubt, die noch vor zehn Jahren undenkbar gewesen wären. Eine arabische Frau, die allein auf einer Bank sitzt und ein Päckchen Feigen öffnet.

Als sie sich vor vielen Jahren in Ajits Beisein ins Meer warf, kam sie sich mutig vor. Die aufsässigste Frau der Welt! Die schiere Dreistigkeit ihrer Tat überwältigte sie noch monatelang. Doch für die jungen Mädchen von heute, die Mädchen in den hautengen Leggings, Mädchen wie Souad und Budur, wäre es nur noch zum Lachen; sie rauchen bei Hafenpartys mit Ausländern Zigaretten – Alia hat Gerüchte über diese Partys gehört, bei denen wohl Whiskey getrunken und auf den Jachten getanzt wird – und lassen sich im Dunkeln von irgendwelchen Jungs anfassen. Für solche Mädchen ist es eine Bagatelle, wenn eine Frau nachts schwimmen geht.

Sie beißt in eine Feige und schließt die Augen. Feigen sind ihre Lieblingsfrüchte und schmecken auch ohne den Käse perfekt. Die heiße Sonne im Gesicht, isst sie zufrieden vor sich hin und beruhigt sich zum ersten Mal, seit gestern die Zuckerkörnchen vom Mund ihrer Tochter herabfielen.

Vom Strand her kommt ein Mädchen auf den Jachthafen zu. Es trägt ein schlichtes schwarzes, die Knie bedeckendes Kleid, dessen weiter Ausschnitt die Schultern freilässt. Die junge Frau – denn sie ist kein Kind mehr, wie Alia jetzt sieht, sondern wahrscheinlich so alt wie Riham, allerdings kleiner und dünner – geht an den anderen Bänken vorbei, setzt sich neben Alia, schlägt die Beine übereinander und sieht zu ihr hin. Kurz und scheu lächelnd sich die beiden Fremden an.

Mit ihrer Ruhe ist es vorbei, aber Alia ist neugierig. Sie schielt zu dem kantigen Gesicht, zu den baumelnden Ohrringen hinüber. Obwohl die junge Frau anständig wirkt, strahlt sie etwas Verwildertes aus und riecht ungewaschen.

Das Mädchen ergreift als Erste das Wort. »Aus Marokko oder aus Beirut?«

»Wie bitte?« Die schroffe, tiefe Stimme hat Alia erschreckt.

»Die Feigen.«

»Ach so.« Alia hebt den Behälter hoch. »Aus Casablanca.«

»Die sind noch süßer als die libanesischen. Darf ich?«

Verwundert über die Ungeniertheit, mit der das Mädchen den Arm ausstreckt, an dem es vier, fünf Reife trägt, hält Alia die Feigen hin. Das Mädchen nimmt sich gleich mehrere und beginnt sie zu schälen. Eine Weile herrscht Schweigen.

»Ich heiße Telar.« Dann, als wäre es ihr eben erst eingefallen: »Danke.«

»Alia.« Obwohl das Mädchen sehr viel jünger ist als sie und sie sich besser als Tante Alia oder *khalto* Alia vorgestellt hätte, spürt sie, dass es in diesem Fall nicht nötig ist.

»Sind Sie Studentin?«, fragt Alia schließlich.

Das Mädchen wird munter, als hätte Alia die richtige Frage gestellt. Es redet schnell, und bei jeder Bewegung klirren die Reife. »Als hätten uns diese Hunde zur Schule gehen lassen! Granatwerfer und Giftgas, das ist meine Bildung. Hundert Todesnächte, während dieser Dreckskerl in seinem Marmorzimmer schläft.«

Alias Gedanken rasen. Sie zählt eins und eins zusammen, mutmaßt.

»Saddam.«

»Dieser *Hund*«, faucht das Mädchen, als würde der Name bitter schmecken. »Er hat uns in die Wüste getrieben, hat uns alles geraubt.«

Sie ist also Kurdin. Alia betrachtet sie interessiert von der Seite. Das rötliche Haar, die dicken Kajalstriche an den Unterlidern. Es gibt Geschichten über die Kurden, Gerüchte über Zauberei, über Zigeuner, die in der Schattenwelt unter den Städten leben. Die junge Frau isst die Feigen auf und saugt die Schalen aus, ehe sie sie auf den Sand wirft. Dann zündet sie sich eine Zigarette an und spricht entrüstet weiter.

»Ich bin mit meiner Mama und meinen Geschwistern schon eine Weile hier. Sieben sind wir ingesamt. Mein Baba ist natürlich tot. Alle Männer sind tot. Die Soldaten haben sie zusammengetrieben und ihnen vor ihren Häusern die Bäuche aufgeschlitzt, und wer geschrien hat, dem haben sie in die Knie geschossen. Den Frauen …« – wieder spuckt das Mädchen aus und starrt mit zusammengekniffenen Augen aufs Meer – »… den Frauen haben sie Schreckliches angetan. Die Ehemänner mussten zusehen und sogar die kleinen Kinder.«

»Das tut mir sehr leid«, sagt Alia. Als Telar die Asche von der Zigarette klopft, sieht Alia ihre kurzgebissenen Nägel mit den schwarzen Rändern und empfindet plötzlich Abscheu.

»Dieser gottlose, mutterlose Dreckskerl hat uns hungern lassen«, fährt das Mädchen fort. »Als kein Reis mehr da war, haben wir Papier gegessen.« Sie holt tief Luft. »Aber wenigstens waren wir weg, als das Gas kam. Giftgas! Haben Sie mal davon gehört? Er hat Giftgas gegen Kinder eingesetzt! Angeblich roch es nach Äpfeln und alle fielen tot um.«

Alias Magen verkrampft sich. Plötzlich wünscht sie sich, das Mädchen würde aufhören zu reden und sie in Ruhe lassen. Der Teebeutel, den sie achtlos auf der Küchentheke zurückgelassen hat, fällt ihr wieder ein. Seltsam, diese Wehmut wegen einer Sache, die zu nichts führt, diese Melancholie bei dem Gedanken an ihre Herdplatten, an die Teekanne, als wäre das alles ein ihrer Fantasie entstammendes Land. Sie überlegt, wie sie dem Mädchen Geld geben könnte. Es müsste taktvoll geschehen, denn ihrer Einschätzung nach ist Telar der Typ, der eine milde Gabe sofort als Kritik begreift.

»Wissen Sie, was Hunger ist?«

Alia sieht die junge Frau mit den schmutzigen Nägeln und den Zigaretten verwirrt an und fragt sich, was Souad von ihr halten würde. Würde sie ihr argwöhnisch aus dem Weg gehen oder wäre sie von ihr genauso angetan wie von den Partys und den neuen Hotels in Kuwait? *So begeistert von den männlichen* ajnabi, denkt sie, *so begeistert von der Aufmerksamkeit, die – es ist schrecklich, Tochter – ein Mädchen mit engen Jeans und einem hinreißenden Lächeln auf sich ziehen kann.*

»Wie bitte?«, sagt sie, obwohl sie die Frage gehört hat.

»Hunger. Hatten Sie schon mal Hunger?«, wiederholt das Mädchen und spricht weiter, bevor Alia antworten kann. »Aber ich meine nicht den Hunger vor einem späten Abendessen oder wenn man warten muss, bis das Dienstmädchen endlich mit dem Kochen fertig ist …« Telar lacht zornig auf.

Beschämt denkt Alia an das Brot in ihrem Haus, an die Kruste, die sie ins Spülbecken geworfen hat. Das in vielen Jahren ungegessene, in den Müll gestopfte Hühnerfleisch mit Reis. An die unfassbare Verschwendung.

Plötzlich ist ihr klar, dass das Mädchen keinerlei Geduld mit Souad hätte, auch mit Riham nicht. Professorenkinder – gut genährt, verwöhnt, undankbar. Seltsamerweise freut sie sich darüber.

Sie schüttelt den Kopf und will *Nein* sagen, *Nein, das muss ich zugeben,* hört sich aber zu ihrem eigenen Erstaunen sagen: »Ja, ein Mal.«

Das Mädchen sieht sie ungläubig an. »Bei der Geburt meiner Jüngsten«, fährt Alia fort und erinnert sich mit erschütternder Klarheit an die endlose Spirale des Schmerzes in ihrem Unterleib, an die Wehen fast über zwei Tage hinweg. »Mir ist, als wäre es gestern gewesen – oder sogar erst heute Morgen. Als wäre es gerade eben gewesen. Tagelang konnte ich nichts bei mir behalten.« Nicht einmal Wasser. Dass ihre Verdauung versagte, lag den Ärzten zufolge an der schwierigen Geburt mit Blutungen und Geweberissen. »Schon die ersten beiden Tage waren grauenhaft, wie eine lange Fastenzeit. Aber dann …« Das ständig vom Vorhang verdunkelte Krankenhauszimmer. Atef, der sie anflehte, ein bisschen Brot zu essen. Draußen ein warmer, heller Winter, in der Wüste brannten Feuer. »… dann wurde es der reine Wahnsinn. Alles in mir gierte nach Essen, aber mein Körper nahm es nicht an.«

Das Mädchen raucht nachdenklich weiter. »Ich weiß, es ist nicht dasselbe«, fügt Alia hastig hinzu. »Aber Sie haben gefragt, ob ich weiß, was Hunger ist, und ich –«

Das Mädchen nickt und zieht ein silbernes Kettchen an ihrem Handgelenk zurecht. »Und dann?«

»Dann kam meine Tochter zur Welt.« Alia versucht sich daran zu erinnern, die Erinnerung wirklich zurückzurufen. »Plötzlich wurde alles laut und intensiv.« Riham und Karam waren ruhige Kinder gewesen. In den ersten Jahren, neu in Kuwait, neu als Mutter, hatte sie wie eine Schlafwandlerin gelebt. »Als hätte man mich wachgerüttelt.« Erst mit Souad, dem egoistischen Schreikind, war alles anders geworden.

»Ich habe es ihr nie verziehen, aber ihr auch nie dafür gedankt«, sagt Alia leise.

»Als wir hierherkamen, hat meine Schwester, das jüngste Kind, die ganze Zeit geschrien, weil sie Reisbrei wollte.« Das Mädchen lässt die Kippe fallen und tritt sie aus. »Es war schrecklich. Dieses winzige Kind, das noch keine Erinnerungen hatte, nur Begierden und Bedürfnisse.« Telar lacht auf. »Als sie älter war, habe ich ihr erzählt, wie sie damals schrie und immer noch lauter schrie, wenn man ihr sagte, dass es nichts gibt.«

Alia erinnert sich, dass ihre Mutter in Nablus einmal berichtete, wie sehr sie bei der Abreise aus Jaffa nach irgendetwas geschrien habe, aber Alia weiß nicht mehr, was es war. Jetzt hat sie es zwei Mal vergessen.

»Die Ankunft hier war schrecklich. Ich habe nicht geglaubt, dass wir hier überleben können.«

»Es blieb euch ja nichts übrig«, sagt Alia.

Das Mädchen nickt. »Wochenlang haben wir uns gegenseitig das Gesicht berührt, um sicher zu sein, dass wir nicht träumten. Das Wasser haben wir immer ganz langsam getrunken. Alles haben wir immer ganz langsam gemacht, ganz vorsichtig.« Alia denkt an Atefs Kinn an ihrer Schläfe heute Morgen, an seine Silhouette in der Auffahrt. Wie kostbar, aber auch tragisch diese Gesten sind, die sich im Lauf der Jahre angesammelt haben. Ihre Tochter schläft wohl noch immer, alle viere von sich gestreckt wie früher als Kind. Telar betrachtet schweigend das Meer. Alia bietet ihr noch eine Feige an, und Telar nimmt sich eine.

Souad

Paris
August 1990

Souad schreckt aus dem Schlaf hoch. Die Stimme eines französischen Nachrichtensprechers dröhnt durch die Zimmer. Seit der Invasion schläft sie unruhig und zu ungewöhnlichen Zeiten. Den anderen im Haus ergeht es genauso; *khalto* Mimi und ihr Bruder Ammar machen nach jedem Mittagessen ein ausgedehntes Nickerchen, Lara schläft den ganzen Nachmittag durch und wacht erst nachts wieder auf.

Sie starrt eine Weile auf das Kissen, dann hebt sie den Blick zum Vorhang. Das Licht der untergehenden Sonne färbt den Holzboden rot. Stoßweise dringen die Worte des Nachrichtensprechers durch die Wohnung.

»Truppen ... noch unklar ... die Grenze.«

Es ist kein Albtraum. Bei jedem Erwachen gibt es diesen Moment, in dem sich alles klärt, in dem ihr alles, was passiert ist, wieder einfällt und bewusst wird.

Sie dreht sich seufzend um und zieht die dünne Decke über sich. Sie wälzt sich viel im Schlaf; wenn sie aufwacht, ist das Bettzeug zerwühlt. Sie schließt die Augen und vergräbt das Gesicht im Kissen.

»Schlafen, schlafen, schlafen«, flüstert sie vor sich hin. Am liebsten würde sie noch stundenlang schlafen, bis es dort draußen Mitternacht ist. Aber zu spät – schon grübelt sie über die Invasion, über Elie und den Anruf ihrer Mutter, den sie so fürchtet. Die Invasion empfindet sie ironischerweise als noch am wenigsten bedrückend.

Beim Aufsetzen fährt ihr ein Schmerz in den Rücken, und sie zuckt zusammen. Sie hat Durst. Ihr ganzer Körper tut weh.

Plötzlich sieht sie Elie vor sich, seinen Umriss unter der Straßenlaterne gestern Abend nach dem Whiskey und dem Tanzen. *Denk darüber nach*, sagte er achselzuckend.

Madame Jubayli, Souads Kunstlehrerin, hatte ihr die Teilnahme an einem Sommerprogramm des kurz zuvor eröffneten Institut Supérieur des Arts Appliqués empfohlen, was in Souads Familie zu so vielen Diskussionen führte, dass Karam nur noch von der »Pariser Sackgasse« sprach.

»Man kann dort Malen und Textildesign lernen. Es ist die perfekte Hochschule für mich, genau das, was ich suche«, erklärte sie ihren Eltern wieder und wieder. Ihr Vater blieb diplomatisch, war jedoch eher dagegen, während ihre Mutter es rundweg verbat.

»Wir sollen dich ganz allein nach Paris lassen, als wärst du ein Straßenkind?«

Es folgten Monate voller Vorwürfe, flehender Bitten und nächtelanger Wortwechsel. Souad überredete Madame Jubayli zu einem Treffen mit ihren Eltern, denen sie bei dieser Gelegenheit alles über das Programm, den Ruf der Hochschule und die ihr persönlich bekannten dort lehrenden Kollegen erzählen sollte. Sie forderte eine Broschüre des Instituts an und ging es Zeile für Zeile durch. Ihre Mutter blieb bei ihrer ablehnenden Haltung.

»Du bist doch nur neidisch!«, schrie Souad eines Abends. »Nur weil du in deinem kleinen Leben feststeckst, soll es allen anderen genauso mies ergehen!«

Als er das wutverzerrte Gesicht seiner Frau sah, griff ihr Vater endlich ein und befahl Souad, in ihr Zimmer zu verschwinden. Souad gehorchte, ging eine Weile rastlos auf und ab, trat gegen Tür und Wände und stürmte schließlich ins Wohnzimmer zurück, um diesmal beide anzubrüllen.

Noch bevor sie loslegen konnte, brach sie zusammen und ließ sich vor den Augen ihrer Eltern unter Tränen auf das Sofa fallen.

»Bitte«, sagte sie schluchzend, »bitte, bitte, bitte!« Nach einer Weile hob sie den Kopf und sah ihrer Mutter in die Augen. »Bitte, Mama. *Bitte!*«

Alles Gebrüll und alle Feilscherei hatten versagt; mit den Tränen funktionierte es. Innerhalb einer Woche hatte sich die Jahre zuvor nach Frankreich übersiedelte *khalto* Mimi bereit erklärt, sie den Sommer über bei sich aufzunehmen, und wenig später saß Souad wie durch ein Wunder in einem Flugzeug nach Paris.

Sie strampelt sich von der Decke frei und steigt aus dem Bett. Das in Weiß und Blau gehaltene Zimmer mit dem Spitzenvorhang und den kleinen Porzellanfigürchen gehörte früher Mira, der ältesten Tochter, die inzwischen eine eigene Wohnung in der Nähe der Sorbonne hat. In den Schrankschubladen liegen Spielkarten, ein Nachthemd und ein altes, mit Stickern beklebtes Notizbuch.

Souad hat großen Respekt vor den Mädchen und deren europäischem Lebensstil. Die beiden sind inzwischen über zwanzig, aber Lara wohnt noch bei der Mutter. Beide Schwestern sind ledig und führen ein mondänes Leben. Jeden Sonntag kommt Mira zu Besuch; dann gibt es Brioches mit warmen Beeren, man setzt sich vor den Fernseher, und die Mädchen plaudern in ihrem charmanten Mischmasch aus Französisch und Arabisch. Auch an sonnigen Tagen tragen sie kniehohe Stiefel, darüber enge, kurze Kleider und gerade einmal schulterlanges Haar. So sehr sie Souads schlanke Figur und ihre Locken auch bewundern – Souad kommt sich in ihrem Beisein unmodern vor mit ihren dünnen Beinen und den langen Haaren. Und obwohl sie in Kuwait immer die Modebewusste war, fühlt sie sich auf den Straßen von Paris schrecklich unscheinbar zwischen den eleganten rauchenden Frauen mit den knallrot geschminkten Lippen.

Immerhin hat ihre Unrast hier ein Zuhause gefunden. Paris war Liebe auf den ersten Blick, obwohl ihr die Menschen weder freundlich noch sonderlich zuvorkommend begegnet sind, sondern zumeist sehr kühl. Gerade das macht ja den Reiz von Paris aus, erklärte ihr Elie. Er kam schon als Kind jeden Sommer hierher, besitzt einen französischen Pass und kennt die Straßen und Viertel wie seine Westentasche. Er hat sie gedrängt, das Programm am Institut zu absolvieren, um den Sommer mit ihr verbringen zu können.

Es sollte ihr letzter gemeinsamer Sommer sein. Danach sollten sich ihre Wege trennen. Er wollte in Paris bleiben und studieren, sie sollte nach Kuwait zurückkehren. So lautete die stillschweigende Übereinkunft – bis zur Invasion. Jetzt ist plötzlich alles, wirklich alles – ihr Zuhause, Karams Architekturstudium, ihr eigener, widerwillig gefasster Plan, Seminare an der Uni in Kuwait zu belegen – ungewiss und in der Schwebe wie Sand, den böse Hände aufheben und in die Luft werfen.

Sie entscheidet sich spontan für schwarze Leggings und ein schwarzes Oversize-Hemd – seit Paris sind Farben für sie passé – und schminkt sich mit dem Kajalstift Katzenaugen. Draußen dämmert es schon.

Auf dem Weg ins Wohnzimmer werden die Geräusche der Nachrichtensendung lauter. Einen Moment lang bleibt sie unbemerkt in der Tür stehen. Mimi und Ammar sitzen auf dem großen Sofa. Lara hat die Füße auf den Couchtisch gestützt und lackiert sich die Zehennägel. Alle drei sehen zum Fernseher hin.

»Da ist ja unser Dornröschen Liz Taylor!«, ruft Ammar, als er sie erblickt. So lautet der absurde Spitzname, den er ihr wegen der ständigen Schlaferei und ihrer breiten Augenbrauen gegeben hat. »Komm, setz dich her.«

Als sie neben ihm Platz nimmt, sagt Mimi, ohne den Blick vom Bildschirm zu wenden: »Deine Mutter hat angerufen.«

Souad beißt sich auf die Lippe und wartet. Vor dieser Nachricht fürchtet sie sich seit dem ersten Anruf, in dem es hieß, alle seien in Sicherheit, und seit dem zweiten, in dem ihr mitgeteilt wurde, die Familie werde nach Amman gehen, sobald Atef das Finanzielle geregelt und Pässe beschafft habe.

»Was hat sie gesagt?«

»Also …« Mimi wirkt zerstreut. »Ich habe ihr gesagt, dass du schläfst, weil die letzten Tage ziemlich hart waren, und dass sie dich nicht stören soll. Sie ruft morgen Vormittag noch mal an.«

Souad ist Mimi unendlich dankbar. »Sehr gut.«

»Arschloch!«, zischt Lara, als zum x-ten Mal Saddams breites Grinsegesicht erscheint und er »Allmächtiger Gott, du bist Zeuge, dass wir sie gewarnt haben« sagt. Im Zimmer wird es still. Alle sehen zu, wie der Mann, in dessen dunkelhäutigem Gesicht nicht die geringste Angst zu sein scheint, den Arm hebt.

Gleich darauf Flammen, Bulldozer. Beim Gedanken an ihr Viertel, an die Aula, die sie vor zwei Monaten bei der Abschlussfeier im Talar durchschritten hat, an das Einkaufszentrum wird ihr übel. In den letzten Tagen hat sie sich wie ein verlorenes Kind gefühlt und hätte manchmal am liebsten laut geschrien. Sie richtet den Blick auf den Perserteppich, eine grüne Schnörkellandschaft.

»Er ist verrückt«, sagt Mimi.

Lara widerspricht heftig. »Nein, ein Arschloch ist er!« Ammar lacht prustend auf.

Die Wohnung ist voller Leben. Es herrscht ein kameradschaftlicher Umgang, alle sind locker und ungezwungen. Die Lässigkeit erinnert Souad an die Sommerferien in Amman, in denen sie ihre Cousinen um Mimis eher achtlosen Erziehungsstil beneidete. In den letzten Wochen hat sie mehrmals gesehen, wie Lara den Kopf in den Schoß ihrer Mutter legte und sich von ihr die Haare flechten ließ – bei Alia undenkbar. Bei ihrer Mutter fährt Souad immer die Krallen aus wie eine gegen den Strich gestreichelte Katze.

Während des gestrigen Telefongesprächs fing ihre Mutter zu brüllen an. Die Verbindung war schlecht und riss ständig ab.

»Dieses verdammte Telefon! Souad – Atef, ich höre nichts!«

Souad sagte immer wieder: »Mama? *Mama?*«, bis ihr Mund trocken war.

»Ja – Souad – hörst du mich?« In der Leitung knisterte es wie raschelndes Laub. Souad erschrak. Es klang, als würden die Geräusche ihre Mutter von ihr wegziehen. Dann war Alia plötzlich klar zu verstehen. »… Scheißempfang. Hörst du mich?«

»Ja, ja!« Souad stellte sich auf die Zehenspitzen und presste die Hand auf den glatten, kühlen Granit von Mimis Küchentheke. »Wie geht es dir? Wie geht es euch allen?«

»Souad, wir fahren in ein paar Tagen. Kommt darauf an, wie schnell … mit dem Auto … der Flughafen ist zerstört. Dein Vater kümmert sich gerade um die Bankangelegenheiten – keine Ahnung, wie lange das dauert.« Ihre Mutter sprach so hastig und konfus, dass Souad kaum folgen konnte. »Wir können nur ein paar Sachen mitnehmen, Kleinzeug, das man tragen kann. Ein paar Klamotten hast du ja, aber soll ich sonst noch etwas von dir mitnehmen?« Erst dann begann sie zu stocken, und Souad hörte sie schlucken.

»Wohin mitnehmen?«, fragte sie verwirrt.

»Na, mitnehmen eben.« In die Stimme ihrer Mutter schlich sich der gereizte Unterton ein, den Souad so gut kannte. »Souad, wir verlassen Kuwait. Wir müssen. Alle hauen ab.«

»Aber in den Nachrichten sagen sie, dass es bald vorbei ist, dass Europa oder Amerika helfen wird.« Sie klang wie ein quengelndes Kind.

»Wir wissen nun mal nicht, was passieren wird, *habibti*«, entgegnete ihre Mutter in etwas freundlicherem Ton.

»Aber in den Nachrichten sagen sie –«

»Wir verlassen das Land«, fuhr Alia fort, ohne den Einwand zu beachten. »Die Lage ist schlimm und wird immer schlimmer. Also, was soll ich mitnehmen?«

Souad ging das Haus in Gedanken durch. Die Räume, die Fotos an den Wänden, das durch die Verandafenster einfallende Sonnenlicht. Ihr plötzlich leeres Zimmer, dessen Bild sie nicht heraufbeschwören konnte, obwohl sie den Raum wie ihren eigenen Körper kennt.

»Nichts«, hörte sie sich sagen. »Gar nichts.«

»Bist du sicher?«, fragte ihre Mutter erstaunt. »Keinen Schmuck? Keine Kleider?«

»Nein, nichts«, beteuerte Souad. »Das sehe ich alles wieder, wenn wir zurückkommen.«

»Souad, niemand weiß, was wird. Wir müssen so schnell wie möglich nach Amman.« Wieder rauschte es in der Leitung; dann kehrte die Stimme zurück. »… schicken wir dir das Ticket, sobald wir angekommen sind, wahrscheinlich nächste Woche.«

»Welches Ticket?«, fragte Souad. Sie kam sich begriffsstutzig vor, wie benebelt.

»Ein Ticket nach Amman. Ich will nicht, dass du jetzt so weit weg bist.«

»Aber Mama –« Sie dachte an Elie und geriet in Panik. *Nur noch so wenige Nächte.* »Das Sommerprogramm endet erst in drei Wochen.«

»Souad!« Voller Mitleid und Entrüstung schoss der Name wie ein Messer zwischen Alias Zähnen hervor, und Souad verstummte. Dann holte ihre Mutter tief Luft und fügte in dem nachdrücklichen Ton, in dem man mit geschockten Menschen spricht, hinzu: »Souad, es ist *Krieg*.«

Souad sitzt ungeduldig mit dem Bein wippend im Wohnzimmer und sieht alle paar Minuten auf ihre Armbanduhr. Es ist acht. Um diese Zeit finden sich alle im Le Chat Rouge ein und die Elie-Nächte beginnen, wie sie die Abende in Straßencafés und Bars mit Strömen von Sherry insgeheim nennt.

Ihr graut vor dem Anruf und damit auch vor ihrem alten, durcheinandergeratenen Leben, das nun nicht länger ihr gehört und sich bis zur Unkenntlichkeit verwandelt hat. Amman, ein neues Haus, Riham und deren Familie.

Und Karam, ihr Verbündeter, der Einzige in der Familie, dem sie sich nah fühlt, klang düster gestern am Telefon. »Vielleicht gehe ich nach Amerika, Sousi. Amman bietet kein gutes Architekturstudium. Wir haben eine Uni in Amerika angerufen, auf der Babas Dekan war – ich glaube, die Stadt heißt Boston. Vielleicht kann ich mich als sogenannter Asylbewerber einschreiben.«

In ihrer Kindheit fürchtete sich Souad vor anderen Dingen als ihre Geschwister, die Angst vor Spinnen, großer Höhe und Sandstürmen hatten, und wusste schon früh instinktiv, dass sie als unerschrocken galt. Nur sie ging auf dem Schulhof neben einem Skorpion in die Hocke, war die Erste, die später zu rauchen begann und die Kühnheit besaß, sich zu einem Jungen ins Auto zu setzen und sich die Haare vom Wind zerzausen zu lassen. Sie begriff, dass man sie genau so haben wollte. Den Anblick der Furchtlosen lieben die Menschen.

Deshalb hatte sie als kleines Mädchen nie erzählt, was sie eben doch ängstigte. Sie verschwieg, wie sehr sie ihren Geschwistern die konkrete Ängste neidete, die man benennen und denen man begegnen konnte, weshalb sie sich auch zerstreuen ließen.

Souads Kindheitsängste waren namenlos und unberechenbar, eher ein lichtleerer Raum, ein Schatten, als irgendein Wesen. Sie hasste die Abenddämmerung, weil sie ihr Furcht einflößte, hasste die letzten Stufen auf der Treppe, die im Haus der Großmutter vom Dach hinabführten. Wenn sie abends im Bett lag und ihr kleines Herz kurz vor dem Einschlafen pochte, glaubte sie endlos zu fallen, so als hätte sie jemand gestoßen. Dann bekam sie Angst, nicht mehr atmen zu können, den Mund voller Wasser zu haben, und empfand eine nicht zu stillende innere Not. Ihr war, als würde sie ersticken, als würde sie jemand verfolgen und sie wäre nicht schnell genug.

Dieses Gefühl überkommt sie, während sie die Panzer in ordentlichen grünen Reihen in die Wüste fahren sieht.

Sie sitzt im Wohnzimmer und beobachtet Lara. Schon am ersten Tag ihres Aufenthalts hat sie gelernt, sich anzupassen, locker zu sein und dem älteren Mädchen nachzueifern. Die beiden sind sich nicht nahegekommen, obwohl Souad mit Lara in Bars war und ihre intellektuellen französischen Freunde kennengelernt hat, alles Berufsanfänger wie Lara selbst. Sie lachen miteinander und erzählen sich Geschichten, aber weil Souad in der Schule nur Englisch hatte, beherrscht sie kaum Französisch, während Lara nach den Jahren in Europa nur noch gebrochen Arabisch spricht.

Souad wusste instinktiv, dass Mimi ihre Mutter nicht nach Regeln und Ausgehzeiten fragen würde. Trotzdem ist sie vorsichtig und verlässt das Haus nur, wenn auch Lara ausgeht – und immer unter dem Vorwand, sie müsse abends an Projekten für den Kunstkurs arbeiten.

Ammar wechselt auf einen arabischen Sender. Man sieht eine amerikanische Reporterin, deren Bericht arabisch synchronisiert ist.

»Die Vereinten Nationen haben die Invasion scharf verurteilt«, sagt die gesichtslose Stimme, während die Reporterin ihre Lippen unpassend dazu bewegt. Ihre blonden, bis zu den Brauen reichenden Fransen sind schnurgerade geschnitten wie bei einer Puppe, die Souad einmal hatte.

Lara steht auf und streckt sich. Ihr T-Shirt rutscht nach oben und entblößt ihren Bauch. »Ich gehe aus.«

»Gut.« Mimi starrt weiter mit gerunzelter Stirn auf den Bildschirm. »Und mit wem?«

»Mit Luc.«

»Viel Spaß.«

»Pass auf dich auf!«, sagt Ammar.

Souad ist von Wortwechseln wie diesem nach wie vor fasziniert. Bei ihr zu Hause würde es niemals so ablaufen. Das Thema Jungs – selbst wenn es sich um nette, harmlose handelt – wäre dort ein ständiger Quell des Streits mit ihrer Mutter.

Wie auf ein Stichwort hin erhebt sie sich, sagt: »Ich gehe auch«, und hält die Luft an.

Mimi und Ammar heben kaum den Blick. »Pass auf dich auf«, sagt Ammar noch einmal, ohne sich von den Panzern und Bomben auf dem Bildschirm ablenken zu lassen.

Unten kramt sie eine Zigarette aus der Handtasche und schlendert rauchend in den Abend hinein. Jetzt, an der frischen Luft, hat sie plötzlich den Drang, den Kopf freizubekommen. Das mag sie am liebsten an dieser Stadt – dass man darin herumgehen, sich buchstäblich einen Abstand zwischen dem eigenen Körper und der eigenen Not erlaufen kann. In Kuwait ist kein Mensch je zu Fuß unterwegs.

Mimi wohnt in einem ruhigen Stadtteil, einer Wohngegend mit kleinen, hübschen Apartments. Jedes Fenster gleicht einem funkelnden Auge. Die Straßenlaternen sind aus Gusseisen und rechts und links der Lampe verziert. Das Viertel strahlt bescheidenen Wohlstand aus; die Kinder sind schlicht gekleidet, die Frauen tragen Halstücher, die ständig zurechtgezupft werden, und absolut symmetrische Frisuren. Souad passiert den gepflegten Rasen einer sommerlich leeren, verriegelten Oberschule. Dahinter erhebt sich der graue Turm einer Kirche. Sie versucht sich vorzustellen, dass anderswo Rauch aufsteigt, Paläste zerstört werden und bewaffnete Männer herumlaufen. Es gelingt ihr nicht.

Der Abend ist kühl. Fröstelnd zieht sie ihre Strickjacke enger um sich und verschränkt die Arme vor der Brust. Die bevorstehende Begegnung mit ihm macht sie nervös. Es ist die schon vertraute Aufregung, die er jedes Mal in ihr hervorruft – schon vor der vergangenen Nacht.

Le Chat Rouge liegt nur fünfzehn Minuten von Mimis Wohnung entfernt, aber schon nach wenigen Querstraßen verändert sich die Gegend. Die schönen Stadthäuser mit dem neugotischen Dekor weichen schäbigen Gässchen, in denen junge, langhaarige Algerier auf den Hausstufen Dosenbier trinken. Einer begafft sie und ruft ihr lässig etwas zu. Sie versteht *süß* und *zurückkommen*. Neonbeleuchtete Bars säumen die Straßen. Auf dem Weg über einen kleinen Hof klackern ihre Schuhe auf dem Kopfsteinpflaster.

»Morgen ruft meine Mutter an«, hat sie Elie gestern mitgeteilt. Sie wusste nicht genau, warum sie es sagte, aber sie hielt es für nötig. »Ich muss mit nach Amman.« In der einsetzenden Dunkelheit lag ein seltsamer Schein auf Elies Gesicht. Das Licht des Neonschilds ließ seine Haut fremd erscheinen.

»Bleib doch hier und heirate«, sagte Elie spöttisch grinsend.

Souad sah ihn verwirrt an. Ihr Mund war noch nass vom Küssen. »Heiraten?« Die Frage klang nicht kokett – sie wusste wirklich nicht, was Elie im Sinn hatte. Wen heiraten? Einen schrecklichen Moment lang dachte sie, es ginge um einen anderen Libanesen, einen Freund, dem Elie sie aus Mitleid andrehen wollte.

»Ja«, sagte Elie und neigte den Kopf, wie um zu prüfen, ob sie ehrlich bestürzt war. Dann grinste er wieder, diesmal freundlicher. Er schloss ihre Finger zu einer Faust, die er mit seiner umgriff. Schweigend betrachteten sie ihre Hände. Es sah unschön aus, eher aggressiv als liebevoll, fast als wollte er sie davon abhalten, ihn zu schlagen. Sie überlegte, ob es ihm vielleicht schwerfiel, etwas Bestimmtes zu sagen. Ihr Hand begann zu jucken, aber sie zog sie nicht weg. Elie räusperte sich. Als er endlich sprach, musste sie sich zu ihm beugen, um ihn zu verstehen.

»Du könntest mich heiraten.«

Selbst jetzt, im Rückblick, spürt Souad wieder das flaue Gefühl im Magen, den schlagartig trockenen Mund. Sie hat es sich gewünscht, ohne es wahrhaben zu wollen, doch wie sehr, weiß sie erst, seit es ausgesprochen ist. *Achtzehn*, sagte eine leise Stimme, *achtzehn*. Zu jung, viel zu jung. Und ihre Eltern. Und das Leben, das vor ihr liegt.

Aber ihre Überheblichkeit siegte, ihr Selbstbewusstsein feierte den Triumph. *Schäm dich, schäm dich*, sagt sie sich, als ihr der Krieg in den Sinn kommt, die Invasion, die Soldaten, das Feuer – und ist doch selig.

Kennengelernt haben sie sich vor Jahren in Kuwait im Café Shuja'a nahe der Uni, in das die Intellektuellen gingen, um zu rauchen und über den Krieg in Beirut und die Intifada zu diskutieren. Man saß an runden Tischen und trank türkischen Kaffee. Ein Lieblingslokal der Leute, die sich als Kommunisten verstanden. Die männlichen Gäste waren ausschließlich schwarz gekleidet.

Souad liebte das Café, weil sie sich dort wie eine Studentin fühlte. Sie drückte jede gerauchte Zigarette fein säuberlich aus und fand die Lippenstiftspuren am Filter unsagbar schick. Im Shuja'a kam sie sich fast perfekt vor, begehrt und beneidet. Sie sprach dort nur leise, fast murmelnd, und flirtete mit den Augen. Es ging dort anders zu als bei den Bootpartys oder beim Tanzen. Dort war sie zwar immer von *ajanib* umringt und bekam mehr Aufmerksamkeit, aber mit den blauäugigen Männern, die nach ihrem Lachen gierten, fühlte es sich viel zu einfach an. Die Frauen im Café schrieben Gedichte oder verfassten Manifeste. Sie trugen weite Hosen und fluchten wie Kerle.

Schade war nur, dass sie sich dort als ein Fremdkörper empfand. Sie gab es nur ungern zu, aber es war so. Sie war nie eine gute Schülerin gewesen und interessierte sich weder für Geschichte noch für Politik. Das alles langweilte sie, wenn sie ehrlich war.

Ihr ging es um die Hammer-und-Sichel-Anhänger und Baskenmützen. Trotzdem quälte sie sich durch marxistische Schriften, begann Zeitung zu lesen und lernte, immer zu lachen, wenn ein Mann einen Satz mit sarkastisch hochgezogenen Brauen beendete, weil er dann etwas in seinen Augen Witziges, Selbstironisches gesagt haben musste.

Elies Freunde, die sie in Anspielung auf deren französisch geprägte Erziehung *die Libanais* nannte, schienen sehr von ihr angetan. Elie mit den buschigen Brauen und dem egoistischen Charme, der Inbegriff eines Libanesen, war der Mittelpunkt der Gruppe. Er hatte Beirut nach dem Ausbruch der Gewalttätigkeiten verlassen, war schon als kleiner Junge jeden Sommer in Frankreich gewesen und hatte das Lycée Français in Kuwait besucht. Bei Streitereien mit den anderen wechselte er ins Französische, das aus seinem Mund seidig-weich und leidenschaftlich klang. Er war drei Jahre älter als Souad und studierte Politologie, aber seine wahre Passion galt dem Schreiben.

»Ende des Jahres ziehe ich nach Paris und studiere Literarisches Schreiben«, erklärte er bei ihrer ersten Begegnung. Er erzählte von seiner bereits verstorbenen Mutter und seinem autoritären Vater, mit dem er sich nach vielen Auseinandersetzungen darauf geeinigt hatte, zunächst zwei Jahre lang an der Universität Kuwait zu bleiben und dann nach Paris zu ziehen.

»Woher willst du wissen, ob es dir hier in einem Jahr nicht doch gefällt?«

Er sah sie so mitleidig an, als wäre sie ein Kind. »Es gibt Dinge, die weiß man einfach, *poupée*.« Der Spitzname, »Puppe«, blieb ihr. Souad konnte ihn nicht ausstehen, lernte aber, sich die Wut darüber zu verkneifen. In Elie hatte sie endlich einen gefunden, der noch hitzköpfiger war als sie.

Er hat viele Fehler. Wenn er trinkt, wird er großspurig, beginnt ausladend zu gestikulieren und endlose Monologe zu halten. Er zwinkert Kellnerinnen zu. Er hat einen bestimmten Geruch, der zwar nicht unbedingt unangenehm ist, sich aber vor allem nach einer durchzechten Nacht hartnäckig hält, ein Geruch wie der von Leder oder tagealtem Brot. Manchmal hat sie das Gefühl, er sieht sie gar nicht; dann blinzelt er, wenn sie ihn anspricht, als hätte er ihre Anwesenheit völlig vergessen. Souad, die als das jüngste Kind und Lebhafteste unter ihren Freundinnen viel Aufmerksamkeit gewohnt ist, kränkt diese Gleichgültigkeit.

Doch wenn er sie kurz entschlossen an sich zieht und küsst, ist ihr, als würde sie sich auflösen, um gleich darauf kunstvoll wiedererschaffen zu werden.

Sie geht über den Hof und passiert den Brunnen, auf dessen Marmorrand zwei Teenager sitzen und Nelken rauchen. Das eine Mädchen trägt eine Brille mit einem großen, schwarzen Gestell und redet rasend schnell auf Französisch, während das andere ständig nickt. Gleich hinter dem Brunnen ist schon das rote Schild des Chat Rouge zu sehen.

Sie bleibt vor dem Eingang stehen und betrachtet sich in der schmutzigen, rötlich getönten Scheibe. Der Schweif des »g« zertrennt ihre Brust in zwei Teile. Sie hat Angst. Obwohl Elie sie oft verwirrt und wütend macht, kennt sie ihn, wie ihr langsam klar wird, gut genug, um sofort zu wissen, ob seine Worte von gestern Abend ernst gemeint waren. Sie wird es wissen, sobald er sie auch nur ansieht.

Sie steht noch ein bisschen vor der Tür herum und hört den Mädchen zu, schnappt einzelne Wörter auf – *jamais* und *collier* und *merde*. Als würde man einem Orchester lauschen. Am liebsten würde sie sich zu den beiden setzen und sie fragen, ob sie heimfliegen soll, was aus Kuwait werden wird, ob sie Elie vertrauen kann.

Ein Pärchen torkelt mit mehreren Bierdosen bepackt lachend aus der Bar. Musik und Stimmengewirr dringen nach draußen. Souad geht hinein.

Die Bar ist immer voll mit Kettenrauchern, die an kleinen Tischen sitzen. An einer Seite des Raums befindet sich ein langer Tresen aus Holz. Die dahinter aufgereihten Flaschen funkeln wie Juwelen. Ivan, der Barmann, füllt Glas um Glas. Er hat silbergraues Haar, eine Pagenkopffrisur und an einem Ohr eine goldene Kreole.

Die Mitglieder der Clique, Albert, Sami, Marcel – die *Libanais*, die jeden Sommer in Frankreich verbringen –, sitzen auf Hockern. Sie wirken an diesem Abend nicht ausgelassen wie sonst, sondern bedrückt und verhalten. Elie hockt am äußeren Tresenrand der Bar und starrt mit ernster Miene auf den Fernseher, in dem natürlich etwas über Kuwait läuft – die Flammen und Bulldozer sind bereits ein vertrauter Anblick. Das Bildschirmlicht zuckt über sein Gesicht. Er hat tiefe Augenringe und wirkt viel älter als sonst.

Seine Trostlosigkeit berührt Souad. Plötzlich weiß sie, dass sie diesen Moment nie vergessen wird, dass er immer ein Schlüsselmoment für sie sein wird – der Augenblick, in dem ihr die ganze Tragweite des Geschehens klar wurde. Es gibt kein Zurück mehr. Ihre Kleider – das meiste von Budur ausgeliehen –, das große Amulett mit dem Blauen Auge, das an ihrem Fenster hängt, die riesige, eine ganze Wand blau und grün bedeckende Landkarte, die sie vor Jahren nach einem Streit mit ihrer Mutter aufgehängt hat, ihre alten Schuhe, die Kreide auf dem Boden ihres Klassenzimmers, der Markt, auf dem ihr Vater so gern die Melonen kauft – schlagartig erkennt sie, dass all das verloren ist. Mit Tränen in den Augen geht sie auf die Männer zu. Sie will es Elie erzählen und hofft inständig, dass er nett zu ihr sein wird.

»Souad!«, ruft Albert, und schon wird sie von allen wild durcheinander begrüßt. Ihr Blick ist auf Elie gerichtet, der sich jetzt umdreht. Die ganze Wahrheit ist ihm ins Gesicht geschrieben. Da weiß sie, dass er es ernst gemeint hat. Das, was er gestern Abend gesagt hat, war und ist ernst gemeint.

»Siehst du diese Scheiße?«, fragt Sami.

»Ja, es ist grauenhaft.« Sie versucht sich ihre Freude nicht anmerken zu lassen. *Er hat es ernst gemeint, er hat es wirklich ernst gemeint.*

Unter zustimmendem Gemurmel geht Souad zu Elie und stellt sich neben ihn. Ihr kommt ein schrecklicher Gedanke, ein Verdacht: Vielleicht hätte sie ohne Saddams Invasion den Antrag nie erhalten. Mehrere widerliche Sekunden lang ist sie dankbar für die Flammen auf dem Bildschirm; dann schüttelt sie den Kopf, um den Gedanken loszuwerden.

»Du bist da.« Seine Stimme klingt tief und sonor.

»Sie haben alles niedergebrannt.«

»Ich weiß.«

Souad sieht sich die Nachrichten an. Eine hübsche Reporterin berichtet, aber der Ton ist leise gestellt. Die Leute hinter Elie und Souad unterhalten sich lebhaft auf Französisch. Sie wären nicht einmal in der Lage, Kuwait auf einer Landkarte zu finden.

Sie bestellt einen Whiskey Sour und isst erst einmal die Kirsche. Der Alkohol brennt auf der Zunge, aber sie ist froh um den Drink. Elie und sie unterhalten sich aus Vorsicht über andere, unverfängliche Themen. Über die Schließung des Flughafens, die Rückkehr von Elies Vater in den Libanon.

»Und du?«, bricht es aus ihr heraus. Sie hat plötzlich Angst, Ja oder Nein zu sagen.

»Scheiß auf Beirut.« Einen Moment lang ist er wieder ganz der Alte. »Ich habe ihnen schon tausendmal gesagt, dass es nichts bringt, einen Krieg gegen den anderen einzutauschen. Meine Tanten behaupten, dass es in den Bergen ungefährlich ist, aber wer will schon in einem Dorf leben! Jeden Morgen Schafe und Kamillentee! *Non, merci.*« Er starrt mit halb geschlossenen Augen auf den Bildschirm, ohne dass Souad seine bemühte Lässigkeit entgeht. »Und? Will deine Mama noch immer nach Amman? Hast du mit ihr geredet?«

»Ich habe ihren Anruf verpasst.« Souads Mund wird trocken.

Gleich ist es so weit. Gleich geht es ans Eingemachte. »Aber es hat sich nichts geändert. Alle sollen nach Amman gehen.«

Sie hält die Luft an, während Elie einen Schluck Bier trinkt und sich endlich wieder zu ihr wendet. Zuerst sehen seine Augen aus wie sonst, dann verwandeln sie sich plötzlich, werden freundlich, dunkel, warm. Er scheint zu strahlen.

»Hey!«, sagt er.

Souad dreht sich um. Séraphine, die blöde Kuh. Elie und sie kennen sich seit ihrer Kindheit aus den Sommern, die er in Paris verbrachte. In jeder Hand ein Schnapsglas steht sie da. Sie hat ein blaues Tuch so geschickt um den Oberkörper drapiert, dass an manchen Stellen ein Stück heller Haut hervorblitzt, und vom Saum hängen kleine Troddeln bis zu den Hüften. Flaschengrüne Katzenaugen. Ein winziges Stupsnäschen und hier und da eine Sommersprosse auf den Wangen. In den letzten Wochen ist sie auf diversen Partys und in den Bars aufgetaucht. Souad hat sich mit ihr angefreundet, um die Gefahr im Blick zu behalten.

Immer mit der Ruhe, Jungs, immer schön einer nach dem anderen, sagt Séraphine, wenn die letzte Bestellung aufgegeben wird und ihr die Männer im Chat Rouge noch einen Drink spendieren wollen. Wer aus diesem Wettbewerb als Sieger hervorgeht, entscheidet sie offenbar willkürlich. Manchmal ist es Sami, einer der Libanesen aus Kuwait, die den Sommer über in Paris sind, ein andermal Émile, ein dünner Pariser mit Bart. Sie konzentriert sich pro Abend fast ausschließlich auf einen einzigen Mann, von dem sie sich meistens küssen lässt, um gleich darauf am Tisch vor aller Augen ihren Lippenstift nachzuziehen.

»An diesem beschissenen Abend geht nur Whiskey«, sagt sie.

Sie stellt das eine Glas für Souad, das andere für sich ab, und Souad greift nach ihrem. Sie stoßen an. Souad trinkt auf ex und genießt das Brennen im Hals.

»*Assieds.*« Elie steht auf. Séraphine lächelt ihm zu und übernimmt seinen Hocker. Jetzt sitzen Souad und sie nebeneinander;

eine Troddel von Séraphines Tuch ist auf Souads Schenkel gelandet.

Séraphine schnalzt mit der Zunge. »*Horrible, c'est incroyable, ce qu'ils ont fait.*« Mit einem kurzen Blick auf Souad wechselt sie ins Englische. »Ein grauenhafter Mensch, dieser Saddam.«

In Souad steigt eine unerklärliche Wut hoch. Wie kommt dieses zierliche, aufreizende Ding dazu, mit der Zunge zu schnalzen und traurig zu tun? Séraphine betrachtet mit ernster Miene die Fernsehbilder von Soldaten, die in der Stadt Straßensperren errichten. Am liebsten würde Souad sie schütteln. Was fällt ihr ein, so bedrückt auf den Bildschirm zu starren?

»*Du darfst mich nicht allein lassen*«, hat sie gestern mit brechender Stimme zu Karam gesagt.

Sousi, du kannst dir nicht vorstellen, wie es hier ist. Alles ist weg.

»Sie haben alles niedergebrannt«, sagt sie noch einmal und wird sofort von Séraphine umarmt und in würzigen, nach Zimt oder Pfeffer riechenden Duft gehüllt.

Ein aktueller Bericht folgt dem anderen. Der Ton bleibt leise, aber am unteren Bildrand vermeldet eine Laufschrift in französischer Sprache alle Neuigkeiten. Während die anderen zusehen, betrachtet Souad die Gesichter der *Libanais*. Sie denkt daran, wie schlecht sie über Séraphine gedacht hat, und schämt sich. Sie fühlt sich klein. Sami hat mithilfe eines Stipendiums studiert; seine Familie wohnt in einem kleinen Haus im Stadtzentrum und hätte gar nicht das Geld, um zu fliehen. Marcels Bruder war für die königliche Familie tätig – seit vorgestern hat niemand etwas von ihm gehört. *Vermisst, mutmaßlich tot.* Den Ausdruck, der bei jeder Katastrophe auftaucht, kennt Souad noch aus dem Geschichtsunterricht. Noch einmal schickt sie ein Stoßgebet zum Himmel – für ihre Familie, ihre Freunde, ihre Tante Widad, für Budur und für alle anderen, die noch leben.

Sie erzählten sich Neuigkeiten von zu Hause, Geschichten von den Verwandten und anderen Leuten, die sie in Kuwait kennen. Die Franzosen, Émile und Séraphine, halten sich respektvoll zurück und hören zu.

»Angeblich plündern sie jetzt die Hotels.«

»Die Soldaten sollen überall Straßensperren errichten.«

»Meine Schwester kommt nicht raus. Sie haben den Strom abgestellt.«

»Das Wasser auch. Er lässt die Patienten in den Krankenhäusern verdursten.«

»Und am Stadtrand müssen sie bald Sand essen.«

»Amerika wird bald etwas unternehmen.«

»Scheiß auf Amerika! Nur wegen Amerika ist dieser Hurensohn überhaupt an der Macht.«

Das Stimmengewirr wird dichter. Die Leute beginnen zu streiten, den Blick unverwandt auf den Bildschirm gerichtet. Ivan gibt ihnen Whiskey aus. Souad fragt sich, was die anderen Gäste angesichts der lauten arabischen Rufe denken.

Stunden vergehen. Die Männer reden und reden. Séraphine flicht die Troddeln an ihrem Tuch zu Zöpfchen. *Türkisch Blau*, denkt Souad. Sie trinkt ein, zwei Gläser Wein und schielt gelegentlich zu Elie hinüber, der seltsam still geworden ist. Sie muss zu Mimi zurück, es ist schon fast zwei. Ihre Tante und ihr Onkel machen sich bestimmt Sorgen, und plötzlich ist sie es leid, zurückzugehen, immer wieder zurückzugehen. Sie hätte so gern nur einmal eine Nacht für sich, freie Bahn, so wie die Männer, so wie Séraphine.

Der Gedanke an Amman schießt ihr durch den betrunkenen, pochenden Kopf. Ein Leben mit ihrer Schwester und ihren Eltern, ohne Karam. Endlose Streitereien über Ausgehzeiten und Uniseminare. Sie denkt an Riham und ihren stillen Garten, an den kleinen Abdullah mit dem ängstlichen Blick, an Rihams langweiligen Mann. Am liebsten würde sie schreien.

Auf dem Bildschirm ist etwas Neues zu sehen. Ein brennender Park.

»*Vous êtes certain? Je peux le changer. C'est trop triste*«, sagt Ivan besorgt zu Elie.

»*Non, non, c'est bien.*« Elies Blick bleibt auf den Fernseher gerichtet.

Schweigend betrachten sie das Feuer. Am unteren Bildschirmrand taucht ein Satz auf. *Le parc a été incendié dans les premières heures de ce matin.*

»Dreckskerle«, sagt Sami auf Arabisch.

Séraphine leert ihr Glas und blickt stirnrunzelnd auf den Bildschirm. »Klar, das ist traurig«, sagt sie auf Englisch mit französischem Akzent, »aber was ist schon so ein Park oder Kinderspielplatz, wenn ganze Wohnhäuser zerstört werden?«

Souads Wut ist sofort wieder da. Sie erinnert sich an einen Nachmittag während des Opferfests, als sie sechs oder sieben Jahre alt war und ihr Vater mit ihr wie immer in den Zoo ging. Sie liebte es, die Giraffen zu füttern, ihre rauen Zungen zu spüren, während sie ihr Cracker oder Samenkörner aus der Hand fraßen. Und hinterher ging es in den Park.

»In dem Park gibt es kleine Statuen«, sagt sie und versucht es auf Französisch zu umschreiben. »*Comme des anges. Avec des petits chapeaux.*« Alle sehen sie an, und ausnahmsweise schämt sie sich nicht, so schlecht Französisch zu sprechen. Sie bemerkt die ängstlichen Blicke der Libanesen, Kinderblicke. Bei ihren Worten sind die Männer ganz klein geworden. »*Je les aimais.*«

»*Des figurines*«, sagt Elie und fährt, nur an Souad gewandt, auf Arabisch fort. Er wirkt dankbar. »Wir sind als Kinder auch oft hingegangen. Erinnerst du dich an den Eingang, an das kleine Tor?«

»Der Riegel hat immer geklemmt.« Souad spürt seinen Kummer. »Mein Vater musste ihn jedes Mal mit aller Kraft zurückschieben.« Sie hat etwas, das Séraphine nicht hat. Nur sie weiß, was da verbrannt wird, was in Kuwait verloren geht. Nur mit ihr teilt Elie dieses Wissen.

»Mein Vater auch.« Er sieht sie lächelnd an. »Daran habe ich schon seit Jahren nicht mehr gedacht.«

Sie strömen auf die Straße. Die Männer bauen Joints; kurz darauf hängt der durchdringende Geruch in der Luft. Séraphine nimmt einen Zug und wirkt im fahlen Schein der Straßenlampen wie ein mythisches Wesen. Es ist spät, viel zu spät. *Khalto* Mimi weiß längst, dass sie länger als Lara weg war, morgen früh wird es Fragen geben. Und vielleicht riechen sie auch den Whiskey an ihr.

Sie lässt sich von Elie Feuer geben, beugt sich mit der Zigarette zu seiner Hand vor und raucht auf dem Weg durch die engen, märchenhaften Gassen. In dieser Sekunde, während sie so dahingeht, brennt Kuwait und ihre Mutter packt alles im Haus zusammen.

Séraphine macht einen kleinen Hopser und hakt sich bei Sami unter. Die Troddeln an ihrem Tuch schwingen hin und her, und ihre Hüften gleiten auf und ab. Souad muss an *khalto* Widad und ihren langen Zopf denken, den sie sich nach dem Duschen immer flicht und dessen Ende wie eine Schlangenzunge aussieht. Auch *khalto* Widad und *ammo* Ghazi werden nach Amman gehen, überhaupt alle. Nur Karam nicht, der geht in eine ferne Stadt. Souad beginnt zu schniefen. Es ist zu viel.

In dem kleinen Hof spielt eine Frau neben dem Brunnen Geige, zwei andere singen. Beschwipst, wie sie ist, verwechselt Souad die beiden mit den jungen Frauen, die sie Stunden zuvor dort gesehen hat, aber es sind natürlich nicht dieselben. Andere schöne Frauen in dieser Stadt der schönen Frauen.

»Setzen wir uns hin«, sagt Séraphine, und sie lassen sich auf den kalten Steinstufen nieder. Souad zieht die Knie an die Brust. Elie sitzt neben ihr. Er legt ihr den Arm um die Schultern.

Die Frauen singen Pink Floyd. Mit französischem Akzent klingt der englische Text wie ein Klagelied.

»Your heroes for ghosts.« Souad denkt an die Landkarte daheim in ihrem Zimmer. Zum ersten Mal wird ihr in aller Deutlichkeit bewusst, dass es nicht mehr ihre Wand ist. Das Haus ist weg.

Die kleine Gruppe schwingt im Rhythmus der Melodie. Eine der Sängerinnen trägt ein weites Kleid, das sich bauscht, wenn sie sich während des Refrains um sich selbst dreht. *»Wish you were here.«* Nach dem schwungvollen Ende pfeifen die Männer, und der Applaus hallt durch die Straße. Die drei Frauen bedanken sich mit einem Knicks.

»Je ne regrette rien«, ruft Séraphine, und als die Geigerin die Melodie anstimmt, beginnen alle zu singen. *»Ni le bien qu'on m'a fait.«* Sogar Souad mit ihrer tiefen, unmelodischen Stimme macht mit. Sie betrachtet die Geigenspielerin, die Sängerinnen, den plätschernden Brunnen im Straßenlicht. Kuwait ist wie ein anderer Planet, wie ein anderes Leben.

»Je me fous du passé.« Neben ihr ertönt Elies Baritonstimme.

Sie blickt ihn von unten her an. Seine Augen sind geschlossen. Aus seinem Gesicht spricht die reine, kindliche Freude an der Musik.

Sie empfindet nicht Liebe, sondern innere Distanz und eine merkwürdige Ruhe, während sie ihn betrachtet; als würde sie ein Haus begutachten, von dem sie nicht weiß, ob sie darin wohnen will. *Ich müsste nicht gehen*, denkt sie, und die Erkenntnis sinkt tiefer. Sie stellt sich den nächsten Morgen vor, die Finger ihrer Mutter auf den Wähltasten des Telefons, ein ganzes Leben lang immer nur: *Souad, Souad, wo warst du, wann kommst du nach Hause.*

Wenn das Lied zu Ende ist, denkt sie. Wenn sich die Geigenspielerin lächelnd verbeugt hat und der Applaus verklungen ist, wird sie ihn zum Brunnen führen, sich an ihn schmiegen und in sein Ohr flüstern: *Ja.*

Riham

Amman
Oktober 1999

Riham stellt sich kerzengerade hin, geht langsam in die Beuge, berührt mit den Zeigefingerspitzen die Zehen, richtet sich wieder auf, murmelt »Sechs« und wiederholt die Dehnübung. Nach dem zehnten Mal beginnt sie mit den Ausfallschritten, die ihr Farida und die anderen Frauen gegen den stechenden Schmerz im Kreuz empfohlen haben.

»Und deinem Hintern kann es auch nicht schaden«, frotzelte Farida, das Wort *Arsch* vornehm vermeidend. Die anderen Frauen machen die Übungen, um Ergebnisse zu erzielen. Sie wollen ihre Waden straffen oder ihre Haltung verbessern. Riham dagegen liebt die Bewegung an sich. Sie hört gern die Gelenke knacken, spürt es gern, wenn sich Muskeln und Sehnen anspannen und dehnen. Und sie liebt die Stille ihres Schlafzimmers beim lauten Mitzählen.

Nach den Ausfallschritten sind die Rumpfbeugen an der Reihe, dann die mit gestrecktem Fuß zu absolvierende Dehnübung, bei der ein Bein auf dem Fensterbrett liegt. Obwohl sie über dreißig und, gelinde gesagt, ziemlich füllig ist, bildet sie sich bei dieser Übung ein, sie sei eine Ballerina, die sich vor dem Auftritt aufwärmt. Obwohl ihr Körper ist, wie er ist, und trotz des milden Morgens draußen in Amman verwandelt sie sich einige Minuten lang in eine russische Solotänzerin kurz vor der Vorstellung. Dann streicht ihr Haar über die Knie, wenn sie sich möglichst tief hinunterbeugt, und draußen kann es ein schön gekleidetes Publikum kaum erwarten, sie endlich auf der Bühne zu sehen.

Diese Tageszeit ist ihr die liebste. Der späte Morgen, nach dem Frühstück, wenn die Männer aus dem Haus sind – Abdullah in der Uni, Latif im Krankenhaus. Letzten Mai ist er zum Chefarzt befördert worden. Riham lud alle Freunde ein und kochte zur Feier des Tages mit Dienstmädchen Rosie ein Festmahl aus Huhn, Lamm und Reis. Die Gäste blieben bis Mitternacht; danach küsste Latif seine Frau und sagte, er fühle sich wie ein Star.

Neben dem Fensterbrett liegen ein Notizbuch und ein blauer Stift. Die Hälfte der Seiten ist bereits beschrieben; nun schlägt Riham die Liste für heute auf. Latif neckt sie gern mit dem Spruch »Die Aufgabenliste des Präsidenten«. Obwohl sie die Spöttelei kränkt, lächelt Riham nur und erwidert: »Ein klarer Kopf, ein klares Herz.« Es ist ihr wichtig, den bevorstehenden, noch nicht begonnenen Tag genau zu durchdenken.

Die Liste für heute ist kurz. Frühstück, Gymnastik, das Kleid säumen, das Huhn begießen, Tee bei Farida, Abendessen. Zufrieden streicht sie *Frühstück* und *Gymnastik* fein säuberlich durch. Auf dem Weg ins Wohnzimmer bindet sie sich das Kopftuch um. Aus der Küche dringt Rosies Stimme. Die junge Frau singt in ihrer Sprache Lieder über Blumen und Männer.

Es ist ein großes Haus mit hohen Decken und gefliesten Böden, deren Fläche sich zu vervielfachen scheint, sodass der Eindruck ausgedehnter Weitläufigkeit entsteht. Als Riham und Latif nach ihrer Hochzeit einzogen, war es mit drei Schlafzimmern und einem zum Garten gelegenen Wohnraum kleiner gewesen. Die zusätzlichen Schlafzimmer, der Arbeitsraum und die Veranda kamen im Lauf der Jahre dazu.

Riham freute sich über jede Erweiterung. Die wochenlangen Bauarbeiten mit den hin- und hereilenden Handwerkern hatten anfangs etwas Magisches für sie – sogar die dünne Staubschicht, die sich über alles, wirklich alles legte –, bis sie es plötzlich nicht mehr ertrug und kurz davor war, sämtliche Leute hinauszuwerfen. Doch dann räumten die Handwerker eines Tages zusammen und hinterließen ein neues, strahlend weißes Zimmer, das von nun an ihr gehörte.

Das wachsende Haus erinnerte sie an die Arbeit im Garten. Die Ernte – zusätzliche Räume mit erblühenden Böden und in die Höhe schießenden Wänden – erfüllte sie mit weiblichem Stolz.

Eine Ausnahme bildet die Baracke. Riham meidet das Holzhäuschen am Rand des Gartens und betritt es nur, wenn es unbedingt nötig ist. Mit den Jahren hat sich die Bezeichnung *Baracke* eingebürgert, als handelte es sich um ein Provisorium. Sie hat Latif nie erzählt, dass sich ihre Freude im vergangenen Jahr – und der Aufwand, den sie für die Feier trieb – nicht zuletzt der Tatsache verdankte, dass er damals die Baracke aufgab, jenen schlichten Raum mit den fünf Liegen und den Schubladen voller medizinischer Instrumente, den er im Lauf der Jahre immer weniger genutzt hatte. Nach Kriegen oder Invasionen war der Zulauf natürlich angestiegen. Dann hatte es in der Baracke nur so gewimmelt vor verzweifelten, völlig mittellosen Menschen, die, von Verwandten im Ausland geschickt, zu Latif kamen, und Latif hatte genäht und Schusswunden gesäubert, ohne einen einzigen Dinar zu nehmen.

»Bitte, wir brauchen den Doktor«, hieß es, wenn Riham, manchmal mitten in der Nacht, den Klopfenden die Tür öffnete. »Man hat uns gesagt, wir sollen zu ihm gehen, weil er uns helfen wird. Man hat uns gesagt, dass er jedem hilft.«

Natürlich war der angesehene Arztgatte, der sich so leidenschaftlich für die Verwundeten einsetzte und sie alle zu heilen versuchte, ein Grund für Stolz, und in den ersten Jahren *war* Riham stolz. Sie kochte den Männern Suppe und Tee und schenkte ihnen Obst, sobald sie wieder bei Kräften waren und im Garten herumgehen konnten.

Doch nach und nach änderte sich ihre Einstellung. Sie schämte sich zu sehr, um je mit Latif darüber zu sprechen. Sie wurde zunehmend gereizt, es ödete sie nur noch an. Sie wurde egoistisch, wollte Mann und Haus endlich für sich allein. Sie sah sich das Leben ihrer Freundinnen an, die ebenfalls Arztfrauen waren, und wurde neidisch. Deren Männer waren zum Abendessen zu Hause, und in ihren Gärten stank es nicht nach ungewaschenen Körpern.

Niemandem erzählte sie davon. Sie empfand es als einen Makel, als etwas Unreines. Latif hätte es Schwäche genannt. Deshalb tat sie, was sie in solchen Situationen immer tat – sie betete. Als Latif älter wurde, kamen immer weniger Männer; sie gingen nun lieber in staatliche Kliniken. Doch die erschöpfte Riham betete weiter, damit ihr Groll verschwand. Und als Latif die Stelle im Krankenhaus annahm und die eigene Praxis aufzugeben beschloss, war sie grenzenlos erleichtert. Sie hatte ihre Schwäche zwar nicht besiegt, aber in Zukunft würde sie wenigstens nichts mehr daran erinnern.

Über der Armlehne des Wohnzimmersofas hängt eine von Abdullahs *dischdaschas*, die er seit einem Jahr statt der nun unbenutzt im Schrank liegenden europäischen T-Shirts und Jeans immer häufiger trägt. Während Riham das Kleidungsstück zusammenlegt, steigt ihr Abdullahs metallischer Geruch in die Nase. Der Junge schafft es, sie stündlich an ihn zu erinnern, und dann beginnt es wieder von vorn wie ein sich ewig drehendes Riesenrad: ihre Sorge um ihn, ihre Angst.

Mit einem Blick auf die Armbanduhr stellt sie erschrocken fest, dass es schon nach elf ist. Sie muss in den Garten. Jeden Vormittag geht ihr Vater von seinem Haus zu seinem eineinhalb Kilometer entfernten Lieblingscafé, wo er sich mit Männern aus dem Viertel zum Kaffeetrinken und Plaudern trifft. Man kann die Uhr danach stellen. Es ist der einzige feste Termin, den er seit der Emeritierung noch hat und gewissenhaft wahrnimmt, weil es ihn fit halte, wie er selbst sagt. Punkt elf kommt er an Rihams Garten vorbei, und wenn sie da ist, trinken sie zusammen Tee. Das ist Rihams Zeit mit ihrem Vater, die einzige Gelegenheit, sich ohne ihre Mutter, ohne Latif oder Abdullah mit ihm zu treffen.

»Verdammt.« Sie ist über den Teppichrand gestolpert. Hastig zieht sie den Fuß darunter hervor, läuft zur Tür und hinaus in den Garten. Als sie die Gestalt am Zaun erblickt, lächelt sie.

»Ich dachte schon, ich hätte dich verpasst«, ruft ihr Vater und schiebt den Riegel am Tor zurück. Sie treffen sich auf der kleinen, von Wildblumen und schwarzer Iris gesäumten Lichtung, auf der mehrere Stühle stehen. Ihr Vater wählt den Platz beim Jasminstrauch.

»Ich habe im Haus vor mich hin geträumt«, sagt sie lächelnd. »Möchtest du Tee?«

Ihr Vater schüttelt den Kopf. »Hast du schon welchen getrunken?«, fragt sie. Atefs Schweigsamkeit stört sie nicht. Sie empfindet es als beruhigend, dass ihr Vater still und nachdenklich ist, während überall – in den Nachrichten, auf dem Markt, in den Straßen – endlos geschwafelt wird.

Er mustert den noch recht kleinen Jasminstrauch und berührt ein bräunliches Blatt.

»Du hattest recht«, sagt Riham. »Ich hätte Akazien pflanzen sollen.«

»Das wird schon.«

»Er lässt die Blätter hängen. Das war die Hitze dieses Jahr, die hat alles kaputtgemacht. Das arme Ding verdurstet.« Sie betrachtet den Strauch voller Wehmut. Sie hasst den Sommer.

»Ich würde ihn trotzdem zurückschneiden«, rät er. »Wer weiß, vielleicht setzt der Winter erst spät ein. Es ist noch immer sehr warm.«

»Ihr seid heute Abend bei uns, oder nicht?« Zweimal pro Woche kommen ihre Eltern zum Essen. Dann kocht Rosie *koussa* oder *maqlouba*, die Lieblingsspeisen ihrer Mutter.

Er zögert. »Lieber erst morgen oder übermorgen.«

»Warum?« Riham bemerkt, dass ihm das Weitersprechen schwerfällt. »Ist etwas mit Mama?«

»Na ja«, sagt er seufzend. »Es gab da gestern einen kleinen Vorfall.«

»Einen Vorfall?« Als *Vorfall* kann man jede einzelne Aktion bezeichnen, die ihre Mutter sich in den letzten Jahren geleistet hat – Streit mit dem Dienstmädchen oder einer Nachbarin, Missverständnisse mit ihrem Mann oder Knatsch mit Rihams Geschwistern. Riham tippt auf Letzteres, denn das Lieblingsthema ihrer Mutter sind ihre beiden missratenen Kinder, die in einer kalten Stadt am anderen Ende der Welt leben. Karam ist nach Boston gezogen, und seit auch Souad dort lebt, besteht ein festes Bündnis zwischen den beiden. Karam und Souad haben einander. Riham hat sie nie in Amerika besucht, hat ihre Eltern nicht begleitet, als mit nur wenigen Monaten Abstand die Kinder geboren wurden, Souads Sohn Zain und Karams Tochter Linah. »Karam oder Souad?«, fragt sie.

Über Atefs Lippen huscht ein Lächeln. »Sousi ist es diesmal nicht.«

»Erstaunlich.« Von allen Themen, die Alia bewegen, gibt ihr Souads Verhalten am häufigsten Anlass zum Schimpfen. Souads unüberlegte Heirat, ihre vergeudete Jugend, der spontane Umzug nach Boston vor ein paar Jahren. *Das Mädchen führt ein Vagabundenleben mit einem Ehemann und zwei kleinen Kindern, besucht uns so gut wie nie und verschwendet ihre Zeit mit diesem unsinnigen Designstudium, als wäre sie noch ein Teenager.* Nur Atef ist damals zu Souads Hochzeit erschienen. Alia verweigerte sich mit dem Hinweis, sie werde sich bei einer so abscheulichen Veranstaltung bestimmt nicht blicken lassen.

»Was ist mit Karam?«

»Ach je.« Atef lehnt sich auf seinem Stuhl zurück und streckt die Beine aus. Auch Riham macht es sich bequem. Sie liebt diese Momente, in denen sie das einzige Kind in der Nähe ihrer Eltern ist, das einzige Kind, das nie wegging. Sie fühlt sich ihrem Vater wie in Freundschaft verbunden, wenn er Neuigkeiten von ihren Geschwistern bringt, diesen rätselhaften, unergründlichen Wesen mit ihrem für Riham völlig unvorstellbaren Leben. Als Karam heiraten wollte, plante sie, nach Amerika zu fliegen, doch dann fand die Hochzeit in Amman statt und fiel sehr schlicht aus. Riham hat den Schock noch nicht ganz überwunden, den ihr der Anblick der eleganten dunkelhaarigen Frau an der Seite ihres Bruders bereitete, denn diese Frau war Budur – *Budur*, das dürre Mädchen aus Kuwait, das Souad in Boston besucht und sich in Karam verliebt hatte. Die beiden küssten sich auf den Mund und waren so glücklich, dass die Tanten darüber zu flüstern begannen, was zwischen zwei jungen Erwachsenen schicklich sei.

»Sie können nun doch nicht im Dezember herfliegen«, sagt Atef. »Budur muss genau in der Zeit ihre Masterarbeit verteidigen, und Karam bekommt im Januar keinen Urlaub. Sie haben die Reise in den Sommer verschoben.«

»*Akh.*« Riham legt die Hand an den Kopf. Dass Alia von ihren anderen beiden Kindern so selten Besuch und ihre Enkel kaum je zu Gesicht bekommt, ist ein heikles Thema. *Alle meine Cousinen und Cousins haben ihre Enkelkinder in der Nähe. Ich kann von Glück reden, wenn ich meine einmal im Jahr sehe.* Riham ist hin- und hergerissen. Einerseits weiß sie, wie anstrengend ihre Mutter ist, andererseits hält sie ihre Geschwister für verantwortungslos, eigensinnig und wenig fürsorglich. »War es schlimm?«

Atef verzieht das Gesicht. »Ich bin zu spät dazugekommen. Sie stand in der Küche und hat gebrüllt.« Er seufzt. »Sie hat wieder mit dem Grundstück angefangen.«

Riham stöhnt auf. »Ach Mama.« Das Grundstück ist ein heißes Eisen. Vor zwei Jahren ist Budurs Onkel gestorben und hat ihr ein Stück Land in der Nähe von Erbil vererbt, das noch im Irak lebende Verwandte in ihrem Auftrag für eine stattliche Summe verkauft haben. Seitdem kennt Alia kaum ein anderes Thema als dieses Geld.

Sie hätte damit Aktien kaufen oder es für die Ausbildung ihrer Kinder sparen oder Karam mit der Hypothek unter die Arme greifen können. Stattdessen hat Budur ein Studium an der Tufts University aufgenommen.

»Und dann ging es weiter mit Beirut …«

»Oh nein!«

Die Wohnungen in Beirut sind ein weiterer Streitpunkt. Das Geld dafür stammt von der kinderlosen *khalto* Widad, die vor mehreren Jahren friedlich eingeschlafen ist, nachdem *ammo* Ghazi bereits ein Jahrzehnt zuvor das Zeitliche gesegnet hatte. Die für alle überraschend hohe hinterlassene Summe war zu gleichen Teilen zwischen Karam, Riham und Souad aufgeteilt und in einer – immerhin – Schweizer Bank deponiert worden. Dann kaufte Riham durch einen libanesischen Anwalt eine Wohnung und Karam eine weitere, während Souad ihren Anteil für die Hypothek in Boston einsetzte. Alia war empört über den Kauf der Wohnungen in Beirut, da diese chaotische, lebendige Stadt ihren Kindern offenbar verlockender erschien als Amman und sie in Zukunft aller Wahrscheinlichkeit nach eher dorthin als zu ihr fliegen würden. *Jetzt kann ich im Sommer nie zu Hause bleiben, sondern muss jedes Jahr in dieses Hurenland reisen, wenn ich einen Blick auf meine Enkelkinder werfen will.*

»Und dann hat sie ihm erklärt, Budur würde mit ihrem Hippie-Diplom in Literaturwissenschaft doch nur Geld verschwenden.«

Riham schüttelt den Kopf. »Ist Karam wütend geworden?«

»Nein, er war sehr höflich. Ich habe danach noch mit ihm gesprochen. Er macht sich Sorgen um sie. Er versucht zu kommen, vielleicht mit Linah. Ich habe ihm gesagt, dass er sich nicht sorgen soll, dass seine Mutter nur ein bisschen enttäuscht ist. Er lässt dich lieb grüßen.«

»Möge Allah ihn behüten«, stößt Riham leise hervor. Eine Zeit lang schweigen sie. Nur das Summen der Insekten ist zu hören und, von der fernen Hauptstraße her, das Rauschen fahrender Autos.

Die Knöchel der Hand, mit der ihr Bruder den Hörer hielt, müssen weiß geworden sein, als seine Mutter so über Budur sprach, denkt Riham. Aber er hat kein Wort dazu gesagt, das weiß sie; in dieser Hinsicht gleichen sich Karam und sie. Nur Souad nimmt kein Blatt vor den Mund, brüllt zurück. Karam dagegen wird zugehört, das Gespräch beendet und Budur mit einem Lächeln vorgegaukelt haben, es sei alles in Ordnung. Der arme liebenswürdige Karam mit seiner vom Vater geerbten Sanftmut. Seine Mutter hatte vor Jahren auf die Ankündigung, er werde Budur heiraten – sie hatten sich sehr schnell, schon nach wenigen Wochen, verlobt –, unerklärlich wütend reagiert.

»Ich verstehe euch Kinder nicht!«, hörte Riham sie damals am Telefon schreien. »Mitten im Krieg muss jetzt plötzlich geheiratet werden! Sieh dir doch nur Souad an, sieh dir deine Schwester an, Karam! Die zieht ihr Kind in einer Mansarde groß. Willst du unbedingt auch so leben? Wozu haben wir dich ans andere Ende der Welt geschickt? Wenn es wenigstens eine Amerikanerin wäre, dann würdest du den Pass bekommen ...«

Das war die schlimmste Beleidigung. Nur die Liebe zu seiner Mutter hielt Karam von einer Erwiderung ab. Er verabschiedete sich höflich und weigerte sich einen ganzen Monat lang, mit ihr zu sprechen.

Riham nimmt sich vor, ihn am Abend oder morgen anzurufen. Bei ihren Telefongesprächen mit Karam, die immer kurz ausfallen, gibt sie Plattitüden über den Glauben von sich und wirkt nichtssagend und piefig. Sie fühlt sich klein und pummelig und langweilig neben ihren Geschwistern, obwohl sie nett zu ihr sind. Aber es ist die Nettigkeit, mit der man einem begriffsstutzigen oder alten Menschen begegnet. Sie weiß, dass ihnen ihr Leben öde erscheint. Manchmal sieht sie ihr eigenes Leben, als wäre sie ein Adler, der darüberkreist – sich selbst auf einem winzigen Fleckchen Erde mit ihrem immer vorhersehbaren Verhalten, ihren ewigen Aufgabenlisten, lachend, Tee trinkend.

»Kannst du dir vorstellen, so zu leben?«, hörte Riham Souad einmal zu Karam sagen. »Arztgattin. Immer nur Wäsche waschen und kochen.« Dann seufzte sie. »Ich würde mich umbringen.«

Karam und Souad leben dagegen in ihrer jeweils ganz eigenen höhlenartigen, chaotischen, wunderschönen Welt. Von ihren Geschwistern kennt sie nur das, was sie noch aus der Kindheit über sie weiß, und dann plötzlich nur mehr das, was sie auf Schnappschüssen von Erwachsenen sieht, die sie nur alle paar Jahre persönlich trifft. Wenn sie Gesprächen zwischen Karam und Souad lauscht – die in Boston nur wenige Minuten voneinander entfernt wohnen, praktisch miteinander und mit ihren Kindern leben –, hat sie das Gefühl, zwei Menschen zuzuhören, die sich in einer Fremdsprache unterhalten. Wenn sie Riham miteinzubeziehen versuchen, indem sie ihr von ihrer Arbeit oder etwas über ihre Stadt, über die Studentenbars und die Buchläden erzählen, fühlt es sich so verkrampft und gezwungen an, als wollten sie ihr etwas erklären, was sie unmöglich verstehen kann.

Der Kontakt zu den Kindern, Manar, Zain und Linah, fällt ihr weniger schwer. Sie sind wie eine dreimal gesprochene Zauberformel, einfach entzückend mit ihrer olivbraunen Haut und den Wuschelköpfen. Sie gleichen sich wie Geschwister. Riham sieht auch sie nur auf Schnappschüssen, erst als Babys, dann als pausbäckige Knirpse, schließlich als größere Kinder. Sie lieben ihre Tante ehrlich und von ganzem Herzen. Für sie hat Riham etwas Exotisches an sich; sie ist die Tante, der sie das Kopftuch abnehmen dürfen, um mit ihrem langen Haar zu spielen, die Tante, die das Essen mit Zatar würzt und sie durch den Garten wie durch ein Zauberland führt.

Die Anwesenheit der Kinder verwandelt Riham. Dann spielt sie fröhlich mit Puppen und singt Lieder. Aber alles ist mit Neid durchwirkt. Nach den Kindern greift sie mit einer Sehnsucht, die eher Hunger als Liebe ist.

Nach einer Weile erhebt sich ihr Vater. »Vergiss nicht, den Jasmin zurückzuschneiden. Und gieß ihn etwas öfter.«

»Und heute Abend?«

Er seufzt. »Wir kommen. Sie könnte ein bisschen anstrengend werden.«

»Ich mache *maqlouba*.«

»Ah, das wird vielleicht helfen!«, erwidert ihr Vater lachend.

Riham blickt ihm nach. Unter seinem Leinenhemd zeichnen sich die schmalen Schultern ab. Dann fällt es ihr ein. »Warte!«, ruft sie. »Hast du mit Abdullah geredet?«

Ihr Vater zögert. »Ja«, sagt er schließlich, will aber offenbar nicht weiter darüber sprechen.

»Und?«

Atef streicht sich durch das silbrig weiße Haar – eine nervöse Geste, die alle drei Kinder geerbt haben. »Der Junge ist verloren, Riham.«

»Hast du ihn nach den Männern gefragt?«

»Er behauptet, sie seien Studienfreunde. Als ich nachhakte, gab er zu, dass sie politisch engagiert sind. Er verbringt seine gesamte Zeit mit ihnen.«

Riham hatte ihren Vater gebeten, mit Abdullah zu reden. Seit er vor einigen Monaten zu studieren begann, kommt der Junge immer erst sehr spät nach Hause. Eine andere Mutter hätte sofort auf Mädchen getippt, aber Riham hat mehrmals beobachtet, dass er von älteren Männern zu Hause abgesetzt wurde, und sie hat politische Pamphlete in seinen Taschen gefunden. Da Latifs Vater tot ist und die Familie seiner Mutter in Syrien lebt, sind Atef und Alia die einzigen Großeltern des Jungen, die ihn über alles lieben, seit sich die anfängliche Fassungslosigkeit wegen Rihams Heirat legte. Die stärkste Bindung hat Abdullah jedoch zu Atef, der sich um ihn gekümmert hat, während der Vater unablässig arbeitete. Großvater und Enkelsohn gingen gemeinsam in die Bibliothek und fuhren nach Petra. Es war unfair, Atef um ein Gespräch mit Abdullah zu bitten und damit die Liebe und den Respekt auszunutzen, den ihr Sohn für ihren Vater hegt, aber Riham hatte Angst.

»Warum tut er das nur?«, sagt sie. »Was fehlt ihm bei uns?«

»So einfach ist es nicht.« Ihr Vater blickt sie mit gequälter Miene an. »Solche Männer, solche Zusammenkünfte geben einem etwas Einzigartiges.«

»Und was soll ich nun tun? Ich mache mir Sorgen um ihn. Latif auch.«

»Du kannst nichts tun, Riham. Er muss es selbst lernen.« Atef macht ein paar Schritte, bleibt wieder stehen. »Diese Zusammenkünfte geben den jungen Männern das Gefühl, Giganten zu sein.«

Sie bleibt eine Weile im Garten und denkt über Abdullah nach. Dann geht sie ins Haus zurück, streicht *Hähnchen* von ihrer Liste und fügt *maqlouba* hinzu.

»Wir müssen den Reis einweichen und das Lammfleisch auftauen«, sagt sie in der Küche zu Rosie.

Rosie hebt die dünnen Augenbrauen. »Kein Huhn?«

»*Maqlouba*. Mama kommt zum Abendessen.« Rosie zuckt mit den Schultern; ihr ist es egal. Riham mag ihre Gleichgültigkeit. Verglichen mit der aufgesetzten Fröhlichkeit oder dem formellen Gehabe früherer Dienstmädchen empfindet sie ihre Art als erfrischend.

»Das Fleisch darf auf keinen Fall zerkocht sein. Ich gehe bald zu Madame Farida, bin aber rechtzeitig wieder da.«

Sie holt die weichen Wollknäuel und die Nadeln aus dem Korb im Wohnzimmer. Stricken beruhigt sie, weil es sie an ihre Großmutter erinnert. Sie schaltet eine beliebte, arabisch synchronisierte türkische Seifenoper ein. Während sie strickt, spricht sie kopfschüttelnd zu den Figuren.

»Er wird dich verlassen«, sagt sie zu einem blonden Starlet mit schiefergrauen Augen. »Er ist in deine Schwester verliebt und nur hinter deinem Erbe her.«

Aber für die Schauspielerin gibt es kein Halten mehr. Beim Anblick der knallroten Blumen stockt ihr der Atem, und als er einen Ring hervorzieht, sagt sie Ja. Die Kamera zoomt den unheilvoll funkelnden Ring heran. *Ich liebe dich bis in alle Ewigkeit.*

»Du bist ja so dumm«, sagt Riham zum Bildschirm.

Der Ruf des Muezzins ertönt, es ist drei. Wenn sie weitertrödelt, kommt sie zu spät zu Faridas Mittagessen. Sie wickelt den Wollfaden auf und legt die Nadeln aneinander. Auf dem Weg ins Schlafzimmer kommt sie an den gerahmten Fotos im Gang vorbei. Ihre Familie in diversen Posen, lächelnd und lachend. Souad mit Manar als Baby, Karam und Budur an ihrem Hochzeitstag, Latif und Abdullah am Strand.

Fast automatisch vollführt sie *wudu*. Wie von selbst spritzen ihre Hände zum tausendsten Mal das kühle Wasser über die Hand- und Fußgelenke, während sich ihre Lippen lautlos im Gebet bewegen. Dann schöpft sie ein wenig Wasser und gießt es sich übers Gesicht und hinter die Ohren.

Als ihre Großmutter sie vor vielen Jahren das Beten lehrte, fragte Riham, was es mit den Ohren auf sich habe. Sie zu waschen erschien ihr albern, wie eine Ablenkung von der Ernsthaftigkeit des Rituals. Man mache das, weil sich die Menschen an dieser Stelle nur selten waschen würden, erklärte Salma. *Man vergisst es so leicht.* Durch ein Zusammenspiel von Synapsen und Zellen – Latif hat ihr einmal erklärt, wie sich Erinnerungen bilden, wie sich die Zellen gegenseitig raffiniert verstärken und die Synapsen im gebogenen Temporallappen miteinander verbinden – hat sich gerade diese Erinnerung festgesetzt und an das Waschen hinter den Ohren geheftet, sodass sie dabei jedes Mal kurz an die Großmutter denkt.

Sobald sie im abgedunkelten Zimmer vor dem Gebetsteppich steht – sie hat es lieber, wenn die Vorhänge zugezogen sind –, versucht sie sich zu konzentrieren und den Kopf von Gedanken zu befreien. Jedes Gebet ist eine Mühsal. Oft kehrt ein bestimmtes inneres Bild zurück: ihr kämpfender Körper im Wasser vor vielen Jahren, der schwarze Fleck, den sie damals in sich selbst entdeckte. »*La ilaha illa Allah*«, spricht sie, ohne zu stocken, wie sie es von Salma gelernt hat.

Ihre Gedanken wandern zwischen ihrer Großmutter und ihrem Sohn hin und her. Sie sieht Abdullahs Gesicht und seinen kerzengeraden Rücken beim Essen vor sich. Während sie betet, schweben Erinnerungsfetzen wie Schnee hinter den geschlossenen Lidern vorbei. Die auf das Sofa geworfene *dischdascha*. Abdullahs Bart. Latifs verkniffener Mund, wenn sein Sohn abends nicht heimkommt. Ihre Großmutter, die über eine Tasse gebeugt im Kaffeesatz liest. Das tat sie nur für Gäste, nie für Riham und Souad, obwohl beide jeden Sommer darum bettelten.

»*As-salamu alaikum wa rahmatu Allah*«, murmelt sie zuerst in Richtung der rechten, dann der linken Schulter. »*Amin*.« Sie lockert die Glieder. Dann sagt sie wie immer die Namen aller Verwandten auf und bittet Allah um seinen Segen.

»… Karam, segne ihn. Linah, segne sie. Mama, segne sie. Latif, segne ihn.« Schon halb aufgerichtet, erschrickt sie und lässt sich wieder auf den Teppich fallen.

»Ach, und Souad – Souad, segne sie.«

Sie schlüpft gerade in ihre Schuhe, als das Telefon klingelt. Rosie nimmt ab und sagt etwas Unverständliches. Dann ist es still.

»Madame!«

»Ja, Rosie.«

»Madame Alia am Telefon. Sie will reden.«

Seufzend wirft Riham einen Blick auf die Haustür. »Na gut.« Sie geht in die Küche und lässt sich das schnurlose Telefon reichen. »Mama?«

»Dieses Mädchen ruiniert deinen Bruder!«

Riham verdreht die Augen. Sie ärgert sich maßlos darüber, den Anruf entgegengenommen zu haben. »Ich glaube, genau das Gleiche hast du damals über die Amerikanerin gesagt, mit der er gegangen ist.«

Ihre Mutter beginnt zu schniefen. »Das war etwas anderes. Bei dem amerikanischen Mädchen war es von vornherein klar. Sie war amerikanisch erzogen, ohne Manieren, ohne jede Kultur. Die konnte gar nicht anders.«

»Mama –«

»Aber Budur«, fährt ihre Mutter unverdrossen fort, »Budur wurde praktisch von uns großgezogen! Sie war als Kind fast immer bei uns. Gute Eltern, eine gute Erziehung. Das ganze Fiasko mit ihrem ersten Mann, das war nun wirklich nicht lustig, aber so etwas passiert eben manchmal. Aber ich –«

»Und er hat sie schrecklich behandelt.«

»– ich verstehe einfach nicht, warum sie jetzt solche Allüren an den Tag legt. Studieren – wunderbar, freut mich. Ich habe Frauen, die sich bilden wollen, immer unterstützt, das weißt du. Dich zum Beispiel habe ich ständig angetrieben. Und Souad erst! Als sie Manar bekam, anstatt zu studieren, war ich am Boden zerstört und überglücklich, als sie dann endlich doch ihren Abschluss hatte.«

»Du hast sie damals als überheblich bezeichnet, Mama.«

»Kunst *hat* nun einmal etwas Überhebliches! Aber Budur hat studiert, sie hat ihre Ausbildung. Und ein kleines Kind! Dass sie noch den Master machen will, verstehe ich sogar, aber in Literaturwissenschaft! Und jetzt sorgt sie damit für diese Distanz zur Familie, und Linahs Großeltern können ihre Enkeltochter nicht mehr sehen!«

»Baba hat gesagt, dass sie im Sommer kommen.«

»War ja klar, dass ihr euch über mich ausgelassen habt! So läuft es doch immer – ihr sitzt im Garten und redet über mich wie über eine Ausgestoßene.«

Riham seufzt. »Du weißt, dass das nicht wahr ist, Mama. Er hat mir nur die Neuigkeit mitgeteilt. Wir sind doch alle enttäuscht!«

»Gut, wenn du so enttäuscht bist, dann ruf deinen Bruder an und sag ihm, dass wir es nicht akzeptieren. Sprich mit Budur, wenn es sein muss. Sag ihnen, dass sie schlicht und einfach zu kommen haben.«

Bei dem Gedanken, ihrem Bruder Befehle zu erteilen, muss Riham grinsen. Sie wechselt zu dem sanften Ton, den sie nur ihrer Mutter gegenüber anschlägt. »Gut, Mama, ich sehe, was ich machen kann.«

»Du bist die einzig Gute, Süße, die Einzige, die zuhört. Möge Allah dir Gnade schenken.« Obwohl Riham die Sprunghaftigkeit ihrer Mutter kennt und weiß, dass sie von ihr nur deshalb gelobt wird, weil sie nie Widerworte gibt, wird ihr bei Alias Worten warm ums Herz.

Plötzlich bricht es aus ihr heraus. »Ich mache mir Sorgen um Abdullah.«

Ihre Mutter schnaubt genervt. »Na endlich. Es hat ja nur ein ganzes Jahr gedauert, bis ihr es kapiert habt, Latif und du. Seit der Junge sechzehn ist, sage ich euch, dass da etwas schiefläuft. Er lässt sich viel zu leicht hinters Licht führen. Immer wieder habe ich es gesagt, aber keiner wollte es hören. Wenn ihr, dein Vater und du, weniger miteinander tratschen und mehr zuhören würdet, wäre der Junge jetzt nicht in Schwierigkeiten. Und Latif kann man sowieso vergessen. Er ist ein guter Mann, keine Frage, aber einfach zu still. Ein Vater muss Klartext reden und sich kümmern. Was man von deinem Vater übrigens auch nicht behaupten kann. Ich musste ja bei euch dreien auch die Vaterrolle übernehmen. Wir haben euch die amerikanischen Cartoons erlaubt und euch spielen und Romane lesen lassen. Wir haben euch alle drei zu verweichlichten Menschen erzogen.«

Riham seufzt. »Ich muss jetzt los, Mama.«

Bei ihrem letzten Besuch wirkten Souad und Karam bestürzt darüber, wie sehr sich Abdullah verändert hatte. »Fast wie ein Dschihadist«, hörte Riham ihre Schwester einmal scherzhaft zu Karam sagen. Am letzten Abend saßen sie in Rihams Garten, schlugen Mücken tot und aßen Wassermelone. Wie nicht anders zu erwarten, wurde das Gespräch politisch.

»Die Amerikaner mit ihren Marschflugkörpern ...«, sagte Atef zu Karam. »Kannst du deinen Kumpel Clinton mal fragen, ob es nicht eine Nummer kleiner ginge?« Karams Sympathie für Clinton gab immer wieder Anlass zu Frotzeleien.

»Sag du deinen Fundamentalisten, dass sie zuerst aufhören sollen«, konterte Karam. Dann ging es um Monica Lewinsky und danach um die Situation in Palästina.

»Es soll angeblich schlimmer werden.«

»Die Intifada hat die Siedler nicht aufgehalten.«

Plötzlich sagte Abdullah ziemlich aggressiv: »Ihr seid alle völlig auf dem Holzweg!«

»Wie dürfen wir das verstehen, Sohn?«, fragte ihn Latif freundlich.

»Das alles, ihr alle, diese *Farce* von einem Gespräch. Da sitzen ein paar Mittelschichts-Araber, die meisten mehr Amerikaner als Araber« – dabei starrte er demonstrativ auf Souads Tanktop, das den oberen Teil ihrer Brüste unbedeckt ließ –, »und reden inmitten der Annehmlichkeiten einer *Villa* über die Not der Armen! Als ob auch nur ein Einziger von euch je einen Fuß in ein Flüchtlingslager gesetzt hätte! Ihr sprecht ja kaum Arabisch mit euren Kindern!« Wieder fixierte er Souad, Budur und Karam. »Ihr seid doch nur Schönwetter-Araber!«

Karam versuchte es ins Witzige zu ziehen. »Da hat er nicht ganz unrecht. Es stimmt, wir sind süchtig nach amerikanischem Fernsehen, aber ich glaube nicht, dass es sich dabei um ein Verbrechen handelt.« Da und dort wurde verlegen gelacht. Riham sah zu Latif hinüber, doch der wandte den Blick ab.

Abdullah blickte Karam an und fragte: »Kannst du die *Fatiha* auswendig?«

»Abdullah!«, riefen Riham und Latif gleichzeitig.

»Was denn? Darf ich das nicht fragen? Darf ich mir keine Sorgen um das Seelenheil meiner nächsten Angehörigen machen?« Es sprudelte nur so aus ihm heraus. »Wenn ich den Mund nicht aufmache, tut es keiner. Und genau das ist das Problem. Die Araber gehen in den Westen, verlieben sich dort in die künstlichen Götter, die Schauspielerinnen und Musikstars, trinken das vergiftete Wasser –«

»Wir haben einen Wasserfilter«, knurrte Souad.

»Es ist einfach widerlich«, fuhr Abdullah fort, ohne auf die Bemerkung einzugehen. »Wir verlieren unsere Kultur. Wir verkaufen unsere Seelen. Anstatt bei ihnen in Saus und Braus zu leben, sollten wir sie bekämpfen und uns bis an die Zähne bewaffnen. Wir müssen zu Allah zurückkehren. Wir werden nicht von den charakterlosen Politikern gerettet werden, sondern von den Männern in den Moscheen.«

Er lehnte sich zufrieden auf seinem Stuhl zurück, griff nach seiner Teetasse und trank laut schlürfend. Alle schwiegen.

»Wenn du wirklich so denkst, bist du ein Idiot«, erklärte Alia nach einigen Sekunden in so scharfem Ton, dass Riham erschrak.

»Mama –«

»Diese Leute verteilen Sprüche wie Süßigkeiten. Die wollen unsere Jungs einer Gehirnwäsche unterziehen.«

»Mama –«

»Nein! Du hörst mir jetzt mal zu, Junge!« Abdullah hob widerwillig den Blick zu ihr. »Was euch diese Männer andrehen wollen – dass ihr verloren seid und sie die einzige Rettung sind und der Rest der Welt böse ist und ihr euch nur verneigen, euch ihnen überlassen und kämpfen müsst – mit dieser Behauptung gehen die schon seit Jahrzehnten hausieren. Glaubst du, du bist der Erste, dem sie das erzählen? Die holen sich jeden, der hungrig ist und zuhört. Du brauchst dich wahrlich nicht als etwas Besonderes zu fühlen und zu glauben, du hättest ein großes Geheimnis. Wir stecken alle in der Klemme – im Irak herrscht Chaos, im Libanon herrscht Chaos, und von Palästina will ich gar nicht erst reden. Aber wenn du glaubst, dass diese Heuchler, diese Lügner, die Gott wie ein Stück Gold vor sich hertragen, um damit junge Männer zu fangen, irgendetwas retten werden, dann bist du wirklich ein Idiot!«

Keiner erwiderte etwas. Nach einer Weile räusperte sich Latif und fragte nach Boston. Daraufhin erzählte Souad sichtlich erleichtert von der Schule der Kinder. Dann brachte Rosie den Kaffee, und alle sprachen von anderen Dingen. Abdullah saß schweigend da und klopfte die Asche von seiner Zigarette in die Wildblumen, obwohl sie ihm schon hundertmal gesagt hatten, er solle das bleiben lassen.

Riham sagte kein Wort. Sie beobachtete ihre Mutter und dachte an ihren Onkel, der nun schon viele Jahre tot war. Als kleines Mädchen hatte sie immer aufgehorcht, wenn von ihm die Rede gewesen war, und die Fotos mit dem unverschämt gut aussehenden, in die Sonne grinsenden Mann betrachtet. Sie war damals irgendwie verliebt in ihn gewesen. Sie fragte sich, wie seine Stimme geklungen und ob er jemals eine Frau geliebt haben mochte; welche Lieder er gesungen hatte, wenn er glücklich war.

Bei Rihams Hochzeit mit Latif war Abdullah fünf. Latif hatte ihr sehr nüchtern von seinem Sohn erzählt, nicht viel anders als von dem Haus, das in Amman auf sie wartete. Damals hielten sie alle für verrückt.

»Aber er ist so alt! Und obendrein ein Sohn ...«, sagten ihre alten Freundinnen verschämt und ließen den Rest in der Schwebe. Ihr Vater riet ihr, mit der Entscheidung ein wenig zu warten. Souad ging direkter vor und erklärte rundheraus, sie mache einen Fehler.

»Du kannst nicht einfach in das Leben eines Kindes eindringen und so tun, als wärst du seine Mutter.«

Aber sie irrten sich, jahrelang. Schon nach ein paar Monaten in Amman wusste Riham einiges über ihre Vorgängerin, Abdullahs Mutter, die wenige Jahre nach der Geburt des Kindes gestorben war, sodass Abdullah, wenn überhaupt, nur einzelne und sehr vage Erinnerungen an sie hatte. Nicht die leibliche Mutter zu sein tat ihrer Liebe zu ihm keinen Abbruch, sondern stärkte sie sogar. Sie musste nur den dunklen, über den Esstisch gebeugten Kopf des Jungen betrachten, und ihr Herz war voller Liebe. Weil Latif ständig arbeitete, war Abdullah von mehreren aufeinanderfolgenden Dienstmädchen erzogen worden. Er hatte weder Vater noch Mutter. Er gehörte ihr, ihr ganz allein.

Als Abdullah größer wurde, quälte sie die Frage, was sie sich für ihn wünschen sollte. Ihr Gefühl, dass es das Schicksal jeder Mutter sei, ihre Kinder an andere Städte zu verlieren, an London, Istanbul oder Los Angeles, wurde immer stärker. Jahrelang sorgte sie sich, sie könnte ihn an das Land Amerika verlieren, an das sie schon ihre Geschwister verloren hatte, und er würde womöglich ohne Allah erwachsen werden.

Die Angst, Abdullah könnte weggehen, hätte sie sich sparen und besser fürchten sollen, was vor ihren eigenen Augen geschah. Die Baracke, die geschundenen Körper.

1991 war der Golfkrieg zu Ende, und Riham hatte ständig Angst. Jede Nacht träumte sie von Inseln, von etwas Fernem, Leuchtendem im Wasser, das sie unbedingt erreichen musste. Ihre alte Welt war untergegangen. Ihre Eltern hatten viel Geld verloren, weil die Iraker die Banken dichtgemacht hatten. Sie griffen auf Salmas Erbe zurück, verkauften Salmas Wohnung und erwarben ein kleines Haus in Amman, das sie mit neuen Möbeln, Teppichen und Teekannen einrichteten. Karam war in Amerika und erzählte am immer rauschenden Telefon vom Schnee und von den Highways. Die bizarrste Volte hatte Souad geschlagen. Sie war in Paris geblieben, hatte überstürzt geheiratet, war bei *khalto* Mimi ausgezogen und hatte sich mit Elie eine Wohnung genommen.

Wenn Riham sich abends gemeinsam mit Latif und ihren Eltern die Nachrichten ansah, schlief Abdullah dabei meist mit dem Kopf in ihrem Schoß ein. Dann begann Latif über die ins Land strömenden Flüchtlinge zu sprechen, die das Krankenhaus füllten.

»Die Leute faulen vor sich hin, während sie auf Antibiotika warten. Man muss etwas unternehmen.« Riham brauchte nur seine angespannten Kiefermuskeln zu sehen, um zu wissen, dass etwas auf sie zukam.

Aber gerade deshalb liebte sie ja diesen Mann, der mit seinen Händen andere heilte. Um seiner Großherzigkeit, seiner Kraft willen. Die Flüchtlinge traten jäh in ihr Leben und brachten Läuse, nächtliche Schrecken und den ewigen Geruch von Desinfektionsmitteln ins Haus. Sie schliefen in der Baracke, in der Riham Teppiche ausgelegt und die Betten frisch bezogen hatte. Sie kochte eimerweise Eintopf. Wie hätte sie auf diese Menschen mit den offenen Mündern und den Augen voller Scham eifersüchtig sein können?

Nein, sie war nicht eifersüchtig.

(In Wahrheit jedoch gönnte sie ihnen Latif nicht. Die Flüchtlinge erinnerten sie an den schwarzen Fleck auf ihrer Seele, den sie damals vor vielen Jahren im Wasser gesehen hatte, an ihre eigene Unreinheit, die sie seitdem wenigstens Tag für Tag wegzuschrubben versucht.)

Sie bemühte sich, sie alle gleich zu behandeln und sich nicht zu sehr mit ihren Geschichten zu beschäftigen, sondern die Rolle der jungen Ehefrau zu spielen, die Brot und Tomaten schneidet. Doch es kam vor, dass ihr einzelne Frauen, die unbedingt in der Küche mithelfen wollten, von den zurückgelassenen Städten erzählten. Immer neue Flüchtlinge kamen damals, obwohl es nach dem Irakkrieg eine Zeit lang weniger waren. Aber fast jedes Jahr brach ein neuer Konflikt aus, und Menschen mit anderen Dialekten und dunklerer Haut standen vor ihrer Tür. Sobald Jordanien seine Tore öffnete, öffnete Latif sein Haus.

Riham war so sehr daran gelegen, den dunklen Fleck auf ihrer Seele wegzuschrubben, dass sie glaubte, die Flüchtlinge beträfen nur Latif und sie. Erst seit etwa einem Jahr sieht sie vieles von damals anders und richtet den inneren Blick auf den Unsichtbaren, Übersehenen in dem Ganzen.

Abdullah.

In ihren neu betrachteten Erinnerungen ist er allgegenwärtig. Während die Flüchtlinge ihre Suppe bekommen, sitzt Abdullah in der Küche und macht Hausaufgaben. Während im Fernsehen schreckliche Nachrichten laufen, sieht Abdullah zu. Während Latif um Mitternacht Wunden säubert und aus der Baracke Schreie dringen, liegt Abdullah wach in seinem Bett. Und mit den Kindern, den verschmutzten Kindern spielt Abdullah im Garten, teilt sein Spielzeug mit ihnen. Riham hat es damals kaum wahrgenommen, höchstens hin und wieder Stolz auf ihn empfunden.

Jetzt sieht sie es plötzlich. Abdullahs Fragen beim Anblick der Flüchtlinge: *Warum sind sie so hungrig? Warum macht Gott sie so hungrig?*

Warum hatte er ein Kissen und sie nicht? Warum sticht ein Soldat auf ein Kind ein?

Anfangs erschien es ganz normal: ein kleiner Junge, der sich Sorgen macht. Abdullah fragte immer nur Riham, die seine Mama geworden war und ihn tröstete, wenn er aus Albträumen erwachte. Sie sagte Latif nichts davon; es kam ihr ja nie der Gedanke, es könnte etwas im Argen liegen, Abdullah könnte die Teile zusammenfügen, die Punkte miteinander verbinden und ein schauriges Bild entwerfen. Die Wut kam erst später.

Farida besitzt ein stattliches Haus mit vergoldeten Möbeln und eindrucksvollen, unberührbaren Antiquitäten. Für die Gäste tragen die beiden philippinischen Dienstmädchen Unmengen von Speisen auf – mit Fleisch und Nüssen gefüllte Weinblätter, Gebäck, drei verschiedene Arten *kanafeh*. Heute steht auch eine Platte mit einer in Keile geschnittenen Wassermelone auf dem Tisch.

»Die letzte der Saison«, erklärt Farida, während sie die Teller austeilt. »Guten Appetit!« Wie ihr Haus, so ist auch Farida selbst eine königliche Erscheinung mit ihrem zurückgekämmten Haar, das den Blick auf den langen, schlanken Hals freigibt. Zweimal im Jahr fliegt sie nach Paris und kehrt mit Modeschmuck für die Frauen, mit Parfüms und schön verpackten Macarons zurück.

Die meisten Gäste sind Arztfrauen. Das Ganze ist eher eine Zweckgemeinschaft, aber eine, in der sich Riham wohlfühlt. Als Jugendliche hatte sie so wenige Freundinnen, dass sie diese Zusammenkünfte auch noch nach zehn Jahren als etwas Neues empfindet. Einige Frauen haben ihren Mann beim Freiwilligendienst im Krankenhaus kennengelernt, so wie Riham. Andere, Hanadi und Ludschain beispielsweise, arbeiteten vor ihrer Heirat und der Geburt ihrer Kinder als Krankenschwester, aber über dieses frühere Leben wird kaum gesprochen.

»Ein göttliches Lüftchen«, sagt Ludschain mit einer Kopfbewegung zur offenen Balkontür hin. »Was für ein Sommer!«

»Es soll einen strengen Winter geben.«

»Umso besser nach der Hitze!«

»Wenn der erste Schnee fällt, sagst du das nicht mehr.«

Lachend füllen sie ihre Teller mit Obst und Süßigkeiten. Riham ist die Jüngste und Gläubigste, die Einzige, die Kopftuch trägt. Manchmal hat sie das Gefühl, von den anderen wie ein Kind behandelt zu werden.

»Habt ihr gestern die Nachrichten gesehen?«

»Verrotten sollen sie!«, erwidert Hanadi und steckt sich eine Weintraube in den Mund. »An den Galgen, sage ich!«

»Und die Frauen? Die Kinder? Nicht jeder ist militant.«

Die Gesprächsthemen haben sich im Lauf der Jahre verändert. Vor acht, neun Jahren ging es ausschließlich um die Kinder. Damals unterhielten sie sich über Windeln, übers Stillen, über die Mischung aus Olivenöl und Pfefferminze, mit der sich die Schmerzen der zahnenden Kleinen lindern ließen. Die Treffen waren ihnen heilig, weil alles offen ausgesprochen werden konnte – von rissigen, blutigen Brustwarzen bis hin zur verminderten Straffheit zwischen den Beinen nach der Geburt.

Die Frauen erkundigten sich nach Abdullah und nahmen Riham als Mutter in ihrem Kreis auf. *Wie sind seine Noten?*, fragten sie. *Was machst du, wenn er nicht essen will?* In dieser Hinsicht waren sie durchaus nett zu ihr.

Doch der Stachel im Fleisch – dass sie kein eigenes Kind hat, dass es für Latif plötzlich nicht mehr infrage kam, weil er sich für zu alt hielt –, dieser Stachel ist geblieben. Deshalb wurde es in den letzten paar Jahren besser für sie. Jetzt wird nicht mehr über Schwangerschaften und Kleinkinder gesprochen, sondern über die Mühen der Pubertät, und sie trösten sich gegenseitig, indem sie einander beteuern, dass die Kinder nun einmal einer anderen Generation angehören.

»Ich habe in Samers Jacken Broschüren gefunden«, sagt Yusra. Riham ist ganz Ohr.

»Von der PLO?«, fragt Hanadi.

Yusra schüttelt den Kopf. »Nein, von irgendeiner islamistischen Gruppierung.«

»Diese Hunde!«, sagt Schad. »Sie sprechen gezielt die ganz Jungen an.«

»Ich frage mich, was diese Leute so faszinierend macht.« Farida spitzt die Lippen. »Wieso lassen sich brave Jungs von ihnen ködern?«

»Wegen des Geldes vielleicht.«

»Oder wegen der Gemeinschaft, der Kameradschaft.«

»Weil sie sich dort wie Giganten fühlen«, sagt Riham leise. Die Frauen nicken. Die beiden Dienstmädchen gehen durchs Zimmer und schenken Tee nach. Grüblerisches Schweigen legt sich über die Runde.

»Söhne machen nichts als Ärger«, sagt Hanadi schließlich. Die zierliche Frau hat drei. »Dein ganzes Leben lang versuchst du sie vor allem Möglichen zu schützen – vor Prügeleien, vor Frauen und jetzt auch noch vor politischen Gruppierungen.« Sie zuckt mit den Achseln. »Und dann sind sie groß und gehen weg.«

»Ja, Söhne sind wirklich das Schwierigste«, bestätigt Ludschain.

Farida lässt ein vornehm leises Schnauben vernehmen. »Also bitte! Söhne sind zumindest berechenbar. Heutzutage führen sich die Mädchen viel schlimmer auf als die Jungs.«

Sie erntet zustimmendes Gemurmel, und sofort dreht sich das Gespräch um Freundinnen von Freundinnen, Cousinen zweiten Grades, allesamt von irgendwem verleitet. Jede dieser Geschichten handelt von einem Mädchen aus gutem Haus und dem schlechten Einfluss durch einen Jungen oder eine missratene Freundin. So schnell, beklagen die Frauen, komme man vom Weg der Tugend ab und lande bei Alkohol, Zigaretten und Sex.

»Schrecklich, was Maysam passiert ist!«, ereifert sich Farida. »Nachdem ihre Farah eine Woche – nur eine einzige Woche – auf Familienbesuch in Beirut war, benimmt sie sich jetzt völlig unmöglich. Sie geht aus, wann sie Lust hat, und rollt die Jeans hoch. Letzte Woche kam Maysam nach Hause, und Farah hatte sich *selbst* die Haare abgeschnitten!«

»Nein! Diese herrlichen Locken!«, ruft Ludschain.

»Sie sagt, sie will aussehen wie Britney Spears. Solche Mädchen sind wirklich die Pest.«

»Ich würde es Farah überlassen, was sie mit ihren Haaren macht«, erklärt Hanadi, »solange sie nur die Beine zusammenhält.«

»Hanadi!«

»Warum regst du dich auf? Wir sollten uns nicht dümmer stellen, als wir sind. Ihr wisst doch, was mit Jehans Tochter Nisrine passiert ist.« Schlagartig verdüstert sich die Stimmung. Alle denken an das bleiche, von Schwangerschaftsgerüchten verfolgte Mädchen, dessen Familie eines Tages kurzerhand nach England zog. »Diese Mädchen schneiden sich nicht nur die Haare kurz und tragen Röcke – sie geben sich komplett auf.«

»Das ist so schrecklich.«

»Die Zeiten haben sich unglaublich geändert.«

Riham denkt an ihre Schwester und fragt sich, ob Souad jungfräulich in die Ehe gegangen ist, sich für die Hochzeit aufgespart hat.

»Die größte Angst machen mir die Geheimnisse der Kinder.«

»Ich danke Gott dafür, dass meine Hania da ganz anders ist«, sagt Farida. »Brav und gut erzogen.«

Die Frauen bestätigen es, doch Riham erinnert sich an ihre letzte Begegnung mit Hania, bei der die Fingernägel des Mädchens in viel zu grellem Rot lackiert waren, was sie Farida gegenüber natürlich niemals ansprechen würde.

Ist sie selbst auch schon so weit? Leugnet sie in Bezug auf Abdullah, was alle anderen klar sehen? Trübt die Liebe ihre Sicht und führt zu blinden Flecken? Immerhin hat sie einen klareren Blick als Latif. Vielleicht ist das der Vorteil, den Ersatzmütter genießen – immer einen Schritt entfernt zu sein. So sieht sie Dinge, die Latif entgehen.

Bei ihrer Rückkehr steht kein Auto in der Auffahrt; Latif und Abdullah sind noch nicht zu Hause. Es riecht nach Fleisch und Auberginen. Rosie steht in der Küche und rührt in einer Schüssel. Riham prüft mit dem Finger eine der Auberginenscheiben, die auf einem Teller liegen. Sie sind perfekt gebraten.

»Sehr gut!«, sagt sie. Rosie nickt, ohne den Blick von der Schüssel zu heben.

Der Muezzin ruft. Weil Abdullah und Latif jeden Moment nach Hause kommen, beeilt sich Riham beim *wudu*. Während sie betet, hallen die Stimmen der Frauen in ihrem Kopf wider. Als sie die Augen schließt, sieht sie Abdullah vor sich und trifft eine Entscheidung.

Noch vor dem Ende des Gebets richtet sie sich auf und geht, an Latifs Arbeitsraum vorbei, durch den Flur zu Abdullahs Zimmer. Das Amulett gegen den bösen Blick, das an der Tür hängt, starrt sie vorwurfsvoll an. Nach kurzem Zögern tritt sie ein.

Mit jedem Herzschlag durchfährt sie das schlechte Gewissen. Die üble Angewohnheit, Abdullahs Schubladen zu durchstöbern, stammt noch aus seiner Jugendzeit, als sie sich häufig auf die Suche machte nach – ja, wonach? Sie wusste es nie ganz genau. Nach Beweisen, Anzeichen.

Abdullah hat sein früheres Kinderzimmer behalten. Als er älter wurde, boten sie ihm ein anderes an, doch er blieb, weil er den Blick auf die im April orangerot blühenden Bäume liebte. Riham geht so vorsichtig hinein, als hätte sich Abdullah wütend im Schrank versteckt.

In seiner Kindheit war das Zimmer voller Action-Figuren, die er mit militärischer Präzision aufstellte. Sie sind inzwischen ebenso verschwunden wie die von ihm so geliebten Kriminalromane und die Schulbücher. Im Regal finden sich mehrere Ausgaben des Koran sowie Bücher mit langen Titeln über Allah und den Propheten, aber auch Geschichtsbücher und Lehrwerke für die Universität von Jordanien, an der er sich im vergangenen Monat eingeschrieben hat.

Ein Buch sticht ihr ins Auge – der blaue Rücken der *Enzyklopädie der Insekten*, die sie ihm geschenkt hat, als er zwölf war. Nachdem ihn eine Wespe gestochen hatte, begann er sich obsessiv für Wespen, Spinnen, Ameisen und Skorpione zu interessieren und Riham ständig Fragen zu stellen. »Was fressen sie? Wohin geht das Gift, wenn sie einen vergiften? Träumen sie?« Schließlich kaufte sie das Buch, und er las ihr monatelang ganze Passagen daraus vor.

Dass es noch dasteht, freut sie sehr. Immer wenn sie hereinkommt, sucht sie das Regal danach ab. Was sie tun würde, wenn es verschwände, weggeworfen würde wie die anderen, weiß sie nicht.

Auf dem Nachttisch liegt ein Stapel Pamphlete. Das Titelblatt zeigt die Umrisse einer Moschee, darunter steht in Kalligrafie: *Wie dienst du Allah?* Was macht er nur mit so vielen Exemplaren? Es sind Dutzende. Riham gibt sich die Antwort selbst: Verteilen.

Sie blättert ein wenig darin. Ein abgedroschener, öder Text über die *Irrungen* der Welt, über die Goldene Zeit, die Rückkehr zum Islam in seiner *reinen Form – Scharia,* denkt Riham –, die Übel, mit denen der Westen die Jugend verdirbt.

Widerwillig fasziniert setzt sie sich und liest weiter. Mit einigen Punkten ist sie einverstanden – die Religion ist ja wirklich zu einer Nebensache, einer Randerscheinung verkommen, und dass sich die Leute viel zu sehr mit materiellen Dingen umgeben, stimmt auch. Andererseits findet sie es feige, Wut heraufzubeschwören und alles zu verdammen. Beten ist so wertvoll wie Brot, so schlicht wie die Erde, in die sie ihre Setzlinge pflanzt. Das sagte ihre Großmutter immer, wenn sie im Garten war: *Allah ist im Baumstamm, in meinen Fingern, im Wasser und in der Dürre.* Gut *und* böse, sollte das heißen – Religion ist etwas Kompliziertes, das man nicht auf etwas Eindeutiges reduzieren darf. Deshalb hegt Riham diese Abneigung gegen die scharfsinnigen bärtigen Männer im Fernsehen, die von der Größe Allahs, von Demut und Unterwürfigkeit sprechen, selbst aber voller Wut und mit nichts anderem als ihrem Zorn beschäftigt sind.

Und macht man es sich nicht zu leicht, indem man alles auf die Gier schiebt oder auf den Westen – selbst wenn die Lieder dort tatsächlich voller Flüche und die Filme voller nackter Frauen sind? Das alles kommt doch sehr gelegen als Vorwand für schlechtes Benehmen, denkt Riham. Manche Könige legen fünfmal am Tag die Juwelen und Seidengewänder ab, knien nieder und sprechen still und bescheiden ihr Gebet.

Und tut sie selbst das nicht auch? Tag für Tag vollführt sie die Waschungen, verneigt sich und offenbart sich Allah. Doch vielleicht bereiten ihr die Pamphlete deshalb solches Unbehagen, weil sie ihr wie ein Angriff auf Latif und sie, auf ihr komfortables Leben mit Reisen nach Beirut und einem klimatisierten Haus erscheinen. *Aber wir sind doch dankbar dafür*, versichert sie den Geschworenen einer unsichtbaren Jury, *unglaublich dankbar*, obwohl sie sich manchmal an diese Dankbarkeit klammert, als könnte sie verhindern, dass man ihr alles wieder nimmt.

Draußen knirscht der Kies, ein Auto fährt vor. Riham zuckt zusammen und lässt das Pamphlet fallen. Latifs Schritte sind zu hören, dann wird die Tür geöffnet. Sie steht auf und folgt den Geräuschen und seiner tiefen, vertrauten Stimme, die ihren Namen ruft.

Er sitzt mit der Zeitung auf dem Sofa. Als er Riham freundlich zulächelt, zerfurchen Falten sein Gesicht. Er wird alt, denkt sie, sein Haar ist schon schlohweiß. Mit jedem Jahr verliert er ein kleines Stück seines früheren Selbst, ein kleines Stück des Arztes mit der olivbraunen Haut, als den sie ihn kennengelernt hat. Man sieht ihm sein Alter an und wird es immer deutlicher sehen. Die kleinen Flecken auf Handrücken und Füßen werden sich vermehren, die hervortretenden Adern sich weiter verzweigen. Doch sein Dahinwelken stößt Riham nicht etwa ab, sondern beruhigt sie, denn es bewirkt, dass er ganz ihr gehört, und lässt ihre eigenen Makel – die Hüften, die Aknenarben an den Schultern – leichter verzeihlich erscheinen.

»Und – was macht die heutige Aufgabenliste?«, fragt er grinsend.

»Alles abgehakt.«

»Bravo! Und Farida? Wie geht es den Damen?«

»Gut. Sie haben sich nach dir erkundigt.«

Latif faltet die Zeitung. »In Ramallah sind schon wieder zehn oder zwölf verhaftet worden.«

»Mama und Baba werden gleich hier sein. Rosie macht *maqlouba*. Es gibt einen neuen Skandal.«

Latif lächelt. »Lass mich raten: Souad.«

»Karam.« Latif hebt erstaunt den Blick. »Ja, ja, ich weiß, der Arme«, sagt Riham. »Er kann erst im Sommer kommen, weil Budur jetzt Prüfungen hat. Aber du kennst ja Mama. Sie ist wütend, bezeichnet die beiden als Egoisten und behauptet, niemand würde je an sie denken.«

»Hm. Diesmal steckt vielleicht sogar ein Körnchen Wahrheit darin«, erwidert Latif achselzuckend.

Riham spürt den Drang, ihren Bruder zu verteidigen. »Aber sie denkt einfach nicht realistisch. Die beiden haben viel zu tun. Budur macht ihren Abschluss –«

»Dann kommt er eben mit Linah.«

»Du klingst schon wie Mama«, erwidert Riham seufzend. »Bitte sag nichts, falls sie mit dem Thema anfängt!«

»Du weißt genau, dass ich das niemals tun würde.«

»Wo ist Abdullah?«, fragt sie zaghaft und denkt, wie selten sie doch über ihn sprechen.

Latif runzelt die Stirn. »Keine Ahnung. Vielleicht in der Uni –« In diesem Moment geht die Haustür auf und wird wieder geschlossen. Schritte ertönen.

Einen Moment lang treffen sich ihre Blicke. »Da ist er ja.« In Latifs Augen flackert Erleichterung auf, und Riham atmet die Luft aus, die sie stets anhält, solange der Junge außerhalb ihres Blickfelds ist.

Eigentlich geben sie ein fast normales Bild ab, findet Riham. Eine kleine Familie in der Küche, Vater, Mutter, Sohn. Der Vater liest Zeitung, der Sohn sitzt schweigend da, und die Mutter – die Mutter steht neben der Spüle und füllt Oliven, Nüsse und getrocknete Aprikosen in Porzellanschälchen, während die untergehende Sonne die Pflanzen auf dem Fensterbrett smaragdgrün leuchten lässt. Hin und wieder wirft sie einen verstohlenen Blick über die Schulter auf die zwei Männer, die sich in ihrer Verschlossenheit so sehr gleichen.

Es ist kurz vor sieben. Gleich kommen ihre Eltern. Die Kälte im Raum ist fast mit Händen zu greifen. Riham wünscht sich, Rosie würde in die Küche zurückkommen und sie mit ihrer interesselosen Energie füllen. Zwischen Abdullah und seinem Vater stehen zwei leere Stühle. Abdullah hat sich eine Zigarette angezündet, es riecht nach Rauch. Mit dem dunklen Bart in seinem jungen, weichen Gesicht erinnert er an einen mürrischen Fürsten aus ferner Zeit.

Riham denkt an die Pamphlete in seinem Zimmer, an das düstere Minarett. Er ist wütend auf seine Eltern, auf alles. Seine Wut macht ihr Angst.

»Wie war es in der Uni?«, fragt Latif barsch und legt die Zeitung zusammen.

Abdullah hält den Blick gesenkt, hebt nur kurz eine Schulter.

»Lernst du interessante Dinge?«

Die Antwort kommt erst nach mehreren Sekunden. »Nein.«

Latif wirft Riham kopfschüttelnd einen Blick zu.

»Ich räume auf, sie werden gleich da sein«, sagt er und verlässt die Küche wie ein Besiegter. Als sich Riham wieder den Schälchen zuwendet, sieht sie draußen auf dem Fensterbrett etwas dahinhuschen.

»Oh!« Ihr stockt der Atem. »Oh!« Abdullah wirkt schlagartig nervös. »Komm mal her, Aboudi, sieh dir das an!« Das Ding, das sie so erschreckt hat, ist ein Käfer mit Hörnern, glänzenden schwarzen Deckflügeln und grotesken Mundwerkzeugen.

Abdullah geht zu ihr. Gemeinsam beobachten sie, wie das Insekt verharrt, dann kehrtmacht und verblüffend wendig in die Gegenrichtung krabbelt.

»Ein Khaprakäfer«, erklärt Abdullah. Die Enzyklopädie. Riham schöpft Hoffnung.

»Damit hast du dich schon immer gut ausgekannt«, sagt sie. Unter Abdullahs Bart schimmert ein Lächeln auf.

»Das ist nicht schwer. Man muss sich nur merken, wie sie an der Oberseite aussehen.« Er stibitzt eine Olive aus dem Schälchen und wirft sie sich in den Mund.

»Hey!« Sie gibt ihm einen Klaps aufs Handgelenk, und beide grinsen sich verlegen an. Ihn zu sich zu locken erscheint ihr nicht weniger mühsam, als ein Musikstück auswendig zu lernen. Er ist wie ein scheues Tier, das man keinesfalls aufschrecken darf. Hundert Gedanken gehen ihr durch den Kopf, all das, was sie jetzt sagen könnte, um ihn zurückzuholen.

Sie folgt seinem Blick durch das Fenster in den Garten, zur Baracke, und sie betrachten sie eine Weile.

»Dein Vater meint, wir könnten dort ein Gewächshaus aufstellen«, sagt Riham.

»Irgendwie komisch, oder?« Zum ersten Mal seit Monaten klingt seine Stimme jungenhaft weich.

Und sie weiß genau, was er meint. Endlich. Die schwere Zeit im Leben völlig Fremder, das menschliche Geröll, das Latif ihnen brachte, hat sie zusammengeschweißt. Etwas zu sehen, was Abdullah sieht, verleiht ihr Mut.

»Ja«, flüstert sie. »Ich höre sie noch heute und muss ständig an sie denken, Aboudi.« Sie traut sich nicht, den Blick zu heben oder lauter zu sprechen; als wäre er ein Nachtfalter auf ihrer Hand, den selbst ein kleiner Hauch verscheuchen würde. Doch dann holt sie tief Luft und nimmt das Wagnis auf sich. »Ich weiß, du glaubst, du wärst der Einzige, der an sie denkt, *habibi*, aber ich denke auch an sie, ständig.«

Er wendet sich zu ihr. Sie sieht ihm in die Augen und erkennt zu ihrer Überraschung Furcht darin. »Keiner spricht von ihnen. Wir reden nie über sie. Als wären sie ein Traum gewesen, als würden wir nur heucheln.«

Sie weiß, dass Abdullah wartet, weiß, dass jede Sekunde Rosie hereinkommen und die Türglocke läuten kann. Sie weiß, dass sie jetzt etwas sagen muss. Plötzlich erinnert sie sich an eine der Flüchtlingsfrauen, die ihr vor Jahren half, genau in diesem Spülbecken Petersilie zu waschen. Sie hatte vom Henna dunkel verfärbte Hände. Ihr Mann, sagte sie, sei an einem Baum aufgehängt worden. Seltsam, dass Riham das gerade jetzt einfällt, dass sie gerade jetzt an eine Frau denkt, die sie nie wieder sehen wird.

Und seltsam, dass sie es nur Abdullah erzählen möchte, niemandem sonst. Vielleicht wird sie es tun. Wenn nicht jetzt, dann nach dem Essen. Oder morgen früh. Sie wird ihm die Träume schildern, die sie noch hat, und wird ihm sagen, dass Menschen auch nach Jahrzehnten Spuren hinterlassen können. Sie wird ihm von ihrer Angst berichten, die sie vor vielen Jahren im Wasser fand.

»Hör zu«, sagt sie. Der Junge sieht sie an, und seine Augen bitten sie darum, ihm alles zu erzählen.

Souad

Beirut
Juni 2004

Souad rührt zwei Löffel Zucker in den Kaffee, seufzt und gibt einen dritten dazu. Noch liegt der Tag mit seinen Aufgaben bedrohlich vor ihr. Sie geht mit dem Becher ins Wohnzimmer, wo Manar und Zain an dem Holztisch frühstücken, den sie vor einigen Wochen zusammen mit den Betten, dem Besteck und der azurblauen Couch gekauft hat. Das Allernotwendigste, wie sie Karam ständig versichert. Obwohl die Kinder und sie schon fast einen Monat hier sind, wirkt das Apartment mit seinen kahlen hellblauen Wänden unbewohnt. Durch die vorhanglosen Fenster strömt die Sonne herein.

Schwerfällige Schritte künden Alias Erscheinen an. Sie schnalzt indigniert mit der Zunge und sagt: »Eigentlich sollte man sie alle verbrennen.«

»Die Kartons?«

»Wer braucht sechs Himmelskarten, kannst du mir das erklären? Sechs! Ich habe ihm gesagt: ›Atef, du bist kein Astronaut, such dir eine aus!‹ Aber er kann sich nicht entscheiden. Und dann soll ich auch noch versprechen, auf gar keinen Fall etwas wegzuwerfen.«

»Wir haben doch genug Platz, Mama.«

»Darum geht es nicht!« Die Umzugskartons sind ein heikles Thema. Alia ist in der letzten Woche mit sieben Stück in Beirut eingetroffen, alle voller Bücher und Gerümpel aus dem Haus in Amman. »Es geht darum, dass so vieles davon überflüssig ist!«

Manar und Zain essen ungerührt weiter; die Ausbrüche ihrer

Großmutter sind nichts Neues für sie. Alia ist aus Amman gekommen, um Souad und den Kindern beim Einrichten der Wohnung zu helfen, mäkelt aber hauptsächlich an Beirut herum und teilt ständig Spitzen gegen Manars und Zains amerikanische Lebensart aus.

»Wir haben genug Platz«, wiederholt Souad. »Das kommt alles in die Abstellkammer. Wenn ich zurück bin, helfe ich dir.« Wie auf Knopfdruck legt Manar den Löffel aus der Hand.

»Ich komme nicht mit«, verkündet sie. »Mir reicht es mit diesen hysterischen Shoppingtouren.«

Hysterisch. Trotz des aufkommenden Ärgers lächelt Souad ihre böse dreinschauende Tochter an, die wegen ihres schwarzen Brillengestells etwas Eulenhaftes hat. Weil sich die aus Boston gewohnten Frühstücksflocken nicht auftreiben ließen, kauft sie hier Rice Krispies, die Manar mit Zucker überhäuft, was Souad jedes Mal ein schlechtes Gewissen bereitet.

»Du musst nicht mitkommen«, erwidert sie in dem heiteren Ton, den sie sich seit dem Umzug angewöhnt hat. »Du kannst hierbleiben oder zu Budur runtergehen. Aber wenn du mitkommst, darfst du dir für dein Zimmer aussuchen, was du willst.«

»Was ich will?« Manar sieht sie eindringlich an, und Souad seufzt. Sie weiß, was das heißt – Vorhänge mit Giraffenmuster, karottengelbe Lampenschirme. Manar ist für ihre dreizehn Jahre ziemlich clever und durchtrieben, ein Kind, das genau weiß, was es will, und nichts unversucht lässt, um seine Ansichten durchzusetzen. Die alte Souad hätte sie angeschnauzt, hätte Regeln aufgestellt, aber weil das Vergangenheit ist, nippt sie an ihrem Kaffee und beteuert:

»Ja, alles.«

»Verwöhnte *ajnabi*-Kinder«, faucht Alia auf Arabisch. Souad ignoriert die Bemerkung.

»Darf Linah mitkommen?«, fragt Zain.

»Ja!«, ruft Souad in dem Versuch, ihre Vorstellung von einer ständig begeisterten amerikanischen Super-Mutter zu erfüllen. »Das wird bestimmt lustig. Und hinterher gehen wir zu diesem Schawarma-Imbiss und essen Sandwiches. Und deinen Pony können wir auch nachschneiden lassen, Manar.« Sie versucht sie zu berühren, aber das Mädchen weicht zurück.

»Ich will den Pony genau so, wie er ist!«

»Diese Schawarma-Imbisse sind schmutzig, Souad«, sagt Alia. »Die verwenden Rattenfleisch.«

»Mama!«, zischt Souad, als sie Zains Stirnrunzeln sieht.

»Ich finde den Schawarma-Imbiss toll, Mama, die haben mit Abstand die besten Pommes!«, wirft Zain hastig ein und schenkt ihr beflissen ein strahlendes Lächeln. Es bricht ihr jedes Mal das Herz, wenn er so überschwänglich wird und in diesem speziell für sie gewählten Ton mit ihr spricht.

Sie gehen in die Wohnung ein Stockwerk unter ihnen, in der Karam und Budur den Sommer verbringen. Das Haus ist alt und hat eine heruntergekommene, aber bezaubernde Fassade. Nicht weit von der Corniche entfernt, bietet es Ausblick auf Geschäfte und den endlos dahinkriechenden Verkehr, und zur Amerikanischen Universität sind es nur ein paar Schritte. Das Gebäude beherbergt vorwiegend Professoren und deren Familien, von denen Souad im Großen und Ganzen freundlich behandelt wird. Karams und Souads Wohnungen im fünften beziehungsweise sechsten Stock liegen hoch genug, um zwischen Telefonmasten und anderen Häusern ein Stück Mittelmeer sehen zu können.

»Eine Sommerunterkunft«, sagte Riham über die Beiruter Wohnung, als sie Souad anrief. »Ich benutze sie fast nie, unsere Eltern sind nur wenige Wochen im Jahr dort. Meist steht sie leer und verstaubt. Du würdest mir einen Gefallen tun.«

Beide Wohnungen haben die gleichen, mit kunstvoll verschnörkelten Schnitzereien versehenen Eingangstüren. Souad klopft einmal, dann noch einmal, obwohl sie weiß, dass die Tür nicht verschlossen ist.

»Wir sind doch nicht in Amerika!«, schnaubt Alia, öffnet die Tür und ruft: »Karam!« Souad rollt kurz mit den Augen. »Karam!« Alia rauscht hinein. Souad und die Kinder folgen ihr in die Diele.

»Karam ist nicht da.« Budur kommt im Bademantel und mit zerzausten Haaren auf sie zu. »Guten Morgen, ihr Lieben! Linah ist in ihrem Zimmer, *habibi*.« Zain rennt an ihr vorbei, während Manar gemächlich zum Wohnzimmerbalkon geht. Budur fordert Souad und Alia mit einer Handbewegung auf, ihr in die Küche zu folgen. Während Souads Wohnung ganz in Blau gehalten ist, sind die Wände bei Budur und Karam sattgrün gestrichen, weshalb sie *die grüne* beziehungsweise *die blaue Wohnung* genannt werden.

»Es stinkt nach Zigaretten.«

»Ich sage Tika, dass sie die Fenster aufmachen soll, Tante«, erwidert Budur seelenruhig. Souad bewundert die Gelassenheit, mit der sie gekonnt über jeden Konflikt hinwegsteigt wie über einen im Weg liegenden Schuh. »Tee?«

»Mit Zucker.« Alia nimmt am Küchentisch Platz. »Souads Brille ist schmutzig.«

»Stimmt doch gar nicht.« Hinter Souads linkem Auge beginnt ein Äderchen zu pulsieren.

Budur geht eine Tasse holen, schlendert dabei dicht an Souad vorbei, drückt ihr den Arm und flüstert: »Ganz ruhig.« Dann sagt sie laut: »Das Kleid sieht gut aus, Sous.«

Souad zupft am Ausschnitt herum. Letzte Woche drängte Budur in dem Geschäft darauf, das Kleid zu kaufen, während Souad mit hängenden Schultern in der Kabine stand und entsetzt das gewagte Dekolleté musterte.

»Sie sieht aus wie eine Nutte.«

»Mama!«

»Was regst du dich auf?«, entgegnet Alia mit unschuldigem Schulterzucken. »So siehst du nun mal aus.«

»Wunderschön sieht sie aus. So beschwingt.«

»*Beschwingt.*« Aus Alias Mund klingt das Wort tödlich. »Welche geschiedene Frau will schon *beschwingt* aussehen!«

Budur hebt die Hand. »Also bitte! Wirf mal einen Blick auf die Frauen in dieser Stadt.« Sie schenkt Souad Kaffee ein. »Verglichen mit den Kleidern hier ist das da praktisch ein Nikab.«

»Eine Hurenstadt«, knurrt Alia. In ihrer Abneigung gegen die libanesischen Frauen sind sich Budur und sie einig.

Souad greift nach ihrer Tasse. »Ihr zwei schafft es im Alleingang, den gesamten Feminismus auszulöschen«, erklärt sie und sagt sich, dass jetzt nur noch Koffein hilft.

Irgendwo in der Wohnung scheppert es. Nach mehreren Sekunden Stille ertönt schallendes Gelächter. Budur und Souad werfen sich einen Blick zu.

»Linah!«, ruft Budur.

Linah, noch im Schlafanzug, erscheint in der Tür. Sie ist neun, nur wenige Monate nach Zain geboren, sieht aber viel jünger aus, weil sie so klein und dünn für ihre Alter ist. Ihr feines Haar rutscht ständig aus den Zöpfen oder dem Pferdeschwanz heraus und fällt auf die Schultern. *Stupsnäschen und Riesenaugen*, sagt Riham immer. Schon als Linah noch ein Kleinkind war, fühlte sich Souad wegen ihrer Wutanfälle und ihres breiten Grinsens zu ihr hingezogen. Schwierig, aber ungemein liebenswert, und so *berührbar*, wie sie Manar, die immer erschlaffte, wenn man sie in den Armen hielt, niemals erlebte.

»Was war das für ein Krach?«

Linah verkneift sich ein Grinsen. »Nichts.« Hinter ihr taucht Zain auf.

»Zain, *habibi*, was war das für ein Krach?«, fragt Budur.

Zain schielt zögerlich zu Linah hinüber. »Uns ist ein Bilderrahmen runtergefallen, aber wir räumen gleich auf.«

Linah blickt ihn drohend an. »*Schsch!*«

»Gut gemacht, Zain«, sagt Budur. »Linah, was haben wir besprochen, als es ums Lügen ging?«

Linah tut so, als hätte sie nichts gehört. »Darf ich Kaffee von dir trinken?«, fragt sie Souad.

»Dann kriegst du einen Schnurrbart«, sagt Souad. Den Spruch hat sie früher in Kuwait oft von ihrer Mutter und *khalto* Widad zu hören bekommen. Die Vorstellung, mit einem struppigen Schnurrbart wie dem ihres Vaters aufzuwachen, jagte ihr Angst ein.

»Quatsch!«, ruft Linah, stemmt die Fäuste in die Hüften und baut sich breitbeinig vor Souad auf. Sogar Alia muss lachen.

»Er ist aber noch heiß.« Souad führt die Tasse vorsichtig an Linahs kleines Gesicht heran. Linah trinkt mit gespitzten Lippen und verzieht sofort das Gesicht.

»Schmeckt wie Erde.«

»Koffein ist wirklich das Allerletzte für ein Kind«, bemerkt Alia.

»Koffein!«, brüllt Linah. »Koffein, Koffein!« Sie springt auf und ab und hoppelt schließlich wie ein Kaninchen zu ihrer Mutter. Zain ist begeistert von den Mätzchen seiner jüngeren Cousine und lacht. Budur schreit ihre Tochter nicht an, tadelt sie nicht, sondern breitet nur kopfschüttelnd die Arme aus, nimmt die weiterbrüllende Linah zwischen die Beine und beginnt mit geschickten Fingern, das dunkle Haar des Mädchens neu zu flechten. Als sie fertig ist, legt sie ihre Wange kurz an Linahs Kopf und lässt ihre Tochter wieder los. Linah saust mit Zain im Schlepptau aus der Küche.

»Zieh dich an! Souad möchte gleich losgehen!«, ruft sie ihr nach und wirft Souad einen bedauernden Blick zu. »Sie hat wirklich einen schrecklichen Einfluss auf Zain.«

Das Haus hat vierzehn Stockwerke mit jeweils einer Wohnung und verfügt über einen uralten schmiedeeisernen Aufzug, der rumpelnd hinauf- und hinunterfährt. In der Eingangshalle hält er zwei Zentimeter über dem Boden, die Linah und Zain immer mit großem Getue hinunterspringen. Hinter ihnen verlässt Manar die Kabine, ohne auf das Geplapper der beiden Kleinen zu achten.

Souad hofft, Beirut werde das gierige, unsichtbare Missbehagen vertreiben, das sie in Boston befiel, nachdem Elie gegangen war. Anfangs dachte sie, es hätte damit zu tun, dass sie nun, mit Ende zwanzig, zu altern begänne, aber das war es nicht. Es war etwas Größeres. An einem Abend im Februar fiel es ihr an einer Tankstelle wie Schuppen von den Augen, als sie, mit dem Zapfhahn in der Hand, dastand und den süchtigmachenden Geruch einatmete. Plötzlich war ihr klar, dass das Missbehagen *von diesem Land* herrührte. Von den wuchernden Shoppingmalls, den Lichtern der Highways, der Steuererklärung, von diesem Vorstadt-Amerika selbst, in dem sie jahrelang gelebt und geschlafen hatte und Morgen für Morgen erwacht war.

Beirut rief sie. Sie wollte etwas Neues. Sie wolle zurück in ihre Heimat, erklärte sie Zain und Manar. Aber Manar starrte sie nur an und fragte trocken: *In welche Heimat?*

In die Heimat, in der alles vertraut ist, in der die Menschen aussehen und reden wie wir. In der ihr Arabisch lernen und in der Nähe eurer Großeltern sein könnt und nie nach Hause kommt und fragt, was das eigentlich heißt: Kameltreiber.

Auf verwahrlosten Straßen, die von schicken Gebäuden gesäumt sind, geht es zum Einkaufszentrum. Souad hatte zwar in den vergangenen Jahren den einen oder anderen Sommer in Beirut verbracht, doch als sie vor wenigen Wochen an einem Freitag nach Mitternacht mit den Kindern dort ankam, fühlte sich alles anders an. Erschöpft hatten sie in langen Schlangen gewartet und vor dem Einreiseschalter ausgeharrt. Als sie endlich an der Reihe waren und Souad Arabisch zu sprechen begann, sagte ihr der Beamte auf den Kopf zu: »Sie sind keine Libanesin.« Karam erwartete sie am Ankunftsgate. Die Fahrt nach Hause war wie eine Reise durch eine surreale Landschaft – mit Einschusslöchern übersäte Gebäude, dazwischen immer wieder ein kurzer Blick aufs Meer, vorbeirasende Werbetafeln, auf denen weibliche Models in Unterwäsche oder ernst dreinblickende Männer zu sehen waren.

Hier, auf der Straße zum Einkaufszentrum, sieht es genauso aus. Eine Tafel wirbt mit einer rauchenden Frau und dem in Schnörkelschrift darunter angebrachten Slogan *La belle époque est arrivée*, während von den Plakaten auf anderen Häusern Männer mit fiebrig glänzenden, schwermütigen Augen herabblicken. *Märtyrer*, denkt Souad.

Vieles in diesem neuen Land macht ihr Angst – die steilen Straßen, die Stromausfälle, der tief in die Haut der Stadt eingekerbte Krieg –, doch am meisten fürchtet sie sich vor den Männern auf den Plakaten, die tot sind oder nach dem Tod dürsten. Sie haben die gleichen wilden, glasigen Augen wie die Flugzeugentführer, deren Gesichter in Souads Gedächtnis eingebrannt sind, als wäre es gestern gewesen, dass Elie früher nach Hause kam und sie eng aneinandergeschmiegt vor dem Fernseher saßen und auf Asche und Feuer starrten, auf den in Endlosschleife gezeigten Einsturz der Wolkenkratzer.

Souad sah sich die zusammenbrechenden Türme tagelang an. Die Welt war süchtig nach dem Anblick; immer wieder erstanden sie neu, wurden unversehrt und silbrig glänzend, um gleich darauf einmal mehr in sich zusammenzusacken, und jedes Mal war wie das erste Mal. Die gewaltige Zerstörung hatte etwas fast Majestätisches. Souad betrachtete die staubbedeckten Straßen, die panischen Gesichter der nach ihren Angehörigen schreienden Menschen, und ihr Herz schlug im Rhythmus der wackelnden Kameras. Wie das Blut aus einer Schusswunde quollen Feuer und Rauch aus den Gebäuden. Dann sprangen die Ersten; ihre kleinen, vom Himmel taumelnden Körper waren unwirklich wie Puppen in einem Albtraum. In einer Nachrichtensendung wurde die Aufnahme einer Frauenstimme abgespielt, die die Notrufzentrale verzweifelt um Hilfe anflehte. Souad versuchte sich vorzustellen, was sie der Frau gesagt hätte, was man ihr überhaupt hätte sagen können, ob sie dasselbe gesagt hätte wie die Frau vom Notruf: *Es tut mir leid, o Gott, es tut mir so leid.* Noch Wochen später berührte sie sich immer wieder an den Beinen und Ohren und im Gesicht, um sich ihrer Lebendigkeit zu versichern, sah sich selbst in dem Gebäude und fragte sich beim Blick aus dem Fenster, wie es wohl ist, wenn man weiß, dass man sterben wird. Dass man schon tot ist.

Sie litt mit den zu Boden rasenden Männern und Frauen; jeder Sturz rief einen tiefen menschlichen Schmerz in ihr hervor. *Wie ist das*, hätte sie gern gefragt, *wenn du nur noch ein Körper bist, ein Körper, den du plötzlich liebst und der nun in die Tiefe fällt?*

Doch sie stellte die Frage nicht in jener lang zurückliegenden Nacht, sondern sagte nur: »Sie springen.« Elie schüttelte den Kopf. Seine Augen waren gerötet. Er drückte sie an sich – danach ging es ihnen viele Wochen lang gut miteinander; wie damals wahrscheinlich viele Paare im ganzen Land, erlebten sie einen zweiten, wenn auch vorübergehenden Liebesfrühling –, küsste sie auf die Schläfe und flüsterte etwas, aber sie verstand es nicht.

Wenn wir nach Beirut ziehen, sind wir frei und können ein neues Leben beginnen, hatte Souad den Kindern gesagt. Eine alte Freundin verhalf ihr zu einem Job an der Amerikanischen Universität, einer Assistentinnenstelle. Jetzt leitet sie ein Englisch-Einführungsseminar für Studienanfänger. Von den Studenten wird nicht viel gefordert; das Ganze ist öde und schlecht bezahlt, weil Souad nicht promoviert ist, sondern nur einen mit Mühe erlangten Bachelor-Abschluss in Design hat, den sie sich in Abendseminaren und Online-Workshops zusammengestoppelt hat – eigentlich unsinnig und eine sechs Jahre dauernde Zeitverschwendung, aber sie ist trotzdem dankbar dafür.

Manchmal setzt sie sich allein auf den Balkonboden und raucht – nicht wegen des Nikotins, sondern weil der Rauch im Dunkeln so schön in Schnörkeln und Spiralen aufsteigt. Der auch nachts nicht abebbende Lärm der hupenden Autos und streitenden oder lachenden Menschen stört sie nicht. Sobald sie Arabisch hört, schlägt ihr Herz höher. Wenn sie die Augen schließt, ist ihr, als säße sie unten in dem Café inmitten von plaudernden Männern, und sie muss nicht sprechen, braucht kein einziges Wort zu sagen, um bei ihnen sein zu können.

Sie hatte den Muezzin vermisst und das Essen – sogar ihr eigenes stockendes Arabisch. In Beirut ist sie wieder Palästinenserin. Ihr Akzent verrät sie gegenüber jedem Taxifahrer, jedem Bankangestellten. Wie damals in Kuwait. Als kleines Mädchen kam ihr die Einteilung nach der jeweiligen Herkunft nie seltsam vor; in Kuwait gab es viele Einwanderer, jeder schien von irgendwoher zu kommen. Elie hatte seinen Libanon, Budur ihren Irak. Selbst wenn die Abstammung kaum mehr spürbar und schon jahrelang nicht mehr in Anspruch genommen worden war, kam man immer aus dem Land des Vaters.

In Amerika war das anders. Dort wurde man, was man sein wollte. Die Leute vergaßen schnell. Souad lernte Mexikaner, Deutsche und Libyer kennen, die zwar Englisch mit Akzent sprachen, aber auf die Frage, woher sie seien, *Von hier* antworteten. Sie wurde braun. Die Menschen begannen ins Leere zu starren, wenn sie zu erklären versuchte, dass sie zwar in Kuwait gelebt hatte, aber keine Kuwaiterin war und auch nie in Palästina gewesen, sehr wohl aber Palästinenserin war. Diese komplizierte Logik hatte dort keinen Platz.

Nach dem Einsturz der Twin Towers wurde sie zwar in den öffentlichen Verkehrsmitteln kritisch beäugt, aber die Menschen in dem liberalen Vorort, in dem sie lebte, sahen das Ganze lockerer. *Gib uns Bescheid, wenn du etwas brauchst,* sagten die anderen Mütter der Kinderspielgruppe zu ihr. *Und wenn jemand unhöflich ist, erzählst du es uns.* Außerhalb von Boston bekam sie es stärker zu spüren. Auf der Fahrt nach Texas, wo Budur und sie eine Freundin besuchen wollten, hielten sie an einer Tankstelle, um Zigaretten zu kaufen. Souad registrierte den eiskalten Blick der beiden jungen Middlewest-Männer hinter der Theke, und schließlich schleuderte ihr der eine das Wechselgeld mit solcher Wucht entgegen, dass mehrere Münzen zu Boden fielen. Souads Angst rüttelte sie wach wie eine Glocke. Auf dem Weg nach draußen hörte sie die Wörter *Terroristin* und *Schlampe*, gefolgt von johlendem Gelächter.

»Der Undertaker gewinnt!«

»Quatsch, der ist total schwach. Triple X besiegt ihn!«

»Ganz bestimmt nicht. Der ist ein Loser!«

»Aber nur, weil er schummelt. Weißt du noch, wie er beim letzten Mal Shawn Michaels mit dem Stuhl geschlagen hat, und der Schiedsrichter hat es nicht gesehen?«

»Der Schiedsrichter war ein Idiot!«

»*Du* bist ein Idiot!«

»Kinder«, sagt Souad. Sofort wird es leiser auf der Rückbank; Linah und Zain setzen ihren Streit im Flüsterton fort. Souad hört mehrmals rasch hintereinander die Wörter *Trottel*, *Champion* und *Stuhl*. Zain interessiert sich seit einem Jahr brennend für Wrestling, und Linah hat die Sache schnell kapiert. Die beiden, kurz hintereinander geboren, waren einander von Anfang an zugetan. In Boston wuchsen sie zusammen auf und trugen oft die Klamotten des jeweils anderen. Linah erbte Zains Overalls und seine Spielsachen, und gemeinsam erfanden sie Rollenspiele, in denen es um Piraten und Roboter ging.

Souad hält an einer Kreuzung, um den Gegenverkehr passieren zu lassen. Der Jeep hinter ihr hupt, dann auch der Wagen dahinter. Der Mann im Jeep fordert sie mit der Hand zum Weiterfahren auf. »Jetzt warte doch!«, murmelt Souad, nähert sich im Schneckentempo der Stelle, an der sie abbiegen kann, und verliert plötzlich die Nerven. »Dann fahr – los, fahr schon!«, sagt sie und winkt den Jeep weiter.

»Der flucht jetzt bestimmt auf dich«, sagt Manar, während sie einen Ohrstöpsel herausnimmt, aus dem bedrohlich klingende Musik schallt.

»Kann schon sein«, erwidert Souad vergnügt.

»Aber er hatte recht, du hättest wirklich fahren sollen«, erklärt Manar, steckt sich den Hörer wieder ins Ohr, lehnt die Schläfe an den Fensterrahmen und schließt die Augen. Ihr struppiges Haar – leider weder so fein wie das von Elie noch so lockig wie das von Souad, sondern etwas dazwischen, eine unschöne Krause – umgibt ihren Kopf wie ein Lichtschein.

Nach der Hochzeit verwandelte sich Paris. Die frühere Quirligkeit der Stadt fühlte sich plötzlich bleiern an. Die Tage wurden kürzer und kälter, während Souad allmählich klar wurde, dass die Invasion nicht so bald vorüber sein würde. An besonders eisigen Vormittagen ertappte sie sich dabei, dass sie von Kuwait träumte. Einen Sommer lang war ihr Paris mit seinen Geschäften, Museen und Cafés unendlich erschienen, riesig. Als neue Heimat aber nutzte sich die Stadt ab. Zu viele Leute auf den Kopfsteinpflasterstraßen, und immer waren Wolken am Himmel.

Elie hatte sich von seinem Vater Geld zur Hochzeit gewünscht und noch vor Ablauf eines Monats eine Wohnung herbeigezaubert. Sie befand sich in einem düsteren, hässlichen Gebäude im Stadtteil Belleville, eingepfercht zwischen einem Chinarestaurant und einem Laden für indische Stoffe.

Zu Beginn fand Souad die puppenstubenartigen Zimmerchen wundervoll und klatschte in die Hände vor Freude über das rosa gefliese Bad und das Oberlicht über dem Ehebett. Am ersten Tag wirbelte sie durch die leere, von der Morgensonne durchflutete

Wohnung und richtete sie in Gedanken ein – Spitzengardinen für die winzigen Fenster, eine Küche mit großen Vorräten an Spaghetti und französischem Käse. Sie strichen die Wände gelb und kauften Kerzen mit Vanilleduft für das Wohnzimmer.

Irgendwann empfand sie den Vanilleduft nur noch als penetrant, und von den gelben Wänden wurde ihr übel, vor allem zu Beginn ihrer Schwangerschaft. Die Farbe erinnerte sie an Dotter. Elie hatte ein Leben außerhalb der Wohnung. Er hatte seinen Roman, seine Uniseminare, die er begeistert besuchte, nächtelange Diskussionen und Gespräche mit Kommilitonen in Weinlokalen. Souad hatte nichts. Sie konnte Elie nicht erklären, warum sie manchmal in Tränen ausbrach, hatte keine Begründung für ihre Gereiztheit, ihre innere Unrast. Sie ging nur widerwillig in die Uni; danach lag jedes Mal ein scheinbar endlos langer Nachmittag vor ihr. Ihre einzige Sehnsucht, ihr einziges Ziel war seine Rückkehr. So verging ein Jahr. Bald war der nächste Winter da, ihr zweiter in Paris, und sie trug Manar im Bauch.

Eines Tages, viele Monate nach der Invasion Kuwaits, kam Elie heim und fand sie weinend vor dem Fernseher.

»Sie haben zur Übung auf sie geschossen«, sagte sie schluchzend.

Sie hatte sich eine Reportage über die Invasion angesehen und war in Tränen ausgebrochen, als berichtet wurde, wie die irakischen Soldaten die Käfige öffneten und auf die fliehenden Tiere schossen. In einer Szene war eine von Kugeln durchsiebte Giraffe zu sehen gewesen. Souad hatte an die von ihr als Kind so geliebten Giraffen gedacht und sich gefragt, ob die im Fernsehen gezeigte eine von ihnen gewesen sein könnte.

»Komm, wir schalten das aus.« Er legte die Arme um ihren dicken Bauch und vergrub sein Gesicht an ihrem Hals.

Aber es war kalt, und sie hatte stundenlang geweint, und von seiner Fahne wurde ihr schlecht.

»Fass mich nicht an«, sagte sie kläglich.

Elie erstarrte und ließ die Arme sinken. Dann hatten sie einen Streit, den ersten von Hunderten, die in den nächsten Jahren folgen sollten – in Restaurants, während der Geburtstagsfeste der Kinder, nach durchzechten Abenden, *vor* durchzechten Abenden. Mit der Zeit wurde das Streiten absehbar, es wurde zur Alltäglichkeit. Doch vor diesem ersten Mal waren sie nie so grausam zueinander gewesen. Elie bezeichnete sie in hämischem Ton als erbärmlich. Und Souad hörte sich, zitternd vor Wut, entsetzliche Dinge brüllen – das kreischende Geständnis, einen Fehler gemacht zu haben und alles zu bereuen. Sie fand es grauenhaft und beängstigend, dass Elie und sie zu so etwas fähig waren.

Aber es war auch eine Erleichterung nach den Monaten als viel zu junge Ehefrau, in denen sie mühsam Französisch gelernt und sich in den Gassen der Stadt verlaufen hatte. Die Wut war eine Stütze. Sie half ihr, wieder an sich selbst zu denken.

Schließlich stürmte Elie türenknallend aus der Wohnung. Souad bereitete tränenüberströmt das Abendessen vor und verfluchte ihren Mann, während sie die Spaghetti in dem gebraucht gekauften Kupfertopf rührte. Als sich in der Sahnesoße Klümpchen bildeten, wurde ihr klar, dass sie Paris hasste.

Sie weinte nicht um die Tiere oder um die verlorene Stadt, sondern um sich. Ihre Mutter hatte recht gehabt – alle fehlten ihr: Karam, ihr Vater, Budur. Sie umschlang ihren Bauch und wurde von einem perversen, gierigen Verlangen nach ihrer Mutter geschüttelt, nach Alias Nüchternheit. Sie sehnte sich danach, dass ihre Mutter, eine Braue sarkastisch hochgezogen, in diese enge Wohnung geschlendert käme.

Die Vorstellung von dieser hochgezogenen Braue und von der Stimme ihrer Mutter gab ihr Kraft. *Tja, Souad, da siehst du, was du angerichtet hast.* Voller Wehmut dachte sie an die belebende Wut, die sie kurz zuvor empfunden hatte.

Und ließ den Topf verschmoren.

An diesem Abend, an dem sie ihren Fehler zu spät einsah, an all die Augenblicke, in denen Liebe entsteht und zerstört wird, denkt Souad in letzter Zeit. An sich selbst, in maßloser Wut, damals, kurz bevor sie Mutter wurde. An den Gestank von angebranntem Kupfer.

Natürlich gab es auch ein Danach. Das Haus, Elies Studienabschluss, seinen Job als Lehrer, den Umzug nach Amerika. Trotz des Schnees und des breiten Akzents empfand sie Boston in gewisser Hinsicht als Erleichterung. Der Abschied von Paris, der Stadt, die sie nie zu lieben gelernt hatte, fiel ihr leicht. In Boston führten sie ein ruhigeres, ganz auf die kleinen Kinder ausgerichtetes Leben. Sie zogen mehrmals um, wohnten in kleinen Apartments in der Nähe der Suffolk University. Nachmittags spielten die Kinder mit anderen Kindern aus dem Viertel, während Souad und die anderen jungen Mütter Apfelsaft einschenkten und sich über die Probleme mit dem Zahnen unterhielten. Und am Wochenende feierten sie Geburtstagspartys, grillten mit Budur und Karam im Park und bauten im Winter Schneemänner. Jeden zweiten Sommer buchte sie für die beiden und für sich und die Kinder Flüge nach Amman; Elie kam nie mit, weil er schreiben müsse, wie er sagte. Auf den unfassbar langen Reisen zu Alia und Atef zogen sie ihre riesigen, mit Klebeband zusammengehaltenen Koffer durch die Flughäfen. Dann wurde zwei Monate lang Shisha geraucht, mit ihrer Mutter gestritten und im Salzwasser geschwommen, während die Kinder braun wurden, verwilderten und lange Haare bekamen.

Schließlich zogen sie in ein Haus mit einem kleinen Stück Rasen, schmalen Fluren und einer Treppe mit Schrägdecke, an der sich Souad ständig den Kopf stieß. Sie stritten ununterbrochen. Es ging um Rechnungen, um Urlaube, um die Freizeitaktivitäten der Kinder. Sie stritten, weil sie sich nicht einig wurden, ob auf der Auffahrt vor oder nach dem Schneefall Salz gestreut werden sollte. Sie stritten über Elies Roman, den gottverfluchten Roman, der Souad schon als Teenager in dem Café in Kuwait in Aussicht gestellt worden war, der ihrer Ehe zur Last fiel wie ein unerwünschter Gast und nie beendet wurde. Ab und zu behauptete Elie, fast fertig zu sein; dann sah er es plötzlich wieder anders, bezeichnete das Ganze als Schrott und starrte wochenlang trübselig aus dem Fenster seines Arbeitszimmers. Zwei Mal verbrannte er Hunderte von Seiten in der Badewanne, und Souad schrie ihn tagelang nur noch an.

Die Jahre verstrichen. Ihre Ehe war schon tausend Tode gestorben, als Elie es endlich begriff und ging.

Das Spinneys-Einkaufszentrum ist ein riesiger Bau mit Möbelgeschäften, Buchhandlungen und sogar einem Lebensmittelladen. Die vier passieren den Eingang, vor dem ein französisch beschriftetes Schild für ein Waschmittel wirbt.

Als Souad auf die Einkaufswagen zugeht, zieht ein Sri Lanker, der dort steht, einen Wagen für sie aus der Reihe. Hinter ihm schleppen Landsleute von ihm in lächerlich bunten, an Kinderkleidung erinnernden Uniformen Einkaufstüten. Die Zeichen der Unterwürfigkeit trifft man überall in der Stadt an – Dienstmädchen, die hinter Familien hertrotten, Männer, die an Tankstellen oder auf dem Bau arbeiten.

Sogar Budur hat den Sommer über ein Dienstmädchen, Tika, aber Souad ist die Vorstellung unangenehm. Sie fühlt sich unwohl in Tikas Anwesenheit, fühlt sich unwohl in der Anwesenheit der Dienstmädchen im Haus ihrer Mutter in Amman. Alia ist nach Priya extrem wählerisch geworden. Ständig sucht Souad dort etwas, fühlt sich unbehaglich und stellt jeder Bitte eine Einleitung voran: *Wenn du Zeit hast, wäre es möglich, irgendwann, könntest du vielleicht …*

Sie schiebt den Wagen zu einer Übersichtstafel neben einem Süßigkeitenstand, an dem buntes Zuckerzeug in Gläsern feilgeboten wird.

»Ich will einen!« Linah greift nach einer Vase, in der zahlreiche Lutscher wie ein Blumenstrauß angeordnet sind.

»Pass auf!«

»Ich will einen lilanen.«

Souad seufzt. »Doch nicht jetzt um elf Uhr vormittags, Linah.«

»Bitte!« Ihr Grinsen ist entwaffnend.

»Willst du wirklich mit Zucker vermischtes chemisches Zeug essen, Miss Linah?«

»Mmm, ich liebe chemisches Zeug! Schmeckt super!«, erwidert Linah grinsend.

»Lecker!«, bestätigt Zain.

Souad blickt lächelnd auf die kleinen, nach oben gerichteten Gesichter hinunter. Sie will sich nicht vorstellen, dass die beiden jemals im Leben Kummer haben könnten, und ebenso wenig will sie sich ihre späteren Liebesbeziehungen, ihre Schmerzen und Sorgen ausmalen. *Ich bin keine gute Mutter*, hat sie Budur einmal betrunken gestanden. *Ich finde es unerträglich, nicht zu wissen, was die Zukunft bringt.*

»Na, meinetwegen«, sagt sie schließlich und erntet Begeisterungsschreie.

»Du musst ihnen Grenzen setzen«, murrt Manar.

Nachdem sie still bis drei gezählt hat, erklärt sie ihrer Tochter: »Disziplin ist nun mal nicht meine Stärke.«

Linah und Zain nehmen sich ihre Lollis und laufen plappernd voraus. Als sie nach der Buchhandlung an dem kleinen Weingeschäft mit den vielen dunkel glänzenden Flaschen vorbeikommen, wendet Souad den Blick ab.

Manchmal fühlt sie sich von ihren Kindern selbst bei den gewöhnlichsten Tätigkeiten beobachtet – wenn sie Geschirrtücher zusammenlegt, Tee einschenkt oder auch nur gähnt. Sie haben Angst – auch wenn Manars Angst nahtlos in Wut übergegangen ist –, die Zeiten nach Elies Verschwinden könnten wieder anbrechen, in denen sie nur noch weinte und trank und nach Mitternacht noch auf war und Elie anrief. *Wie konntest du das tun? Ich habe dir doch alles gegeben!*, brüllte sie damals immer wieder in ihr Handy und, wenn er nicht dranging, auf die Mailbox. Manchmal stieg sie sogar zu Zain ins Bett und bat ihn, ihr übers Haar zu streichen.

Der Mensch, der sie damals war, erscheint ihr noch immer so nah und erschreckend, dass sie bei dem Gedanken an ihn vor Scham zu zittern beginnt.

»Ihr seid jetzt wütend auf mich, Kinder«, sagte sie am Morgen nach der Mitteilung vom Vorabend, dass sie Karam, Budur, Linah und Boston für immer verlassen würden. »Ihr sollt auch wütend sein. Ich habe ziemlich versagt, und ihr fürchtet euch vor dem Umzug. Es tut mir unendlich leid, dass es so gekommen ist, aber ich verspreche euch –«

Dann konnte sie nicht weiterreden. In ihren Augen standen Tränen. Sie betrachtete ihre Kinder, die vorwurfsvoll schweigende Manar, den vertrauensvoll blickenden Zain, und begann zu weinen. Da stand Zain auf und umarmte sie, und Manar sah verächtlich zu, wie Souad ihrem Sohn in die Arme sank.

Als sie sich wenig später gefasst hatte und wieder sprechen konnte, fiel ihr plötzlich nichts mehr ein, und sie murmelte nur matt: »Ich verspreche, dass ich es in Zukunft besser machen werde.«

Sie gehen zu der mit Spielzeug, Kissen und einer winzigen Bibliothek ausgestatteten Spielecke einen Stock höher. In Amerika war es unmöglich, die Kinder allein zu lassen, um einzukaufen. Entführer, Perverse, Mörder – in jeder Straße lauerte Gefahr. Souad hat das Gefühl, in Boston ständig den Atem angehalten zu haben.

»Also, Leute, ich muss ein paar Sachen kaufen. Schafft ihr es, hier sitzen zu bleiben und nichts kaputtzumachen?«, sagt sie zu Zain und Linah und fügt nach einer kurzen Pause hinzu: »Kein Wrestling!« Die Kinder nicken mit dem Lutscher im Mund, und

Souad fragt Manar: »Kommst du mit und hilfst mir beim Aussuchen?«

»Nein. Ich möchte mir Bettbezüge ansehen. Die mit dem Blümchenmuster gefallen mir nicht.«

Souad ärgert sich, aber sie atmet tief durch. »Okay, dann treffen wir uns in einer Stunde wieder hier – und kein Wrestling, ihr zwei, habt ihr verstanden?« Manar zuckt nur kurz mit der Schulter. Souad versucht es mit einem kleinen Scherz. »Manar, soll ich dir einen Lutscher kaufen, damit du bessere Laune bekommst?«

Ihre Tochter ringt sich nicht einmal den Ansatz eines Lächelns ab.

Souad sieht ihr nach, als sie geht. Sie erkennt ihre Tochter nicht wieder. Früher dachte sie oft: *So ein Unsinn*, wenn andere Leute von ihren Teenagern sprachen. Wie kann einem das eigene Kind, das man gefüttert und getröstet und mit Liedern beruhigt hat, so fremd werden?

Aber nun ist es passiert. Ihre Tochter ist ein unbekanntes Wesen. Der Körper, den sie in sich genährt, den sie stundenlang gehalten hat, ist ihr jetzt fremd. Sie kannte einmal jeden Kratzer an diesem Körper, jeden wundervollen Knochen, sah ganze Nächte lang nur zu, wie sich die kleine Brust mit jedem Atemzug hob und senkte. Und jetzt schleppt Manar diesen Körper wie ein Gepäckstück durch die Gegend, und ihre Gedanken sind ihrer Mutter ein einziges Rätsel.

Vielleicht liegt es auch an ihrem Gewicht. Manar war ein dickes Baby mit vielen Grübchen, dann ein pummeliges Kind. Souad schämt sich, es zuzugeben, aber sie machte sich Sorgen und betete darum, dass ihre Tochter im Lauf der Zeit schlanker würde. Fast zwanghaft musterte sie Manar ständig mit scharfem Blick – weil es sein musste, weil es aus *Liebe* geschah –, so wie man ein Stück Land nach Drähten, Fallen oder in Bäumen verborgenen Netzen absucht.

Jetzt, im Alter von dreizehn Jahren, ist ihre Tochter ein dralles Mädchen mit ausladenden Hüften und großen, leicht hängenden

Brüsten. Sie hat die Statur einer alten Frau mit fleischigen Armen und Schenkeln, dabei allerdings einen schlanken Hals und ein hübsches Gesicht – den breiten, etwas spöttisch wirkenden Mund von Elie, die Nase und die mandelförmigen Augen von Souad.

Manar hat es selbst bemerkt. Im letzten Jahr füllte sich ihr Kleiderschrank mit ausschließlich schwarzen Jeans, Tanktops, T-Shirts und sogar Socken. Offenbar hat sie gehört, wie jemand gedankenlos *Schwarz macht schlank* sagte, und es sich auf fatale Weise zu Herzen genommen.

»Das ist nun mal so in dem Alter«, sagt Budur immer. »Wir waren auch nicht anders.«

Souad verschweigt Budur ihre Angst, sie könnte Manar verloren haben, als Elie gegangen war und sie immer zwei Wodkas intus, aber kein Abendessen gekocht hatte, wenn Manar heimkam, sodass sie ihre Tochter bitten musste, Zain ein Sandwich zu machen – oder ihm die Zähne zu putzen oder ihm bei den Hausaufgaben zu helfen –, damit sie nach oben gehen, sich ins Bett legen und heulen konnte. *Sie muss mich ja hassen*, würde sie Budur gern gestehen, aber die Angst davor ist zu groß.

In den Regalen des Wohndekor-Ladens liegen Kerzen, Lampen und Küchenutensilien. Souad schiebt den Einkaufswagen durch die langen Gänge und legt Handtücher, eine Teekanne und mehrere Pfannen hinein. Für Pfannkuchen, denkt sie. Zain liebt sie mit Zimt und Bananen.

Sie zupft ihr Kleid zurecht, das beim Gehen an den Hüften spannt. Die anderen Frauen, die sich, gefolgt von ihren Einkaufswagen schiebenden Dienstmädchen, durch den Laden bewegen, tragen helle, ziemlich gewagte Sachen. Souad sieht, wie zwei einander zuwinken, aufeinander zulaufen und sich schmatzend abküssen.

»*Bonjour*«, hallt es durchs ganze Geschäft. Der Lippenstift der einen ist knallrot.

In den Monaten vor dem Umzug stellte sich Souad Beirut so ähnlich wie Jordanien mit seiner ruhigen, gemächlichen Lebensart vor. Tee im Garten, lange Gebetsrufe.

Stattdessen sind die Frauen hier hitzig und stolz. Mutiger als die Pariserinnen. Selbst die älteren greifen zu Neonfarben und engen Röcken. Nach der langen Zeit in Amerika, wo sie fast immer schwarze Röhrenjeans und weite schwarze Hemden trug, weil Elie das so sexy fand, erscheint ihr diese Aufmachung kurios.

Im Gehen streicht sie über edle Vorhangstoffe und nimmt dies und das aus dem Regal. Drei Kissen, einen Entsafter, Bilderrahmen. Ihr wird bewusst, dass sie zum dritten Mal ein Haus einrichtet, zum dritten Mal aus unwichtigen Einzeldingen ein Ganzes zu machen versucht, das künftig ihr Leben sein soll.

In Boston waren ihre Wände mattweiß gestrichen, weil sie das für beruhigend hielt und damit etwas Ruhe in ihre Ehe bringen wollte. Inzwischen hasst sie Weiß. Irgendwann wurde es so beklemmend wie ein Leben in ewigem Nebel. Weiße Sofas, weiße Teppichböden, weiße Teller.

Jetzt will sie es bunt. Strahlende Farben, die man fast schmecken kann. Wassermelonenrotes Geschirr, Gläser, in denen sich das Licht fängt und die beim Essen blaue, grüne, gelbe Flecken an die Wände werfen. Sie giert nach allem, was schillert.

Ein Neuanfang, dachte sie während der Landung in Beirut. Das Leben in Boston erscheint ihr schon jetzt so unendlich fern wie ein kaum mehr sichtbarer Punkt am Horizont. Dasselbe gilt für die Menschen dort – ihren Postboten und die Nachbarn, die rothaarige Kassiererin im Lebensmittelladen um die Ecke, die Frauen, mit denen sie zur Happy Hour etwas trinken ging. All die kleinen Dinge, aus denen das Leben bestand, sind verschwunden. Genau wie Kuwait. Das Unbekannte, in das sie sich in den letzten Monaten gestürzt hat, ist wie ein finsterer Korridor, in dem sie sich tastend vorwärtsbewegt und nur das wahrnimmt, was sie gelegentlich berührt.

Eine Stunde später schiebt sie den Wagen zur Spielecke. Manar hockt auf einem Sitzsack, zu ihren Füßen einen Einkaufskorb. Sie hat die Ohrhörer eingesetzt und bewegt die Lippen zu einem Song. Linah und Zain springen auf.

»Ich habe gewonnen!«, verkündet Linah.

»Aber sie hat geschummelt«, entgegnet Zain. Souad legt die Hand an Zains schweißnasse Stirn.

»Wir gehen jetzt zur Kasse, *habibi*. Manar?« Widerwillig zieht ihre Tochter einen Ohrhörer heraus. »Bist du so weit?«

»Manar kriegt Frösche!«, schreit Zain, während Manar leicht grinsend den Einkaufskorb hinüberträgt.

»Und Regenbögen!«, sagt Linah.

In dem Korb liegt ein kunterbuntes Mischmasch. Ein Vorhang mit einem kitschigen Muster aus riesigen Regenbögen, ein Wandaufkleber mit glitzerndem Einhorn, für ganz kleine Kinder gedacht, ein Keramikfrosch, der seine blaue Zunge herausstreckt.

»Manar –« Sie sieht den Triumph in den Augen ihrer Tochter und ermahnt sich. *Das ist nun mal so in dem Alter.* »Willst du dein Zimmer allen Ernstes mit Fröschen und Einhörnern und Regenbögen einrichten?«

»Wonach sieht es denn aus?«, antwortet Manar. »Regenbögen sind supercool.«

»Supercool«, plappert Linah nach.

»Gut«, sagt Souad mit gequältem Lächeln. »Gut, wenn du meinst. Dann gehen wir jetzt.«

Die gelangweilt wirkende Kassiererin klopft mit einem ihrer langen, französisch manikürten Fingernägel auf die Lesefläche, während sie auf den nächsten einzuscannenden Artikel wartet. Nacheinander ziehen die bunten Gläser, die seidig glänzenden Vorhänge und die Bilderrahmen auf dem Laufband an Souad vorbei.

»Und das da?« Die Frau deutet auf Manars Einkaufskorb.

Manar sieht ihre Mutter an. Souad seufzt. »Willst du das Zeug wirklich haben?«

Obwohl Manar tapfer nickt, erkennt Souad, dass ihre Tochter zögert.

»Na ja, eigentlich hast du dir da lauter schöne Sachen ausgesucht. Das Einhorn passt perfekt zu den blauen Wänden.« Sie sehen sich in die Augen. Manar hat offensichtlich mit Streit gerechnet. *Aber nicht heute*, denkt Souad.

»Madame?«

»Nun mach schon, Manar, die nette Dame wartet!«

Manars Blick schießt zwischen dem Korb und dem Laufband hin und her. »Den Vorhang – also, den Vorhang vielleicht lieber nicht«, sagt sie widerwillig, und Souad muss grinsen. Einen Augenblick lang herrscht Schweigen. Dann prusten beide los.

»Madame?« Die Kassiererin trommelt ungeduldig mit dem Nagel.

Linah und Zain beginnen, vom Gelächter angestachelt, aufgeregt herumzuhopsen.

»Das Einhorn trägt eine Fliege!«

»Ich will auch eins!«

»Grüne ... Plastik ... lampe?«, stößt Souad heraus, während sie den Korb durchstöbert.

Manar kichert. »Aber die passt natürlich prima zum Frosch.« Souad zieht den Keramikfrosch mit den riesigen hervorquellenden roten Augen hervor.

»Der sieht wirklich gemeingefährlich aus!« Sie können sich kaum noch halten vor Lachen. Manar muss nach dem Arm ihrer Mutter greifen, um nicht die Balance zu verlieren.

»Madame, die Leute warten –«

»Wir kommen später wieder«, sagt Souad und wischt sich über die Augen. »Entschuldigung, aber wir nehmen erst mal nur das, was bis jetzt eingescannt wurde.«

Die Kassiererin verdreht die Augen, nimmt Manar den Korb aus der Hand und stellt ihn hinter sich auf den Boden.

»Ich will den Frosch!«, kreischt Linah.

Zain ist ganz ihrer Meinung. »Kauf den Frosch, Mama!«
»Wir nehmen den Frosch«, sagt Souad zur Kassiererin.

Im Auto ist die Stimmung entspannt und ausgelassen. Während Souad einen Radiosender sucht, bleiben Manars Ohrhörer auf dem Schoß liegen.

»Ich habe so eine schwarz-weiße Steppdecke gesehen, die hat mir gefallen«, sagt Manar auf der Fahrt. »So eine wie damals in dem Hotel in Manhattan. Das ist ganz modern, hat Baba gesagt.«

Die Erwähnung von Elie ist wie ein kleiner Peitschenhieb, aber Souad bleibt ruhig. »Klingt sehr gut. Dann könnten wir ein schwarzes Bettgestell und helle Gardinen kaufen.«

»Und einen Teppich«, fügt Manar hinzu, und Souad muss sich zurückhalten, um ihre Tochter nicht zu küssen.

Aus dem Radio tönt »*Like a Prayer*«. Souad stellt es lauter und beginnt zu singen. Auch Manar bewegt die Lippen, wie Souad mit einem Seitenblick bemerkt. Linah und Zain schunkeln auf der Rückbank und werfen die Köpfe hin und her. Souad lässt die Fenster herunter und die warme, feuchte Luft durch den Wagen rauschen.

»*When you call my name*«, brüllt Souad, und die Kinder kringeln sich vor Lachen, auch Manar. Und ihr Herz, ihr Herz jubiliert mit der Musik. Dies sind die Menschen, die sie liebt. Die Hoffnung kehrt zurück, die heimtückische Hoffnung, die immer kommt und wieder geht und die sie auf den Lippen schmeckt wie Salz. Sie wird es hinkriegen. Sie wird alles in Ordnung bringen.

Schon eine Stunde nach der Rückkehr herrscht im Wohnzimmer ein Chaos aus herumliegenden Tüten und Luftpolsterfolien. Zain und Linah haben sich aus dem Packpapier Umhänge gebastelt, mit denen sie hin- und herrennen.

Souad steckt gerade in der Küche hoch konzentriert ein Abtropf-
gestell zusammen, als sie einen dumpfen Aufprall, gefolgt von lautem Fluchen hört, und geht in die Abstellkammer neben dem Wohnzimmer, aus der die Geräusche kamen.

Alia sitzt auf dem Fliesenboden. Sie hat ihren Rock bis zu den
Knien hochgerafft und ist von teilweise aufgeklappten Kartons umgeben. An einer Wand steht ein halb gefülltes Bücherregal. Einzelne Locken fallen ihr ins Gesicht, sie wirkt aufgebracht und erhitzt.
Ein Karton ist umgefallen, die Bücher haben sich auf den Boden er-
gossen. »Ich sage dir, ich lasse mich von deinem Vater scheiden«,
knurrt sie.

Souad verkneift sich ein Grinsen und geht in die Hocke.

»Was ist denn da drin?«

»Woher soll ich das wissen? Nutzloses Zeug, das er über die Jahre gesammelt hat. Steht alles in seinem Arbeitszimmer in Amman
und verstaubt vor sich hin. Er kann einfach nichts wegwerfen.
Sieh dir das hier an!« Sie fischt ein voluminöses Buch voller loser
Seiten heraus. *Der Lebenszyklus der Pflanzen.* Mit lautem Aufprall landet es wieder im Karton.

Souad ist mit einem Mal erschöpft und lässt sich neben ihre Mutter auf den Boden fallen. Alia mustert sie scharf.

»Bist du krank?«

»Nein, nur müde.«

»Ich habe dir gesagt, dass du das Wasser hier nicht trinken
sollst.«

»Mama, ich bin nicht krank.«

Sie schweigen. Souad fällt auf, dass ihre Mutter und sie nur selten beieinandersitzen; immer versucht eine von ihnen wegzulaufen.

»Ich war bei Spinneys und habe Sachen für die Kinder gekauft,
Vorhänge, Teller und neue Laken«, sagt sie.

»Gut. Dann können sie sich hier endlich zu Hause fühlen.«

Souad denkt an das schlechte Omen, als das sie die Abwesenheit ihrer Mutter bei ihrer Hochzeit empfand; ein nicht weniger schlechtes Omen als die Anwesenheit einer bösen Patin an der Wiege eines Kindes. *Du wirst noch daran denken*, sagte ihr Alia am Telefon, als Souad ihre Verlobung bekannt gab. *Du wirst noch an diesen Augenblick denken und dir wünschen, du hättest auf mich gehört.*

»Sie hassen Beirut.« Souad ist über ihre eigenen Worte erstaunt. In ihrer Kehle beginnt es zu prickeln. »Sie vermissen Elie.« Plötzlich fühlt sie sich vollkommen schlaff.

Der Konflikt ist mit Händen zu greifen. Alia starrt angestrengt auf ihren Schoß und murmelt: »Sie sind Kinder, sie werden sich schon daran gewöhnen.«

Souad kommen die Tränen. Ohne den Blick zu heben, ergreift ihre Mutter blitzschnell wie eine Klapperschlange ihre Hand und drückt sie fest.

»Und du auch.«

Während alle zum Essen nach unten gehen, tritt Souad auf den Balkon hinaus. Das Licht liegt gelb wie Kamillentee auf den Böden und Wänden. Das ist die schwierigste Zeit für sie, wenn es dämmert und die Sonne schon untergegangen ist – nichts Halbes und nichts Ganzes. Dann, kurz bevor die Dunkelheit die Stadt erdrückt, ist die Lust zu trinken am größten, die Sehnsucht nach einem kleinen Wodka, der ihr beim ersten Schluck das Gefühl gibt, in Badewasser zu gleiten.

Schluss jetzt! Sie stellt sich ans Geländer und betrachtet die fast verschwundene Sonne, nur noch ein roter Lichtfleck über dem Meereshorizont. Die Luft ist salzig und feucht.

Sie liebt ihn noch immer. Das wird ihr jeden Morgen als Erstes wieder klar. Manchmal prüft sie das Gefühl, so wie man mit der Zunge einen schlimmen Zahn befühlt, um herauszufinden, ob er noch wehtut. Das ist das Allerbeschämendste für sie: dass sie noch immer einen Mann liebt, der sie nicht geliebt, der sie verlassen hat –

manchmal versetzt ihr schon allein das Wort einen Schlag; sie wurde tatsächlich *verlassen* –, aber sie kann es nicht ändern. Sie hasst ihn und liebt ihn und wird ihm niemals verzeihen. Diese drei Gewissheiten stehen vor ihr wie Soldaten in Reih und Glied. Dies ist ihre Wahrheit.

Und als er ging, hat sie ihn mehr denn je geliebt. Die Tage danach sind in ihrer Erinnerung grau in grau – der endlose Bostoner Winter – und voller Abende, die ihr wie Wochen erschienen. Damals spielte sie plötzlich wieder die alten Chansons aus Paris und sang auf Französisch mit. An den düsteren, durchsoffenen Nachmittagen, wenn die Kinder in der Schule waren, sah sie sich Fotos an und fuhr mit dem Finger seine Züge nach, obwohl sie das leicht Lächerliche, irgendwelchen Filmen Nachgeahmte daran sehr wohl spürte. Wenn sie abends kochte, was selten geschah, bereitete sie immer Elies Lieblingsgerichte zu und weinte, während die Kinder aßen.

Am meisten wundert sie sich über die vertane Zeit, über den Wirbelwind, der ihr Leben davontrug, seit sie achtzehn war – mit achtzehn die Nacht am Brunnen und die hastig geschlossene Ehe, dann Manar und die Jahre, in denen sie versuchte, Ehefrau und Mutter zu sein. Zeit. Sie stellt sich die Zeit wie einen Menschen vor, wie etwas Riesengroßes, das Angst macht. Wie sollte sie es sich auch sonst erklären, dass die Jahre so schnell an ihr vorbeigezogen sind. Im Rückblick sind die gesamten Neunziger ein einziger verschwommener Fleck aus Paris und Boston, aus beschissenen Wohngegenden, billigen Lokalen, ewigen Erkältungen der Kinder – von manchen Wintern, *ganzen* Wintern, hat sie nur noch die eine rasche Abwärtsbewegung der Hand in Erinnerung, mit der sie das Papiertaschentuch an die Näschen der Kinder führte und den grünen, zähen Rotz herausdrückte – und Streitereien mit Elie, stundenlangem Gebrüll. Die Zeit hat sie mit sich gerissen, herumgewirbelt und plötzlich losgelassen, und als sie sich blinzelnd umsah, war sie zweiunddreißig.

»Schluss!«, sagt sie auf dem leeren Balkon leise zu sich selbst.

»Schluss!« Das Wort hat einen eigenen Herzschlag.

Sie geht vorsichtig die Treppe hinunter. Die Luft ist kühler geworden. Morgen wird sie schwimmen gehen, nimmt sie sich vor, denn bald ist der Sommer vorüber. Sie wird den schwarzen Bikini anziehen, den sie zusammen mit Budur gekauft hat, und bleiben, bis die Sonne untergeht. Und in einem Strandlokal diese kleinen frittierten Fische essen.

Sie öffnet Budurs Wohnungstür, tritt ein, zieht die Schuhe aus und geht barfuß ins Esszimmer, aus dem laute Stimmen dringen. Karam sagt etwas, und Budur lacht. Sie bleibt kurz stehen und betrachtet sie alle. Karam und Budur sitzen jeweils am Ende des mit einem cremefarbenen Tuch bedeckten Tisches, in dessen Mitte eine Platte mit Lamm und Reis steht. Souads Mutter hat zwischen Linah und Zain Platz genommen. Manar sitzt auf der anderen Seite und bricht gerade ein Stück Brot ab.

Manar sagt etwas. Linah beginnt zu lachen, und als sie die Art imitiert, wie Manar sich immer das Haar aus den Augen streicht, huscht ein Lächeln über Manars Gesicht. Souad empfindet tiefe Dankbarkeit und den starken Drang, ihrer Tochter zu sagen, wie schön sie ist, wie schön sie sein wird. Plötzlich hat sie einen Riesenappetit auf das köstlich duftende Fleisch. Nachdem sie einmal durchgeatmet hat, betritt sie das Zimmer. Da schwillt der Lärm an, alle Gesichter wenden sich ihr zu, Teller werden in die Höhe gehalten, und mit lauten Stimmen sagt man ihr, sie solle sich einen Stuhl nehmen, fragt man sie, ob sie Zucker im Tee haben wolle, fordert man sie auf, sich hinzusetzen und zu essen.

Linah

Beirut
Juli 2006

»Wir könnten in zehn Minuten zurück sein.« Linah liegt auf dem Bett und streckt ein Bein zum Fenster hin, zu dem breiten Streifen Spätnachmittagslicht. Eine Spinne krabbelt die Gardine hinauf. Als Linah den nackten Fuß bewegt, tanzen die Staubkörnchen in der Luft.

»Aber sie würden es merken.«

»Ich sterbe vor Langeweile«, sagt Linah, auf dem Kissen lümmelnd, als würde sie zur Gardine sprechen.

»An Langeweile *stirbt* man nicht«, erwidert Zain. »Das ist nicht wie Krebs.«

Linah winkelt das Knie an und tritt ihn heftig ans Schienbein.

»Aua!«

»Hilf mir!«, ächzt sie, dreht sich um und wirft die Arme über den Kopf. »Ich steeeerbe!«

Sie wartet. Nach einiger Zeit setzt sie sich auf und blickt verärgert zu Zain hinüber, der auf ihrem Schreibtischstuhl sitzt und am Computer spielt. Dann rutscht sie blitzschnell an die Bettkante und schaut ihm über die Schulter. Das Etikett an seinem T-Shirt steht hervor, und seine Haare müssen auch mal wieder geschnitten werden. Die Locken reichen schon über die Ohren.

»Du willst wohl kneifen, was?«, sagt sie böse.

»Quatsch«, entgegnet er gelassen, während er drei Zombies erschießt.

»Du hast gesagt, du machst es.«

»Aber nur das mit den Zigaretten.« Das Wort *Zigaretten* spricht er leiser aus, und obwohl Linah weiß, dass niemand hereinkommen wird, werfen rasch beide einen Blick auf die geschlossene Zimmertür. Seit der Bombardierung des Flughafens in der vergangenen Woche sitzen die Erwachsenen ständig vor dem Fernseher im Wohnzimmer, fluchen bei jedem Stromausfall und laufen abwechselnd zu Hawa Chicken, um für Nachschub an fettigem Backhuhn zu sorgen, dem einzigen Mittag- und Abendessen seit Tagen.

»Dass ich zu Abu Rafi gehe, habe ich nicht gesagt.«

»Wenn wir sie deiner Mama klauen, checkt sie sofort, dass wir es waren.«

Die Zombies stürzen zu Boden und verlieren Unmengen an grünem Blut. Zain dreht sich zu Linah um.

»Weiß nicht.«

»Wir sind seit einer Woche kein einziges Mal aus der Wohnung gegangen. Nicht mal zum *dakaneh* dürfen wir. Als wären wir im Gefängnis!« Wäre ihr Vater jetzt da, würde er ihr das Herumgezicke verbieten. Zain dagegen nickt nur. »Das wird ein Riesenspaß! Wir hauen ab, wenn sie alle auf die Nachrichten starren.«

Zain wirkt nicht restlos überzeugt. »Na ja.«

»Du hast es versprochen!«, wiederholt sie. Die Idee kam ihr vor mehreren Wochen, als der Krieg noch nicht angefangen hatte, beim Anblick einiger älterer Mädchen, die rauchend am Geländer der Corniche lehnten und die langen braunen Beine von sich streckten. Der zwischen ihren Lippen hervorströmende Rauch verlieh ihnen etwas Geheimnisvolles, Glamouröses.

»Also gut«, sagt Zain.

Linah kennt diesen Tonfall – er ist überzeugt. Zufrieden legt sie sich wieder aufs Bett. Die Spinne krabbelt noch immer an der Gardine hoch.

Die letzten beiden Wochen waren unglaublich öde. Alle paar Stunden fällt der Strom aus, was zwar jeden Sommer passiert, aber diesmal können Zain und sie nicht draußen herumstreunen und in die Videothek ein paar Häuser weiter gehen, wo es herrlich kalt ist, weil die Klimaanlage ständig läuft. Und bei Malik Eis essen oder zum Strand spazieren dürfen sie auch nicht mehr. Die Erwachsenen haben ihnen sogar verboten, den Balkon zu betreten, aber Linah und Zain schleichen sich trotzdem gelegentlich hinaus, um den leichten Wind zu genießen. Wenn sich die Erwachsenen in der einen Wohnung versammeln, wechseln die beiden Kinder in die andere.

Ihr dürft fernsehen, sagen die Erwachsenen ständig, aber die eingelegten Filme, die sie sich bei zugezogenen Vorhängen auf dem kühlen Fliesenboden sitzend anschauen, werden so gut wie nie zu Ende gesehen. Mittendrin stürmen die Erwachsenen herein, befehlen ihnen aufzustehen, öffnen die Vorhänge und brüllen wegen der Krümel auf dem Fußboden herum. In den letzten Tagen war die Bildqualität sehr schlecht; manchmal gab es in einer der Wohnungen plötzlich gar keinen Empfang mehr.

Geht in die andere Wohnung, heißt es dann. Alle sind verstört und fahrig. Der Mülleimer ist voller Kippen.

So darf ein Sommer nicht sein, findet Linah. Sommer bedeutet am Strand zu liegen und im Meer zu schwimmen, abends zum Bowling und in ein Restaurant zu gehen, lange aufzubleiben und Videospiele zu spielen. Und dieser Sommer sollte eigentlich der allerbeste werden, weil sie jetzt endlich elf ist und die Erwachsenen ihr erlaubt hatten, allein mit Zain zum Strand zu gehen, ohne dass Manar auf sie aufpasst.

Aber jetzt ist alles verdorben, und der Sommer besteht nur aus Hitze und Mücken und Bombardierungen, bei denen manchmal die Fensterscheiben zittern. Die Erwachsenen reden nur noch über Evakuierung und Kriegsschiffe und Explosionen und sehen sich im Fernsehen kopfschüttelnd brüllende Männer an.

Neun Tage ist es her, dass Linah aufwachte, weil Zain ängstlich ihren Namen rief.

»Irgendwas stimmt nicht.«

Ihr erster Gedanke war, dass die Erwachsenen die Ameisen entdeckt hatten, die Zain und sie seit einer Weile mit Zuckerwürfeln in Plastikflaschen lockten.

»Mit den Ameisen?«, fragte sie und setzte sich auf.

Zain schüttelte den Kopf. »Irgendwas mit dem Flughafen. Deine Mama sagt, du sollst aufstehen. Alle rasten total aus.«

Die nächsten Stunden waren das reine Chaos. Unter ihnen Verkehrslärm, Gehupe und Stimmen, die von der Straße heraufdrangen. Die Erwachsenen saßen vor dem Fernseher und schrien Linah und Zain an, sobald die zwei auf ein Fenster zusteuerten.

»Wir wissen nicht, wie es weitergeht«, sagte Linahs Mutter mit gepresster Stimme.

Sie mussten den ganzen Tag lang im Wohnzimmer der grünen Wohnung bleiben, weil die Erwachsenen die Kinder in der Nähe haben wollten. In den Nachrichten wurden ständig dieselben Bilder gezeigt: Rauch, der vom Flughafen aufstieg, ein alter Mann, der über Gefangene sprach, Flugzeuge, die aus ihren Bäuchen Bomben abwarfen, als wären es Eier. *Khalto* Riham stellte Brot und *labneh* auf den Tisch, und alle aßen auf den Couchen, den Blick ununterbrochen auf den Bildschirm gerichtet. Aufgeregte, unverständliche Gespräche.

»Die werden doch nicht zurückschlagen! Das wäre Selbstmord!«

»Nur gut, dass Latif und Abdullah nicht hier sind.«

»Und Mama und Baba! Kannst du dir Mama hier vorstellen?«

»Sie sollten die Männer freilassen.«

»Wie kannst du so was sagen?«

»Wie soll man ohne den Flughafen –?«

»Psst, nicht vor den Kindern. Die Leute fahren durch Syrien.«

»Die UNO wird dem Ganzen ein Ende bereiten.«

»Wann hat die UNO jemals irgendwas getan?«

In den Nachrichten sah man einen Mann in einem weißen Gewand; er hatte einen langen Bart und funkelnde Augen. Linah kannte ihn von den Plakaten vor dem Einkaufszentrum, auf denen er gerade sprach und die Hand dabei ausstreckte, als würde er eine Fliege verscheuchen. Dahinter sah man eine Berglandschaft. Als sie in Boston einmal bei ihrer Freundin Susan war und mit ihr im Wohnzimmer spielte, während Susans Vater die Nachrichten schaute, erschien der bärtige Mann im Fernsehen.

Barbaren, sagte Susans Vater damals und spuckte das Wort wie einen Olivenkern aus.

Das alles ist sehr nebulös für sie, nur halb verständlich. Sie weiß, dass es gute und böse Menschen gibt, genau wie in den *Spider-Man*-Filmen und in den *Sherlock-Holmes*-Büchern, die Susan und sie tauschten. Sie hat ihre Eltern über Israel und Palästina, über Kriege und Gebiete reden hören und davon, dass Menschen sterben. Ihr ist klar, dass irgendjemand unrecht hat und das Ganze deshalb passiert – dass der Flughafen brennt, dass die Männer im Fernsehen brüllen, dass unten auf der Straße ständig Rufe ertönen, dass es nach Einbruch der Nacht alle paar Stunden laut knallt. Erst gestern hat es eine Fensterscheibe im Bad so stark erwischt, dass alle aufwachten, als sie zu Bruch ging. Sie hat Angst, sterben zu müssen, aber noch mehr fürchtet sie sich vor dem Tod der anderen, vor allem wenn sie an Zain und ihren Vater denkt, denn dann würde sie allein zurückbleiben wie das Mädchen, das neulich in dem Film nach einem Flugzeugabsturz ganz auf sich gestellt war.

Von den Erwachsenen erfährt man nichts Genaues. Nur *khalto* Riham interessiert sich überhaupt für Linah und Zain. Sie fragt, ob sie sich zu ihr setzen wollen, und liest ihnen aus dem Koran vor. So machen sie es jeden Sommer – es gehört zu Linahs frühesten Erinnerungen, mit Zain in Rihams Bett in Amman zu liegen und die Luft riecht nach Mandeln und Mottenkugeln, und sie halten ein Nachmittagsschläfchen, während *khalto* Riham die *Fatiha* aufsagt. Schon damals wirkte *khalto* Riham nicht richtig zu den anderen Erwachsenen gehörig, fast als wären die anderen – Linahs Mutter und Souad – Kinder. Deshalb sagen sie auch *khalto* zu ihr, anstatt sie nur beim Vornamen zu nennen – das erschiene ihnen Riham gegenüber respektlos.

Vor ein paar Tagen ertappte *khalto* Riham sie in der Hollywoodschaukel auf dem Balkon der grünen Wohnung. Aber anstatt mit ihnen zu schimpfen, setzte sie sich hin und las ihnen aus ihrem kleinen, abgegriffenen Koran vor.

»Es herrscht Krieg«, sagte sie. »Es wird gekämpft, und es geschehen schlimme Dinge. Menschen sterben. Wir können nur warten und beten.«

Fast eine Stunde lang blieben sie auf dem Balkon, während die Sonne über dem Meer niederging. Unter ihnen lärmte der Verkehr, aber *khalto* Riham stockte kein einziges Mal, sondern las mit fester, ruhiger Stimme einen Vers nach dem anderen.

Zum Schluss rief sie: »O Allah, ich bitte dich, beschütze diese geliebten Kinder!«

In den Sommerferien spielt Linah mit Camille, Alex und Tony, Schulfreunden von Zain, die in der Nähe wohnen und die Zain schon seit der dritten Klasse kennt. Vor dem Krieg hingen sie zu fünft auf der Corniche herum und unterhielten sich über Videospiele und Filme, während hinter ihnen die Wellen tosten.

Der Zusammenhalt dieser Kinder beruht stark auf ihrer Andersartigkeit. Das spürt Linah schon seit einer ganzen Weile; sie kann es zwar nicht in Worte fassen, erkennt es aber immer deutlicher. Die Kinder sind anders als andere, vor allem anders als die in der Schule in Boston. Tony gerät oft in Schwierigkeiten. Alex hat eine Schwester mit Down-Syndrom. Und die schöne Camille mit den langen blonden Haaren ist außerhalb der kleinen Gruppe fast schon krankhaft schüchtern und verbringt die meiste Zeit damit, Bilder vom Meer in Notizbücher zu zeichnen.

Alle kommen von verschiedenen Orten. Der Vater von Alex ist Jordanier, der von Tony Schwede, und Camilles Mutter stammt aus Großbritannien. Linah hat begriffen, dass sie sich gerade deshalb so stark zueinander hingezogen fühlen, weil sie ein einziger Mischmasch sind. Wie bei den Staatsquallen, die letztes Jahr in Bio durchgenommen wurden.

Ihre eigene Andersartigkeit fühlt Linah durchscheinen wie etwas Phosphoreszierendes unter der Haut. Als sie vor ein paar Wochen mit Camille bei Malik Eis kaufte und dabei zufällig über Dschubail sprach, bekam Marie, das beliebteste Mädchen in Zains Klasse, das Ganze mit und rief so laut und höhnisch, dass sich mehrere Kunden nach ihr umdrehten: »Du bist doch gar keine Libanesin!«

Linah geriet vor Verblüffung ins Stottern. »W-wir haben hier eine Wohnung, w-wir kommen jeden Sommer her …«

Da verzog Marie boshaft den Mund. »Und du meinst, das hätte irgendwas zu bedeuten? Du mit deinem komischen Arabisch!« Einige Mädchen hinter ihr begannen zu kichern. »Ihr glaubt wohl, ihr verdient es, hier zu sein. Meine Mutter hat mir alles über euer Volk erzählt. Die Palästinenser haben im Krieg meinen Onkel getötet!« Linah spürte alle Blicke auf sich gerichtet und hörte die Leute flüstern. Camille erstarrte wie ein Reh.

Linah war zu verwirrt, um etwas zu erwidern. Sie hätte gern gesagt, dass in ihrer Familie nie über die palästinensische oder irakische Herkunft gesprochen wurde, dass die Großeltern, wenn sie kamen, so traurig und resigniert von Dörfern und Bombardierungen erzählten, als hätten sich diese Orte in Luft aufgelöst. Sie hätte Marie gern mitgeteilt, dass sie noch nie im Irak oder in Palästina gewesen war, sondern nur Beirut und Boston kannte, dass sie sich hier im Sommer zu Hause fühlte und dass sich Marie irrte, weil ihr Onkel zwar von irgendwem, bestimmt aber nicht von Linahs *Volk* getötet worden war, was immer damit gemeint sein sollte.

Doch ihre Stimme ließ sie im Stich, und sie brachte kein Wort heraus.

Im Flur sind Schritte zu hören. Einen Augenblick später geht die Tür auf und ihre Mutter steht da.

»Mittagessen.« Sie hat fettige Haare und dunkle Augenringe.

»Schon wieder Hähnchen?« Zain macht ein langes Gesicht.

»Ich habe keinen Hunger«, sagt Linah.

»Reis ist auch da, glaube ich. Linah, du hast seit heute Morgen nichts gegessen. Los jetzt!«

Tika steht in der Küche und scheuert einen Topf im Spülbecken. Budur holt zwei Schüsseln aus dem Schrank und stellt sie etwas zu energisch auf den Tisch. »Kannst du ihnen bitte etwas zu essen machen, Tika?«

»Hähnchen?« Tika wischt sich die Hände an der Schürze ab. »Da ist noch ein Stück in Folie verpackt, das mache ich ihnen warm.«

Linah entfernt die Folie, mustert das kalte, fettige Hühnerfleisch, macht eine Geste zu Zain hin, und beide verziehen das Gesicht.

»Können wir Pizza haben?«, fragt Linah, als sich ihre Mutter zum Gehen wendet.

»Nein, könnt ihr nicht.« Ihre Stimme klingt angespannt. Sie holt tief Luft, und Linah sieht das schlechte Gewissen in ihrer Miene. Ihre Mutter streicht ihr ein paar Strähnen aus den Augen. »Vielleicht morgen, Äffchen.«

Tika wärmt zwei Portionen auf und stellt den Kindern die Teller hin. Linah und Zain ziehen die knusprige Haut ab und beginnen missmutig zu essen. »Schmeckt wie Gummi«, meint Zain.

Tika lacht. Da dreht sich Zain zu ihr um und fragt: »Kannst du uns Kartoffeln und Eier machen?«

»Ja!« Linah schnellt von ihrem Stuhl hoch und läuft zu ihr. Tika ist winzig; selbst auf dem kleinen Schemel, den sie benutzt, um an die Spüle heranzukommen, ist sie kaum größer als Linah. »Bitte, bitte, bitte!« Linah zieht blitzschnell den Kopf ein und beißt Tika leicht in den Arm, so wie sie es als kleines Kind getan hat. Sie liebt Tika und träumt daheim in Boston manchmal von ihr. »Bitte«, wiederholt sie kaum verständlich. Tikas Haut riecht nach Schweiß und Seife.

Tika schreit auf und schüttelt den Arm. »Weg von mir, du wildes Kind!« Sie grinst. »Mild oder scharf?« Linah und Zain sehen sich an.

»Scharf«, ertönt es wie aus einem Mund.

Wenn Linah lange genug bettelt, zeigt Tika ihr manchmal Fotos aus ihrer Heimatstadt Matara. Einmal hat sie den Namen in tamilischer Schrift aufgeschrieben und Linah den Zettel geschenkt. Es sah nicht aus wie Buchstaben, sondern wie tanzende Linien, wie ein Käfergewimmel.

Auf den Fotos sieht man in Reihen stehende Hütten mit moosgedeckten Dächern und Gärten voller grüner Pflanzen. Manche Palmen sind so stark geneigt, dass die Wedel die Häuser berühren, als würden sie sie auf die Wange küssen. Vor den Hütten stehen Menschen, die alle so klein und dunkel wie Tika sind. Die Männer tragen dünne Schnurrbärte, die Frauen viele, viele Armreife, bis hinauf zu den Ellbogen. Als Tika letzten Sommer von ihrem Besuch zu Hause zurückkam, brachte sie Linah und Manar ganze Schachteln voller Armreife in leuchtenden Farben mit. Sie waren aus Glas und Metall und mit Strass und kleinen Spiegeln verziert.

Weil das hier meine Arbeit ist, nicht mein Zuhause, sagte Tika, als Linah sie fragte, warum sie selbst nie Armreife trägt. Obwohl es freundlich gesagt war, versetzten ihre Worte Linah einen Stich. Sie weiß, dass es in Matara einen spindeldürren Jungen in Manars Alter gibt, der auf den Fotos eine Brille trägt – Tikas Sohn.

Weil Manar die Armreife nie benutzte – sie trägt immer Flanell-hemden und Jeans, sogar im Sommer –, hat Linah sie sich genom-men und alle miteinander auf beide Arme verteilt. Sie liebt das Ge-klirr; bei jeder Bewegung klingt es wie ein Orchester. Und wenn sie die Farben betrachtet – Melonenpink, Zitronengelb, kräftiges Lila –, läuft ihr das Wasser im Mund zusammen.

Tika stellt die Teller mit dem Gemisch aus Eiern und hellroten Kar-toffeln sowie zwei Gläser Milch auf den Tisch.

»Weil es so scharf ist«, sagt sie lächelnd.

Die Eier sind stark gepfeffert und schmecken köstlich. Eine wohl-tuende Abwechslung nach dem Hühnerfleisch mit Brot, das sie die ganze Woche über gegessen haben. Linah tränen die Augen, und auf Zains Gesicht erscheinen rote Flecken.

»O Gott«, ruft er prustend, während er die Milch hinunterstürzt.

»So schlimm ist es auch wieder nicht«, sagt Linah achselzuckend. Ihre Kehle brennt, aber sie trinkt die Milch ganz lässig in kleinen Schlucken.

»Lügnerin!« Er hustet. »Du heulst ja!«

»Ich heule überhaupt nicht. Es ist nur ein bisschen heiß.« Sie wartet, bis Tika nach nebenan in die Waschküche geht. »Also, we-gen dem Balkon. Wir könnten es in der blauen Wohnung vor dem Zimmer deiner Mutter machen. Sie raucht da doch manchmal, oder? Da liegen schon genug alte Kippen herum.«

Zain spießt ein Stück Ei auf die Gabel. »Der *natour* hat mit ihr geredet, und seitdem macht sie es nicht mehr, weil die Asche auf die Pflanzen von Herren Azar fällt.«

»Und wie wäre es mit Manars Balkon?«

»Vergiss es. Sie würde uns umbringen.«

»Stimmt.« Linah lässt sich gegen die Stuhllehne fallen. »Manar würde uns verpetzen, wenn sie es mitkriegen würde.«

»Wenn sie *was* mitkriegen würde?« Linah und Zain drehen sich um und sehen Manar mit einem Buch hereinschlendern, dessen Seiten bei jedem Schritt flattern. Auf ihrem T-Shirt prangt ein Kleeblatt zwischen zwei tanzenden irischen Kobolden.

»Was liest du da?«, fragt Linah, um sie abzulenken.

»Faulkner.« Manar neigt den Kopf zur Seite. »Wenn sie *was* mitkriegen würde?«

»Geht dich überhaupt nichts an.«

»Das ist streng privat«, erklärt Zain.

Manar lacht. »Privat?« Sie öffnet den Kühlschrank und nimmt sich eine Cola. »So wie euer Schimpfwort-Club?«

»Hau ab!« Linah ist das Ganze extrem peinlich. Sie haben den fatalen Fehler begangen, Manar davon zu erzählen, dass sie sich seit einigen Jahren immer dann, wenn es Krach mit den Erwachsenen gibt oder ihnen langweilig ist, auf einen Balkon hinausschleichen und laut schlimme Wörter aussprechen, die sie im Fernsehen oder von ihren Eltern oder älteren Kindern in der Schule gehört haben. Es ist spannend, fast als hätten sie kleine Messer im Mund. Manar lachte, als sie es ihr erzählten, und nannte sie kindisch.

»Du bist ein Idiot!«, ruft Linah der bereits entschwindenden Manar nach und teilt Zain mit: »Ich kann sie echt nicht ausstehen.«

Er nickt. »Sie glaubt, sie wäre schon erwachsen.« Für sie ist es Verrat. Früher hat Manar mit ihnen gespielt und Theaterstücke geschrieben und inszeniert, die sie in den Sommerferien zu dritt vor den Erwachsenen aufführten.

»Seid ihr fertig?«

Linah zuckt zusammen. Ihr Vater und Souad sind in die Küche gekommen. Sie wirken genauso verhärmt und erschöpft wie Linahs Mutter. Souad wirft ein Päckchen Marlboro von einer Hand in die andere. Ihre Shorts sind zerfranst, und auf ihrem T-Shirt ist ein Fleck.

»Hallo Kinder.« Sie klatscht sich das Päckchen in den Handteller und zieht eine Zigarette heraus. »Hat euch Tika Eier gemacht? Karam, hast du mit dem *natour* gesprochen?«

»Noch nicht.« Linahs Vater fährt sich mit der Hand durchs Haar. »Gestern hat er mir gesagt, der Generator sei kaputt, und angeblich fällt der Strom in der ganzen Stadt immer wieder aus. Offenbar wurde in der Nacht irgendeine elektrische Anlage getroffen. Bald gibt es nur noch ein paar Stunden Strom pro Tag.«

»Scheißkerle.« Souad setzt sich auf die Küchentheke, nah zum Fenster, und zündet sich eine Zigarette an.

»Souad! Die Kinder!«

Souad rümpft die Nase und gönnt sich einen tiefen Zug. »Geht in die blaue Wohnung, Kinder.«

Beide beginnen sofort zu protestieren.

»Das ist unfair.«

»*Du* hast uns doch vorhin gesagt, wir sollen hierher runtergehen!«

»Verdammt noch mal!« Souad schlägt mit der Hand auf die Küchentheke, dass es knallt. Die beiden Kinder und sogar Linahs Vater erschrecken und werden still. Von allen Erwachsenen ist Souad die lässigste, kindlichste. Wenn Linah und Zain Burgen bauen, bastelt sie mit ihnen Fahnen aus Zeitungspapier. In den Stücken, die sie früher aufgeführt haben, war Souad immer die böse Hexe und kreischte kichernd herum.

»Mir reicht dieses ewige Jammern und Nörgeln! Linah, wenn du das Wort ›Strand‹ noch ein einziges Mal in den Mund nimmst, fange ich an zu schreien. Und du spar dir deinen Hundeblick, Zain.« Ihre Stimme bricht. Sie räuspert sich und zieht noch einmal an der Zigarette. »Bitte. Bitte. Für mich. Kein Drama heute, ja? Geht einfach rauf und seht euch einen Film an. Ihr habt doch gerade einen neuen bekommen. Da geht es um Anwälte, oder?«

»Da werden Verbrechen aufgeklärt«, sagt Zain leise.

»Na gut, dann werden eben Verbrechen aufgeklärt«, erwidert Souad in etwas freundlicherem Ton. »Bitte verzieht euch nach oben und seht ihn euch an. Bitte.« Sie lächelt. »Wenn ihr jetzt brav seid, gehe ich später zum *dakaneh* und hole euch zwei Eisbecher.«

Linah und Zain beratschlagen sich mit einem stummen Blick. Sofort nachdem Zain genickt hat, stehen sie beide auf. »Schoko-Spezial«, schärft Linah ihrer Tante ein. Souad streckt ihr die Zunge heraus.

Im Gehen hören sie Linahs Vater lachend sagen: »Schlaue Kerl-chen, die beiden.«

»Eher kleine Gangster.«

Erst als sie das Wohnzimmer durchquert haben, wo *khalto* Ri-ham und Linahs Mutter den Blick kaum vom Bildschirm lösen konnten, und im Treppenhaus vor der grünen Wohnung stehen, verpasst Linah ihrem Cousin einen kleinen Ellbogenstoß.

»Jetzt?«

Er sieht sie zögerlich an. Dann nickt er. »Ja, gut.«

Wie die Spione in ihrem Lieblingsfilm schleichen sie sich auf Ze-henspitzen die Treppe hinunter. Am Hauseingang halten sie Aus-schau nach Hassan, dem Portier, aber er ist nicht zu sehen. Linah macht den ersten Schritt aus der Tür heraus und bleibt verwundert über die Leichtigkeit, mit der alles geklappt hat, auf dem Geh-steig stehen.

»Wir haben es wirklich geschafft! Hey, was ist?«, fragt sie, als Zain die Stirn runzelt.

»Alles so … leer.« Er sieht sich um. Viele Geschäfte sind mit Roll-läden verschlossen, viele Parkplätze frei. Normalerweise tummeln sich auf dieser Straße Studenten und ältere Paare, und Mopedfah-rer schlängeln sich durch den stehenden Verkehr. Jetzt dagegen fährt nur ein einziges einsames Auto vorbei – so schnell, als wollte es hier nicht erwischt werden. Linah denkt an das Mädchen in dem Film über den Flugzeugabsturz.

»Wie in einem Zombiefilm«, sagt Zain.

Wie nach dem Weltuntergang, denkt Linah und schluckt. »Wir gehen nur schnell zu Abu Rafi und dann gleich wieder zurück. Abu

Rafi hat immer geöffnet.« Während sie nach links in Richtung der verrammelten Läden abbiegt, spürt sie, dass Zain erst noch zögert, dann nachgibt, und hört schließlich hinter sich seine Schritte.

Sie kommen an dem schicken Hotel vorbei, dessen Eingang von üppig blühenden Pflanzen gesäumt ist. Als der Page Linah sieht, neigt er fragend den Kopf. *Was haben die Kinder hier draußen zu suchen?* Linah wendet den Blick ab und geht schneller. Es liegt etwas Unheilvolles in der warmen Abendluft, eine drückende Spannung. Die wenigen Leute, die ihnen begegnen, sehen mit ihren wirren Haaren und schmutzigen Kleidern so verlottert aus, als hätten sie den ganzen Tag über in einem Bergwerk geschuftet.

Als sie den kleinen Platz mit den Feinkostläden und Bäckereien erreichen, glaubt Linah einen Moment lang, sie hätte sich geirrt und alles wäre geschlossen. Doch dann sieht sie, dass zwar die sonst vor dem Geschäft präsentierten Früchte und Blumen fehlen, die Tür unter dem gesprungenen weißen Schild mit der Aufschrift *Abu Rafi* aber einen Spaltbreit geöffnet ist.

Im Laden selbst steht eine ungepflegt wirkende Frau vor dem Käseregal. Linah weiß sofort, dass das ein Dienstmädchen aus Sri Lanka ist, obwohl sie seltsame Kleidung anhat, weder eine Uniform noch einen hübschen Sari, wie ihn die Dienstmädchen anlegen, wenn sie an ihrem freien Tag in kleinen Grüppchen ausgehen. Die Frau trägt ein schlecht sitzendes Kleid, das bis unter die Knie reicht und ihr an Schultern und Brust zu weit ist. Es wirkt so, als hätte sie es nur kurz angezogen, weil sie wissen wollte, wie es an ihr aussieht. Ihr strähniges dunkles Haar fällt bis über die Hüften, und in der Hand hält sie ein Bündel Lirascheine.

Außer der Frau und dem düster und trübselig hinter der Kasse stehenden Abu Rafi ist niemand im Laden. Viele Regale sind leer. Wenn Linah und Zain hier für ihre Eltern einkaufen, steckt ihnen Abu Rafi manchmal ein Snickers oder eine Fanta zu, aber jetzt starrt er sie nur mit ausdruckslosen Augen an.

»Was wollt ihr? Sagt euren Eltern, dass es kein Fleisch mehr gibt und Milch auch nicht. Heute Morgen habe ich alles verkauft, was noch da war. Die Idioten am Hafen haben eine neue Lieferung versprochen, aber die Dreckskerle blockieren unsere Schiffe.«

Linah bringt kein Wort heraus. Plötzlich erscheint ihr das kleine Abenteuer wie eine Riesendummheit. Doch da räuspert sich Zain und tritt zu Linahs Erstaunen vor Abu Rafi hin.

»Ein Päckchen Marlboro, die grünen. Für meine Mutter«, fügt er hinzu, als Abu Rafi zögert. Achselzuckend zieht der Mann ein Päckchen aus dem Regal.

»Eins fünfzig.«

Zain lässt mehrere Münzen auf den Ladentisch purzeln, und zu Linahs Verwunderung schiebt Abu Rafi die Zigaretten über den Tresen in die Hand ihres Cousins.

»So, und jetzt haut ab. Für Kinderbetreuung bin ich nicht zuständig. *Hey!*« Die beiden zucken zusammen und folgen Abu Rafis grimmigem Blick auf die dunkelhäutige Frau, die an einer Tüte Erdnüsse herumfingert. »Nicht mehr warte-warte, kapiert?«, sagt er in gebrochenem Englisch. »Aussuchen und gehen.«

Noch nie hat Linah einen Menschen so hektisch und verzweifelt gesehen wie diese Frau, die jetzt mit der fieberhaften Nervosität eines in der Dürrezeit nach Nahrung suchenden Tiers irgendwelche Artikel zusammenrafft – gesalzene Nüsse, eine Packung Pita, ein Schachtel Weichkäse.

Linah bleibt wie festgewurzelt an der Tür stehen. Zain hat sich, die Zigaretten fest im Griff, zu ihr gesellt. Wie unter einem Zwang beobachten sie Abu Rafi, der die Artikel vor sich aufhäuft und die Preise in einen großen Taschenrechner hämmert, während die Frau auf den Boden starrt.

»Fünfzehn, dreiundzwanzig – achtundvierzigtausend Lira«, sagt er schließlich und lässt sich sogar noch dazu herab, auf Englisch »Jetzt zahlen« hinzuzufügen.

Ohne den Blick zu heben, lässt die Frau die zerknitterten Scheine auf den Tresen fallen.

»Soll das ein Witz sein? Das sind gerade mal *zehn*.«

Die Frau schweigt.

»Mach den Mund auf, Mädchen! Glaubst du, ich bin die Fürsorge? Sag deiner Madame, sie soll –«

»Keine Madame!«, platzt es aus der Frau heraus, während ihr Kopf mit fliegenden Haaren nach oben schnellt. »Keine Madame. Alle weg.«

»Das geht mich nichts an«, brummt Abu Rafi auf Arabisch.

»Vor fünf Tage – alle weg.« Plötzlich ist der Damm gebrochen, die wild gestikulierende Frau kennt kein Halten mehr. »Ich aufwachen – alle weg. Ich warten. Warten auf Mittagessen, auf Abendessen, dann wird dunkel. Ich bleiben wach eine Nacht, zwei Nacht und warten. Ich bringen Wäsche runter, weichen Reis ein. Aber niemand kommen zurück. Sie hören Krieg und gehen. Gehen –« Ihre Stimme wird brüchig. »Mich lassen da. Ich suchen überall Pass, aber nicht da. Ich rufen Botschaft an, aber niemand können helfen. Ich sollen drinbleiben, weg von Fenster. Ich können nicht anrufen meine Kinder, können nicht heimfahren. Kein Essen mehr da. Kein Strom da.«

»Wir müssen los«, flüstert Zain, aber Linah steht wie angewachsen an der Tür, als würden ihre Flip-Flops am Linoleum kleben. Abu Rafi und die Frau sehen sich an.

»Kein Geld«, sagt sie schlicht. »Alle weg.«

Das Gesicht des Ladenbesitzers wird dunkel vor Zorn, Ekel und Erschöpfung. Er ist erschöpft, weil nur sein Geschäft noch geöffnet ist und er auch heute wieder den ganzen Tag lang Menschen sagen musste, dass es kein Mehl mehr gebe, während er bei jedem Poltern von Süden her die Israelis verfluchte.

»Achtundvierzig oder raus hier«, wiederholt Abu Rafi. Linah würde ihm am liebsten eine Ohrfeige verpassen.

»Aber Madame und der Herr –«

»Achtundvierzig! Glaubst du, ich habe keine Kinder?«, ruft Abu Rafi und lässt einen Schwall arabischer Flüche folgen. »Wenn du

Hilfe brauchst, hol sie dir woanders, aber nicht hier. Sieh dich doch um!« Er deutet auf das klägliche Warenangebot in den Regalen. »Wer Brot will, muss zahlen. Oder Eier oder Äpfel oder Käse – zahlen! Zahlen!« Zwischen seinen Lippen ist Schaum zu sehen. »Wenn ich einer aus Sri Lanka helfe, stehen morgen zehn vor meiner Tür!«

Die Frau weicht zurück und starrt auf die knittrigen Scheine. Dann streicht sie sich mit der Hand die drahtigen, struppigen Haare aus dem Gesicht. Ihr Profil mit der geraden Nase und der schön geschwungenen Stirn könnte jede Münze zieren.

»Das Brot«, sagt sie schließlich. »Nur das Brot.« Ihre Stimme würde geschmolzenes Glas erstarren lassen. *Das bist du*, scheint sie dem Mann zu sagen. *Schau dir diesen zerknüllten Schein auf dem Tresen an, schau mein ungewaschenes Haar an. Diesen Moment wirst du in deinem ganzen Leben nicht vergessen.*

Erst als die Frau gezahlt hat, mit ihrer Packung Pita an Zain und Linah vorbeigegangen ist, als wären die Kinder unsichtbar – sie riecht nach Sandelholz und Schweiß –, und die Tür hinter ihr krachend ins Schloss fällt, bemerkt Abu Rafi die beiden und sieht sie lange an.

Dann sagt er: »Raus hier. Lauft nach Hause.«

Sie rennen durch die Straße. Der narbige Asphalt und das Gewirr der Telefonkabel über ihren Köpfen hat nichts Vertrautes mehr. *Wie hässlich es hier ist*, denkt Linah plötzlich. Sie sehnt sich nach Boston, nach den gepflegten, im Dezember leuchtenden Rasenflächen, nach dem Schwimmbad mit dem Eisstand und nach dem Kreidegeruch ihres Klassenzimmers. Vor dem Hotel steht noch derselbe Page und sieht Linah an. Diesmal erwidert sie seinen Blick.

Am Eingang des Wohnhauses stoßen sie auf den *natour*, der einen Krug Wasser in der Hand hält. »Was macht ihr auf der Straße?« Zain verschränkt die Arme, um das Zigarettenpäckchen zu verbergen.

»Erledigungen«, stößt Zain hervor und zieht Linah ins Haus und die Treppe hinauf. Linah wird ein bisschen schwindelig.

»In die blaue Wohnung«, erinnert sie ihn. Eigentlich hätten sie die ganze Zeit einen Film ansehen sollen.

Die Wohnung ist dunkel und leer. »Schnell! Es muss so aussehen, als hätten wir uns was angeschaut.« Sie ziehen die Vorhänge zu, schalten den Fernseher an, legen den Detektivfilm ein, werfen Kissen auf den Boden und verteilen sie zwischen den kleinen Schmutzwäschehäufchen – Souad ist eine grauenhafte Hausfrau. Aber sie bewegen sich wie bei einem Begräbnis, wie Kinder, die Kind spielen.

Zain hält noch immer das Päckchen in der Hand. »Gib mal«, sagt Linah, nimmt es und stopft es in ihre Shortstasche.

Es ist stickig und düster im Zimmer. Der Film beginnt, aber Linahs Gedanken wandern zu den nach unten gezogenen Mundwinkeln der Frau, zu ihrem schmutzigen Haar. Nach der Hälfte des Films fällt der Strom aus, der Bildschirm wird dunkel. Eine Zeit lang sitzen sie schweigend da. Linah spürt Zains ängstlichen Blick.

»Wir könnten die Wunderkerzen anzünden.«

Linah zollt ihm mit einem Blick ihren Respekt. Wenn er will, kann Zain richtig interessant sein. Die Wunderkerzen haben sie im letzten Sommer gekauft. Ihr Vater und Souad haben sie damals, ständig *Abstand!* rufend, angezündet. Die Kerzen begannen zu zischen und verschwanden in einem Funkenschauer. *Ja*, denkt sie. Mit den Wunderkerzen ginge es ihr besser.

»Sie würden ausrasten.«

Zains einziger Kommentar ist ein Schulterzucken. Linah würde ihn am liebsten umarmen. »Hast du die noch?«

»Meine Mutter hat sie irgendwohin gepackt. Vielleicht in einen Küchenschrank.«

In den Küchenschränken stehen nur Konserven, Kaffeedosen und Schachteln mit alten Crackern. Auch unter dem Waschbecken im Bad und in den unaufgeräumten Schlafzimmern ist nichts zu entdecken. Von der endlich aufgekommenen Idee angespornt durchstöbern sie jede noch so kleine Schublade. Plötzlich schnalzt Zain mit den Fingern.

»Die Abstellkammer! Da legt sie alles rein, was sie nicht mehr braucht.«

Linah rümpft die Nase. »In der Abstellkammer stinkt es.«

»Dann halt die Luft an!«

Linah folgt ihm durch den Flur zu dem Kämmerchen neben dem Wohnzimmer, in dem Kisten, Kartons und ein halb gefülltes Bücherregal stehen. Wie ein großes Tier, dessen Gliedmaßen sie umgehen müssen, liegt das ganze herrliche Durcheinander vor ihnen auf dem Boden. Die Abstellkammer ist ein Museum ihres früheren Lebens.

»Wie bei Narnia«, flüstert Linah.

Sie wühlen sich durch die Kartons, finden Plüschtiere und gerissene Sprungseile, Spielzeug, an das sie sich nicht mehr erinnern. Die Wunderkerzen sind schnell vergessen. Während sie in dem Chaos stöbert, fühlt sich Linah zum ersten Mal seit dem Krieg wieder munter und lebendig. In einem Korb liegen alte Halstücher von Souad. Linah wirft sich eines über die Schulter und stellt sich vor, sie würde *Ich ruf dich an* zu einem Jungen sagen.

»Mein Gameboy!« Zain bückt sich nach einer ramponierten Spielkonsole. Linah findet einen ganzen Schuhkarton voller Beanie Babys und nimmt die nach Staub riechenden Kuscheltiere nacheinander heraus.

Plötzlich geht das Licht wieder an, und im Wohnzimmer dröhnt schlagartig der Filmton los. Zain packt gerade einen Karton mit Büchern aus. Keiner will zum Fernseher zurück.

»Schau mal, die sind so alt, dass sie schon auseinanderfallen.« Er hebt ein Buch mit braunem Rücken hoch; der Einband ist in arabischer Kalligrafie beschriftet. Eine einzelne Seite fällt heraus und schwebt auf seinen Schoß nieder.

»Glaubst du, dass deine Mutter manchmal hier reingeht und

sich das ganze Zeug ansieht?« Ihr gefällt die Vorstellung, Souad könnte sich, wenn alle schlafen, in das Kämmerchen schleichen, die Beanie Babys auf dem Boden aufreihen und sich die bunten Tücher umhängen.

Sie bekommt keine Antwort. Als sie sich umdreht, betrachtet Zain mit finsterem Blick das Buch in seiner Hand. »In dem da ist irgendwas.«

Linah reckt den Hals. Auf dem mattbraunen Einband ist eine Pflanze zu sehen, die einer gemalten Sonne entgegenstrebt. Zain zieht ein Bündel zwischen den Buchdeckeln hervor, das von einem alten, schmutzig gelben Gummiband zusammengehalten wird. Eng aneinandergeschmiegt beugen sie sich darüber. Die vielen Blätter aus dem uralt wirkenden Papier sind dicht mit einer schönen Handschrift bedeckt, manche in blauer, andere in schwarzer Tinte. Das Papier fühlt sich weich an und ist in vielen Jahren dünn geworden.

»Das ist Arabisch«, sagt Zain enttäuscht. Er kann Arabisch nicht gut lesen; Linah auch nicht. »Das sind mindestens hundert Seiten.«

»Sieht aus wie ein Tagebuch.« Linah richtet sich auf. Die Aussicht, womöglich auf Geheimnisse zu stoßen, ist fantastisch – tausendmal besser, als Detektiv zu sein. »Wir haben das Tagebuch von jemandem gefunden!«

»Nein, das sind Briefe«, widerspricht Zain, nachdem er das Schriftbild eingehend gemustert hat. »Schau, oben steht immer eine Anrede und am Ende eine Unterschrift.«

Linah beginnt fieberhaft zu überlegen. Sind es Briefe, die sich ihre Eltern geschrieben haben? Oder Elie und Souad? Oder stammen sie von alten Freunden?

»Und ganz oben ist ein Datum. Der hier ist von 1998«, verkündet Zain.

»Das ist eine Sieben, du Idiot.«

»Gut, dann eben von 1978.« In diesem Moment geht die Wohnungstür auf, und es wird nach ihnen gerufen.

»Linah! Zain!«

»Wo sind sie denn?«

Die Kinder erstarren. Schritte kommen näher. Zain sagt lautlos »Oh nein«, und Linah denkt sofort, dass die Erwachsenen durch den *natour* von ihrem kleinen Ausflug erfahren haben könnten. Sie stehen auf und klopfen den Staub von den Kleidern. Zain steckt sich das Briefbündel unters T-Shirt.

Doch bei ihrer Rückkehr ins Wohnzimmer sprechen die Erwachsenen – *khalto* Riham, Linahs Vater, Souad – gar nicht über sie, sondern über die Nachrichten und würdigen die beiden kaum eines Blickes. Sogar Manar wirkt besorgt. Karam zieht die Vorhänge zurück, um das letzte Dämmerlicht hereinzulassen.

»Hey!«

»Wo wart ihr?«, will Souad wissen.

Zain schielt kurz zu Linah hinüber. »Der Strom ist ausgefallen.«

»Ist aber inzwischen wieder da. Wir hatten in der Wohnung unten keinen Empfang mehr, die Sender sind gestört. Jetzt versuchen wir es mit diesem Gerät hier.«

»Tut mir leid, Kinder, aber ihr müsst euch euren Film später zu Ende ansehen.«

»Legt die Kissen zurück. Und was soll die Schmutzwäsche da?«

Widerwillig räumen sie die Kissen auf. Zain bewegt sich ganz vorsichtig. Er bückt sich steif und ungelenk und drückt dabei ein Kissen an die Brust.

»Das ist ja tatsächlich Schmutzwäsche. Mein Gott, Souad, wann hast du eigentlich zum letzten Mal –?«

»Ich sage es ihr ständig!«

»Nicht jetzt, Manar. Tut mir leid, Karam, aber da draußen ist *Krieg*, da muss der Haushalt leider warten.«

»Man sieht's«, erwidert Linahs Vater leise, aber Souad hat es gehört und wirft ihm einen bösen Blick zu.

»Kanal acht«, sagt *khalto* Riham. Manar beginnt mit der Sendersuche.

Der Nachrichtensprecher wirkt müde. Am unteren Bildschirmrand sausen Schlagzeilen auf Arabisch vorbei. Linah schnappt nur einzelne Wörter auf – *Militär, Artilleriebeschuss, Sicherheit.* Sie versucht die Schlagzeilen zu lesen, aber sie sind zu schnell. Wenn ihre Großmutter nach Amman kommt, schimpft sie immer mit Linahs Vater und Souad. *Eure Kinder verstehen kaum, was ihre Großmutter sagt, weil ihr sie als Amerikaner aufgezogen habt!* Linah mag ihre Großmutter, hat aber auch ein bisschen Angst vor ihren rasiermesserscharfen Nägeln und dem gelangweilt wirkenden Blick, mit dem sie jeden Raum mustert, in dem sie sich aufhält.

Der müde Sprecher kündigt eine Mitteilung an, und die Kamera schwenkt zu einer mit grünen Fahnen bestückten Wand. Ein bärtiger Mann tritt ans Podium und beginnt zu reden. Linah denkt an die Frau mit den drahtigen Haaren, hört noch einmal *Nur das Brot.* Der Mann spricht mit funkelnden Augen über Gerechtigkeit.

»Ich kann es nicht mehr hören!« Souad rutscht zur Sofakante vor, schiebt die Balkontür auf und zündet sich eine Zigarette an, während sie *khalto* Riham und Karam die andere Hand in Abwehr entgegenhält. »Kein Wort, ja? Das hier ist mein Wohnzimmer. Kein Wort!«

»Was habt ihr eigentlich gemacht, Kinder?«, fragt Linahs Vater zerstreut.

»Einen Film angeschaut«, antwortet Linah. Ihre Stimme klingt fremd, und sie fragt sich, ob die Erwachsenen das hören. Ihr Vater wahrscheinlich schon, denn er sagt weiter nichts, weder über die Lungen der Kinder noch dass sie in die andere Wohnung gehen sollen.

»Was meinst du, sollen wir heute Piza bestellen, mein Äffchen?«, fragt Linahs Mutter über Souads Kopf hinweg. »Also wenn ich noch einen einzigen Bissen Huhn zu mir nehme, fange ich zu gackern an.« Sie lacht.

Plötzlich wird es Linah zu viel. Die Stimme des Nachrichtensprechers, das Lachen ihrer Mutter. Das alles ist so falsch. Sie steht auf. Aus den Augenwinkeln sieht sie Zains besorgte Miene.

»Ich gehe duschen«, verkündet sie.

»Linah, das Warmwasser!«

Linah dreht sich zu ihrem Vater um. Er sieht traurig aus und plötzlich so durchschnittlich mit seinen verschmierten Brillengläsern. *Jetzt werde ich alt*, sagte er an dem Tag, an dem er die Brille bekam, und Linah schüttelte es bei dem Gedanken.

»Ich dusche nur kalt«, sagt sie sanft. »Versprochen.«

Die grüne Wohnung fühlt sich trist und leer an, obwohl Geschirr klappert und Tikas Schritte zu hören sind. Linah würde am liebsten zu ihr laufen und sie umarmen.

Ihr Bad, der einzige Raum, den sie selbst gestalten darf, ist kunterbunt. Den Spiegel über dem Waschbecken hat sie vor einigen Jahren mit Fußball-Aufklebern verziert. Davor liegt ein zotteliger Badezimmerteppich in den Farben des Regenbogens, und der untere Teil der Wanne ist mit Stickern übersät.

Sie lässt das Warmwasser laufen und dreht den Griff ganz nach links, damit es so heiß wie möglich wird. Dann zieht sie sich aus, lässt ihre Sachen auf den Boden fallen und betrachtet, von Dampf umwabert, lange ihr Spiegelbild, als wäre das eine Pflicht, die erfüllt werden muss. Ihr Körper ist faszinierend. Seit einigen Monaten späht sie manchmal durchs Schlüsselloch und sieht sich die Frauen der Familie bei den Vorbereitungen zum Duschen an, betrachtet ihre Körper ganz genau. Manars Speckröllchen und das dunkle Haardreieck zwischen den Beinen, Souads kleine Brüste und die komplett rasierte Haut, das gekürzte Schamhaar ihrer Mutter, deren Brüste größer sind als die der anderen.

Ihr eigener Körper bleibt immer gleich, entwickelt sich nicht. Dünn. Und flach, so flach wie die Landschaft der Tundra, die sie vom Geografieunterricht kennt.

»Miss Busenlos«, sagt sie laut. Das hat sie einmal einen Acht-klässler flüstern hören, als ihnen die knabenhafte Sportlehrerin im Gang begegnete.

Als das Warmwasser aufgebraucht ist, geht sie, eine Spur nasser Fußabdrücke hinterlassend, in ihr Zimmer und nimmt ein Nacht-hemd aus dem Schrank, das ihre Großmutter aus Amman mitge-bracht hat.

»Alle weg«, sagt sie laut. Die Worte des Dienstmädchens. Sie hat Heimweh, obwohl sie das kindisch findet. Warum gefällt den Er-wachsenen diese Stadt? Wenn es nach ihr ginge, würde sie nie wie-der hierherkommen, sondern mit Susan ins Sommerlager in den Berkshire Mountains gehen, wo sich die Mädchen bis tief in die Nacht Gruselgeschichten erzählen und Freundschaftsbänder knüp-fen. Wo man reiten und Theater spielen und Wasserski fahren kann. Im letzten Sommer hat Linah bei Susan einen Prospekt geklaut und jede Seite gelesen.

Anstatt nach oben zu gehen, schlendert sie zum Schlafzimmer ih-rer Eltern. Wie in der ganzen Wohnung sind die Wände auch dort grün gestrichen, und unterhalb der Decke zieht sich eine weiße, verschnörkelte Bordüre hin. Vor dem Bett liegt ein khakifarbener Teppich. Hier haben sie und Manar und Zain früher ihre Theater-stücke geprobt, weil man in diesem Zimmer so gut tanzen und he-rumspringen konnte. Auf dem Bild über dem Bett ist ein irakischer Suk mit Ständen voller Silberschmuck und Gewürzen zu sehen. Ein Mann streckt dem Betrachter eine Handvoll Obst entgegen.

Sie geht durch das Zimmer, nimmt dies und das in die Hand und stellt es wieder zurück – das Schmuckkästchen, den kleinen Holzvogel, den ihr Vater vor vielen Jahren geschnitzt hat. Sie will Dinge berühren. Sie öffnet den Schrank ihrer Eltern und streicht mit den Fingern über die Khakihosen und T-Shirts ihres Vaters, die beiden Seidenkrawatten, die er jeden Sommer mitnimmt, die Kleider ihrer Mutter. Sie beugt sich zu dem türkisblauen Kleid vor, das ihre Mutter auf Partys trägt, und atmet den mit einem Hauch von Schweiß vermischten Gardenienduft ein. Der Geruch macht sie so traurig, als wären ihre Eltern nicht ein Stockwerk höher, sondern in einem anderen Land.

Als kleines Kind hat sie oft die Kleider ihrer Mutter angezogen und nachgeplappert, was sie sie am Telefon über die Arbeit und die Familie hatte sagen hören. Wenn ihnen an regnerischen Nachmittagen beiden langweilig war, half ihre Mutter ihr manchmal dabei, legte ihr Perlenketten um und tupfte etwas von ihrem Dior-Parfüm hinter Linahs Ohren. Dann rief sie: *Ich habe hier eine wunderschöne Dame für dich, Karam!* Wenn Linahs Vater hereinkam, tat er so, als würde er sie nicht kennen, begann zu torkeln und griff sich ans Herz. Dann lachten sie alle, und Linah drehte sich um sich selbst und fühlte sich wunderschön.

Sie tritt barfuß auf den Balkon vor dem elterlichen Schlafzimmer hinaus. Die Nachtluft ist warm und schwer. Hier draußen stehen mehrere Topfpflanzen mit großen, hellvioletten Blättern, die ihr Vater jeden Morgen gießt, was Souad auf ihrem Balkon regelmäßig vergisst. Dort ist alles abgestorben.

Der Balkon von Linahs Eltern ist groß und von einem Metallgeländer umgeben. Man sieht den Verkehr und kleine Stückchen Meer zwischen Gebäuden. Möbliert ist er mit einem Stuhl und einem Tisch, auf dem noch eine leere Tasse steht. Neben dem Tisch wächst ein Jasmin, die Lieblingspflanze ihrer Mutter. Der Anblick der eifrigen weißen Blüten ruft ein schmerzliches Sehnen in Linah hervor.

Sie setzt sich daneben und senkt das Gesicht in das Blättergewirr, als wäre es ein Kissen. Es tut weh; ein Zweig sticht ihr sogar ins Ohr. Trotzdem bleibt sie eine Weile so und atmet den süßen Duft ein.

Schließlich hebt sie den Kopf, lehnt sich mit dem Rücken an die Wand, richtet das Gesicht nach oben und betrachtet den nächtlichen Himmel. Erst jetzt fällt ihr auf, dass sie in den letzten beiden Wochen nie allein war. Der Himmel ist klar heute Nacht, die Mondsichel leuchtet. In der Ferne dröhnt es. Bombardierungen aus dem Süden. Sie denkt an die brennende Welt dort draußen. *Sie haben uns abgeschlachtet*, sagte eine Frau in die Fernsehkamera. Eine Sirene jault los.

Insgeheim hofft sie, dass die Erwachsenen sich Sorgen machen und nach ihr sehen werden. Als Kind hat sie das auch oft getan, obwohl ihre Mutter dafür immer mit ihr schimpfte: Sie versteckte sich in einem Schrank oder unter dem Bett, lauschte den aufgeregten Stimmen und tauchte wie aus dem Nichts wieder auf. Bis heute kann sie nicht verstehen, warum der Zorn und das Geschrei so groß waren. *Ich habe euch doch etwas geschenkt*, hätte sie damals am liebsten gesagt. *Ihr habt geglaubt, ich bin weg, dabei war ich immer da.*

Etwas ist anders als sonst. Lichtstreifen spalten den Himmel; dazwischen ist leises Grollen zu hören, das ganz aus der Nähe zu kommen scheint. Wie erstarrt sitzt sie da und spürt den Boden unter den Füßen beben. Im Süden steigt zwischen den Häusern Rauch auf. Nach zehn, zwanzig Minuten wird die Balkontür aufgeschoben.

»Na endlich«, sagt Zain.

Linah seufzt. »Jetzt hast du mich gefunden.«

Zain sieht sie verwirrt an. »Hast du dich versteckt?« Er schiebt die Tür zu und setzt sich ihr gegenüber. Seine nackten Füße sind schmutzig. »Sie haben schon wieder ein Haus bombardiert, haben sie in den Nachrichten gesagt. Oben drehen sie jetzt total durch.«

»Glaubst du, wir müssen sterben?«

»Quatsch«, antwortet Zain, aber seine Stimme zittert. Seine Augen sind riesig und glänzen im Mondlicht.

Sie betrachten die Lichter, die bogenförmig über Land niedergehen wie Feuerwerkskörper im Rückwärtsgang. Der ganze Himmel ist erleuchtet, und Rauchschwaden verhüllen die Häuser und das Meer, als gäbe es statt der Erde nur noch Feuer und Rauch. Linah fragt sich, ob die Kinder der Frau auf ihren Anruf warten. Was macht sie jetzt, nach Sonnenuntergang, in der riesigen Wohnung – denn Linah stellt sich eine vollgestopfte Wohnung im alten Beiruter Stil vor, mit viel Marmor, klobigen vergoldeten Möbeln, einem *Gästewohnzimmer* und großen Erkerfenstern –, was macht sie jetzt, nachdem sie aufgehört hat zu warten?

»Wenn wir wegmüssen, nehmen wir aber Tika mit«, sagt Zain. Manchmal können sie gegenseitig ihre Gedanken lesen.

Schweigend denken sie an die Frau.

»Wenn nur *teta* hier wäre …«, sagt Linah plötzlich. Ihre Großmutter würde durch die Wohnungen rauschen, die Erwachsenen anschnauzen, damit sie endlich etwas anderes als Hähnchen kaufen, und wegen der Hitze jammern. Ihre Kratzbürstigkeit wäre jetzt eine Wohltat. Manche Dinge versteht ihre *teta*, ohne dass man etwas sagen muss, so wie damals während des Opferfests, als sie zu Budur sagte, sie solle Linah beim Abendessen Jeans tragen lassen, wenn Linah das unbedingt wolle. Linah würde ihrer Großmutter gern von der Frau bei Abu Rafi erzählen, denn ihre *teta* würde eine kluge, spitze, genau richtige Bemerkung dazu machen.

Zain wirft ihr etwas zu, das sie reflexartig fängt. Es ist eine Streichholzschachtel. »Schimpfwort-Club«, sagt er grinsend und hält ihr das leicht eingedrückte Zigarettenpäckchen hin. »Die waren in deinen Shorts auf dem Boden im Bad.«

»Und was machen wir mit der Asche?«

»Scheiß auf die Asche!«

Zain zündet eine etwas verbogene Zigarette für Linah an. Sie nimmt sie, betrachtet fast staunend den in Kräuseln von der Spitze aufsteigenden Rauch, denkt an die Mädchen am Geländer, die ihre Zigaretten zwischen zwei kess nach oben gereckten Fingern hielten, und nimmt, die Geste imitierend, einen Zug. Der Rauch brennt, sie muss husten.

»Tut weh«, presst Zain nach seinem ersten Zug hervor.

»Das gibt sich.« Beim dritten, vierten, fünften Mal wird es schon leichter. Linah öffnet die Lippen und lässt den Rauch aus dem Mund schweben. Zain räuspert sich. »Ich glaube, die Briefe sind von *jiddo*. Er hat sie an einen geschrieben, der Mustafa heißt. Weißt du, wer das ist?«

Linah denkt nach. Sie erinnert sich vage, den Namen gehört zu haben, kann ihn aber nicht zuordnen. Sie schüttelt den Kopf.

»Er hat in Palästina gelebt. *Jiddo* hat die Briefe an ihn geschrieben. Ein paar Zeilen habe ich schon gelesen. Es geht da um ein Haus.« Er zieht ein Blatt aus der Tasche, faltet es auf und beginnt stockend auf Arabisch vorzulesen. »*Hier gibt es genug Zimmer für uns alle und sogar für noch mehr Bewohner. Es erinnert mich an das Haus deiner Mutter, weil du immer gesagt hast, dass es sich viel zu groß anfühlte, als sie weg war.*«

»Wenn er sie ihm geschickt hat, warum waren sie dann in der Abstellkammer?«

Zain zuckt mit den Schultern. »Keine Ahnung.« Es scheint ihn nicht zu interessieren, und Linah versteht auch, warum. Die Briefe erscheinen plötzlich wie etwas sehr Fernes. Sie stammen aus einer längst vergangenen Zeit, gehören nicht der Gegenwart an wie die Bombardierungen und die brechende Stimme der Frau im Geschäft.

»Abu Rafi ist ein Arschloch.« Linah spricht es ganz langsam und zaghaft aus. Zum ersten Mal hat sie ein schlimmes Wort mit einem bestimmten Menschen verbunden.

»Schau«, flüstert Zain und deutet auf die Szenerie vor ihnen, die etwas Zauberhaftes hat, trotz der Explosionen, trotz der irgendwo weit hinten heulenden Krankenwagensirenen und obwohl die rauchgefüllte Luft im Hals kratzt. Brüllende Raketen, grellweiß wie Kometenschweife.

Die Farben und das blendende Licht erinnern Linah an den Rummelplatz in Boston, zu dem die beiden Familien vor einigen Jahren in einer Sommernacht gingen. Es hatte geregnet, die Luft war feucht und roch süß, und das Gras war noch nass. Ihre Sandalen schmatzten beim Gehen, und als ihr Vater ihre Füße später in der Badewanne wusch, blieben rings um den Abfluss Erde und Grashalme liegen.

Auf dem Rummelplatz gab es ein Riesenrad, mit dem sie alle fuhren. Während es langsam auf den höchsten Punkt zuging, begann über ihnen ein Feuerwerk und marmorierte den Himmel mit Farben, die wie Kandiszucker glitzerten. *Schau dir den Himmel an*, rief ihre Mutter ihrem Vater zu. *Man kann ihn fast essen.*

Beim Anblick des brennenden Wassers hört Linah wieder die Stimme ihrer Mutter, sieht ihr dunkles, schönes Haar fliegen. Sie hatte es ganz vergessen. Ihr fällt ein, wie Elie ihnen allen Eis kaufte und wie klebrig ihre Finger waren, wie Souad ihm einen Kuss auf den Hals gab. Er ist jetzt auf der anderen Seite der Welt, und sie vermisst ihn und hat Mitleid mit Zain und sogar mit Manar. Die Erinnerungen erwecken dieselbe Wehmut in ihr wie die Erinnerung an ihre Kindheit. Sie geben ihr das Gefühl, sich rasend schnell zu drehen, aus der Haut zu fahren, als wäre die Welt ringsum ein verrücktes Gewirbel. Es ist zwar *ihre* Welt – trotz der brennenden Häuser, der Bomben, der weinenden Menschen auf den Straßen –, aber sie dreht sich so schnell, dass ihre Kindheit immer weiter zurückweicht, während sie noch dabei ist, Atem zu holen.

»*Khalto* Riham hat gesagt, die Israelis bombardieren bestimmt viele Wochen lang.« Zains Stimme reißt Linah aus ihren Gedanken. Sie zuckt matt mit den Achseln, obwohl Zain gar nicht hinsieht. Der Rauch in der Lunge tut schon viel weniger weh. Sie versucht sich an einem Rauchring, aber er wird ganz schwabbelig.

»Schmeckt süß«, sagt Zain.

»Menthol.«

»Mein Vater hat einmal meine Mutter geschlagen«, sagt Zain

nachdenklich. Der Satz scheint in der Luft zu schweben. Linah will etwas erwidern, will ihm erklären, dass auch Erwachsene Fehler haben oder ganz ohne Absicht Dinge zerstören, aber sie lässt es. Plötzlich will sie Zain einfach nur lächeln sehen. Sie steht schwungvoll auf und hält ihm die Zigarette hin.

»Hey!«, ruft er verdutzt und nimmt sie.

Linah tritt einen Schritt nach hinten und schließt die Augen. Sie zählt bis drei, wirft sich nach vorn und wird von ihren Händen getreulich aufgefangen und in den Handstand befördert. Zains Stimme ist das Lächeln anzuhören.

»Wow! Wie *machst* du das?«

Sie streckt ihren Körper senkrecht nach oben und hält die Augen geschlossen. Gleich werden die Arme wehtun, aber noch fühlt sie sich leicht wie Luft. Jetzt würde sie gern Rad schlagen. Sie würde gern das Dienstmädchen mit den struppigen Haaren suchen und darum bitten, bei ihnen einzuziehen. Sie würde Zain gern umarmen, damit er spürt, wie sich ihr Herz manchmal aus ihrer Haut herausklopft. Sie würde gern hineinlaufen, ihrem Vater um den Hals fallen, ihn auf die Wange küssen und ihm ins Ohr flüstern: *Ich habe hier eine wunderschöne Dame für dich, Karam.*

»Wahnsinn«, sagt Zain.

Linah öffnet die Augen. Sie hält sich kerzengerade. Sie atmet schnell und will nicht sprechen, um es nicht zu verpatzen. Die Welt steht Kopf. Einen Moment lang sind die Bodenfliesen ihr Dach und die Sterne gleiten an ihren Füßen dahin wie ein weicher, funkelnder Teppich.

Atef

Amman
Juni 2011

Zuerst vergaß sie das Wort *Granatapfel*. »Gib mir einen –«, sagte Alia eines Abends im vergangenen Jahr, blinzelte und zog ein so seltsames Gesicht, als hätte man sie beim Schlafwandeln geweckt.

Atef wartete. »Was denn?«

»So einen, also ...« Plötzlich wirkte sie ängstlich. »Den roten«, murmelte sie schließlich und deutete auf das Obst. Weitere kleine Zwischenfälle folgten. Sie streunte im Viertel herum, vergaß Atefs Geburtstag.

»Mit Mama stimmt etwas nicht«, sagte Riham vor einigen Wochen, als sie mit Atef im Garten saß.

Atef wandte den Blick ab. »So ist es eben manchmal, Riham.«

»Aber es wird –« Riham zögerte. »Es wird schlimmer. Sie ist verwirrt und bringt immer öfter alles durcheinander.«

Atef dachte an seine Frau, an den Tee, den sie jeden Morgen mit zweieinhalb Würfeln Zucker trank, an all die kleinen Rituale ihres Lebens. »Das ist bestimmt nichts Ernstes. Sie wird eben alt wie wir alle. Erst gestern habe ich zwanzig Minuten lang meine Schlüssel gesucht.« Sein Dahergerede sprach Bände. Ihre Macken, die in den letzten Jahren zugenommen hatten – das stundenlange Grübeln über die richtigen Routen, die ständigen Namensverwechslungen –, waren immer mit grundsätzlicher Rechthaberei getarnt gewesen.

»Baba.« Riham atmete tief durch. »Als sie gestern zum Abendessen bei uns war, musste ich kurz ans Telefon, und danach habe ich sie eine Stunde lang gesucht.«

Atef stockte das Herz. »Wo war sie?«

»Auf dem Balkon.«

»Ach so.« Er ächzte erleichtert auf. »Sie liebt den Blick.«

»Nein.« In Rihams Stimme schwang ein leicht gereizter Unterton mit, der so selten zu hören war, dass Atef lieber schwieg. »Du erinnerst dich doch an die Sicherung, die wir angebracht haben, als die Kinder Babys waren. Die war geöffnet. Sie wollte hinuntersteigen.«

»Was?« Absurderweise dachte er an die weißen Anemonen im Garten, über die es vor Monaten zu einem Streit mit Alia gekommen war, weil sie seine Pflanzenliebe als verrückt bezeichnet hatte. »Aber warum?«

Riham seufzte, und an diesem kleinen Laut erkannte Atef, dass man ihn geschützt hatte, dass Riham ihn abschirmte, so gut sie konnte.

»Sie sagt, es ist der Krieg. Dass Saddam kommt und sie die Flucht ergreifen muss.«

Am Abend jenes Tages beobachtete er Alia, während sie aß, sich das Gesicht wusch und ins Bett ging, und plötzlich sah er es. Wie bei den von seinen Enkeln so geliebten optischen Täuschungen gelang es ihm nicht, das einmal vor ihm aufgetauchte Bild wieder auszublenden: seine Frau mit ihrer aschfahlen Haut und dem weißen Kraushaar.

»Dieses Mädchen klaut mir meinen Lippenstift«, sagte sie, bevor sie sich hinlegte. Atef fragte nicht, welches Mädchen sie meinte.

Er fuhr mit der Hand über die dünne, fleckige Haut an ihrem zarten Kopf und strich ihr das Haar zurück.

»Sie will sie sich nicht färben lassen«, erzählte ihm Riham später. »Sie glaubt, der Friseur würde sie vergiften.«

Ihm wurde bewusst, dass er Alia in diesem Augenblick sah, wie sie war. In den letzten zehn Jahren hatte er seine Frau immer nur zurechtgemacht gesehen, perfekt frisiert, mit manikürten Nägeln und einer dicken Schicht Make-up im Gesicht, die Lippen umrandet und ausgefüllt mit dem korallenroten Stift. Darunter, das erkannte er jetzt, war die ganze Zeit diese Hinfälligkeit gewesen.

Er hört eine Frau in der Küche lachen und denkt: *Souad*. Doch als er hineingeht, sitzen Linah und Manar am Tisch und streuen Zatar auf dick mit Erdbeermarmelade bestrichene Pitabrote. Beide tragen eine Art Zigeunerinnenkleid aus durchscheinendem Stoff. Linah trägt meergrüne Perlen im hochgesteckten Haar, die nach allen Seiten hervorragen und an ein Feuerwerk erinnern. Als sie ihn sehen, unterbrechen sie ihr Gespräch.

»Hi, *jiddo*«, sagt Manar fröhlich.

»Ist *teta* bereit, zum Arzt zu gehen?«

Atef zögert. »Das dauert noch ein bisschen. Riham und *umm* Najwa sprechen gerade mit ihr.«

»Sie wird schon gehen«, sagt Linah leise. Jemand muss ihnen von Alias Wutanfall heute Morgen erzählt haben, als sie sich nicht anziehen wollte und ihn anschrie, sie brauche keinen Arzt.

»Hast du deinen Vater gesehen?«, fragt er Linah.

Linah zuckt mit den Achseln. »Vielleicht ist er draußen.«

»Wie kann es eigentlich sein, dass heutzutage, wo jeder ein Handy hat, in dieser Familie ständig irgendwer irgendwen sucht?«, sagt Manar und fügt an Atef gewandt hinzu: »Mama hat gerade nach dir gefragt.«

»Ein posttechnologisches Sinnbild unserer Einsamkeit«, witzelt Linah.

»Also bitte – der Anspruch, alle Leute müssten immer da sein, wenn man sie gerade braucht, ist doch reiner Narzissmus.« Manar schnalzt mit den Fingern. Sie hat einen kleinen Zatar-Fleck am Kinn. Atef hört ihnen gerne zu. Er mag die Mädchen, ihren Scharfsinn, ihren trockenen Humor.

»Stimmt«, bestätigt Linah, ein Stück Brot wie einen Zauberstab durch die Luft schwingend. »Man muss sich nur ansehen, wie Mama vor Angst ausflippt, wenn einer von uns nicht *sofort* ans Telefon geht.« Sie hat noch immer das streichholzkurze Haar und das Lippen- und Nasenpiercing aus ihrer frühen Jugend. Letztes Jahr hieß es gerüchteweise, sie nehme Drogen. Atef hörte einmal zufällig ein Gespräch zwischen Manar und Riham, in dem es um eine Verhaftung und irgendeinen Jungen ging, mit dem sie abgehauen und mehrere Wochen weggeblieben war.

Es rührt ihn, dass alle gekommen sind, insbesondere die Enkelkinder. Er hatte mit Vorwänden und Entschuldigungen gerechnet. Souad ist noch in Beirut, Karam und Budur leben in Boston, die Enkel an weit verstreuten Orten. Sie waren in den letzten Jahren immer seltener zu Besuch gekommen, und Alia geht es zu schlecht, um zu fliegen.

Doch dann klingelte den ganzen Tag über das Telefon – Zain, Linah, Souad. Sie gaben ihre Flugdaten durch, nannten ihm die Landezeiten, äußerten mitfühlend ihre Besorgnis.

Bei der Ankunft sprachen die Enkel nur stockend Arabisch. Sie hatten alles stehen und liegen gelassen – Abdullah sein Studium in London, Manar ihr Praktikum in Manhattan, Linah und Zain das Sommerlager in Vermont – und waren gekommen.

Riham betritt die Küche. Sie sieht müde aus. »Sie kommt. *Umm* Najwa zieht sie gerade an. Morgen, ihr zwei.« Seit Alias Hüftbruch vor einigen Jahren wird sie von *umm* Najwa gepflegt.

»Morgen«, erwidern die Mädchen.

»Hast du die Unterlagen parat, Baba?« Der Stapel mit den Krankenberichten von Ärzten in Beirut und Kuwait, den er zusammen mit den Pässen, seinem Diplom und den Geburtsurkunden der Kinder in einer Schublade verschlossen hält. *Mein sammelwütiger Mann!*, hat Alia immer gesagt. *Jetzt macht es sich bezahlt*, erwidert er nun im Stillen. *Ich habe unsere gesamte Geschichte aufbewahrt.* Als Atef mit dem dicken Umschlag sein Arbeitszimmer verlässt, kommt ihm im Flur Abdullah zögernd entgegen.

»*Jiddo*, ich wollte fragen, wie es dir geht.«

Plötzlich hat Atef einen dicken Kloß im Hals. »Ich –« Ihm fällt nichts Überzeugendes ein. »Ich warte gerade auf deine Großmutter.«

»Es ist gut, sich Gewissheit zu verschaffen, egal, was dabei herauskommt«, sagt Abdullah leise. Atefs Enkelsohn hat bereits erste Falten an den Augen und eine hohe Stirn. Er wird seinem Vater von Tag zu Tag ähnlicher. Sie haben sich wegen seiner Frömmigkeit und Rigorosität lange Zeit Sorgen um Abdullah gemacht, der ganze Nachmittage mit älteren Männern aus dem Viertel erregte Diskussionen über Politik führte. Atef versuchte mit ihm zu reden, kam aber nicht an den Jungen heran. Dann stürzten die Twin Towers in Amerika ein, der Krieg im Irak begann, und plötzlich löste sich etwas in Abdullah, und es war, als wachte er auf.

Er zieht seinen Großvater spontan und zu dessen großer Überraschung an sich – normalerweise ist der Junge eher reserviert –, sodass kaum hörbar ist, was Atef im selben Augenblick sagt.

»*Inschallah.*«

Als Atef in die Küche zurückkehrt, sind alle da. Karam und Souad stehen bei den Mädchen am Tisch. Riham zupft Alias Bluse zurecht und zieht einen losen Faden aus dem Stoff. Zain rührt in seinem Kaffee und sieht dabei mit hochgezogenen Brauen zu Manar hinüber, während Souad spricht.

»Wir wissen nicht, wie lange es dauern wird«, sagt sie. »Ihr müsst das Huhn begießen und *unbedingt* um sieben aus dem Rohr nehmen ... Hörst du überhaupt zu, Zain? Manar, du sorgst dafür, dass es um sieben ...«

»Ist ja gut, Mama.«

»Wir sind keine sechs mehr«, erklärt Zain.

»Das Huhn muss mit Zitronensaft begossen werden«, fährt Souad beharrlich fort. »Und dann müsst ihr Salz –«

»O mein *Gott*!«

Karam zupft Souad am Ärmel. »Komm jetzt.«

»Ja, bitte bring sie weg von hier!«

»Psst, Manar!«

»Gut, dann gehen wir jetzt«, verkündet Riham besänftigend.

Da stößt Alia unvermittelt einen heftigen Laut aus. Alle drehen sich zu ihr um. Sie steht mit leicht nach vorn gerecktem Kopf in der Tür. Unter ihrem schütteren Haar schimmert die rosige Kopfhaut hervor. Als sie das Gesicht hebt, sieht man kurz ihre gefletschten Zähne. Sie lacht.

»Mama«, sagt Karam, und sie wendet sich ihm mit einem mädchenhaften Lächeln zu.

»Der Film war grauenhaft«, erzählt sie munter auf Arabisch. »*Unglaublich* langweilig.«

»Lasst uns gehen«, sagt Atef.

Im Auto sitzt Atef vorn neben Karam; Alia und ihre Töchter haben auf der Rückbank Platz genommen. Atef dreht am Radio herum und findet einen Sender, der Lieder von Ziad Rahbani bringt. Der Empfang ist schlecht, alle paar Sekunden rauscht es. Atef spürt, dass Karam immer wieder verstohlen zu ihm hinüberschielt. Hinten spricht Riham mit Alia.

Sie passieren die Geschäfte in der Mecca Street. Straßenhändler winken mit Datteltüten, und im Schaufenster eines kleinen Bikiniladens tragen die Ankleidepuppen ozeanblaues Elastan. Atef blickt nicht hinaus, sieht weder die Restaurants noch die hübschen Studentinnen – Mädchen, die von Jahr zu Jahr jünger werden –, sondern starr geradeaus auf die Windschutzscheibe, auf alles und zugleich auf nichts.

Karam will etwas sagen, schließt den Mund aber wieder. Atef weiß, dass der Junge das Richtige sagen möchte. *Es gibt nichts Richtiges.* Atef würde seinen Kindern am liebsten erklären, dass sie keine Ahnung haben, dass ihnen, den Außenstehenden, der Einblick fehlt, dass in der düsteren Höhle seiner Ehe – die weder wirklich glücklich noch wirklich unglücklich ist, weil es in ihr oft monatelang anhaltende Spannungen gibt, wenn sich Alia in ihre Wut zurückzieht und Atef in sich selbst – eine wundersame Muschel der Liebe liegt, unpoliert, aber lebend, pulsierend.

Die Fachklinik wirkt ansprechend mit ihrer puristischen weißen Einrichtung und dem vielen Licht. Während sie Alia im Foyer anmelden, sinniert Atef über die Menschen, die wieder hierher zurückkommen, nachdem sie in den Untersuchungszimmern schreckliche Hirntumor- und Krebsdiagnosen erhalten haben. Wie niederschmetternd die Schönheit des Gebäudes dann für sie sein muss, während andere Patienten, die noch einmal davongekommen sind – nichts weiter als Migräne, recht ordentliche Blutwerte –, vor Erleichterung ganz benommen und plötzlich dankbar für jedes Stäubchen in der Luft sein dürften.

Bitte, Allah, lass uns zu den Benommenen gehören.

Es ist ein schäbiges, blamables Gebet. Atefs Glaube ist bestenfalls notdürftig zusammengezimmert, ganz ohne die stille Frömmigkeit seiner Mutter oder Rihams Unbeirrbarkeit. Sein Gott soll ihm gelassen die Hand tätscheln und ansonsten Besseres zu tun haben. Riham und Souad sprechen mit der Dame an der Rezeption. Riham hält die fotokopierten Krankenberichte ihrer Mutter in der Hand. *Die Gute*, denkt Atef. Die Frauen in seinem Leben sind weitaus tüchtiger als die Männer. Er denkt an Manar und

Linah. Beide würden in einem Krankenhaus schnell das Kommando übernehmen.

»Ich komme zu spät zu Sima.«

»Sima wird warten, Alia.«

»Woher willst du das denn wissen? Ich habe ihr gesagt, dass ich um Punkt sechs Uhr bei ihr bin.« Sima war eine Nachbarin in Kuwait.

»Ich habe sie schon angerufen und vorgewarnt, dass es ein bisschen später wird. Sie sagt, das macht nichts und du sollst jetzt erst mal zum Arzt.«

»Hast du wirklich angerufen?«

»Ja.« Atef ist um Beruhigung bemüht. Er spricht mit Alia in dem singenden Tonfall, den er bei seinen Kindern anschlug, als sie klein waren, und der mit der Geburt seiner Enkel zurückkam.

»Mama, das ist Dr. Munla.« Ein kleiner Mann mit beginnender Glatze. Er trägt eine khakibraune Kluft. Lächelnd gibt er Alia die Hand.

»Sehr angenehm, Madame Yacoub.«

»Ich komme zu spät zu Sima«, teilt sie ihm mit.

Der Arzt lässt sich nicht aus der Ruhe bringen. »Dann erledigen wir das so schnell wie möglich«, sagt er zu ihr – und an die anderen gewandt: »Gehen wir in mein Büro.«

»Schlimm, sie so zu sehen«, hört Atef Souad ihrer Schwester zuflüstern. »Wie eine gefangene Löwin.«

Sie folgen dem Arzt durch einen mit Landschaftsgemälden geschmückten Gang. An den Wänden des taubenblau gestrichenen Büros hängen hirnanatomische Schaubilder. Auf dem Schreibtisch steht das Modell eines Gehirns; die diversen Areale sind in Pastelltönen gefärbt. Sie setzen sich auf die im Raum verteilten Stühle, Souad auf den Behandlungsstuhl. Der Arzt nimmt hinter dem Schreibtisch Platz und hebt die Arme, als würde er mit einer Aufführung beginnen.

»Wir machen heute mehrere Tests«, erklärt er und spricht eine

Weile über die Geräte, über die Aussagekraft der MRT, über Hirn-wasser-Untersuchung, Reflexprüfung und Kognitionstests – vage, unheilvoll klingende Dinge, die sie nicht verstehen.

»Wird auf eine Hirnschädigung getestet?«, fragt Riham.

»Mit meinem Hirn ist alles in Ordnung«, versichert ihr Alia.

»Davon bin ich überzeugt, Madame«, erwidert der Arzt. »Das ist reine Routine.«

Atef empfindet für ihn die verzweifelte Sympathie, mit der man den unglaublich mächtigen Überbringern schlechter Nachrichten begegnet. Er sieht den Arzt vor sich, wie er nach der Arbeit auf irgendeinem Balkon sitzt, sich Wein einschenkt, seiner Frau übers Haar streicht und ihr erzählt, wie schrecklich ein menschlicher Körper seinen Besitzer im Stich lassen kann.

»Wir beginnen gleich mit einigen grundlegenden Untersuchun-gen«, sagt der Arzt zu Alia.

»Aber ich komme zu spät zu Sima«, wiederholt sie. Dann beißt sie sich auf die Lippe. Sie wirkt sehr durcheinander.

»Wir sind in null Komma nichts fertig«, sagt der Arzt.

Die vier setzen sich ins Wartezimmer. Eine halbe, eine ganze Stunde vergeht. Folgsam sehen sie sich auf dem Wandbildschirm die zwei-te Hälfte eines Films an.

»Ist das seine Frau?«, fragt Karam.

»Ich glaube, das ist eine Polizistin«, antwortet Riham.

Souad geht zweimal hinaus, um zu rauchen. Für den Fernseher hat sie kaum einen Blick übrig; stattdessen schreibt sie Nachrich-ten auf ihrem Handy. Hin und wieder zucken ihre Mundwinkel nach oben. Atef ahnt, dass es da einen Mann gibt, wahrscheinlich schon seit einer ganzen Weile. Aber auf diesem Gebiet ist seine Jüngste seltsam verschlossen und hat seit Elie nie irgendjemanden erwähnt.

Wenn Alia und er in Beirut sind, übernachten sie bei Souad, die ihre Wohnung nach dem Krieg renoviert und die Wände neu gestrichen hat. Alles ist jetzt schwarz-weiß – schwarze Couchen und Tische, weiße Wände und Teppiche. Selbst die Gardinen sind schwarz und aus einem spitzenartigen Stoff, der an einen Witwenschleier erinnert.

Atef könnte in einer so farblosen Wohnung nicht leben, aber Souad wirkt bei jedem Besuch sehr glücklich – was ebenfalls auf eine Liebesbeziehung schließen lässt – und macht sich mit ihrem leicht makaberen Humor über ihn lustig. Sie führt ihn durch die Rue Hamra, zeigt ihm, was sich in letzter Zeit verändert hat, und nimmt ihn in den kleinen Krimskramsladen mit, den sie vor einigen Jahren gemeinsam mit einer Freundin eröffnet hat.

»Angesichts der Wirtschaftslage kann man kaum etwas Dümmeres machen«, sagte sie damals fröhlich, während sie in dem kleiderschrankgroßen Laden herumging. Eine Wand ist ganz aus Glas und bietet Ausblick auf eine geschäftige Straße. Viele Studenten eilen vorbei. In Souads Geschäft gibt es ungewöhnliche, hübsche Dinge, Spiegel, Korallenketten, ledergebundene Notizbücher.

Sie ist bestimmt auf einem guten Weg, denn auch in schlechten Zeiten – vielleicht gerade in schlechten Zeiten – sehnen sich die Leute nach schönen Dingen, und der Laden hält sie über Wasser. Immer wenn Atef den Heimweg antritt, überkommt ihn Wehmut beim Gedanken an seine Tochter. Mit ihrem mühsam zusammengesuchten Leben erinnert sie ihn an eine gestrandete Schiffbrüchige, die sich aus Muscheln einen Palast gebaut hat.

Sofort nach dem Ende des Films beginnt der nächste, ein Thriller, in dem sich bereits in den ersten fünf Minuten eine rasante Autojagd ereignet. »Das dauert aber lang«, sagt Atef schließlich.

Riham sieht auf ihre Uhr. »Er soll es doch gründlich machen, Baba.«

»Sie wird durchdrehen.«

»Der Arzt weiß sie zu nehmen.«

»Für mich ist das ein gutes Zeichen.« Souad hebt den Blick von ihrem Handy. »Wenn er etwas gefunden hätte, wären wir längst hineingerufen worden.« Sie spricht das Wort *hineingerufen* falsch aus; ihr Arabisch ist nach den vielen Jahren im Ausland schlecht geworden. *Deine Tochter, die Amrikiya*, schimpft Alia immer.

Der Gedanke an seine schrille, aggressive Frau versetzt ihm einen Stich. Atef steht auf. »Ich hole uns etwas zu trinken. Wollt ihr Kaffee? Saft? Gegenüber der Klinik ist ein *dakaneh*.«

»Ich erledige das, Baba«, sagt Karam, aber Atef winkt ab.

»Ein bisschen Bewegung tut mir gut.«

»Für mich Kaffee ohne Zucker«, sagt Karam.

Atef sieht seine Töchter an. »Und ihr?«

»Sprite.«

»Orangensaft.«

Draußen scheint ihm die Sonne angenehm ins Gesicht. Es ist eine Wohltat, der Klinik den Rücken zu kehren. Er geht so schnell, als wollte er alles hinter sich lassen. Links und rechts ragen hohe Bauten auf, Krankenhäuser, Bürogebäude, Banken. In einem Straßencafé sitzen mehrere junge Frauen, unterhalten sich, rauchen. Eine hat bunte Tattoos mit komplizierten Mustern auf den Armen. Das ist das Amman von morgen, das ist die Zukunft – tätowierte Frauen, hübsche schwule Jungs, Jugend, subversive Kräfte. Der Gedanke stimmt ihn seltsam heiter.

Als er sich auf dem Rückweg dem Klinikeingang nähert, winkt ihm schon von Weitem jemand zu. Es ist Souad.

»Wir haben dich gesucht, Baba«, ruft sie. »Der Arzt ist fertig.«

Das Büro wirkt nüchterner als zuvor. Der Arzt sitzt düster hinter seinem Schreibtisch. Atef würde gern zu Alia gehen, die von einer Schwester in einen anderen Raum gebracht worden ist.

»Viele der durchgeführten Tests müssen erst ausgewertet werden, aber ich möchte Ihnen schon einmal meine ersten Eindrücke schildern.«

Madame Yacoub, so der Arzt, sei im Begriff sich zu verändern. Zum ersten Mal bemerkt Atef die in Gold gerahmten Diplome mit der eleganten, wie gestochenen Schnörkelschrift, die etwas Hoheitsvolles ausstrahlen.

»Ich habe keine guten Neuigkeiten für Sie«, sagt Dr. Munla in sachlichem Ton.

Sie hören zu. Die Worte des Arztes sind wie in Wasser tropfendes Öl, wie herabfallende Perlen; sie gleiten über Atef hinweg. Er betrachtet die Gesichter seiner Töchter, das Gesicht seines Sohns. Die Worte werden lauter und wieder leiser, als wäre Atef untergetaucht und würde immer mal wieder den Kopf aus dem Wasser heben.

»Bezüglich einer Therapie … was passieren wird … sich darauf vorbereiten … Studien besagen …« Atef starrt auf die sich beim Sprechen bewegenden Lippen des Arztes und fühlt sich betrunken. Plötzlich stehen alle auf. Karam gibt dem Arzt die Hand.

»Wir sehen uns nächste Woche wieder«, verkündet Dr. Munla. »Dann kann ich Ihnen mehr sagen.« Er schüttelt Atef die Hand, und Atef möchte die Hand des Arztes am liebsten nicht mehr loslassen.

Alia sitzt im Wartezimmer. Minuten später stehen sie alle unschlüssig im Foyer. Atef verschränkt die Arme über der Brust, löst sie wieder. »Wir fahren jetzt wohl am besten nach Hause.«

Souad umarmt schniefend ihre Mutter.

Alia verzieht das Gesicht, weicht zurück und mustert ihre Tochter. »Was hast du gemacht?«

Obwohl Souad weint, müssen sie plötzlich alle lachen.

Der Verkehr ist eine Katastrophe. Die Fahrt verläuft sehr schweigsam – sogar das Radio rauscht ständig nur, wie aus Protest. Als sie zu Hause ankommen, ist die Sonne schon untergegangen. *Umm* Najwa steht vor dem Haus und raucht, wirft die Zigarette aber weg, während sie aus dem Wagen aussteigen. Nachdem sie die Gesichter eindringlich betrachtet hat, nickt sie und sagt: »Tja.«

Im Flur schlägt ihnen ein metallischer Geruch entgegen. Souad lässt ihre Handtasche fallen und schnüffelt.

»Ver*dammt* noch mal, ich habe ihnen doch gesagt, sie sollen den Ofen ausschalten!«, ruft sie und wird immer lauter, während sie losmarschiert. »Habe ich euch Vollidioten nicht gesagt, dass ihr –«

»Ich bin müde«, murrt Alia.

»Ich bringe dich ins Bett«, sagt Atef.

»Nein.« *Umm* Najwa legt ihm sanft, aber mit Nachdruck die Hand auf den Arm. »Das übernehme ich.«

»Das ist meine Aufgabe«, entgegnet er. Sein Mund ist staubtrocken. Er versucht sich an den letzten Schluck Wasser zu erinnern, den er getrunken hat. Es ist Stunden her. Noch vor der Klinik.

»Sie setzen sich jetzt hin. *Yalla*«, sagt *umm* Najwa zu Alia. »Wir bringen Sie ins Bett.«

»Aber wir müssen erst noch auf ihn warten«, erwidert Alia gut gelaunt.

Sie betrachten sie argwöhnisch. Schließlich fragt Atef: »Auf wen?«

Alia neigt den Kopf und sieht Atef so an, als wäre er der Verwirrte. »Auf Mustafa.« Atefs Magen krampft sich zusammen.

Umm Najwa versucht Alia zu beruhigen. »Mustafa kommt etwas später. Wir nehmen erst einmal ein schönes Bad.«

Nachdem die beiden im Gang verschwunden sind, bleiben Atef, Karam und Riham eine Weile schweigend stehen.

»So wird es jetzt immer sein«, sagt Karam. Man hört, dass es ihm erst jetzt wirklich klar wird.

Riham schüttelt den Kopf. »Nein.« Sie beginnt ihr Kopftuch abzulegen. »Es wird schlimmer werden.« Seine Tochter akzeptiert die schlimme Neuigkeit nicht nur, sondern nimmt sie auf ihre nüchterne Art bereitwillig hin.

Atef folgt ihnen ins Wohnzimmer zu Abdullah, Zain und den Mädchen, vor denen sich Souad so aufgebaut hat, dass sie die Sicht auf den Fernseher blockiert. Alle sind sehr angespannt.

»Um eine einzige gottverdammte Sache habe ich euch gebeten, um eine einzige!« Die Kinder reagieren mit trotzigem Schweigen.

»Was ist denn passiert?«, fragt Karam.

»Das ganze Huhn ist verbrannt.« Verlegen meiden die Kinder Souads wütenden Blick. »Von jedem Baby kann man mehr verlangen als von euch –«

»Wir haben's kapiert, Mama«, faucht Zain. Souad ist zunächst sprachlos, doch dann geht es weiter.

»Ach, ihr habt es kapiert, ja? Wirklich? Dann sagt mir doch bitte, warum es heute Abend *Pommes* zu essen gibt!«

»Wir können was bestellen«, meint Abdullah.

»Souad«, sagt Riham leise. Man hört, dass die Haustür geöffnet und wieder geschlossen wird.

»Was riecht hier so?« Budur kommt mit mehreren prall gefüllten Tüten herein. Anstatt mit Karam und seiner Familie in die Klinik zu fahren, ist sie respektvoll dageblieben und hat Einkäufe erledigt.

»Das Huhn ist verbrannt!«

»Es ist nur ein bisschen knusprig geworden«, entgegnet Abdullah.

Linah und Manar flüstern kichernd miteinander, und Abdullah, der ebenfalls auf dem Sofa sitzt, lacht prustend los.

»Ruhe jetzt!«, keift Souad. »Zu nichts in der Lage und dann auch noch unverschämt!«

»Sollen wir etwas bestellen?«, fragt Budur ahnungslos. Karam sieht sie an und schüttelt heftig den Kopf.

»Ihr seid alle dermaßen verzogen!«, schreit Souad.

»Es hatte doch sowieso keiner Lust auf Huhn«, murmelt Linah.

»Linah!« Budur stellt die Tüten auf den Boden. Die Wut ist ansteckend, breitet sich wie ein Lauffeuer zwischen ihnen aus.

»Leute, Leute …« Karam hebt beide Hände. »Einfach mal durchatmen, ja? Wir sind alle müde, es war ein langer Tag.« Mit einer bittenden Geste wendet er sich an die Kinder. »Der Arzt hat Untersuchungen gemacht, und es sieht nicht gut aus.«

Schlagartig verändert sich die Miene der vier.

»Was ist rausgekommen?«, fragt Zain.

»Habt ihr ihm von den Gedächtnislücken erzählt?«, will Abdullah wissen.

»Sie hat Alzheimer.« Souad spuckt das Wort richtiggehend aus. Atef würde sie am liebsten ohrfeigen. Er sieht, wie sehr die Kinder – welche Kinder? – erschrecken. Budur schreit leise auf. Zain senkt blinzelnd den Kopf, und Atef drängt es, den Jungen, der immer als Erster in Tränen ausbricht, zu umarmen.

»Souad!«, sagt Riham tadelnd.

»Ist das sicher?« Manar wirkt bestürzt. »Was heißt das denn?«, fragt sie Karam.

Karam setzt zu einer Antwort an, doch Souad kommt ihm wütend zuvor. »Das heißt, dass sie Hilfe benötigt und dass sie weiterhin viel vergessen wird und gute Enkelkinder braucht, keine Idioten, die hier rumhocken und sich diesen *Scheiß* reinziehen, anstatt zu tun, was man ihnen sagt –«

»*Souad.*«

»– und deshalb könnt ihr euch euren geheuchelten Schock und eure geheuchelte Anteilnahme sparen und vielleicht mal mithelfen, anstatt nachts um die Häuser zu ziehen und zu trinken und zu kiffen –«

Während sie es herausschreit, geschieht etwas mit den vier Kindern. Ihre Gesichter werden hart, verschlossen. Atef sieht das Unheil kommen und beschwört seine Tochter: »Es reicht!«

Zu spät. Manar zischt: »Als ob du *teta* mehr lieben würdest als wir!«

Für einen Augenblick hängt alles in der Luft. Dann folgt der freie Fall.

»Manar, *habibti*«, sagt Riham.

»Nein, nein, lass sie ruhig reden. Sie hasst mich.«

»Wie kommst du darauf, dass ich dich *hasse*? Du benimmst dich wie eine Fünfjährige!«

»Sie meint es bestimmt nicht –«

»Halt du dich da raus, Zain!«

Die Stimmen werden lauter. Die Kinder setzen sich aufrecht hin, und plötzlich sind sie in Lager gespalten. Zwischen den Kindern – welchen Kindern? – und den Erwachsenen entstehen Allianzen. Atef wird klar, dass er in den Topf der Erwachsenen geworfen wurde, und möchte sich über diese Ungerechtigkeit beschweren, da wagt Budur einen verzweifelten Vorstoß.

»Alle sind im Moment sehr aufgebracht und sagen völlig unsinnige, hässliche Dinge«, ruft sie über das Gezanke hinweg. »Wir müssen jetzt –«

»*Dich* geht das überhaupt nichts an«, schleudert Linah ihrer Mutter bissig entgegen. »Warum musst du dich immer in alles einmischen?«

»Mit Streit ist niemandem geholfen«, erwidert Budur.

Von Linah kommt leises, sarkastisches Prusten. »Das sagt die Richtige!«

»Linah!«, brüllt Karam.

»*Was?*«, keift Linah zurück.

»Wir sitzen hier und versuchen uns abzulenken, weil wir uns Sorgen um *teta* machen, und ihr kommt zurück und schreit hysterisch herum, weil ein Huhn verbrannt ist!«, sagt Manar.

»Das kapieren die doch überhaupt nicht«, sagt Linah zu ihrer Cousine.

»Völlig für die Katz.«

»Also, Linah –« Karam kommt nicht weit, weil die anderen schon wieder anfangen und die Lautstärke ansteigt, bis das Stimmengewirr undurchdringlich wird.

»Immer macht ihr ein Riesentheater wegen nichts und wieder nichts! Genau wie im letzten Sommer!«

»Lass sie in Ruhe!«

Das sind meine Kinder, denkt Atef. *Meine Kinder.*

»*Kis ikhtkom*«, zischt Souad auf Arabisch. »Ihr Barbaren!«

»O Gott, jetzt geht das wieder los!«

Atef spürt den Schrei in seiner Brust wachsen, ehe er ihn ausstößt.

»*Schluss jetzt!*«

Alle verstummen und starren den sanften *jiddo*, der so selten spricht und immer nur still mit seinen Pfefferminzbonbons im Sessel vor dem Fernseher sitzt, wie eine Neuentdeckung an.

Atef geht auf die Veranda, wo Souad und Karam in der sanft schwingenden Hollywoodschaukel sitzen. Der Himmel ist dunkel geworden, man sieht die Sterne. Die beiden wirken wie Kinder, die sich schlecht benommen haben und dafür gescholten wurden. Atef denkt an Linahs Worte. Er weiß so vieles nicht über das Leben der Kinder.

»Baba«, sagt Souad, »das war …« Sie verstummt. Dann klopft sie auf den freien Platz neben sich. »Setz dich.«

Auf ihrem Schoß liegt ein Päckchen Zigaretten. Sie nimmt sich eine; Karam auch.

»Du solltest es bleiben lassen.« Aus ihrem Mund strömt milchiger Rauch.

»Schon gut.« Karam hält die Zigarette an die Feuerzeugflamme.

»Du willst einfach nicht hören«, sagt Souad – und zu Atef gewandt: »Immerhin hab ich's versucht.«

Als Atef die Beine ausstreckt, rutscht ihm der linke Slipper vom Fuß und fällt auf den Boden. Er atmet gierig ein, würde jetzt selbst gern eine rauchen, aber er bekommt davon immer Halsschmerzen.

»Schau mal«, sagt Souad. Atef denkt, sie meine den Rauch, doch als er zu ihr hinsieht, hat sie den Blick zu den gelblich funkelnden Sternen am Himmel erhoben.

»Wo ist noch gleich der Polarstern?«, fragt Atef. »Ich weiß das nie.«

»Zuerst suchst du den Großen Wagen.« Die Zigarette fest zwischen die Zähne geklemmt streckt Souad den Arm aus. »Dann gehst du von den beiden Sternen an der hinteren Kante des Wagens nach oben. Da.« Atefs Augen folgen dem Finger seiner Tochter, und plötzlich sieht er ihn, heller und höher am Himmel als die anderen Sterne.

Vor seinem inneren Auge taucht der Hof der nahen Moschee auf. Er hört Olivenbäume rascheln, sieht die blanken Steine an den Gräbern. Reihenweise Tod. Sein Sohn hat ihm einmal von einer Grabstätte in Boston erzählt, in der sieben, acht Generationen einer Familie lagen. Karam wunderte sich darüber, dass ganze Jahrhunderte Familienleben in derselben Erde liegen konnten. Hier liegen nur Salma und Widad, Schwiegermutter und Schwägerin, die aus Nablus und Kuwait nach Amman kamen. Keiner weiß, wo Mustafa bestattet wurde. Auch Atef wird hier seine letzte Ruhe finden, wenn es einmal so weit ist. Und die Kinder? Wird man sie in Amerika begraben? Oder in Beirut? Und die Enkelkinder? Der Gedanke an ihren Tod erschreckt ihn. Er verzieht den Mund und rügt sich mit einem stummen *Gott bewahre*.

Das Lachen seiner Tochter bringt ihn in die Wirklichkeit und zu sich selbst zurück. Verwundert richten Karam und er den Blick auf Souad.

»Erinnert ihr euch an das schwarze Kleid, damals, als wir bei *khalto* Widad zum Essen waren? Wie sie aufgestanden ist und gehen wollte, und als wir sie fragten, warum –«

»Ich hasse diesen Kragen«, erzählt Karam weiter. »Hundert Dinar und kratzt zum Wahnsinnigwerden.«

Das leise Gelächter der drei wächst sich zu hysterischem Kichern aus, bis es zuerst bei Souad kippt und aus dem ächzenden Lachen ein Schluchzen wird. Atef spürt das Gewicht seiner Tochter, die sich schwer auf ihn fallen lässt. Sie legt ihm den Arm um die Schulter und stützt ihr Kinn darauf. Er denkt an ihre äffchenartigen Arme und Beine als Kind, und ihm fällt wieder ein, dass sie den Passanten auf der Straße immer die Zunge zeigte. »Baba«, flüstert sie. Er wartet, aber es kommt nichts mehr.

Die Verandatür wird aufgeschoben. Riham tritt vor die Schaukel hin und betrachtet die drei eine Zeit lang.

»Nicht jetzt, Riham.« Souad klopft die Asche von ihrer Zigarette ab. »Bitte keine Vorträge übers Rauchen.«

Riham streckt den Arm aus und wackelt mit den Fingern. »Gib mal.« Alle sehen sie entgeistert an.

»Bist du verrückt geworden?«

Riham wartet mit gestrecktem Arm. Souad sieht zu Karam hinüber und bricht in lautes Lachen aus. Ohne den erstaunten Blick von ihrer Schwester zu wenden, gibt sie ihr die Zigarette.

»Träume ich oder passiert das gerade wirklich?«

Riham steckt sich die Zigarette zwischen die Lippen und inhaliert so lange und kräftig wie ein Gefangener auf Hafturlaub. Dann legt sie den Kopf in den Nacken und behält den Rauch für ein paar Sekunden in der Lunge, bevor sie ihn mit einem einzigen Atemzug ausstößt.

»Ach du Scheiße«, sagt Souad fassungslos. »Wer *bist* du?«

»Souad!«, platzt es aus Atef heraus.

»Entschuldige, Baba.«

»Was habt ihr denn?«, fragt Riham unschuldig und schnippt die Zigarette in hohem Bogen über das Verandageländer. In ihrer Stimme schwingt die kindliche Freude über die gelungene Überraschung mit. »War schließlich ein langer Tag.«

Als seine Kinder gegangen sind, bleibt Atef draußen. Alia, Karam, die Enkel. Seine Gedanken springen hin und her, doch dann versiegen sie. Worüber sollte er noch grübeln? Die Kinder wissen es nun. Die Enkelkinder auch. Erschöpft sagt er es sich noch einmal:

Sie wissen es, sie wissen es. Es fällt ihm wie eine Last vom Herzen. Sie haben ihre Eltern von Nahem gesehen, so wie man Statuen in Florenz betrachtet. Die rissigen Zehen, den verkalkten Stein.

Plötzlich schläft er. Er akzeptiert es, sieht es ebenso ein, wie er die sonnenbeschienene, von hupenden Autos befahrene Straßenecke, an der er sich befindet, als einen absolut plausiblen Aufenthaltsort begreift. Es ist völlig klar, dass er hier ist. Er blickt auf seine Hände und sieht, dass sie faltenlos sind. Es sind die Hände eines jungen Mannes.

»Atef.« Eine leise, angenehme, lachende Stimme. Alias Stimme. Alia ist unglaublich jung. Mit dem schwingenden Rock und dem kinnlangen schwarzen Haar wirkt sie fast wie ein Kind. *Diese Straßenecke ist mein Leben*, denkt er. Er erinnert sich an den Rock. Seine Frau kommt lächelnd auf ihn zu, während aus einem offenen Autofenster Musik dringt. Als er sich umsieht, erkennt er den Lebensmittelladen wieder, den vertrauten Parkplatz. Kuwait.

»Die Orangen sind wieder mal ausverkauft.« Wieder diese beinahe verführerische Stimme. »Ich bringe dir welche aus Amman mit.« Sie nimmt seine Hand.

Die Orangen. Die Erinnerung kommt abrupt, fast brutal. Seit damals hat er nicht mehr daran gedacht. Jetzt erinnert er sich an die leuchtenden Kugeln, die Alia nach einem Sommer bei ihrer Mutter zwischen den Socken und BHs aus dem Koffer hervorholte, aber obwohl er ihre Hand hält, weiß er, dass diese Erinnerung trügt. Sie ist eine Lüge. Alia hat ihm nie welche mitgebracht. Doch an das Versprechen erinnert er sich und daran, wie leicht ihm ums Herz war, als er sie lachen hörte, obwohl ihm vor ihrer Abreise graute. Irgendwie hat er die ganze Zeit auf das Geschenk gewartet.

»Du wirst es vergessen«, hört er sich sagen. Sofort erschlafft Alias Hand und das Lachen hört auf. In ihrer Miene vermischen sich Bewunderung und Mitleid. Als sie ihm die Hand an die Wange legt, überwältigt ihn die Sehnsucht nach damals. Nach dem hier. Nach diesem Augenblick – nach jener Zeit, nach der Hand seiner jungen Frau. Nach Kuwait. Nach allem, was früher war. Denn er weiß, dass der Traum gleich enden und alles in Sekunden vorbei sein wird.

Sie hält ihre Hand noch immer an seine Wange. *Sag etwas*, würde er am liebsten rufen, *schnell, es bleibt keine Zeit mehr.*

»*Habibi.*« Das dunkle Haar perfekt frisiert, pflaumenblauer Lippenstift, ihre wunderschönen Beine. »Ich kann nicht bleiben.«

Er wacht mit einem Ruck auf, so als würde ihn jemand schütteln, doch als er sich umsieht, ist nichts von dem Traum geblieben. Alles ist wie zuvor. Er sitzt allein in der Schaukel, in der Ferne rauscht der Verkehr, die Sterne wie aufgefädelt zwischen den Telefonmasten. Die Straße, das Gehupe, Alia – er spürt noch die kuwaitische Sonne. Als er sich übers Gesicht fährt, ist es so nass, als hätte er schon seit Tagen geweint. Verschämt reibt er sich die Augen.

Er sucht Souad und Riham im Wohnzimmer, aber dort sind sie nicht. *Schlafzimmer*, denkt er und fragt sich, wo die Enkelkinder stecken.

Nach dem Streit von vorhin liegt jetzt eine große Stille über dem Haus. Aus dem Flur kommen gedämpfte Geräusche und die schwermütige Volksmusik, die Manar so gern hört. Er folgt dem Klang.

»*Allah*«, stößt er unwillkürlich aus.

Alia sitzt zusammengesunken in einem Sessel. Offenbar hat sie das Schlafzimmer selbstständig wieder verlassen. An ihrem Kinn klebt getrocknetes Eigelb. Die eine brennende Lampe wirft groteske Schatten auf ihr Gesicht. Er bleibt eine Weile reglos stehen, bringt es nicht über sich, sie zu berühren. Dann geht er langsam um sie herum und sieht, dass sie tot ist.

Plötzlich ertönt ein gurgelndes Geräusch. Es dauert einige Sekunden, bis ihm klar wird, dass es aus der Kehle seiner Frau kommt.

Sie ist doch nicht tot. Sie schläft. Ihre Brust hebt und senkt sich. Wie um zu unterstreichen, dass sie durchaus am Leben ist, schnarcht sie einmal herzhaft auf.

Atef ist seltsam enttäuscht. Der schicksalhafte Augenblick ist ausgeblieben. Er streicht ihr mit der Hand übers Haar, aber es wirkt gezwungen. Wenn sie davon aufwachen würde, bekäme er wieder etwas von ihr zu hören.

Nur aus der Küche dringt Licht, nur dort erklingen Rufe und Gelächter. Gierig geht er darauf zu, bleibt jedoch am Ende des Flurs stehen und späht durch die spaltbreit offene Tür. Es sind die Stimmen seiner Enkel.

»... völlig im Arsch.«

»Heute Morgen hat sie mich Yasmin genannt. Ich weiß nicht mal, wer das sein soll.«

»Wahrscheinlich eine längst gestorbene Freundin von ihr. Das ist alles dermaßen krank.«

»Weißt du noch, wie sie uns immer angeschnauzt hat? Als ich vorhin eine Tasse auf den Tisch stellen wollte, bin ich instinktiv zusammengezuckt, weil ich dachte, sie kommt raus.«

»›Gibt es keine Untersetzer in Amerika?‹« Das Gelächter klingt liebevoll.

»O Mann, in diesem Haus herrscht eine Stimmung wie in einem Mausoleum«, sagt Manar plötzlich ernst. »Gestern habe ich zu Gabe gesagt, ich würde das Haus niederbrennen, wenn er krank werden würde. Es ist so wahnsinnig traurig. Sie ist wie ein lebender Geist, der durch die Zimmer wandert. Ich weiß nicht, wie er das aushält.«

Atef macht sich bewusst, dass über ihn gesprochen wird.

»Er liebt sie eben!«, sagt Abdullah in vorwurfsvollem Ton.

Manar und die anderen schweigen. Sie denken über seine Liebe nach.

»Aber muss er sich nicht« – sie stockt – »unglaublich klein vorkommen?«

Als Atef das Zittern in Manars Stimme hört, fällt ihm ein Jahre zurückliegender Streit zwischen ihr und Abdullah ein, bei dem sie während des Abendessens vom Tisch aufstand und ihn anbrüllte: *Auch ein Heiliger kann ein Arschloch sein!* Alia erzählte die Geschichte danach immer wieder und musste jedes Mal lachen.

»Es geht wahrscheinlich gar nicht darum, ob man sich klein oder groß fühlt.« Linah holt Luft und atmet langsam aus. Es riecht nach Zigarettenrauch. »Vielleicht geht es einfach darum, mit jemandem so zu verwachsen, dass es kein Ich mehr ohne das Wir gibt.«

»Stimmt.« Zain macht eine kurze Pause. »Genau darüber hat er immer geschrieben.«

Atef richtet sich blitzschnell auf. In seinen Ohren dröhnt es. Sofort beugt er sich wieder weit vor, um zu hören, was sein Enkelsohn zu sagen hat.

»… Er muss sich jetzt für sie beide erinnern.«

Er flieht in den Garten, in das vertraute Labyrinth aus Bäumen und Sträuchern, stolpert den vertrauten Abhang zum Feigenbaum hinunter. Dort setzt er sich hin.

Er wusste natürlich, was mit den Briefen passiert war. Erst als die Kisten bereits auf dem Weg nach Beirut waren, bemerkte er, dass sie auch seine Briefe enthielten. Er schrieb zwar schon seit Jahren nicht mehr, aber es hatte ihn beruhigt, sie bei sich zu haben, hin und wieder den braunen Buchrücken zu betrachten und zu wissen, dass er ein Leben in sich barg.

Er nahm sich immer wieder vor, die Kisten beim nächsten Besuch in Beirut zu durchstöbern, doch dann war jeden Sommer so viel los, Streitereien und herumrennende Kinder, Proteste, Straßensperren. Auf dem Heimflug fiel es ihm wieder ein, und er schwor sich, das nächste Mal nachzusehen.

Einige Jahre nach dem Krieg tat er es endlich. Als alle anderen am Strand waren, schlich er sich in die Abstellkammer der blauen Wohnung und ging jedes einzelne Buch durch. Es dauerte Stunden, und nach einer Weile roch der ganze Raum nach Staub und Schimmel. Als er es endlich gefunden hatte, lag es flach und weich in seiner Hand. *Der Lebenszyklus der Pflanzen*, ein ganz normales Buch. Die Briefe waren verschwunden.

Er dachte fieberhaft darüber nach, wie es passiert sein könnte. Alia? *Oh Gott, oh Gott, bitte nicht!* Aber das konnte nicht sein – sie hätte etwas gesagt, hätte ihm jede Seite einzeln ins Gesicht geschleudert. Auch seine Kinder schieden aus. Souad hätte zu wenig Interesse, Riham zu viel Pietät und Karam zu viel Respekt gehabt.

Blieben die Enkel.

Plötzlich musste er zu seinem eigenen Erstaunen grinsen, dann sogar lachen, bis er am Ende prustend in der kleinen Kammer stand. So merkwürdig es war – es machte ihm nichts aus. Er hatte das Gefühl, als fiele eine schwere Last von ihm, als hätte er endlich Abstand gewonnen.

Was haben sie wohl gedacht, als sie die Briefe lasen? Er wird es nie erfahren. Sie zu fragen würde alles verderben, sagt er sich jetzt im Garten. Besser, den Enkeln die Welt intakt übergeben und sie spekulieren lassen. Schließlich kennen sie ihn. Ja, er ist froh.

Von der Veranda her fällt ein schwacher Lichtschein in den Garten und auf die Pflanzen, die er im Sommer in Reihen gesetzt hat. Im Dämmerlicht sind die Umrisse der Anemonen mit ihren gefiederten Blättern zu erkennen. *Du mit deinen lächerlichen Pflanzen.*

Sie verlässt ihn. Sie hat ihn bereits verlassen. Die Wut ist wie ein an beiden Enden brennendes Römisches Licht. Sein Mund ist trocken. Sie verlässt ihn, genau wie damals ihr Bruder. Er bohrt seine Finger in die Erde und denkt an Nablus.

An jenem Tag vor einem halben Jahrhundert ging die Sonne an einem kühlen, rötlichen Morgen auf. Israel war in den Gazastreifen und in den Sinai einmarschiert. Nahe der Altstadt wurde gekämpft. Atef platzte fast vor gespannter Erwartung. *Jetzt ist es so weit*, dachte er, *endlich ist es so weit*. Die Luft war wie gefärbt, und die Berge glühten im Licht.

Als er bei Salmas altem Haus ankam, saß Mustafa auf den Eingangsstufen, die Beine seltsam zur Seite hin angewinkelt. Die Zigarette in seiner Hand war fast zu Ende geraucht. Während Atef die Stufen hinauflief, hielt Mustafa den Blick zu Boden gesenkt.

»Was machst du hier draußen?«

»Atef.« In Mustafas Stimme schwang ein nicht unvertrauter, inständiger Ton mit. Hin und wieder wallte sie auf, die zähe Unsicherheit hinter der Fassade, die den hübschen, faszinierenden, geliebten Mustafa ausmachte. Atef war zutiefst verwirrt. *Warum gerade jetzt?*

»Was machst du hier draußen?«, fragte er noch einmal.

Mustafa warf die Zigarette weg und sagte mit der leisen, zarten Stimme eines Kindes: »Wir gehen besser fort von hier.«

Atef kniff die Augen zusammen. »Fort?« Er spürte das Wort im Mund; es fühlte sich an wie ein flacher Stein.

»Nach Kuwait oder Amman. Wir könnten nach Jordanien fahren. Die Truppen ziehen sich zurück, Nablus wird fallen. Wir könnten schon zum Abendessen in Amman sein.« Er schwenkte seine Beine nach vorn, und Atef begriff, warum er so verkrampft dagesessen hatte. Neben ihm stand ein kleiner dunkler Koffer.

Er ging. Vor Atef blitzte das Bild des Imams auf, der Männer in der Moschee, der blau-weißen Fahnen überall, der Flugblätter und Plakate, die *Araber sind Tiere, sind Barbaren* hinausschrien. Mustafa ging. Atef dachte an das Haus hinter Mustafa, *khalto* Salmas Haus, und an Alia, die alles dafür gegeben hätte, um zurückzubleiben, die eher die Fenster eingeworfen und die Erde mit Salz bestreut hätte, als dieses Haus zu verlassen. Er betrachtete Mustafas ängstliche Miene und entschied sich für das, was am meisten schmerzte.

»Du Feigling, du beschissener *Feigling*«, sagte er mit bebender Stimme. Jedes Wort knallte wie ein Schuss. Er sah den unsichtbaren Rauch, doch es war schon zu spät, es gab kein Zurück mehr. *Ich brauche ihn, brauche ihn, brauche ihn,* keuchte es in ihm. »Wie lange hast du das schon geplant? Willst du zu deinen Schwestern laufen? Dich hinter den Röcken deiner Mutter verstecken?«

Mustafa erstarrte. Fassungslos suchte er Atefs Blick. Jeder Muskel seines schönen Gesichts war angespannt. Während sie einander taxierten, schien die Zeit stillzustehen. Atef wappnete sich gegen einen Schlag. Dann zwang er sich, die letzte, die fürchterliche Beleidigung auszusprechen.

»Wenn du gehen willst, dann geh. Die Männer bleiben.«

Mustafa zuckte zusammen. Der Schlag war so unnötig gewesen wie der Schuss auf eine Leiche. Sein Gesicht öffnete sich wie ein Fenster, und es sagte alles, prophezeite alles. Die Soldaten, die drei Tage später am Morgen kommen und sie verhaften, die Männer, die Salmas Haus verwüsten, die Zellen, in denen sie wochenlang schlafen und wieder erwachen werden. Den Strom, der so lange durch Atefs Körper schießt, bis Atef Mustafas Namen brüllt, den Folterern Mustafas Namen hinschleudert und nach jeder Frage, die sie ihm stellen, immer nur Mustafas Namen nennt.

Dass Mustafa, als Atef ihn zum letzten Mal lebend sieht, nach einem Soldaten tritt und dass sich Atef der Magen umdreht, als er sich daran erinnert, ihn einen Feigling genannt zu haben.

Noch war nichts davon geschehen. Die Bomben fielen anderswo. In Nablus herrschte Ruhe. Es war Morgen, und die Welt verwandelte sich. Mustafa erwachte aus seiner Starre, zog eine Braue hoch, stand auf. Er nickte Atef spöttisch zu, drehte sich um, öffnete die Haustür, ging hinein und ließ im Flur, wie um seine Entscheidung kundzutun, den Koffer auf den Boden fallen.

Atef zittert vor Begierde, das Geschehene umzuschreiben. Jahrelang war das seine erdachte Version: *Dies hier ist Palästina. Dies sind die Straßen von Nablus, durch die wir gegangen sind, dies ist das Viertel, in dem wir großwurden. Dies ist alles, was wir liebten.*

Im Geist beschwört er alles herauf, die Stimmen der *bateekh, bateekh* rufenden Männer auf der Straße, den mit schwitzenden Leibern gefüllten Marktplatz. Berge, ausgehöhlt wie Melonen, nackter, in Jahrhunderten von Wind und Regen geschliffener Fels. Weites Land, Dörfer, Häuser, so alt wie die Erde.

Dann ruft er Mustafa zurück ins Leben. Jede Wimper. Seinen scharfen Geruch. Die Zigarette, die funkensprühend auf dem Boden landet. Das Blau von *khalto* Salmas Haustür, den zersplitterten Rahmen.

Schlag mich, würde er Mustafa so gern zurufen. *Sag mir, dass ich abhauen soll, gib mir eins in die Fresse. Nimm den gottverfluchten Koffer und geh fort. Ich wäre dir gefolgt. Ich wäre dir gefolgt. Nimm mich mit. Du kannst dich retten. Dann leben wir beide.*

Aber Mustafa zieht die Braue hoch und öffnet die Haustür, die sie beide durchschreiten.

Atef sieht seine Familie durchs Haus gehen. Ihre Schatten huschen hinter den golden leuchtenden Fenstern dahin. Das Verandalicht flammt auf. Draußen ist es erfrischend kühl, Atefs Hemd ist zu dünn. Seine Beine schmerzen vom langen Sitzen. Der Nachthimmel hat Tupfen wie ein gesprenkeltes Ei. Welke Anemonenblüten rascheln wie Röcke im Wind. Ihr Gelb hat er immer geliebt.

Fieberhaft, als wäre sein Körper eine Maschine, stürzt er sich auf die Blumen, tastet im Dunkeln umher, bis er die dünnen Stängel gefunden hat, die hoffnungsvollen kleinen Hälse. Er reißt einen heraus, dann noch einen. Winzig liegen die Stängel in seiner Hand.

Als er mit der Fingerspitze an einen Stein stößt, ist der Schmerz berauschend schön.

Ich würde das Haus niederbrennen. Ja, über deinem Kopf niederbrennen. Er reißt eine Anemone nach der anderen aus. Seine Finger beginnen zu bluten.

»*Jiddo.*«

Er dreht sich ächzend um. Die vier Enkel stehen wie aufgereiht da und sehen ihm zu.

»*Jiddo.*« Abdullah schluckt. Er wählt seine Worte behutsam. »Mama und die anderen fragen nach dir. Wir sollen dich holen.«

»Ich musste sie ausreißen«, sagt Atef auf die schlaffen Blumen deutend. Abdullah erschrickt. Sie gehen näher an den Baum heran.

»Sie hasst sie«, stößt Atef hervor. Die Enkel werfen sich Blicke zu. Linah reagiert als Erste. Die Perlen in ihrem Haar klirren, als sie sich im Dunkeln hinkniet. Zain, dann auch Abdullah tun es ihr nach und helfen ihr, die Blumen auszurupfen.

Während er ihnen zusieht, erinnert er sich, wie die Kinder früher waren, als sie Theaterstücke aufführten und Geburtstagslieder einübten. Einmal haben sie ihm einen Geburtstagskuchen gebacken. Es war ein Desaster. Er belauschte sie, als sie wegen der Unordnung stritten, sich wegen der zerbrochenen Eier sorgten. Er hätte hineingehen und aufräumen oder schimpfen können, aber er war wie versteinert, ganz starr angesichts ihrer Schönheit.

Zain und Linah werfen die Blumen auf einen Haufen. Er versucht sich in ihr Alter hineinzuversetzen. Sechzehn, so unfassbar jung. Manar geht zu ihm und kniet sich auf den Boden.

»Deine Großmutter lebte in einem Haus mit einem Garten. In Palästina. Mit ihrem Bruder.« Atef stockt der Atem. »Ich war oft dort.«

Er muss sich für sie beide erinnern. Ja. Atef spricht weiter.

»Es war ein gutes Haus. Unter den Bäumen stand ein Tisch. Da saßen wir im Sommer stundenlang.«

Manar zieht die Knie an und legt das Kinn auf die Hände. »Welches Haus war das?«

»Das von deiner Urgroßmutter, *khalto* Salma.« Atef denkt an das Rauschen des Winds im Eingang, an das prachtvoll aufragende Haus.

Dieses Haus. Die späteren Häuser. Während er sich an sie erinnert, berührt er instinktiv wieder den Boden. Alle Häuser, in denen sie gelebt, alle *ibriks* und Teppiche und Vorhänge, die sie gekauft haben. Wie viele Fenster soll ein Mensch besitzen? Die Häuser schweben an ihm vorbei wie Dschinn, wie verflossene Lieben. Das Schrägdach auf der Hütte seiner Mutter, Salmas marmorierte Küchenfliesen, das Häuschen, das er in Nablus mit Alia bewohnte. Das Haus in Kuwait. Die Wohnungen in Beirut. Dieses Haus hier, in Amman. Für Alia zudem ein altes, verschwundenes in Jaffa. Glänzend weiß wie Häuser aus Salz sieht er sie vor sich, bis eine Flutwelle kommt und sie mit sich nimmt.

»Ich dachte, ich hätte mehr Zeit –« Manar hält verlegen inne. Atef wartet. »Um sie alles Mögliche zu fragen.«

»Was denn?«

Seine Enkelin zuckt mit den Schultern. »Nach ihrem Leben.«

Er spürt ihre Blicke auf sich ruhen und denkt: *Arme ahnungslose Dinger.* Was ist ein Leben? Eine Abfolge von Jas und Neins, Fotos, die in einer Schublade landen, Liebschaften, die man für die Rettung hält, die sie nie sind. Weitermachen, aushalten, auch dann nicht aufhören, wenn es wehtut. *Mehr ist es nicht, das Leben*, würde er ihr am liebsten sagen. *Es geht einfach weiter.*

Er denkt an seine wunderschöne Frau an jenem Nachmittag im Garten ihrer Mutter, an das Licht der Moschee, das er bei der ersten Begegnung mit ihr vor sich sah. Nablus voller Blumen. Wie verliebt er damals war, in Mustafa und dessen kecke Schwester, in das Haus der beiden, in ihren Reichtum. *Ich wollte alles*, hat er einmal geschrieben. Es ist die Wahrheit.

»*Ya* Alia«, sagt er laut, verstummt abrupt. Er möchte ihr alles erzählen. »Mein armes Mädchen.« Er hat zu weinen begonnen, ohne es zu bemerken. Seine Enkel blicken ihn an, und Atef wird klar, dass er gerade ihr Leben verändert, weil diese Kinder diesen Augenblick ergreifen und etwas daraus machen werden, ihn für ihr eigenes Leben übernehmen und auf dem Sterbebett an die kühle Luft, die Sterne und ihren unter einem Feigenbaum weinenden Großvater denken werden.

»*Jiddo*«, sagt Manar zaghaft. Atef seufzt auf und wendet sich zu ihr um.

»Was ist?« Er wartet auf hohle Phrasen, tröstende Worte, aber alles bleibt still. Wie eine Armee stehen die vier Kinder vor ihm. Manar holt tief Luft.

»Bleib hier draußen«, sagt sie mit fester Stimme. »Wir sagen ihnen, dass sie dich in Ruhe lassen sollen.« Die Nacht pulsiert mit dem Wind und mit den Insekten. »Bleib noch ein bisschen hier draußen.«

Dann drückt ihm das Mädchen sanft die Schulter, und Atef bleibt.

Manar

Jaffa
September 2014

»Madame, Madame, kommen Sie, wir machen besten Fisch für Sie!«

»Frische Wassermelone mit Sahne!«

»Sie wollen Lamm, Madame? *Kibbeh*?«

»*Shaar el banat!*«

Durch den Hafen von Jaffa dröhnen die aufdringlichen Stimmen der Kellner, die vor den Restaurants in ihren Anzügen schwitzen. Obwohl es an diesem frühen Abend schon dämmert, ist die Luft heiß und feucht. Der Salzgeruch erinnert Manar an Beirut. Ihre Beine unter dem langen Rock kleben aneinander. Die bis weit in den Nachmittag andauernde morgendliche Übelkeit ist verschwunden, und nun hat Manar Hunger. Die Kellner, an denen sie vorbeigeht, lächeln ihr zu und winken mit kordelbestückten Speisekarten. Bei ihrer Ankunft in Jerusalem brachte sie das Geschwätz der Händler so durcheinander, dass sie unwillkürlich darauf reagierte und sich mehr als einmal in ein Café oder Geschäft führen ließ.

Doch das ist Wochen her, und inzwischen empfindet sie die Animiersprüche als harmlos und liebenswert – umso mehr, als ihre Zeit hier fast um ist. In knapp einer Woche wird sie in die Maschine steigen, endlos lange über den Atlantik fliegen und schließlich einfach so zurück in Manhattan sein.

Sie bleibt vor einem Restaurant stehen und überfliegt die reich verzierte Speisekarte – *kibbeh samak harra, warak anab* –, als sich ein kleiner, kahlköpfiger Mann neben sie stellt und sie auf Arabisch anspricht.

»Wir haben hinter dem Lokal eine Terrasse mit wunderschönem Ausblick. Sie bekommen einen Tisch so nah am Wasser, dass Ihnen die Gischt ins Gesicht sprüht!«

Sie kennt die übertriebenen Beschreibungen und grinst insgeheim.

»Haben Sie *muhammara*?«

»Ah, Sie sind Libanesin!« Jetzt strahlt der Mann übers ganze Gesicht. »Ja, ja, wir machen *muhammara* extra für Sie!«

Sie lässt sich durch das Lokal führen, an dessen einer Wand ein goldener Teppich mit der Aufschrift *Allah* hängt, und betritt die Terrasse, von der aus der Blick tatsächlich aufs Mittelmeer geht. Die Aussicht ist umwerfend. Einer Gewohnheit folgend, die sie hier in bestimmten Situationen angenommen hat, umklammert sie instinktiv ihre Handtasche, in der sich neben der Dose mit den Schwangerschaftsvitaminen und ihrem Pass auch die mürben, eingerissenen Briefe befinden. Ihr Glücksbringer.

»Sei nett zu ihr, sie ist eine libanesische Schwester«, sagt der Mann zu einem jüngeren Kellner.

Manar verkneift es sich, ihn zu korrigieren. Ihr verräterischer Akzent ärgert sie. Er ist wie ein Fingerabdruck, wie ein unveränderliches Zeichen, das für jeden hörbar macht, wie sie aufgewachsen ist – mit einem libanesischen Vater, einer palästinensischen Mutter, in Paris und Amerika. Seham, ihre beste Freundin, bezeichnet sie als »Promenadenmischung«.

In Manhattan trifft sie sich hin und wieder mit Seham nach der Arbeit auf einen Drink. Manchmal gesellen sich die anderen Mädchen aus dem Studium dazu. Sie ziehen sich gegenseitig an wie Magneten, bemitleiden einander wegen ihrer ähnlichen Kindheit und Jugend. Sie sind jung und klug, haben in der Mehrzahl einen palästinensischen Hintergrund, sind aber in Dänemark, Australien oder Seattle mit neutralen Namen wie Maya oder Dana aufgewachsen.

»Kein Wunder, dass du es so schwer hast, schließlich musstest du dich immer wieder auf neue Gefühlscodes einstellen«, sagt Seham manchmal. Während sich Manar früher gegen diesen Befund wehrte, akzeptiert sie ihn mittlerweile und schwelgt geradezu in der Überzeugung, ihre Probleme, ihr ganzes chaotisches Leben seien das Resultat ihrer Herkunft.

Der Flug nach Tel Aviv in der mit chassidischen Männern und erschöpften Eltern von Kleinkindern voll besetzten Maschine war lang und unbequem. Zu ihrer eigenen Verwunderung schlief sie mehrere Stunden, bis das Flugzeug irgendwo über Portugal zu schwanken begann. Als sie aufschreckte, wurde ihr schlagartig übel. Mit Müh und Not erreichte sie die enge Toilette, wo sie sich heftig erbrach.

Sie atmete tief durch und spuckte den restlichen Speichel ins Becken. Obwohl sie beim Händewaschen bewusst nicht hinsah, erschienen vor ihr im Spiegel kurz und verschwommen ihr wirres Haar und ihr bleiches Gesicht.

»Zu viel in der Bleecker Street abgehangen, was?«, murmelte sie. Ein alter Witz zwischen ihr und ihrer Cousine Linah, mit dem sie auf die leicht schmuddeligen aus den Bars in Manhattan strömenden Studentinnen der New York University anspielten.

Wieder auf ihrem Platz legte sie die Stirn ans eiskalte Fenster und schloss die Augen. Sie war erst einen halben Tag weg, und schon packte sie das Heimweh nach Manhattan, nach den baumgesäumten Straßen in Greenpoint und der ständig nach Dim Sum riechenden Wohnung.

Und nach Gabriel, ihrem süßen, lieben Gabe mit dem schütteren Haar und der unterhaltsberechtigten Exfrau. Nach dem verdutzten Gesicht, mit dem er auf die Ankündigung der Reise reagiert hatte.

»*Jetzt?*«

»Es gibt keinen besseren Zeitpunkt.«

»Es gibt buch-stäb-lich« – jede Silbe wurde von einer Bewegung des gestreckten Zeigefingers begleitet; wenn ihn etwas sehr mitnahm, konnte der Mann pedantisch werden – »keinen schlechteren.«

Fünf Wochen zuvor hatte er die gemeinsame Wohnung mit Lilien geschmückt und eine Flasche Champagner geköpft. Manar hatte allerdings ein Glas Sprite bekommen. Dann war er vor ihr auf die Knie gefallen, hatte ein bisschen geweint und ihr die Hand entgegengestreckt. Er hatte sie ihr Ja zwei, drei Mal wiederholen lassen, bis sie beide zu lachen begonnen hatten.

»Ich möchte es mir ansehen«, sagte sie.

»Aber das bringt doch nichts«, entgegnete er. »Warum diese Eile?«

Doch genau darum ging es – Eile war geboten, weil es *nicht* eilte und nie eilen würde. Jahrelang hatte sie sich Berichte über die Siedlungen angesehen, über die Phosphorbomben, die auf Gaza abgeworfen wurden, über die Lager voller erblindeter Kinder. Die Wut beim Anblick der verbrannten kleinen Hände kam in den Rufen *Befreit Palästina! Befreit Palästina!* zum Vorschein, die sie während der *Apartheid Week* an der Columbia zusammen mit den anderen in ihrer »Gerechtigkeit für Palästina«-Gruppe skandierte. Seit Jahren hing über ihrem Schreibtisch das Poster eines jungen, Steine werfenden Mannes, umrahmt von arabischer Kalligrafie. Man sah den Jungen, der sein Gesicht mit einem Tuch verhüllt hatte, in dem Moment, in dem der ausholende Arm nach vorn schwang und der Stein die Hand verließ. Ihr war klar, dass solche Poster Politromantik waren und bestenfalls der Neid aus ihnen sprach. Trotzdem hoffte sie, der Junge möge sein Ziel treffen.

Die Sonne taucht ins Meer. Von ihrem Tisch aus sieht Manar einen Angler auf einem Fels in der Ferne. Am Nebentisch unterhalten sich vergnügt eine brünette Frau in einem teuer wirkenden Kleid und zwei Männer. Zwei Flaschen Arak stehen auf dem Tisch, und auf den Tellern türmen sich Gräten und zerknüllte Papierservietten. Es sind attraktive, hellhäutige Männer. Der bärtige sieht mehrmals lächelnd zu ihr hinüber.

Weil sie die Sinnlichkeit in der Luft spürt, die Schönheit des vor ihr liegenden Meers empfindet, widmet sie sich besonders konzentriert der Speisekarte. Die schrecklichen Tatsachen – Checkpoints, Soldaten, Lager – wurden während ihres Aufenthalts schon oft durch zauberhafte Landschaften gemildert.

»Haben Sie gewählt, Madame?« Ein älterer Kellner ist an ihren Tisch getreten. Die elegante rote Blume an seinem Revers erinnert Manar an ihren Vater.

Lächelnd sieht sie zu ihm auf. »Ja, *muhammara* und alles, was Sie mir sonst noch empfehlen können.«

»Sie bürden mir eine große Verantwortung auf!« Eine Zeit lang gibt er vor, das Meer zu betrachten; dann schnalzt er plötzlich mit den Fingern. Selbst sein Profil ähnelt dem von Elie, das gereckte Kinn, die Adlernase. »Gegrillten *hammour* mit Kartoffeln, grünen Bohnen und Hummus.«

»Perfekt.«

»Und zu trinken? Wir haben Wein, Arak ...«

»Nur Wasser, bitte.«

»Wasser«, wiederholt der Kellner zustimmend.

Sie hat die Briefe immer dabei. Sie liegen in Seidenpapier eingeschlagen und verschnürt in ihrer Handtasche.

Zain hat sie ihr gegeben, als er das letzte Mal aus Boston zu Besuch kam. »Nimm sie mit«, sagte er, während er ihr das Päckchen hinhielt, und sie kämpfte mit den Tränen. Die Briefe waren sein erbeuteter Besitz, mit Betonung auf *erbeutet*, weil sie vor Jahren gestohlen – seiner beharrlichen Behauptung nach allerdings *ausgeliehen* – und nie zurückgegeben hatte.

349

»Zuzu«, sagte sie, aber er hob die Hand.

»Du musst sie dort dabeihaben. Vielleicht kannst du mit ihrer Hilfe etwas finden, vielleicht sogar das Haus.«

In diesem Augenblick hätte sie gern von dem Baby und von Gabes Antrag erzählt und ihm alles gesagt, was sie der Familie wird sagen müssen – *Ja, er war verheiratet, aber die Ehe war bereits kaputt. Sie ist zu ihrer Familie nach Iowa zurückgegangen. Ich war mir nicht sicher, ob ich das Kind wollte, aber ich werde es wohl nicht mehr los. Ich liebe ihn, aber er ist Amerikaner, und manchmal glaube ich zu ersticken, weil ich ihm so viel erklären muss.* Doch dann streckte sie nur die Hand aus und nahm die Briefe.

»Danke.«

Zain hat die Briefe all die Jahre behalten. Im Sommer nimmt er sie mit nach Beirut, wo die Familie viele Wochen lang zusammen ist. Die vier – Linah, Zain, Manar und Abdullah – sitzen auf dem Balkon, rauchen und reden über die Briefe. Abdullah hat sie aus dem Arabischen übersetzt, weil die anderen mit den Zeiten und den Verben durcheinanderkamen. Sie diskutieren über die Briefe wie über ein von ihrem Großvater über den Krieg in Nablus und seine Kuwaiter Jahre verfasstes Buch. Die Menschen, die er darin erwähnt – ein toter Großonkel, alte Freunde, ihre eigenen Eltern –, erscheinen ihnen so ungewöhnlich und unglaubwürdig wie Filmfiguren.

Einige Passagen kann Manar auswendig. *Ich mache mir Sorgen um die Kinder. Wenn ich hier in dieser Stadt aufwache und in die Wüste schaue, höre ich – ich schwöre es – den* adhan *von Nablus. Ich höre Abu Nabil sein Brot verhökern. Ich rieche deine Zigarette, Bruder, und höre, wie du mich zur Eile antreibst.*

Sie spekulieren darüber, was er ihrer Großmutter erzählt haben und was geheim geblieben sein könnte. Sie besitzen die Briefe zu Unrecht, so viel ist sicher, aber gerade dass sie geklaut sind, macht sie so wertvoll.

Manars Status als die Andere war eine reine Formalie. Gabes Ehefrau hatte ihn schon verlassen, als Manar ihn kennenlernte. Sie liebte seine Macken, seine Fehler, die Haare auf Rücken und Schultern, die er so hasste, weil sie ihm seinen Worten zufolge so animalisch erschienen. Seine Zärtlichkeit. Bei Hochzeitsreden begann er ungeniert zu weinen, und ausnahmslos jeden Abend legte er vor dem Schlafengehen seine Hand an ihr Gesicht und sagte *Ich liebe dich*.

Sie erzählte ihm alles. Von ihrer chaotischen Kindheit als pummelige Tochter ständig streitender Eltern, die von Paris nach Boston und von dort nach Beirut gezerrt worden war. Halb Palästinenserin, halb Libanesin. Dass sie sich an jedem ersten Schultag selbst krank gemacht habe, weil die anderen Kinder sie immer wegen ihrer Brille gehänselt und beim männlichen Vornamen Maynard gerufen hätten. Dass sie zu diesem Zweck einmal saure Milch getrunken und danach tagelang unter Magenkrämpfen gelitten habe. Sie erzählte Gabe von der Scheidung ihrer Eltern, von der Liebe zu ihrem Vater und der Geringschätzung, die sie für ihre Mutter empfand.

Obwohl sie ihren Vater nach der Scheidung ganz für sich haben wollte, beneidet sie Zain um den Groll, mit dem er ihn noch immer Elie nennt statt Baba oder Dad. Sie würde sich so gern von ihrem Vater lösen und ihm die Schuld an allem geben, doch dafür müsste sie auf etwas Schönes, sehr Vertrautes verzichten. Sie hat Gabe von dem Waffenstillstand erzählt, den sie mit ihrer Mutter geschlossen hat, obwohl die alte Wut auch heute noch gelegentlich hochkommt, und von dem Streit im letzten Jahr, bei dem es ums Einparken ging und an dessen Ende Manar, vierundzwanzig Jahre alt, wie ein Teenager schrie: *Wir waren nicht deine Kinder, wir waren dein Publikum.*

Sie hat ihm von den nach Schweiß und Kreide riechenden Klassenzimmern erzählt, in denen sie sich Lehrervorträge über Salinger, Dezimalbrüche und die alten Römer anhörte oder in den Pausen ihren Freundinnen lauschte, die sich allesamt ganz schrecklich in diesen oder jenen Jungen verknallt hatten, während Manar selbst immer nur halb anwesend war. Sie hat ihm erzählt, dass ihr Geschichtsprofessor während einer Diskussion über 9/11 *Araber* statt *Terroristen* sagte und sie über und über rot wurde, als sich alle Blicke auf sie richteten.

Sie hat ihm von dem einen, einzigen Moment erzählt, in dem sie sich wirklich ganz gefühlt hatte: als sie einmal durch die stillen Gänge und schließlich in eine leere, nach Pisse und Putzmitteln stinkende Toilette gegangen war und die kleinen Spiegel über den Becken ihr Bild vervielfachten.

»Es sind doch nur drei Wochen«, sagte sie zu Gabe. »Das schaffe ich spielend.«

»Lass mich mitkommen.«

»Bitte hör auf, Gabe.«

Er schwieg eine Weile. Sie wusste, dass sie ihm wehtat, dass er dabei sein wollte. Sie sagte nicht: *Du kannst nicht mitkommen, weil du nicht weißt, wie es ist.* Der goldige Gabe, geboren und aufgewachsen im weißen Vorstadt-Amerika.

Dann sagte er leise: »In diesen Zeiten sollte man nicht allein in der Welt herumgondeln.«

Nicht allein genug.

Sie schämte sich der Wahrheit; die Entscheidung war gefallen, nachdem sie von ihrer Schwangerschaft erfahren hatte.

Palästina war für die Familie eine offene, nie völlig verheilte, nie ganz verschorfte Wunde, über die von den Großeltern kaum je gesprochen wurde. Immer hatte Manar etwas von der Reise dorthin abgehalten – die Erkrankung ihrer Großmutter, die Begegnung mit Gabe, Zains Studienabschluss.

Nur für die Kinder ist es ein Thema, wenn sie im Sommer in Beirut zusammenkommen. Jahrelang sah sich Manar in ihrer Vorstellung verstaubt und sehr ernst palästinensischen Boden betreten und in die Sonne blinzeln. Und auch als auf dem Stäbchen ein kleines blaues Kreuz erschien und von dem neuen, fremden Leben kündete, hatte sie dieses Bild vor Augen. Sie konnte es Gabe nicht erklären. Sie musste jetzt dorthin; so allein wie jetzt würde sie nie wieder sein.

Als sie ihrem Großvater von ihrem Plan erzählte, sagte er nur, sie solle vorsichtig sein.

»Man weiß nie, was passieren kann.« Dann rauschte es, und die Leitung zwischen Amman und Manhattan drohte zusammenzubrechen.

»Soll ich *teta* irgendetwas mitbringen?« Bei dem Gedanken an ihre Großmutter, die alle Dienstmädchen für Spioninnen hielt und von der Rückkehr Saddams überzeugt war, zuckte sie innerlich zusammen.

»Alia!«, rief ihr Großvater. »Manar möchte wissen, ob sie dir etwas aus Palästina mitbringen soll.« Es folgte unverständliches Gemurmel. »Palästina.« Nach einer längeren Pause erklang die gedämpfte Stimme ihrer Großmutter, und gleich darauf lachte ihr Großvater kurz und sarkastisch auf, was selten geschah.

»Sie sagt, wenn sie dich etwas fragen, machst du ihnen die Hölle heiß.«

Am Spätnachmittag streift Manar durch die Altstadt, setzt sich in enge Teestuben, lauscht dem Gefeilsche um Seife und Sandalen.

An den Wochenenden packt sie ihren abgenutzten Rucksack, geht Richtung Osten zur Bushaltestelle beim Damaskustor und steigt in einen Bus ein, der sie in eine andere Stadt bringt. Nach

Tel Aviv, Haifa, Hebron. Ins Westjordanland – die bedrohlich wirkende Betonmauer erschüttert sie immer aufs Neue –, nach Bethlehem, Ramallah und Nablus.

Plötzlich tauchen diese Städte vor ihr auf, diese kleinen Kreise auf der Karte, von denen sie bisher nur gelesen hat, und riechen nach Obst und Auspuffgasen. *Ich bin in Ramallah*, sagt sie sich. *Das hier ist Haifa.* Ihre quälende Sehnsucht nach Palästina war stets ein eher vages Gefühl, an dem sie ihre ganze Unzufriedenheit aufhängen konnte. Jetzt ist Palästina plötzlich real. Es ist voller Menschen mit dem gleichen Haar und der gleichen Stimme wie sie; diese Menschen *leben* tatsächlich hier, stellt sie leicht dümmlich fest. Sie wachen unter dieser Sonne auf, feiern Geburts- und Hochzeitstage, gehen auf Beerdigungen und sehen immer mehr Siedlungen und Checkpoints entstehen. Während sie mit amerikanischen Jungs schlief und Seminararbeiten über die Diaspora schrieb, lebten hier Menschen, die tatsächlich *Palästinenser* waren.

An den Checkpoints zeigt sie ihren Pass vor, wartet auf das Klackern der Metalldrehtüren. Die israelischen Soldaten winken sie immer durch. Sie versucht sich ungerührt zu geben, ihre Verachtung in ihrem Gang zum Ausdruck zu bringen. *Der Pass ist mein Schlüssel*, schreibt sie einmal an Zain.

Es ist schwer, die Eindrücke der Reise in E-Mails zu fassen. Manchmal sitzt sie abends in einem Internetcafé in der Nähe des Hotels und weiß nicht, was sie ihren Freunden, Verwandten und Gabe schreiben soll. Sie verwendet Wörter wie *fesselnd* und *aufschlussreich* – wie soll sie die Teenager in Uniform beschreiben, die dicht gedrängten Frauen in den Schlangen vor den Checkpoints, ihre, Manars, Bestürzung angesichts der Flirtversuche israelischer Männer, die Tatsache, dass jeder Palästinenser, der ihr bisher begegnet ist, zwar nett, aber so voller Mitleid mit ihr war, als spürten sie alle: *Sie ist nicht wie wir!* – und drückt auf Senden.

Hin und wieder hat sie sich vorgestellt, die Reise würde etwas von ihrem Glauben zurückbringen, ihr ein Land zurückgeben, dem sie sich blind verbunden fühlte. Sie wollte bis ins tiefste Innere erschüttert werden. Sie sah sich in Strandcafés Gedichte von Darwisch lesen und kniend Erde in ihre Taschen füllen.

Doch von Anfang an hat sich nichts so angefühlt, wie es sollte. Kaum hatte eine Männerstimme durch die knisternde Lautsprecheranlage des Flugzeugs verkündet: *Wir landen in Tel Aviv, Ben Gurion International Airport,* ging plötzlich alles rasend schnell. Die Flugbegleiterinnen sammelten Ohrhörer ein und sicherten die Gepäckfächer, während sich auf der anderen Seite des Gangs die Chassiden im Gebet wiegten. Manar drückte die Stirn ans Fenster und reckte den Hals, sah aber nur einen Streifen stinknormales Land. Aus der Luft betrachtet, hätte es überall sein können – Gebäudekomplexe, Fernstraßen, die sich wie Adern auf dem rötlichen Boden verzweigten, das blaugraue, an die Küste rollende Mittelmeer.

Beim Anblick dieser Landschaft wurde ihr Kopf seltsam leer. Sie hielt sich an ihrer Handtasche fest.

Vor der Passkontrolle standen lange Schlangen; es ging nur langsam voran. Manar beobachtete, wie amerikanisch wirkende, mit Wickeltaschen und Rucksäcken bepackte Familien die Beamten in den Glaskabinen angrinsten und drei stark gebräunte Mädchen über die Äußerung eines Mannes vom Sicherheitsdienst ins Kichern gerieten. Wie Vögel flatterten die Pässe zwischen den Fingern der Beamten, wurden kurz durchgeblättert und resolut mit Stempeln versehen. *Wenn du an der Reihe bist, sei höflich,* hatte Seham gesagt. *Vermeide jeden Augenkontakt und lächle.*

Als es so weit war, schob sie ihren Pass unter dem Glas hindurch und wartete. Der Beamte hatte breite Augenbrauen, Al Pacino in jung.

»Manar«, sagte er nachdenklich. Er blätterte, betrachtete die verblichenen pastellfarbenen Stempel und musterte einen der neuesten genauer. Manar konnte trotz der Glasscheibe erkennen, dass es ein arabischer war. Schließlich blickte der Mann sie aus halb geschlossenen Augen an.

»Araberin?«

Er beschrieb ihr auf Englisch mit starkem Akzent den Weg zu einem Warteraum, einem abgetrennten Bereich mit Wandfernseher, in dem eine korpulente Beamtin ihren Pass entgegennahm und ihr sagte, sie solle sich setzen.

Auf den Plastikstühlen vor den ungeputzten Fenstern saßen mehrere Leute. *Du wirst dich zu den anderen Arabern setzen müssen.* Ihr gegenüber fächelte sich eine ältere Frau mit einer Zeitung Luft zu, wippte mit dem Bein und fluchte leise vor sich hin.

»Jedes Mal wieder! Diese Hunde!« Als ein Beamter erschien und sie bat, ihm zu folgen, erwiderte die Frau etwas auf Hebräisch und murmelte sofort danach auf Arabisch: »Aber selbstverständlich, Eure Majestät, selbstverständlich.«

Im Fernsehen lief eine Nachrichtensendung in hebräischer Sprache, ein Bericht über irgendeinen Brand. Manar wartete. Die Beine taten ihr nach dem langen Flug weh, aber sie wagte es nicht, aufzustehen und sich zu strecken; gleichzeitig schämte sie sich ihrer Angst.

Nach fast drei Stunden tauchte ein junger Beamter auf und sagte ihren Namen. Er sah aus wie zwanzig. Als sie sich mit klopfendem Herzen erhob, klebte der Lederriemen ihrer Handtasche an ihren Fingern. Der Mann führte sie durch einen tristen Korridor mit angelehnten Türen.

»Hier rein.« Ein fensterloser, grell weiß gestrichener Raum, in dem ein langer Tisch mit zwei Metallstühlen stand. Manar setzte sich. Der Mann hob kaum den Blick, während er eine Akte durchging, an der man ihren Pass befestigt hatte. »Also.« Er sah sie an. »Warum sind Sie hier?«

Sie machen es einem schwer, damit man nicht wiederkommt, hatte Seham gesagt.

Die Fragen waren wenig überraschend und ähnelten sich. Er fragte nach ihrer Familie, wo sie aufgewachsen sei, nach ihrem Leben in New York. Er hatte Aknepickel rings um den Mund, die ihn unsicher machten. Man sah es, weil er immer wieder mit der Hand darüberstrich. Manar empfand unwillkürlich Mitleid mit ihm.

»Und Ihr Vater?«, fragte er.

Lebt in Connecticut und schreibt schlechte Romane, hätte sie am liebsten gesagt, aber Scherze schienen ihr in diesem Augenblick nicht angebracht. »Er lebt auch in Amerika.«

Wo war ihre Mutter geboren? Wann hatte ihr Großvater Nablus verlassen? Wo wohnte ihre Mutter jetzt? Warum waren so viele libanesische Stempel im Pass? War ihr Großvater jemals nach Israel zurückgekehrt? Was genau hatte ihr Großvater in Amman gemacht?

Sein Interesse an ihrem Großvater irritierte sie. Ihr großer, stiller *jiddo*, der beim Teetrinken Pfefferminzbonbons gegen die Zähne klicken ließ. In den gemeinsam verbrachten Sommern hatte er manchmal abendelang geschwiegen.

Wann hatte ihr Großvater einen jordanischen Pass erhalten? Wer hatte das Haus in Amman gekauft? Wann war ihre Großmutter aus Nablus weggezogen?

»Das weiß ich nicht«, sagte Manar wieder und wieder.

Er sah sie spöttisch an. »Das wissen Sie nicht?«

Er brachte ihr Wasser und Cracker. Er bat sie den Geburtsort jedes Großelternteils zu notieren. Manar zögerte; sie war sich nicht sicher. *Nablus*, schrieb sie bei den Eltern ihrer Mutter und setzte ein Fragezeichen dahinter. Stimmte Nablus? Sie waren von dort weggegangen, daran erinnerte sie sich. Aber davor? Während sie angestrengt nachdachte, schlich langsam eine schwache Übelkeit in ihr hoch.

Reg dich nicht unnötig auf, hörte sie Seham sagen.

Aber sie war verschwitzt und müde und durstig, und schon ging es los, wütend und schrill. »Mein Großvater ist über achtzig! Er war seit Jahrzehnten nicht mehr hier« – sie brachte es nicht über sich, *in Israel* zu sagen. »Was sollen alle diese Fragen?«

Der junge Mann hob ruckartig den Kopf. Eine Sekunde lang signalisierte sein Blick Abneigung und Verachtung.

»So sind die Sicherheitsbestimmungen, Miss.«

Er verließ den Raum und blieb zwanzig, dreißig Minuten lang weg. Auf dem Gang waren Stimmen zu hören; jemand lachte. Der Boden bestand aus hässlichen Fliesen in Rautenform. Manar begann sie zu zählen, gab aber nach eine Weile auf. Endlich wurde die Tür geöffnet. Der Beamte legte ihren Pass auf den Tisch.

»Ich muss Ihre Handtasche durchsuchen.«

Alles geschah quälend langsam. Sie hob die Tasche am Riemen vom Schoß, er schlug die Klappe zurück, fischte einen Lippenstift, Vitamine und mehrere Kaugummistreifen heraus. Beim Weiterkramen entdeckte er das Seitenfach mit dem Reißverschluss. Manar spürte die Metallzacken an den eigenen Fingern. Er zog das Briefbündel hervor. Sekundenlang herrschte Schweigen.

»Was ist das?« Er blickte sie scharf an. Dann löste er die Verschnürung.

Sie sah Zains vertrauensvolles Gesicht vor sich. Die vielen Zeilen, eine ganze Geschichte in Worten. Die Geschichte ihres Großvaters, die akkurate Schrift ihres *jiddo*, sein ganzes Leben in der Hand dieses Mannes. Man würde ihr die Briefe wegnehmen, und Linah und Zain würden sie umbringen.

»Miss?«

Hilf mir, flüsterte sie im Stillen, und sofort ging es los. In ihrer Speiseröhre wallte etwas auf, ihr Magen zuckte, drohte zu bersten. Sie beugte sich vornüber, und das Erbrochene floss heiß und giftig und befreiend aus ihrem Mund auf den hässlichen Boden. Der Mann sah sie erschrocken an. Ihr Atem ging keuchend.

»Ich bin schwanger«, sagte sie triumphierend.

Der Beamte wirkte verärgert. Als wäre dies ein Spiel und sie hätte geschummelt. *Mist*, schien er zu denken, aber ohne den Mut, es auszusprechen. Man merkte ihm an, dass er schon die Artikel auf *Huffington Post* vor sich sah, Anzeigen, Fehlgeburten.

Das ist es nicht wert, sagte sein Achselzucken. Er warf den Packen Briefe in Manars Tasche und schob sie ihr mit dem Handballen zu.

Dann stand er auf und nickte zur Tür hin, zu dem langen Korridor, den Schlangen vor der Passkontrolle, den wartenden Taxis, dem Land.

»Gehen Sie«, sagte er.

Obwohl sich nach dem Flughafen nichts vergleichbar Dramatisches ereignet hat, bleibt das Gefühl, dass etwas nicht stimmt. Sie kommt sich überflüssig vor, unnütz. Bei ihrem ersten Gang in die Altstadt war sie fasziniert von der Klagemauer. Reglos betrachtete sie die Massen, die sich wie Wasser auf die Mauer zu- und von ihr wegwälzten. Am Eingang standen mehrere junge Leute in Uniform. Die Soldatinnen waren verstörend schön.

Der Zauber Jerusalems – die Plattitüde stand in jedem Reiseführer. Der Atem der Geschichte, den die alten Steine verströmten. Manar las das alles, und ihre Aufregung wuchs. Würde sie jetzt endlich mit dem ausgedörrten, gierigen Anteil in sich in Berührung kommen, der da dürstend ein Gefühl zu finden hoffte, das sie auf dem Umweg über ihre Ahnen mit der Welt verbinden könnte?

Aber die al-Aqsa-Moschee und das Heilige Grab entpuppten sich als Enttäuschung. Obwohl die Märkte nach Gewürzen dufteten, in den Moscheen herrliche Kalligrafien prangten, blieb die Begeisterung aus. Wenn die Sonne über Jerusalem versank und ein leises, intensives Dröhnen durch die Stadt ging, fühlte sie sich manchmal bewegt. Doch jeder dieser Momente wurde von irgendetwas zerstört, ob von einer vorbeirasenden Wagenkolonne, einem weinenden Kind oder ihrem klingelnden Handy.

Sie fühlte sich an die Ferienreisen ihrer Kindheit erinnert, auf die sie sich vorbereitet hatte wie auf eine Prüfung. Sie hatte viel gelesen, Geschichte und Sehenswürdigkeiten recherchiert, aber die intellektuelle Herangehensweise machte es ihr sehr schwer, wenn sie tatsächlich dort war. Vor einer Reise nach Quebec, zum Grand Canyon oder nach London lieh sie sich in der Schulbibliothek Bücher aus, verschlang mit den Augen Bilder von Bergen und Wolkenkratzern und borgte sich fremde Adjektive und Wendungen (*überwältigend, gigantisch, atemberaubend, nicht von dieser Welt*), sodass es für sie bei ihrer Ankunft nichts mehr zu sehen und zu sagen gab, weil sie auf alles Eindrucksvolle bereits vorbereitet war.

Als größte Enttäuschung erwies sich Nablus. Manar hatte sich eine innere Nähe erhofft, denn auch wenn ihre Großeltern nur wenig davon erzählt hatten, war dies doch die Stadt ihrer Jugend, die Stadt ihres Kennenlernens und ihrer Hochzeit.

Sie hatte sich eine genaue Vorstellung von Nablus zurechtgelegt: weites, fruchtbares Land mit Olivenhainen und von Tälern durchzogene braune Berge. Auf einem Familienfoto, auf dem ihre damals viel jüngeren Großeltern in die Kamera grinsten, waren ein Stück tiefblauer Himmel und am Boden ein Meer wilder Blumen zu sehen.

Doch es gab keine Blumen. Der muffig riechende Bus aus Ramallah war voll mit verschwitzten Männern mittleren Alters. Vor dem Fenster zogen ausgeblichene, mit vereinzelten Bäumen bewachsene Berge vorbei. *Biblisch*, dachte Manar beim Anblick der Haine, der hin und wieder auftauchenden Ziegen- und Eselherden.

Bei der Einfahrt nach Nablus überkam sie ein leichtes Engegefühl – die lang gestreckten, zu beiden Seiten aufragenden Berge und Felsen erweckten in ihr den Eindruck, von Land gefangen, eingeschlossen zu sein.

Stundenlang suchte sie das Haus ihrer Urgroßmutter und zeigte schließlich einigen Markthändlern ein altes Foto, das sie von Alia bekommen hatte, erntete aber nur Achselzucken und den vagen

Hinweis, in Richtung der Felsen zu gehen. Als sie nach einem langen Fußmarsch ein in der Ferne kaum zu erkennendes Minarett sah, fiel ihr ein, dass ihr Großvater eine Moschee erwähnt hatte. Sie eilte darauf zu, stand schließlich vor einer Ansammlung von Häusern, und plötzlich war es da: das steile Dach, die Hecke aus Jasmin. Das Haus hatte genau die Form des Gebäudes auf den Fotos, und doch war es anders – der Vorgarten kleiner, die Fassade blau gestrichen, die Wäscheleine verschwunden.

Lange stand sie da und hielt das Bild in der Hand, das ihre Großeltern ein halbes Jahrhundert jünger zeigte und neben ihnen einen Mann mit Bart, den Arm lässig um Alia gelegt. Ihr Großonkel Mustafa. Er war schon lange tot gewesen, als sie und die anderen geboren wurden. Sie betrachtete das grobkörnige Foto, dann das Haus, dann wieder das Foto. Sie befahl sich, etwas zu fühlen, die Dramatik des Augenblicks zu empfinden, doch sie kam sich nur wie ein Eindringling vor. Als wäre sie in Erinnerungen eingebrochen, die mit ihr selbst nicht das Geringste zu tun hatten.

Heute Morgen hat Manar kurzerhand beschlossen, nach Jaffa zu fahren. Die Stadt mit der ins Meer hineinragenden Küste wirkt beruhigend auf sie. Es ist eine verwitterte, schäbige, zugleich aber zauberhafte Stadt mit vielen Graffiti an den Mauern. Eine Stadt, der man von Nahem ihr Alter ansieht.

Sogar die Tische des Lokals, in dem sie sitzt, sind rissig, das Holz verblichen. Der Fisch, den ihr der Kellner bringt, wurde mit Zitronenscheiben und einem Stängel Minze garniert. Es rührt sie.

»Guten Appetit!«, wünscht er ihr.

Manar salzt den Fisch und träufelt Zitronensaft darüber. Sie kaut bewusst langsam – die Mischung aus Zitronenschale, Koriander und Minze ist eine kulinarische Offenbarung. Sie sieht aufs Meer hinaus, beobachtet die drei Gäste am Nebentisch. Die Frau hat ihr dunkles Haar zu einem Dutt geschlungen; im dämmrigen

Licht sieht ihr Profil wahrhaft königlich aus. Sie macht eine wegwerfende Handbewegung, blickt die beiden Männer stirnrunzelnd an. Alle drei sprechen fließend Englisch mit Akzent, aber weil die Wellen so laut sind, versteht Manar nur Fetzen – irgendetwas über einen Tagesausflug, über einen verloren gegangenen Koffer und den Wunsch der Frau, Petra zu besichtigen.

Als der Himmel dunkel wird und die Kellner Windlichter anzünden, wird die Stimmung sofort romantisch. Am Strand, etwa hundert Meter entfernt, sitzt eine verschleierte Frau mit ihren zwei kleinen Kindern. Sie essen Obst auf einem großen Stein, über den ein Bettlaken gebreitet ist.

Der bärtige Mann bemerkt, dass Manar die Szene beobachtet, und trinkt ihr lächelnd zu. Gleich nachdem Manar die Geste erwidert hat, wendet sie den Blick verschämt ab.

Das Strandpicknick der kleinen Familie ist beendet. Die Mutter legt einem der Kinder ein Tuch um die Schultern und streicht ihm das Haar zurück. Die Frau am Nebentisch gähnt und streckt sich.

»Ariana«, sagt der bartlose Mann. Die Frau sieht ihn böse an.

»So brauchst du mir gar nicht zu kommen, Robert«, sagt sie und zieht kurz an ihrer Zigarette. *Italienerin*, denkt Manar.

»Es wäre doch nur für einen Tag, maximal zwei.« Der Mann ist blond und spricht mit britischem Akzent. Er erinnert an die Typen im Financial District in Manhattan, ist mit seiner Baumwollhose und dem hellen Button-down-Hemd allerdings wie ein Expat gekleidet. Obwohl die Frau die Augen verdreht und wieder aufs Wasser hinausschaut, lächelt er sie weiter an.

Manar weiß, dass die Frau am Strand verheiratet ist, dass sie einen Mann und ein Zuhause hat, in dem sie die Betten macht und den Reis vor dem Kochen salzt. Ihren Mann hat sie weder in einer Bar noch im Urlaub kennengelernt, sondern durch ihre Familie, nachdem beide Väter die Verbindung gutgeheißen hatten. Sie stellt sich eine schlichte Trauungszeremonie vor. Kaum betrat die Braut den Innenhof, brachen die älteren Frauen in Tränen aus; dann nahm der Brautvater den Bräutigam – einen groß gewachsenen, nervös wirkenden Mann – zur Seite und erklärte ihm flüsternd in strengem, aber gütigem Ton, dass er sich gut um seine Tochter kümmern solle.

Plötzlich bekommt Manar feuchte Augen. Ihr Teller und der Strand verschwimmen zu grünen und blauen Flecken. Sie senkt den Kopf, versucht die Tränen wegzublinzeln.

So eine Hochzeit wird sie mit Gabe nicht feiern können. Ihr Vater, der sich von den meisten weißen Männern in Connecticut höchstens durch den schmalen Schnurrbart unterscheidet, ist nicht da. Ihre Mutter wird zwar durcheinander sein, aber sich für sie freuen. Ihr Großvater wird schweigen. Die Sicherheit eines vorherbestimmten Lebens wird Manar nie vergönnt sein. Sie alle haben diese Sicherheit verwirkt – ihre Freundinnen, Linah, sogar ihre eigene Mutter –, am meisten aber Manar selbst, weil sie ein anderes Leben wollte, weil sie sich für die Pubs entschieden hat, für das Flirten mit fremden Männern und, ja, auch für den Sex. Für ein neues Date jede Nacht, für den Handschlag mit Männern, die ihr später das Herz brachen, für Lippenstift und den erhobenen Blick. Für eine uneheliche Schwangerschaft. Ja, denkt sie, sie hat etwas verloren.

»Amerikanerin?«

Manar sieht erstaunt, dass die Frau am Nebentisch, die ihr die Frage mit heiserer Stimme gestellt hat, den Blick auf sie richtet.

»Äh …« Schöne Frauen verunsichern sie. »Nicht nur. Zum Teil Palästinenserin.«

Die Frau beginnt zu strahlen. Die Männer mustern Manar interessiert, während sie weiterrauchen. »Wir arbeiten hier für eine NGO. Ich bin Ariana«, sagt die Frau. Der Akzent verwandelt ihr

Englisch in eine Art Singsang. »Was machst du hier in Jaffa? Bist du Touristin?« Sie spricht es wie die Araber *Yaffa* aus.

Manar nickt. »Ja, nur auf der Durchreise.«

Der Bärtige drückt seine Zigarette aus und sagt: »Wir gehen gleich zu einem Musikfest am Strand. Freunde von uns haben ein Konzert organisiert, um Spenden zu sammeln. Es ist nicht weit von hier.«

Ariana stützt einen Ellbogen auf den Tisch, legt das Kinn in die Hand und lächelt Manar verführerisch an.

»Komm doch mit!«

Es ist ein kurzer, angenehmer Spaziergang in der Hitze, die nicht nachgelassen hat, obwohl die Sonne längst weg ist. Ariana und die Männer kabbeln sich. Der mit dem Bart ist Jimmy, der Blonde Adam. Sie kennen sich seit vielen Jahren. Alle vier gehen nebeneinander, nehmen die ganze Breite des Gehsteigs ein. Aus den Seitenblicken, die Adam Ariana zuwirft, schließt Manar auf eine gemeinsame Geschichte, sei es unerwiderte Liebe oder eine lang zurückliegende Affäre. Jimmy mit dem sehr sinnlichen Mund sieht dagegen häufig zu Manar hinüber. Ihre weite, fließende Bluse verrät nichts von der Schwangerschaft.

»Als ich das erste Mal hierherkam, habe ich mir einen, allerhöchstens zwei Monate gegeben. Ich konnte mir nicht vorstellen, mit dem ganzen Scheiß hier zurechtzukommen, mit den verdammten Checkpoints und so weiter.«

»Und dann?« Manar hat diese Geschichte seit ihrer Ankunft bereits in hundert Versionen gehört.

Jimmy zuckt mit den Achseln. Der dünne Hemdstoff an den Schultern spannt sich. »Dann habe ich mich verliebt. Jeder verliebt sich hier. Es ist grausam, aber man kann nicht mehr weg.«

»Glaub den Quatsch bloß nicht!«, ruft Ariana. »Jimmy ist ungefähr so romantisch wie ein Steakmesser.«

»Das sagt die Richtige!« Er grinst, und man sieht seine glänzenden Zähne.

»Hör auf damit!« Arianas schmollender Tonfall verrät die Dynamik zwischen ihnen. Adam verliebt in Ariana. Ariana insgeheim zu Jimmy hingezogen. Jimmy frei und ungebunden.

Und ich?, fragt sie sich, obwohl sie die Antwort kennt – ein zufällig im Lokal sitzendes Mädchen, das mittrottet, um ein bisschen Gesellschaft zu haben und Musik zu hören, und das anschließend in sein eigenes Leben zurückgeht und aus dem der anderen wieder verschwindet. Die Unkompliziertheit des Ganzen ist seltsam reizvoll.

»Da.« Adam deutet auf die vor ihnen funkelnden Lichter. In der Ferne wummert Musik, eine Mischung aus Electronica und *dirbakeh.*

»Schnell noch was rauchen?« Jimmy kramt in seiner Tasche, und alle bleiben brav stehen.

Jimmy zündet einen dünnen weißen Joint an, und Haschischgeruch erfüllt die Luft. Nacheinander nimmt jeder einen langen, tiefen Zug. Als Adam den Joint an Manar weiterreicht, ergreift sie ihn nur widerwillig, inhaliert dann aber umso intensiver und spürt schlagartig die Wirkung. Still bittet sie Gabe um Entschuldigung. *Ein einziger Zug wird schon nicht schaden*, sagt sie sich.

»Boah!«

Jimmy lacht fröhlich auf. »Starker Shit, was?« Diesmal erwidert Manar seinen direkten Blick, als sie ihm den Joint gibt. Alles wirkt plötzlich intensiv auf sie ein – die beiden Männer, die schöne Ariana, die von New York und Gabe und ihrem zukünftigen Leben dort so weit entfernte Nacht, sogar die jahrtausendealten Felsen ringsum.

Guter Durchschnitt, denkt sie.

Die Musik ist überraschend zugänglich, die Leute tanzen in Grüppchen auf dem Sand. Die Stimme der unscheinbar wirkenden Sängerin schwebt ergreifend klar über den Trommelschlägen. Halbwüchsige Jungs schleichen zwischen den Leuten herum und verkaufen Bier. Nachdem Jimmy eines für Manar gekauft hat, führt sie die Flasche an die geschlossenen Lippen und schüttet den Inhalt danach verstohlen in den Sand. Ariana und Adam sind im Gewühl verschwunden.

»Tanzen wir?«

Sie denkt an Gabe. An seine Zopfmuster-Pullover in ihrem gemeinsamen Schrank. An seine innige Liebe. *Ist ja nur Tanzen*, denkt sie.

Sie lässt sich von Jimmy zwischen die zur lauten, schnellen Musik zuckenden Körper ziehen, lässt sich von ihm herumwirbeln, bis sie Gabe und Manhattan und überhaupt alles vergisst.

»Woher kommst du?« Jimmys Atem schlägt warm an ihr Ohr.

Manar überlegt. »Wir sind oft umgezogen, aber meine Großeltern mütterlicherseits stammen aus Nablus. Im Sechstagekrieg sind sie dann weggegangen.«

»Und davor?«

Manar neigt den Kopf zur Seite. »Wie meinst du das?«

»Nach 48 sind viele« – er hebt ein wenig atemlos den Arm und wirbelt sie um ihre eigene Achse – »nach Nablus gegangen, die ursprünglich in Jerusalem oder Akkon oder Jaffa gelebt haben.«

»Ich weiß.« Der leicht gereizte Tonfall ist verräterisch. Sie weiß es tatsächlich, hat es aber nie im Zusammenhang mit ihren Großeltern gesehen. Sie denkt an *teta*, wie sie in ihrem Wohnzimmersessel in Amman mit diesem ständig verwirrten Ausdruck auf den Fernseher starrt. *Wo bist du aufgewachsen?*, fragt Manar sie stillschweigend. *Kannst du dich an diese Zeit erinnern?*

Jetzt ist sie mitten im Gewühl, lässt die Hüften kreisen, die Haare ins Gesicht fallen. Jimmy tanzt dicht neben ihr und singt die arabischen Texte mit. Sie gießt den Inhalt einer zweiten Flasche Bier in den Sand, hebt die leere Flasche an den Mund, schleudert die Schuhe von den Füßen.

Die Szene erinnert sie an die Zeremonien, von denen sie im Geschichtsunterricht gehört hat, an die ausschweifenden Feste der Griechen vor der Schlacht. Nackte Frauen, Orgien, fässerweise Wein, ekstatische Musik. Sie denkt an das unaufhörliche Gemetzel, an die Besatzung ringsum, an die aufflackernden, lodernden und schließlich verglimmenden Revolutionen. Wie gewaltig, wie mutig und schön wäre diese lärmende Festlichkeit im Angesicht des Krieges, wüsste Manar nicht, dass es schon immer so war.

Nicht nur die Geschichte selbst fasziniert sie, die untergehenden und wiedererstehenden Reiche, sondern auch ihr leises, aber unentwegt durch die Jahrtausende hallendes Echo. Geraubtes und umgestaltetes Land, entrissene Heimat – Töchter und Söhne, die die Sprache des Feindes sprechen, weil sie die ihre vergessen haben – und die Überzeugung, dass der Kosmos uns etwas schuldet.

Dann zwängt sie sich in Jimmys Arm durch die Tanzenden – *Wo sind meine Schuhe?* – und geht mit ihm über den Sand zu einer Stelle mit großen Felsblöcken. Jimmy führt sie dahinter, außer Sicht des Feiervolks. Die ferne Musik wird von den Wellen übertönt.

»Schön, dass du mitgekommen bist«, murmelt er. »*Ya sitt* Nablus.« Manar schlägt das Herz bis zum Hals.

Er wird sie küssen. Vielleicht lässt sie es zu. Dann könnte sie Linah und Zain davon erzählen und Seham daheim in Manhattan. *Ihr werdet es nicht glauben, aber …*

Plötzlich sieht sie Gabe vor sich, wie er ein Champagnerglas mit Sprite füllt, und weicht zurück.

»Meine Schuhe.« Sie sieht ihn kurz an. Im Mondlicht wirkt er älter. »Warte hier!«

Er lächelt träge, irgendwie zerstreut. Manar geht schnell; ihre nackten Füße versinken im Sand. Sie geht an den Felsen vorbei, an

einer Gruppe rauchender Männer, an der Menschenmenge, in der
die Leute noch immer tanzen, sich vielleicht küssen, sich vielleicht
lieben. Es ist spät, denkt sie, so spät, dass es fast schon früh ist und
die Sonne bald aufgehen wird. Nach einer Weile gelangt sie auf eine
Kopfsteinpflasterstraße. Kiesel bohren sich in ihre Sohlen. Zehn,
fünfzehn Minuten lang geht sie weiter, bis die Musik nicht mehr zu
hören ist, immer weg vom Strand, zwischen Häusern hindurch. Erst
als sie auf einen abgelegenen, von zwei Bäumen gesäumten Torbogen stößt, setzt sie sich endlich hin.

Wie in Trance sitzt sie lange, sehr lange unter dem Bogen, bis sie
vom leisen, leiernden Ruf des Muezzins wachgerüttelt wird. Plötzlich wird ihr alles bewusst – der aufhellende Himmel, ihre schmutzigen Füße, ihr Magenknurren. Der Inhalt ihrer Handtasche liegt
verstreut um sie herum; ihr Handy-Akku ist leer. Die Schekel-Schei-
ne, die sie in den Geldbeutel gestopft hat, sind weg. Aber in der Sei-
tentasche mit dem Reißverschluss ist noch der Packen Papier. Sie
zieht die Briefe heraus, öffnet sie zum hundertsten Mal, wie eine
Archäologin, die befürchtet, doch etwas übersehen zu haben, und
blättert zu ihrer Lieblingsstelle.

*Gestern Nacht habe ich von Flüchtlingen geträumt, die Schutt
stahlen – eine Frauenhand mit einem Armband, Augen eines un-
bekannten Menschen*, so beginnt es. Das Wort *Augen* ist durchge-
strichen, aber darüber noch einmal hingeschrieben worden.

*Ich träumte von den Männern in Zarqa, in den Lagern, auf Ar-
meestützpunkten in ganz Amerika. Sie trafen sich heimlich, brei-
teten Landkarten aus, deuteten hierhin und dorthin, um den
Krieg vorzubereiten, wachten auf und stürmten in Stiefeln hinaus. Ihr Zorn hatte sie geweckt und trieb sie über Wege, Schnee-
wehen, Dünen. Ihr Atem war synchron mit dem Rhythmus ih-*

rer Schritte. Weiter, weiter, drängte sie das Land. Sie legten auf ein Ziel an, stellten sich das Herz eines Feindes vor und feuerten ihre Gewehre ab.

Unwillkürlich beginnt Manar laut zu lesen. Sie ist heiser vom Singen beim Fest. Sie denkt an die Theaterstücke, die sie früher mit Zain und Linah aufgeführt hat, und stellt sich vor, unter dem Torbogen säße ein lauschendes Publikum.

»Aber wir dürsten noch immer danach, Mustafa. Wir lehnen uns auf, indem wir uns erinnern.«

Sie hält kurz inne. In der Ferne brummt ein Auto, irgendein Motor. Wie gebannt heftet sie den Blick gleich wieder auf die Seite.

»Indem wir die hundert Namen dieses Landes in Erinnerung behalten«, fährt sie fort. *»Nur das bedeutet am Leben zu sein.«*

Schließlich verstaut sie die Briefe wieder in ihrer Tasche, steht entschlossen auf und folgt der Straße bis zu einem geschlossenen Laden. Sie bleibt davor stehen und betrachtet sich in der Scheibe. Der Anblick ist wenig ermutigend – das Haar zerzaust, die Wimperntusche verschmiert. Sie schneidet ihrem Spiegelbild eine Grimasse.

»Idiotin«, murmelt sie und muss grinsen, weil das Wort so zutreffend ist. Sie streicht mit den Fingerspitzen über ihren Bauch. Plötzlich voller Sehnsucht nach dem Meer, geht sie durch enge Gassen, passiert mit Rollläden verschlossene Schönheitssalons und Bäckereien, biegt um eine Ecke, und da liegt es vor ihr im bleichen Morgenlicht, das Wasser.

Jaffa. Wieder dieser Drang, der alte Wunsch, etwas zu sagen und einen Zeugen zu haben, während sie spricht.

Weiter, über piksende Kiesel und zerbrochene Muscheln. Als ihre Zehen das Wasser berühren, entsteht ein kühler Abdruck. Sie holt tief Luft.

»Ich bin aus keinem Grund hier.« Sie prustet los, weil ihr die Sachlichkeit ihrer Worte so irrsinnig komisch erscheint. »Aus … gar … keinem … Grund.« Ihr Lachen ist fast hysterisch, und einen Augenblick lang glaubt sie, dass sie gleich weinen wird. Nachdem sie sich etwas beruhigt hat, geht sie am Meeressaum entlang weiter. Eisiges Wasser umspült ihre Knöchel.

Wie schön die hastig anschlagenden Wellen sind – Wasser, das sich zusammenballt, als wollte es weiße Blütenblätter über den Sand ergießen. Der Himmel ist farblos wie feuchtes Papier, als könnte er jederzeit reißen. Und die Sonne berührt das alles mit ihrem Licht und spinnt es zu Gold. In Manars müdem Kopf kommt die Erinnerung an die Mythen auf – Midas, Ikarus –, an die Geschichten, die sie sich jahrelang eingeprägt, an alles, was sie vergessen hat.

Sie setzt sich hin. Das Wasser bespült ihren Rock. Sie ritzt mit dem Finger Buchstaben in den nassen Sand.

Alia, schreibt sie. *Alia Yacoub.* Sie hält inne, denkt nach. *Atef Yacoub.* Der Sand unter ihren Zehen ist weich und kitzelt. Sie zieht einen Strich zwischen die beiden Namen und einen darunter. Ein Stammbaum. *Riham, Karam, Souad.* Neben den Namen ihrer Mutter schreibt sie *Elie* und fügt dazwischen ein X ein. Am Himmel sind noch ein paar Sterne zu sehen, weiße Sommersprossen. *Abdullah, Manar, Linah, Zain.*

Den Blick auf die Namen gerichtet, sagt sie ganz langsam: »Wir waren alle hier.« Sie legt die nasse Hand an die Wange und fährt sich durchs Haar. Sie stellt sich vor, alle Mitglieder ihrer Familie stünden in einer Reihe hier am Strand. Merkwürdig aufgeheitert durch dieses innere Bild zieht sie die Knie ans Kinn und murmelt den Wellen nachdenklich zu: »Auch du, *teta*.«

Dann zeichnet sie eine letzte Linie, die von ihrem Namen ausgeht. *Gabriel.* Darunter einen Pfeil, der auf ein kleines Fragezeichen weist – *Leah? June? Dara?* –, und ihr wird klar, dass da ein Mensch ist, dem sie einen Namen geben muss.

Sie schließt die Augen und hebt das Gesicht zum Himmel. Als sie die Lider aufschlägt, sieht sie einen Mann mit seinem kleinen Sohn am Wasser näher kommen. Die beiden beobachten sie. Der Mann trägt ein Fischernetz aus schmutzigen grauen Knoten über der Schulter. Aus seiner Miene spricht Missbilligung, aber auch Sorge. Der Junge ist bildschön und hat die sanften Augen eines Rehs. Er starrt Manar mit unverhohlener Neugier an.

»*Yalla.*« Der Vater gibt seinem Sohn einen leichten Stupser, während er Manar argwöhnisch beäugt.

Manar will sich rechtfertigen, will mit dem Mann Arabisch sprechen. Doch dann sieht sie sich selbst mit den Augen des Fischers: ein völlig durchnässt im Wasser kauernder Mensch – nicht die Frau, der etwas schmerzlich bewusst wird, sondern etwas Banales, eine weitere durchaus verzichtbare Ausländerin. *Ajnabiyeh*, hört sie ihn förmlich denken.

Deshalb senkt sie den Blick. Deshalb zieht es sie hoch und sie erhebt sich auf schwankenden Beinen, an denen der nasse Rock klebt, und entschuldigt sich mit einem Nicken. Eine große Welle überschwemmt den Sand. Das Wasser verschlingt ihre Schrift, ihre Familie, die an dieses Meer kam und es wieder verließ, an dieses Meer, das keinem von ihnen gehört.

»Ich gehe schon«, sagt sie auf Arabisch zu dem Mann.

Während sie die beiden passiert, blickt sie kurz auf. Der Mann beobachtet sie noch immer, aber seine Miene hat sich verändert. Manar nickt, und der Mann erwidert die Geste.

Epilog

Beirut

Der Fernseher läuft pausenlos. Ständig ist Kriegslärm von anderen Orten zu hören. Manchmal vermischen sich die Geräusche so sehr, dass der Zusammenhang verschwindet und eine Sprache entsteht, die sie nicht erkennt und der sie nicht traut. Dann starrt Alia auf den langen, Z-förmigen Kratzer im Couchtisch. Oder auf die Stelle, an der ihr korallenroter Nagellack abgeplatzt ist. Oder auf den leicht ausgefransten Vorhangsaum. Auf irgendetwas Kaputtes. Wenn die Leere kommt, entdeckt sie das Fehlerhafte und klammert sich daran, als gelte es ihr Leben.

Sie erwacht vom beruhigenden Summen der Waschmaschine und von *umm* Najwas Trippelschritten im Gang. Sie mag dieses Schlafzimmer mit den wohltuenden Grüntönen und dem Sonnenlicht, das durch den dünnen Vorhang scheint. Trotzdem vermisst sie ihr Zimmer in Amman. Den Mandelbaum vor dem Fenster.

Morgens ist der Schmerz am schlimmsten.

»*Umm* Najwa!«, ruft sie, und wenige Sekunden später erscheint die Frau in der Tür.

»Guten Morgen.« *Umm* Najwa spricht mit starkem palästinensischem Akzent. »Stehen wir auf?« Die Fäuste in die Seiten gestemmt mustert sie Alia. »Heute ist ein ganz besonderer Tag«, sagt sie fröhlich. »Wissen Sie, warum?«

Alia wendet sich ab und atmet in den Baumwollstoff des Kissens.

»Geh weg!«

Es ist ein kleines Kind im Haus. Oder in dem anderen Haus, in dem so laut geredet wird und ständig Türen knallen. Die Zimmer wirken austauschbar, alles kommt und geht, und in der Mitte ist das Kind. Alle sind bezaubert von der Kleinen. Sie geben komische Laute von sich und klatschen Beifall, wenn sie gluckst. Als Alia einmal nach der Mutter fragte, kam das Mädchen mit den Wuschelhaaren zu ihr und küsste sie auf die Wange. Wenn die Kleine schreit, hebt das Mädchen sie an seine Hüfte und wiegt sie hin und her. Die Mutter – manchmal fällt Alia sofort und ganz mühelos der Name Manar ein – gibt ihr das Kind gelegentlich zu halten.

Dann erstarrt Alia. Sie riecht den Duft nach Milch und Zucker, den das Kind verströmt, und wenn sie den Blick hebt, sind lauter strahlende Augen auf sie gerichtet.

Sie irren sich. Sie weiß, dass sich etwas verändert, verschlechtert hat. Immer wenn ihr wieder einfällt, was das ist, wird sie so traurig, dass ihre Kehle zu brennen beginnt, als hätte sie Chilis gegessen und das Hinunterschlucken vergessen. Deshalb – aber wie soll sie diesen Seidenstrick des Erinnerns in Worte fassen, mit dem sie sich durch die Tage schlängelt, an deren Ende sie alles wieder verliert? – antwortet sie so schroff auf alle Fragen, die man ihr stellt. Immer die hoffnungsfrohen Gesichter und feinen Kinderstimmchen, sogar wenn Atef mit ihr spricht. *Alia, erinnerst du dich an Zain? Weißt du, wo wir sind, Mama?*

»Na klar«, faucht sie dann bissig und schleudert Schmerz in ihre Mienen. »Ich bin doch keine Idiotin!«

374

Zu den freundlichsten Menschen im Haus gehört ein dünnes junges Mädchen, achtzehn oder neunzehn Jahre alt. Die knochigen Ellbogen und Knie lassen ihren Körper kindlich wirken, aber ihr Gesicht hat etwas Frauliches, ja Altes. *So traurige Augen*, denkt Alia und möchte sie am liebsten fragen, was ihr das Herz gebrochen hat. Sie vermutet eine Tragödie, einen verstorbenen Geliebten – *so jung* – oder eine Krankheit.

Doch wenn es Alia sieht, beginnt das Mädchen immer zu strahlen.

»Na, wie geht es unserer Schönen?«, fragt es neckisch. »Sollen wir uns die Pflanzen anschauen?« Dann hilft das Mädchen Alia langsam auf und stemmt dabei fast ihr ganzes Gewicht. Es ist sehr stark, trotz seiner Zierlichkeit. Das liegt an den kräftigen Knochen, nimmt Alia an. Das Mädchen führt sie gern auf den Balkon. Telefonkabel, Menschen und Wasser sieht man von dort.

Draußen schiebt das Mädchen die großen Blätter hoher, ineinander verschlungener Gewächse zurück. Auf dem Balkon stehen viele Pflanzkästen. In manchen wachsen Strauchtomaten, in anderen weiß und blau und violett blühende Blumen. Alia sieht dem Mädchen gern zu, wenn es die abgestorbenen bräunlichen Blätter abzupft und die Erde wässert. Dann sitzen sie zusammen, bis die Sonne über dem Meer untergeht und scheinbar Stunden verstrichen sind. Das Mädchen spricht zu den Pflanzen, sonst aber kaum. Manchmal spürt Alia, dass es sich in Gedanken verliert. Dann kommt in dem hängenden Mund und den langen, dunklen Wimpern seine ganze Traurigkeit zum Vorschein.

Einmal hat das Mädchen gefragt: »Sollen wir zusammen hinausgehen? Wir suchen uns ein hübsches Café und trinken eine Tasse Tee.«

Einen Augenblick lang schien es möglich, durch die Straßen voller Menschen und Autos zu spazieren. Ja, sie würde das Mädchen mit den kräftigen Knochen begleiten. Doch dann kam wieder die Angst.

»Ich will hierbleiben«, sagte Alia leise.

»Okay, dann bleiben wir hier«, erwiderte das Mädchen – *Linah*.
»Bleiben wir noch ein bisschen sitzen. Schau, die da beginnt gerade zu blühen.«

Das Mädchen zog eine Blüte zu sich, und ihre Hand quoll über von Goldgelb und Violett.

Selbst wenn sie sich nicht erinnert – und diese Momente, in denen sie überflutet wird und sich mühsam wieder zusammenfügen muss, sind noch schwieriger zu beschreiben –, weiß sie, dass etwas nicht stimmt. Dann sind sie alle nur Gesichter für sie, freundliche, fremde Münder und Augen. Sie möchten ihr Wasser geben, Tee, Brot. Sie bringen ihr Decken und fragen sie, was sie vom Wetter halte. Sie wollen wissen, ob sie Hunger habe, ob sie irgendetwas brauche.

Der Fernseher läuft pausenlos. Beim Aufwachen, Schlafen und Essen hört Alia seine Töne. Manchmal sehen sie sich einen Film oder ein Musikvideo an, grelle Farben und Mädchen, die zum dröhnenden Rhythmus des Schlagzeugs tanzen, aber sonst ist der Nachrichtensender eingestellt. Ernst blickende Moderatoren sprechen über ernste Dinge – selbst dann, wenn niemand im Wohnzimmer sitzt.

Sie sagen immer dasselbe. Es herrscht Krieg. Alia weiß das intuitiv, und es ist die einzige Wahrheit, die für sie immer gilt. Es herrscht Krieg. Es wird gekämpft, und Menschen verlieren, obwohl sie nicht weiß, wer genau.

Ein junges Mädchen trägt nur Schmutz am Leib. Eine Explosion hat eine ganze Stadt zerstört. Menschen sammeln die Eingeweide ihrer Verwandten zusammen. Ein Mann zündet sich selbst an. Ein Mann verbrennt eine Fahne. Ein Mann drückt eine Frau unter Wasser. Ein Mann hängt an einem Baum. Ein Mann wird von Fliegen gefressen.

Sie reden darüber.

»Ich finde es nicht gut, wenn sie das mitbekommt.«

»Wie soll man das verhindern? Ich muss wissen, was passiert. Außerdem kann sie es sowieso nicht –«

»Sie sollte das nicht sehen!«

Der Nachrichtensprecher sagt *Diktator*, und man sieht das Foto eines blassen Mannes mit Schnurrbart. In Alia flackert Erinnerung auf; sie fand den Mann einmal attraktiv. Der Mann schicke Wölfe aus, damit sie sein Volk auffressen, sagt der Nachrichtensprecher, und Alia stellt sich einen verschneiten Berghang vor, auf dem der Mann steht. Seine blassblauen Augen sind zusammengekniffen. Als er pfeift, beginnt das Rudel zu knurren. Los! Wie Streifen ziehen sich die grauen Körper über den Hang, während sie in die Dörfer einfallen und sich auf Kinder und Männer stürzen. Statt Pfotenspuren hinterlassen sie Knochen.

»Schaltet jetzt endlich aus!«

»Sie sieht doch gar nicht hin.«

Alia weiß, dass es keine Wölfe sind, sondern Menschen. Normale Menschen mit eigenen Schnurrbärten und Bärten und schmalen Handgelenken. Sie brennen diese Städte nieder, kehren in den Häusern das Unterste zuoberst und essen alles Brot, das sie finden. Sie befehlen den Kindern, sich in einer Reihe aufzustellen, nehmen ihnen die Kleider weg und schießen ihnen in den Mund. Einen Wolf kann man töten, man kann ihn in eine Falle locken und ihm das Fell abziehen. Aber bestimmte Menschen – Alia erinnert sich an sie mit ihren Fahnen und Zähnen – haben eine Haut aus Stahl; sie werden morgens als andere Menschen wiedergeboren und sind an jedem neuen Tag noch schrecklicher, noch mächtiger.

»Schau doch. Sie schläft.«

Jemand klopft an die Schlafzimmertür. Alia presst ihr Gesicht ins Kissen.

»Mama!« Die Tür geht auf. »Erinnerst du dich noch daran? Wir gehen heute aus. Mama, weißt du noch? Was möchtest du anziehen?«

»Ich bin müde«, erwidert Alia. Sie hasst das Zittern in ihrer Stimme.

»Du musst aufstehen!« Die Stimme klingt jetzt resoluter. Schritte, dann ein zischendes Geräusch. Sonnenlicht strömt herein. Alia presst die Augen zusammen. Die Frau seufzt. »Mach die Augen auf, Mama!«

Sekunden vergehen. Alia späht zwischen den halb geschlossenen Lidern hervor. Die Frau steht am Bett. Sie trägt ein durchscheinendes Kleid, ihr Haar ist streichholzkurz. Angespannt mustert sie Alias Gesicht.

»Atef ...«

Die Augen der Frau leuchten auf. »Baba ist im Wohnzimmer. Komm, wir gehen zu ihm!«

Auf den Arm ihrer Tochter gestützt schlurft Alia durch den Gang. Bei jedem falsch gesetzten Schritt schmerzt ihre Hüfte. Vor einigen Monaten ist sie im Bad gestürzt, dabei ist etwas zu Bruch gegangen. Danach lag sie lange in einem Krankenhauszimmer mit einem Fernseher, in dem immer wieder dieselbe türkische Seifenoper lief.

Vor dem Wohnzimmer bleibt Alia stehen.

»Alles gut, Mama. Baba ist da.«

Atef. Als Alia den Raum betritt, sind viele Menschen darin, die fernsehen und sich unterhalten. Auf dem Couchtisch stehen Teetassen und ein Teller mit *manakish*. Das Kind liegt strampelnd im Arm seiner Mutter. Als er Alia sieht, strahlt Atef aus seinem Sessel heraus. Alle reden gleichzeitig los.

»Wie geht es unserer hübschen Mama?«

»Weißt du noch, dass wir heute ausgehen?«

»Möchtest du ein paar *manakish*, *teta*?«

»Setz dich, Alia.« Atefs dunkle Augen, sein abgeklärter Blick. Alias Tochter führt sie zum Sofa, und während alle auf sie einreden, von einem Fischrestaurant mit Musik berichten, lächelt Alia und nickt. Atef schneidet für sie ein Dreieck aus einem der kleinen Fladen heraus. Das Brot ist dick und schmeckt gut. Als das Kind zu greinen beginnt, steht der junge Mann auf.

»Komm, wir fliegen ein bisschen.« Er macht ein surrendes Geräusch, und die Kleine stößt glucksend die Fäuste in die Luft. Alia hat gehört, wie die anderen in gedämpftem Ton hinter dem Rücken der Mutter über das Kind sprachen und entrüstet mit der Zunge schnalzten. *Unfassbar, dass sie einen Amerikaner geheiratet hat.*

»*Teta*, möchtest du Tee?«

»Den Kuchen gibt es dann hinterher.«

Alia betrachtet den jungen Mann. »Zain.« Sofort wird es still. Nur der Fernseher quasselt ungerührt weiter. Alle sehen sie grinsend an.

»Stimmt, *teta*, ich bin Zain.« Der Mann hebt sich das Kind an die Hüfte.

Das Kind schmatzt und lacht.

»Gib *teta* ein Küsschen!«

Die Kleine lächelt ihr kokett zu. »Rauf, *teta*! Rauf!« Ihre blassblauen Augen blicken sie furchtlos an. Ihr honigbraunes dünnes, krauses Haar umhüllt den Kopf wie eine Wolke. Alia erinnert sich an ein Spiel, das sie früher mit Riham und Souad und Karam gespielt hat. Es ging darum, den kleinen Körper mit kreisenden Bewegungen abwärtszuschwingen und mit einem Pfiff auf den Boden zu setzen.

Sie starrt auf das Brot. Die aufmunternden Mienen strengen sie an. Wie soll sie Menschen, die nicht in ihrem Körper stecken, ihre Erschöpfung erklären? *Ich bin schon seit Jahrzehnten müde*, hat ihre Mutter immer gesagt.

»Was möchtest du denn tragen an deinem Festtag, Mama? *Umm* Najwa hat das graue Kleid vorgeschlagen.«

»*Umm* Najwa wird dich frisieren und dir einen schönen Zopf flechten, Mama.«

»Also, ich ziehe einen grünen Rock an«, sagt das Mädchen mit den freundlichen Augen, das mit zotteligen Haaren auf der Armlehne der Couch sitzt. »Weil das deine Lieblingsfarbe ist.«

Alia versucht zu lächeln, aber es bleibt ihr im Hals stecken. Sie erinnert sich an ein Stück dünnen grünen Stoff, der an der Wäscheleine flatterte, und an den Arm ihrer Mutter, der danach griff. Sie versucht aufzustehen.

»Mama, du musst vorsichtig sein!« Der Ton ist tadelnd. »Du kannst nicht einfach aufstehen, ohne uns vorher Bescheid zu geben!«

»Bring mich in mein Zimmer.« Alia hört das Zittern in ihrer eigenen Stimme.

»Na gut«, sagt die Frau. Jetzt ist ihr Ton flehend. »Wir ziehen dir ein hübsches Kleid an, ja? Das Brokatkleid vielleicht.«

»Sie wird wunderschön aussehen!«

»Wie eine Königin!«

Hinter ihr ruft das Kind: »Rauf, *rauf*!«

In ihrem Zimmer bittet Alia die Frau zu gehen, was diese, wenn auch widerwillig, tut. Allein zu sein ist wie ein Rausch. Sie setzt sich auf die Bettkante. Wenn sie aus dem Fenster blickt, sind keine Bäume oder Blumen zu sehen, sondern noch mehr Telefonkabel und der Balkon eines anderen Hauses. Irgendwer hat das Fenster geöffnet; ein leichter Wind bauscht den Vorhang und füllt den Raum mit salziger Luft.

»*Ya* Allah«, sagt sie laut. Ihre Stimme klingt schneidend.

Sie ist achtzehn und in Nablus. An den Feigenbäumen vor dem Fenster sprießen die ersten olivgrünen Blätter. Die Luft ist wunderbar weich. Dort draußen liegt der lange Tag vor ihr, ein ganzer Bankettsaal voller Menschen wartet auf sie. *Ich habe um Kerzen in Blumenkränzchen gebeten*, hat ihre Mutter erzählt. *Auf jedem Tisch zwölf. Ich will, dass es zuckersüß duftet.*

Sie ist aufgeregt und voller Vorfreude. Mustafa wird sie zum Wagen bringen, dann werden sie zur Musik der *zaffa* hineingehen, und sie wird sich in ihrem weißen Kleid um sich selbst drehen. Und Atef wartet schon auf sie. Bestimmt ist er nervös und steckt sich gerade lächelnd ein Pfefferminzbonbon in den Mund.

Sie muss sich noch frisieren. Der Blick in den Spiegel zeigt ihr, wie wirr und strohig ihre Locken sind. Sie hätte auf Salma hören und Olivenöl einmassieren sollen, aber jetzt ist es zu spät. Sie nimmt die Bürste vom Kleiderschrank und zieht sie ruckartig durchs Haar. Ihr Blick wandert suchend über die Cremes und Parfüms auf dem Toilettentisch. Wo ist das Kajal, wo der zinnoberrote Lippenstift? Schließlich entdeckt sie in einer Schublade ein Döschen Rouge und verstreicht etwas davon auf dem Mund, dann auf den Wangen. Mit einem bröckeligen Lidstift umrandet sie ihre Augen.

Sie ist schön. Das eigene Spiegelbild rührt sie zu Tränen, aber sie darf ihr Make-up nicht ruinieren.

Heute Abend wirst du strahlen wie der Mond, hat ihre Mutter gesagt. Plötzlich sehnt sie sich nach ihr, vermisst sie, obwohl sie gleich nebenan ist, sich umzieht und ein Kopftuch aussucht. Wie ein am Rand ihres Blickfelds schleichendes Tier quält Alia ein bestimmter Gedanke, doch sie schüttelt den Kopf und richtet die Augen wieder auf ihr Spiegelbild.

Im Schrank hängen Kleider in eleganten, gedeckten Farben. Man hat ihre Kleider und vieles andere bereits in das kleine Haus zwei Straßen weiter gebracht – in das Haus, das sie als Atefs Ehefrau betreten wird.

Beim Durchstöbern des Schranks stößt sie mit den Fingerspitzen an etwas Seidiges und zieht es heraus. Es ist ein dunkles, ärmelloses Kleid. Ein anderes, denkt sie, ein neues.

Bis zu den Hüften sitzt es gut, doch darüber wird es eng. Sie muss es hochzerren und die Brüste mit der Hand nachschieben, damit sie hineinpassen. Dann zupft sie sich das Haar zurecht und beschnüffelt kurz ihre Achseln. Im Gang sind Schritte zu hören. Vielleicht Farida oder ihre Mutter. Es klopft, und eine Männerstimme ruft ihren Namen.

Atef!

Alia spürt, dass sie rot wird, und hebt die Hände hastig an ihr unbedecktes Dekolleté. Die Tür wird geöffnet, noch ehe sie etwas zurückrufen kann. Langsam dreht sie sich um und zeigt sich, den Blick schüchtern zu Boden gesenkt, wie eine Blume.

»Mama wird wütend, wenn du die Braut schon jetzt siehst«, scherzt sie.

Atef schweigt. Sie nimmt es als Bewunderung wahr und sieht nach einigen Sekunden zu ihm auf. Er steht reglos vor ihr. Sein Gesicht hat sich verändert. Sein Haar ist grau, vielleicht von Kreide oder Staub. Er muss baden. Plötzlich zieht es sie zu ihm, obwohl sie noch nie einen Mann geküsst hat. Sie geht auf ihn zu, bis er den Kopf vor ihr verneigt. Als er ihn wieder hebt, sieht sie verdutzt, dass ihm Tränen über die Wangen rinnen.

»Alia«, sagt er, und plötzlich hasst sie ihren Namen, weil so großes Leid, eine so unerträgliche Last in ihm mitschwingt. »Alia.«

Schlagartig wird ihr klar, dass sie nicht heiraten wird, dass es mit Nablus und dem Fest, mit den Kerzen und dem weißen Kleid vorbei sein und sie krank werden und kreischen und die Parfümflakons an die Wand schleudern wird, falls dieser Mann – denn das ist nicht Atef, sondern ein Fremder – ihren Namen noch einmal ausspricht. Sie dreht sich trotz der Schmerzen in der Hüfte um, läuft ins Bad, verschließt die Tür. Steht da und atmet so heftig wie ihr Spiegelbild. Sie sieht und kann sich nicht erinnern und weint.

Erst nach langem Zureden öffnet sie die Badezimmertür, weigert sich aber weiterhin, *umm* Najwa oder Atef hereinzulassen. Schließlich gelingt es Linah mit leisen Worten, sich Eintritt zu verschaffen. Sie hilft ihr in ein Nachthemd. Alia sitzt auf dem Toilettendeckel, während Linah ihr mit einem feuchten Handtuch die Schminke abwischt. Als sie das Tuch im Waschbecken ausspült, färbt sich das Wasser rot und schwarz.

»Mach die Augen zu«, sagt Linah, und Alia spürt ihren warmen Atem im Gesicht. »Gleich bin ich fertig.«

»Du riechst nach Zigaretten.«

Linah wirkt erstaunt. Sie zwinkert Alia zu. »Dann ist das jetzt unser kleines Geheimnis.«

»Wo ist das Kind?«

»June? Manar legt sie gerade hin, sie muss ein bisschen schlafen.«

»Ich will nach Hause.« In Alias Augen sammeln sich Tränen.

Linah hält inne. Das schmutzige Tuch in ihrer Hand hängt herab. Traurig sieht sie Alia an. »Ich weiß, *teta*.«

Linah bringt sie sehr behutsam ins Bett und schließt leise die Tür hinter sich. Die Luft im Zimmer ist drückend, man hört den Verkehrslärm. Alia betrachtet die wirren Muster, die die Sonne an die Decke wirft, und schläft ein.

In ihren Träumen füllt ein Mann Gläser mit Tee und leert sie nacheinander gewissenhaft auf einen schönen Perserteppich. Es ist ein höhlenartiger, ganz weißer Raum. Entsetzt starrt Alia auf den von Tee getränkten Teppich.

Sie machen ihn kaputt, sagt sie zu dem Mann.

Er wirft ihr einen amüsierten Blick zu und leert mit Bedacht ein weiteres Glas. Der Tee strömt auf den Teppich.

Immer noch besser als Feuer, sagt er.

Alia wacht keuchend und mit klopfendem Herzen auf. Im Zimmer ist es so grau und düster, dass sie einen fürchterlichen Augenblick lang glaubt, nicht mehr sehen zu können. Doch es ist nur die sinkende Sonne, die das Licht aus dem Raum saugt. Sie hat stundenlang geschlafen.

Der Gedanke an den ruinierten Teppich lässt sie nicht los. Sie hasst Träume, hasst die Menschen, die ihre Träume bevölkern, immer nur kurz auftauchen, bevor sie wieder verschwinden und sie mit kleinen Fetzen zurücklassen, aus denen sich nie wieder ein Ganzes machen lässt.

Auf den Stock mit dem Holzgriff gestützt, den sie ihr mitgebracht haben, geht sie vorsichtig ins Wohnzimmer. Ein Zeichen der Einwilligung. Vor der Tür bleibt sie unbemerkt ein paar Sekunden lang stehen; dann klopft sie mit dem Stock an die Wand und geht hinein.

Ein Blumenmeer, violette und blaue Wolken. Hibiskus, Jasmin und viele langstielige gelbe Rosen. An den Stuhl, auf dem Karam sitzt, haben sie einen Strauß Luftballons gebunden. Alle sind da – Manar mit ihrem Kind, Zain und Linah und Abdullah auf dem Sofa. Die Namen kommen sofort, ganz mühelos. Riham trägt einen Kuchen herein; Souad unterhält sich leise mit Atef. Sie klingen fröhlich.

»Da ist sie ja!«

»Schön wie der Mond!«

»Danke, dass du den Stock benutzt, Mama!«

»Hilf ihr beim Hinsetzen, Zain!«

»Nimm meinen Arm, *teta*«, sagt Zain und führt sie zu dem freien Platz neben Atef. »Wir haben die Party einfach zu dir verlegt. Wir feiern hier, nachdem du dich ja« – er räuspert sich – »nicht ganz wohl gefühlt hast.«

»Weißt du, was heute ist, Mama?«, fragt Riham.

»Mein Geburtstag«, sagt Alia.

Das Lächeln, das sie damit allen auf die Lippen zaubert, wirkt echt. Erleichterung macht sich breit, die Stimmen werden ruhiger.

»Die Torte hat eine Himbeerglasur.«

»Und Kirschen!«

»Ja, Kirschen auch. Und Kokosnuss, glaube ich.«

Der Rand der bonbonrosa Torte ist mit Erdbeeren und Kirschen verziert. In der Mitte steht ihr Name.

Karam schaltet das Licht aus. Der Raum versinkt in Dunkelheit. Alia wird von derselben Panik erfasst wie vorhin beim Aufwachen. Atef scheint es zu spüren, denn er nimmt ihre Hand, und Alia drückt seine. Während sie singen, starrt Alia wie gebannt in die orange und rot züngelnden Kerzenflammen. Zuerst singen sie auf Arabisch, dann auf Englisch, und zum Schluss geben Manar, Zain und Linah französische Lieder zum Besten. Die Kleine zappelt auf Manars Arm. Wunderschön sind die Enkelkinder im Kerzenschein, braun gebrannt und voller Leben. Am Ende klatschen sie, auch Alia.

»Alles Gute zum Geburtstag!«, wird gerufen. Souad beugt sich zu ihr hinunter und küsst sie auf die Wange. Sie flüstert etwas von Liebe, und in ihren Augen glitzern Tränen. Ihre Tochter. Einmal blieb sie die ganze Nacht über weg, und Alia gab ihr eine Ohrfeige. Alia erinnert sich daran wie an einen Traum, wie an etwas, das einer Nachbarin passiert ist.

»Hundert Jahre soll sie leben!«, ruft Riham, während sie mit *umm* Najwa die Torte anschneidet und das Messer in den feuchten rosa Zuckerguss gleitet.

Hundert Jahre. Die Kleine wäre dann erwachsen, vielleicht schon verheiratet. Der Gedanke bedrückt sie.

Es wird geredet und gelacht. Die Enkel erzählen Geschichten, die Erwachsenen schütteln entrüstet den Kopf. Zain und Linah hocken im Schneidersitz auf dem Teppich. Abdullah und Atef politisieren heftig gestikulierend, aber in freundlichem Ton. Abdullah bezeichnet irgendeinen Politiker als größenwahnsinnig, und die anderen Enkel stimmen ihm zu. Alle sagen immer wieder, wie köstlich die Torte schmecke und dass sie das nächste Mal eine

Quarktorte backen werden. Alia öffnet lächelnd die vielen schön verpackten Geschenke – Tücher, Schmuck, ein Fotoalbum – und hält die Kleine im Arm, die Manar ihr hinübergereicht hat.

»Sie liebt ihre *teta*«, sagt Manar strahlend.

Dann wirft ihr Karam einen Blick zu. »Du bist müde, Mama, stimmt's?«, fragt er leise, und sie nickt. Ihr lieber, lieber Junge.

Umm Najwa steht mit einem Glas Wasser am Bett und hält leuchtend blaue, rote und orangerote Pillen in der Hand, die sie Alia nacheinander reicht. Als Alia alle eingenommen hat, stellt *umm* Najwa das Glas ab und schaltet das Licht aus. Nur ein kleiner Lichtstrahl von den Straßenlampen ist noch zu sehen.

»Gute Nacht und alles Gute zum Geburtstag«, sagt *umm* Najwa.

Alia ist wie immer sehr erleichtert, wieder allein zu sein. Doch darunter pocht eine Unzufriedenheit, die eher der Trauer entstammt als dem Zorn. Sie denkt an ihre Mutter, wünscht sich, sie wäre da, und überlegt, was Salma zu ihr sagen würde. *Schlaf jetzt. Morgen ist alles gut.*

Immer noch besser als Feuer.

Ihre Mutter wusste irgendetwas am Vorabend von Alias Hochzeit. Ihre Lippen wurden schmal, und sie senkte den Blick. Doch Alia war allerdings so sehr mit ihrer Freude und sich selbst beschäftigt, dass sie nichts sagte, sondern sich nur vornahm, später danach zu fragen. Doch dieses *später* wich ihr immer wieder aus. Erst das Tanzen und die Lichter, dann die Hochzeitsnacht, die turbulenten Ehejahre, schließlich der Krieg, Kuwait, Mustafa – beim Gedanken an ihn stockt ihr noch fünfzig Jahre später der Atem. Mustafa. Sie ist jetzt mehrere Jahrzehnte älter, als er jemals war. Das Leben hat sie mit sich gerissen wie eine kleine Muschel, die an Land geschwemmt wird, ist über sie hinweggespült, und jetzt, jetzt ist sie plötzlich alt und ihre Mutter tot und niemand mehr da, dem sie die Fragen stellen kann, die sie so dringend stellen müsste.

Sie wird von Schritten in ihrem Zimmer geweckt. Atef. Er bereitet sich aufs Schlafen vor. Unter der Tür leuchtet ein schmaler Streifen Licht. Sie hört Wasser laufen; dann rauscht die Toilettenspülung.

Er legt sich vorsichtig neben sie, weil er denkt, dass sie schläft. Die Behutsamkeit seiner Bewegungen rührt ihr Herz.

»Atef«, sagt sie.

Er dreht sich zu ihr. Sein Gesicht ist in der Dunkelheit kaum zu sehen. Draußen hupt jemand. Die Stadt findet nur schwer in den Schlaf.

»Die Blumen sind schön, Atef. Die gelben.«

Als er lächelt, sieht sie seine Zähne. Er streicht tastend über die Decke und findet ihre Hand. *Er liebt mich*, denkt sie. Atef im Garten, den Blick zu ihr erhoben. Ein ganzes Leben ist das her, sie waren damals so jung. Atef hat sie immer geliebt. Sie rückt mit ihrem schweren, plumpen Körper näher zu ihm und legt ihm die Hand um die Wange. Sie will ihn unbedingt. *Ich bin jung*, denkt sie, und sie ist jung. Sie stehen am Anfang des Lebens.

»Alia«, sagt er, aber sie erträgt seine Stimme nicht und sagt ihm, er solle schweigen. Wie im Traum zieht sie ihn zu sich, sucht seine Lippen. Sie küssen sich, doch die Luft zwischen ihnen riecht schlecht. Ist es ihr Atem oder seiner? Ihr säuerlicher Körpergeruch ist ihr peinlich. Ihre Hüfte beginnt zu schmerzen. Ohne darauf zu achten, zerrt sie so lange an ihm, bis er nachgibt, sich auf sie legt und mit den Händen über ihre Schenkel und ihren Bauch streicht. Sie zieht die Luft ein, berührt ihre Brüste, die welk und wie Pergament sind, aber daran will sie jetzt nicht denken. Sie will jetzt an gar nichts denken.

»Gott.« Das Wort quillt ihm wie Wasser aus dem Mund.

Sie fasst zwischen seine Beine, bis er hart wird, und lässt ihn in sie gleiten. Zuerst tut es weh; die Körper müssen sich an ihren Tanz erinnern. Sie wälzen sich, bäumen sich auf, bis etwas Nasses Alia durchströmt und Atef wie ein Verwundeter nach Luft ringt.

Dann liegen sie schweigend da. Nach und nach weicht die Stille den ruhigen Atemzügen des schlafenden Atef. Alia dreht sich von ihm weg. Zwischen ihren Beinen ist es feucht, aber sie will sich nicht waschen. Atefs Duft soll bleiben.

Sie denkt an die Torte, an die Stimmen, die für sie gesungen haben. Im Halbschlaf sieht sie Leinwände vor sich, und jemand zupft ihr alle Härchen aus den Brauen. Ein Boot kentert; sie glaubt ein Kind in der Ferne weinen zu hören. Das Wimmern wird vom Lärm eines vorbeifahrenden Autos übertönt. Sie wacht auf und blinzelt in die Dunkelheit. Wieder weint das Kind, diesmal lauter, und Alia wird klar, dass da wirklich ein Kind schreit.

Sie steigt aus dem Bett. Sie glaubt, die Kleine sei allein. Sie wird sie füttern.

Mit zögerlichen Schritten geht sie durch den Flur, stützt sich mit der Hand an der Wand ab. Im Wohnzimmer ist es dunkel, obwohl die Balkontür offen steht; das Licht der Straßenlampen fällt auf den Tisch, auf die Sofas und den leeren Fernsehbildschirm. Das Schreien wird lauter, es kommt vom Balkon. *Warum haben sie das Kind alleingelassen?*, denkt Alia entrüstet.

Doch als sie hinaustritt, sieht sie die Mutter auf der sanft schwingenden Schaukel sitzen und flüsternd auf das Kind in ihren Armen einreden. Die Schaukel knarzt bei jedem Abstoß nach hinten. Die Mutter führt den Mund des Kindes an die Brust. Das dunkle Haar ist über ihr Gesicht gefallen, sodass sie Alia nicht bemerkt. Alia erschrickt beim Anblick der nackten Brust mit der feuchten Warze und macht rasch einen Schritt zurück ins Zimmer.

Sie setzt sich in den Sessel neben der Balkontür, in die kühle

Nachtluft. Sie könnte dem Kind eine Decke bringen und sich zu den beiden setzen, aber plötzlich ist sie zu müde, um sich zu bewegen. Ein leises Wimmern ertönt, dann herrscht Schweigen. Alia, die weiß, dass das Kind jetzt trinkt, nimmt die Phantom-Empfindung in den eigenen Brustwarzen wahr und erinnert sich an das lindernde Gefühl.

Die Frau beginnt mit rauer Stimme zu singen.

»*Yalla tnam, yalla tnam.*«

Der Text ist ihr so vertraut wie Wasser, wie ihre eigenen Hände, die sie jetzt an die Wangen legt.

»*Yalla tnam, yalla tnam.*«

Mit dem Lied kommen Erinnerungen, und sie grenzen an Freude. Der Garten ihrer Mutter, ein Hof irgendwo in Kuwait, in dem sie einem Kind vorsang, das an ihrer Brust lag. Alia sitzt im Dunkeln und lauscht der alten wiedergefundenen Weise.

Danksagung

Gina Heiserman, meiner ersten Leserin, die mir unglaublich großzügig ihre Zeit, ihre Liebe und Sachkenntnis schenkte und als Gegenleistung nur darum bat, ich solle weiterschreiben, werde ich immer dankbar sein. Michelle Tessler, meiner wunderbaren, mutigen Agentin, bin ich zutiefst verpflichtet, weil sie nicht davor zurückschreckte, es mit einem ausufernden Monstermanuskript aufzunehmen. Ein großes Dankeschön geht an meine Lektorin Lauren Wein für ihre Wachsamkeit und Sorgfalt und für die wiederholte Bestätigung, dass diese Geschichte es wert sei, erzählt zu werden. Dank auch an Pilar Garcia-Brown, Hannah Harlow, Taryn Roeder, Ayesha Mirza, Tracy Roe, Lisa Glover, Lori Glazer und all die anderen freundlichen Leute bei Houghton Mifflin Harcourt für die angenehme Zusammenarbeit. Victoria Hobbs von AM Heath, die eine transatlantische Heimat für das Buch fand, darf sich meines Danks ebenso sicher sein wie die liebenswerte Jocasta Hamilton und das Team von Hutchinson.

Madeline Stevens besaß die Güte, nicht *Hab ich's dir doch gesagt* zu sagen, als sich buchstäblich alle anderen ihren redaktionellen Empfehlungen anschlossen. Mein großer Dank gilt auch der Lyrik-Community, von meinen fürsorglichen Lektoren und Verlegern bis hin zu den unglaublichen Menschen, die ich bei Open-Mic-Nights auf der ganzen Welt kennenlernte. Ohne die Lyrik hätte ich nie zur Prosa gefunden. Auch bei meinen großartigen Freunden rings um den Erdball bedanke ich mich; ihr wisst, wer gemeint ist und warum ich euch liebe. Dank an Lisa und Kip und den wundervollen Heiserman- und Perkins-Clan. Ohne die Unterstützung und den Sarkasmus von Atheer Yacoub und Michael Page hätte ich dieses Buch nicht zu Ende gebracht. Danke, Dalea, Kiki, Sarah, Andre, Karam und Alexis – jeder von euch hat mir irgendwann gesagt, ich solle weitermachen. Schreiben ist manchmal ein einsames und undankbares Geschäft, und ich schätze mich glücklich, so viele mitfühlende, originelle, anregende Menschen zu kennen.

Auch John, meinem Liebsten, danke ich. Wir lernten uns kennen, als das Manuskript zur Hälfte geschrieben war – ohne ihn wäre es niemals fertig geworden. Du bist der tollste Mann, dem ich jemals begegnet bin, und ich danke Gott für die kalte Nacht damals in Brooklyn. Mama: Danke, dass du mir beigebracht hast, leichtsinnig und stur genug zu sein, um träumen zu können. Baba: Danke, dass du mich dazu gebracht hast, in den dunkelsten Tagen des Jahres zu schreiben. Ohne deine Geschichten hätte ich das Buch nicht schreiben können. Dir, Talal, kann ich gar nicht dankbar genug sein für das, was du mich über Mut, Kunst und Güte gelehrt hast. Möge der Schimpfwort-Club ewig bestehen! Meiner klugen, ganz außergewöhnlichen kleinen Schwester Miriam danke ich, weil sie mich immer daran erinnert hat, dass es durchaus ehrbar ist, Geschichten zu erzählen – vor allem Geschichten über Meerjungfrauen. Ich danke meinen geliebten Großeltern Salim Salem und Fatima Adib, *jiddo* Alyan, *teta* und meinen wundervollen Tanten und Onkeln. Layal, Omar und Talal: Ich teile meine Geschichte mit euch und sonst niemanden.

Glossar

ADHAN Arabischer Gebetsruf

AJANIB Arab.: fremd; auch: Fremder, Ausländer

AKH Arab.: »Au«, »Aua«

AKH Arab.: Bruder

AMIN Arab.: Amen

AMMO Arab.: Onkel

AROOS Arab.: Braut; auch: wunderschön

AS-SALAMU ALAIKUM WA RAHMATU ALLAH.
   Arab.: »Friede sei mit euch und Allahs Gnade.«

AYWA Arab.: ja

BATEEKH Arab.: Melonen

BEIT IMMI Arab.: »Haus der Mutter«

DAKANEH Arab.: Markt

DIRBAKEH Traditionelle arabische Trommel

DISCHDASCHA Bodenlanges traditionelles arabisches
   Männergewand

DSCHUBAIL Libanesische Hafenstadt nördlich von Beirut;
   das antike Byblos

EID Fest des Fastenbrechens nach dem Ramadan

FADSCHR Morgengebet

FAIRUZ Libanesische Sängerin

FASSOULYA Dicke weiße Bohnen

FATIHA Erste Sure des Koran

HABIBI Arab.: »Liebling«, »Schatz« (männl. Form)

HABIBTI Arab.: »Liebling«, »Schatz« (weibl. Form)

HAMMOUR Zackenbarsch

IBRIK Henkelkanne für Wasser, Kaffee oder Tee

INSCHALLAH Arab.: »Wenn Gott will«

IRFI Zimt

JIDDO Arab.: Opa

KANAFEH Levantinische warme Süßspeise aus Engelshaar, einem besonderen Quark und Zuckersirup

KHALTO Arab.: Tante; Schwester der Mutter

KIBBEH SAMAK HARRA Klöße aus Bulgur und Fisch

KOUSSA Libanesisches Gericht mit Zucchini

KUFIYAS Ein in der arabischen Welt von Männern getragenes Kopftuch

LA ILAHA ILLA ALLAH. Arab.: »Es gibt keinen Gott außer Allah.«

LABNEH Ein im Nahen Osten sehr beliebter Frischkäse

MANAKISCH Kleine, mit Thymian, Käse oder Hackfleisch bedeckte Fladenbrote (libanesische Spezialität)

MAQLOUBA Palästinensisch-syrisches Gericht aus Reis, Fleisch und frittiertem Gemüse

MARAMIYEH Arab.: getrockneter Salbei

MASCHALLA Arab., wörtlich: »Wie Gott will«; wird als Lob oder Kompliment verwendet

MUHAMMARA Scharfe Paprika-Walnuss-Creme

NATOUR Arab.: Portier

SABOUN Arab.: Seife

SCHABAB Arab.: eine Gruppe junger Männer

SCHAWARMA Arabischer Döner

SCHAAR EL BANAT Eine Art Zuckerwatte

SUK Kommerzielles Viertel in einer arabischen Stadt

TAOUK Mit Joghurt mariniertes Hühnerfleisch am Spieß

TETA Arab.: Großmutter

UMM Arab.: Mutter von

WARAK ANAB Gefüllte Weinblätter (arabisches Gericht)

WUDU Arab.: die rituelle Waschung vor dem Gebet

YA Arab., etwa: »Oh …«

YA RAB Arab.: »O mein Gott«

YA SITT NABLUS Arab., etwa: »Madame Nablus« oder
»Frau aus Nablus«

YALLA Arab., etwa: »Nun komm schon«

YALLA TNAM, YALLA TNAM. Libanesisches Wiegenlied
»Yalla tnam Rima.« – »O Herr, hilf Rima zu schlafen.«

YAMMA Arab.: Mutter

ZAFFA Musikgruppe, die das Brautpaar in den Saal begleitet

ZATAR Arabische Gewürzmischung mit Thymian

—

»Meg Wolitzer schreibt sowohl intelligent wie auch mit Wärme und Menschlichkeit. Ein wirklich großartiges Buch!«

ELKE HEIDENREICH

608 Seiten / Auch als eBook

Wie fühlt es sich an, wenn man plötzlich versteht, wer man einmal war und wer man geworden ist? Ein großer Gesellschafts- und Ideenroman über die Bedeutung von Talent, Kunst, Freundschaft und Neid vor dem Panorama der USA in den letzten vierzig Jahren.

www.dumont-buchverlag.de

»Ein kluger, aufrüttelnder Roman, der ein Ehrfurcht gebietendes Thema in eindringliche, leuchtende Farben verwandelt.«

FRANKFURTER ALLGEMEINE ZEITUNG

416 Seiten / Auch als eBook

Anhand des Kampfes zweier Familien um Heimat und Identität erzählt Yaa Gyasi die Geschichte der Schwarzen in Afrika und den USA. Ein bewegendes Stück Literatur von beeindruckender politischer Aktualität.

www.dumont-buchverlag.de